Rebecca Maly

AUFBRUCH INS MORGEN

Roman

PIPER

Mehr über unsere Autorinnen, Autoren und Bücher:
www.piper.de

Wenn Ihnen dieser Roman gefallen hat, schreiben Sie uns unter Nennung des Titels »Aufbruch ins Morgen« an *empfehlungen@piper.de*, und wir empfehlen Ihnen gerne vergleichbare Bücher.

Von Rebecca Maly liegen im Piper Verlag vor:
Die St. Pauli-Reihe:
Band 1: Die Krankenschwester von St. Pauli – Tage des Schicksals
Band 2: Die Krankenschwester von St. Pauli – Wandel der Zeiten
Band 3: Die Krankenschwester von St. Pauli – Jahre des Aufbruchs

Die englischen Gärtnerinnen:
Band 1: Die Waterperry Girls – Blütenträume
Band 2: Die Waterperry Girls – Blumenjahre

Töchter des Ruhrpotts:
Band 1: Sehnsucht nach Glück
Band 2: Aufbruch ins Morgen

Unser Versprechen für mehr Nachhaltigkeit
• Klimaneutrales Produkt
• FSC®-zertifiziertes Papier
• Hergestellt in Europa

FSC www.fsc.org
MIX
Papier | Fördert gute Waldnutzung
FSC® C083411

Originalausgabe
ISBN 978-3-492-31890-7
Juli 2023

Redaktion: Sarah Heidelberger
Satz: Satz für Satz, Wangen im Allgäu
Gesetzt aus der Palatino
Druck und Bindung: CPI books GmbH, Leck
Printed in the EU

»Gebt mir fünf Jahre, und ihr werdet Deutschland nicht wiedererkennen!«

Adolf Hitler – Plakat, angebracht 1945 durch die Alliierten an einer Hauswand in der Mülheimer Innenstadt

Kapitel 1

Glückauf, Kameraden, durch Nacht zum Licht,
uns sollen die Feinde nicht kümmern.
Wir hatten so manche verzweifelte Schicht
und sahen die Sonne nicht schimmern.
Nur einig, einig müssen wir sein,
so fest und geschlossen wie Erz und Gestein.

Mülheim, Frühsommer 1945

Annie starrte fassungslos auf das sorgfältig beschriebene Stück Papier in ihrer Hand. Ihr Herz wummerte schmerzhaft, als sei gleich neben ihr eine Bombe hochgegangen. Doch Bomben fielen schon länger nicht mehr aufs Ruhrgebiet, denn seit Wochen herrschte Frieden im Deutschen Reich.

Die Detonation beim Lesen der Zeilen hatte allein in ihrem Inneren stattgefunden und sie dennoch regelrecht zerrissen. Ein taubes Gefühl drückte ihr auf die Ohren, und ihre Knie fühlten sich an, als sei mit einem Schlag sämtliche Kraft aus ihnen gewichen.

Nathan, der Mann, mit dem sie nicht nur ihren ersten

Kuss, sondern auch eine Gewehrkugel geteilt hatte, trennte sich von ihr. Um sie zu schützen! Weil er miterlebt hatte, wie die Nachbarn sie wegen der Verbindung zu ihm anfeindeten.

All das stand in diesem verdammten Brief, den er ihr geschickt hatte. Er liebe sie, und genau deshalb könne er sie nicht wiedersehen. Was für ein Idiot! Und doch konnte sie ihm nicht einmal so recht böse sein.

Annies Augen brannten, sie drückte die Lider zusammen, wollte den schrecklichen Brief nicht mehr sehen!

Erschöpft neigte sie sich auf dem Bänkchen zurück, bis sie mit dem Rücken an dem Schuppen lehnte, der noch immer ihre Zuflucht inmitten von Trümmern war. Die Bergarbeitersiedlung Mausegatt hatte es zwar nicht so schlimm erwischt wie andere Stadtteile, dennoch waren die Folgen der vielen Bombardierungen verheerend.

Mit dem Zechenhäuschen der Familie Neumann ging es dennoch voran. Am letzten Wochenende hatten sie gemauert und dabei tüchtige Hilfe bekommen. Der alte Fritz Kohlhaus mochte krumm wie ein knorriger Baum sein, doch das Wissen des Mannes war Gold wert. Gegen ein gutes Dutzend Eier und ein Stückchen Schinken hatte der ehemalige Maurer ihnen mit Rat und Tat zur Seite gestanden und oft selbst Hand angelegt. Nun war das klaffende Loch in der Wohnzimmerwand Geschichte. Der Westwind würde nicht mehr hindurchpfeifen, nicht mehr Regen, Unrat und Staub hineinwehen. Annie meinte, den noch etwas feuchten Mörtel riechen zu können. Mineralisch, säuerlich und ein wenig nach Kalk.

Die Hühner liefen gackernd durch den Garten und pickten unter den Büschen nach Insekten und heruntergefallenen Beeren. Ganz besonders hatten sie es auf die Johannisbeersträucher abgesehen, die Mutti gerade aberntete. Heute Abend würden sie einkochen, fast wie früher. Nur dass der Herd nun unter einem Wellblechdach vor dem ehemaligen Ziegenstall sein Dasein fristete.

Vati war wie immer um diese Zeit unter Tage. Die Zeche produzierte wieder, als sei der Krieg nie geschehen. Das Land brauchte Kohle, die Menschen sollten im kommenden Winter nicht frieren, er würde auch so hart genug.

Ihre Schwester Charlotte war wie jeden Morgen schon in der Dämmerung aufgebrochen.

Sie räumte Schutt. Tat kaum etwas anderes, seit der Krieg zu Ende war, als könne sie mit der harten Plackerei die Erinnerungen vertreiben. »Dienst am Volk« nannte sie es, dabei wäre ihre Hilfe daheim genauso vonnöten gewesen. Es gab so viel Unausgesprochenes zwischen den Schwestern. So vieles, was sie einander nicht erzählen konnten. Die Gräben waren einfach zu tief.

Um sich nicht zu streiten, mieden sie einander.

Auch deshalb räumte Charlotte in der Innenstadt. *Wenigstens träume ich dann nicht ständig von Martin, sondern gar nicht,* hatte sie gesagt. Und tatsächlich schlief sie wie eine Tote, Annie konnte das bezeugen, denn sie lag Nacht für Nacht direkt neben ihrer zwei Jahre jüngeren Schwester. Charlotte legte sich hin, schloss die Augen und rührte sich dann bis zum Morgen nicht mehr. Es war regelrecht unheimlich, als legte jemand einen Schalter um.

Charlotte wirkte mit ihren siebzehn Jahren schon unendlich erwachsen. Hatte sich in den letzten Kriegstagen verlobt, nur um ihren Liebsten wenige Stunden später zu verlieren. Er war in ihren Armen gestorben. Das schnitt tief.

Charlotte war eine glühende Verehrerin Hitlers gewesen und mit dem Hass auf die Gegner des Tausendjährigen Reichs groß geworden. Deshalb verabscheute sie Männer wie Nathan zutiefst.

Der Mann, den Annie liebte, war für sie nicht mehr, aber auch nicht weniger als ein Feind.

Annies Gedanken drehten sich wie eine aufgezogene Spirale im Kreis und kehrten wie selbstverständlich zurück zu ihrem Amerikaner … *Nein, nicht mehr meinem*, korrigierte sie sich und spürte nun doch, wie die ersten Tränen liefen.

Wie konnte er nur? Hatte er sie denn in ihrer gemeinsamen Zeit so wenig kennengelernt? Hielt er sie für derart zerbrechlich?

Du wirst für immer in meinem Herzen sein, stand in der letzten Zeile.

Annie schlug mit der Faust auf den Brief und knüllte ihn mit einem Laut tiefster Verzweiflung zusammen. Dann strich sie ihn hastig wieder glatt. Er war doch das Letzte, was sie von Nathan noch hatte!

»Annie?« Mutters Ruf drang wie aus einer anderen Welt zu ihr. »Annie! Wie lange willst du denn da noch herumsitzen? Die Arbeit macht sich nicht von allein!«

»Jaja, ich komme schon.« Sie schob den Brief zurück in den Umschlag und diesen wiederum in ihre Jackentasche. Dann tupfte sie sich die Augen mit den Ärmeln trocken und zog die Nase hoch.

Rasch war ein kleiner Emailleeimer gefunden, und sie eilte los. Die Hühner flohen mit lautem Gackern, wobei das garstige Federvieh auch diese Gelegenheit nicht ausließ, um auf dem kleinsten Tier herumzuhacken.

Mutti hatte bereits eine Schale gefüllt, die mit einem Tuch abgedeckt zu ihren Füßen stand. Ihre ungehaltene Miene änderte sich sofort, als sie Annie in die Augen blickte.

»Ist etwas passiert? War die Post da? Geht es um Ernst?«

Annie schüttelte den Kopf. Ihr kleiner Bruder galt noch immer als verschollen. Vater behauptete, er befände sich in Frankreich in Kriegsgefangenschaft, doch so ganz glauben konnte sie ihm inzwischen nicht mehr.

»Nein, Nathan will … Er …« Sie schluchzte auf, konnte es einfach nicht aussprechen. Doch das musste sie auch nicht. Ihre Mutter verstand sofort.

»Was für ein Dummkopf.« Die Johannisbeeren waren vergessen. Sie nahm ihre älteste Tochter in den Arm.

Annie, die nicht schon wieder weinen wollte, hatte keine Chance. Die Umarmung war entwaffnend. Die Tränen liefen und liefen einfach, wollten gar nicht mehr aufhören, bis sie dann irgendwann doch versiegten. Erst danach gab sie ihrer Mutter den Umschlag.

Sie sollte selbst lesen, was Annie einfach nicht über die Lippen kommen wollte.

Mutti überflog die Zeilen. »Was für ein ehrenwerter Idiot. Das Unheil ist doch längst angerichtet! Dann soll er gefälligst auch zu dir stehen!«

»Das finde ich auch«, schniefte Annie. »Ich habe ihn doch lieb. Aber …«, schon wieder war da dieser Brocken in ihrer Kehle, so bitter und scharfkantig, dass ihre Stimme versagte.

»Schreib ihm.«

»Aber er ist fort!«

»Ganz fort ist er nicht. Er ist in Deutschland und nicht

in Amerika. Sie werden ihm die Post nachsenden. Schreib ihm, sonst werde ich es tun!«

»Ja, Mutti.« Annie rang sich zu einem erzwungenen Lächeln durch. Doch als sie sich vorstellte, wie ihre Mutter den Mann zur Schnecke machte, der ihrer Tochter das Herz gebrochen hatte, wuchs es trotz des ekligen Gefühls in ihrer Brust zu einem echten Lächeln an. »Aber erst die Johannisbeeren.«

»Er wird zurückkommen, Kindchen, ganz bestimmt. Die Kameraden oder die Obrigkeit werden ihm Flausen in den Kopf gesetzt haben. Verbrüderungsverbot und so weiter. Und wie die Männer so sind, hat er sofort *Ja* und *Amen* gesagt, statt sein eigenes Köpfchen zu benutzen.«

Zur gleichen Zeit

MÜLHEIMER INNENSTADT

Dem Erdboden gleichgemacht …

Vielleicht nicht ganz. Doch jedes dritte prächtige Stadthaus und fast alle Fachwerkbauten waren dahin. Charlotte fühlte sich fast ebenso zerrissen, wie ihr Heimatort aussah. Doch während Mülheim an der Ruhr mit jedem Tag ein wenig aufgeräumter wurde, zerbrach ihr Inneres weiter, und es fiel ihr immer schwerer, sich im Leben zurechtzufinden. Charlotte hatte sich das Haar abgeschnitten, weil Martin es geliebt hatte. Weil einen Zopf zu binden sie daran erinnerte, wie er ihn früher wieder auseinandergeflochten hätte.

Der abgeschnittene Zopf lag auf Martins Grab. Nun ringelten sich flachsblonde Strähnen in ihrem Nacken, die meist allerdings so voller Staub waren, dass Charlotte aussah, als hätte die Trauer sie vorzeitig ergrauen lassen. Martin fehlte, als hätte jemand die Musik aus ihrem Leben gestohlen. Für sie gab es keine Lieder mehr, keinen Tanz, und selbst beim Gehen kam sie manchmal aus dem Takt und strauchelte.

Jeden Morgen begegnete sie anderen Aufräumtrupps. Denn die Besatzer hatten jeden Mann, der ein Parteibuch der NSDAP besaß, zu einer gewissen Menge Arbeitsstunden verpflichtet. Diese Arbeiten wurden von Soldaten überwacht. Allein schon deshalb schloss Charlotte sich dort nicht an. Es gab Alternativen, die von Freiwilligen organisiert wurden.

Hier waren es vor allem Frauen und Alte, die schufteten, um ihren Händen etwas zu tun zu geben. Die Kinder gingen wieder in die Schule oder in privat organisierte Lernkreise. Alles kehrte langsam zur Normalität zurück.

Warum gelang ihr das dann nicht? Viele Frauen hatten ihre Männer beerdigen müssen. Andere lebten nun mit an Körper und Seele gebrochenen Krüppeln zusammen oder warteten voller Hoffnung darauf, dass ihr Liebster aus der Kriegsgefangenschaft zurückkehrte.

Es fällt mir so schwer, weil Martin und ich noch kein gemeinsames Leben hatten, dachte sie. *Die anderen schon. Uns haben sie es genommen, bevor wir unser Glück miteinander teilen konnten.*

Nichts hatte sie von ihm. Keinen Ring am Finger, kein Kind im Schoß, nur ein Foto und eine Haarlocke und das Versprechen, er werde sie heiraten, sobald der Krieg gewonnen war.

Neben ihr ratterten kleine Loren über hastig verlegte Schienen. Beides stammte eigentlich aus dem Bergbau. Die kleinen Wagen bestanden vollständig aus Metall. Sie wurden von Hand geschoben, am Ende ging es eine steile Holzrampe hinauf, und man musste ordentlich Schwung holen.

Von diesem Podest aus konnte der Inhalt in größere Wagen gekippt werden. Sie liefen ebenfalls auf Schienen, denen der Straßenbahn, und wurden von einer Dampflok gezogen. Der *Feurige Elias* ratterte, schnaufte und qualmte den ganzen Tag durch Mülheim, um herauszuschaffen, was verloren und nicht zu reparieren war.

Charlotte war überzeugt, dass sie selbst die größten Schuttberge eines Tages verschwinden lassen konnten, auch wenn sie jeden Abend mit dem Gefühl nach Hause ging, alles sähe noch genauso aus wie am Morgen.

Derzeit befreiten sie den Rathausmarkt von seiner Last, während sich im Rathaus die Besatzer breitmachten. Annie stützte die Hände in die Hüften und ließ die Schultern kreisen.

Sie fürchtete sich vor dem Tag, an dem es nichts mehr davonzuschaffen gab. Mittlerweile zweifelte sie daran, dass sich bis dahin alles irgendwie geregelt haben würde.

Ihre alte Anstellung bei der Rüstung im Essener Thyssenwerk würde nicht wiederkommen. Die Siegermächte erlaubten es nicht. Und was hätte sie dort auch gesollt? Der Krieg war verloren.

Das Deutsche Reich glich einem Krieger, dem alle Knochen im Leib gebrochen worden waren und der nun von den Geiern zerhackt wurde. Wie sollte daraus je wieder etwas Neues auferstehen, das mit Stolz seinen Kopf hob?

Waffen waren nicht mehr vonnöten. Das Reich wehrte sich nicht mehr.

Die Menschen waren kleinlaut geworden, und auch Charlotte schwieg meist bei Gesprächen, besonders jenen, die früher niemand zu führen gewagt hätte.

Wer noch den alten Idealen des Tausendjährigen Reichs nachhing, tat das nunmehr still für sich.

Wie glücklich sie doch gewesen war, als alles noch seine Ordnung hatte!

Nur drei Jahre war es her, und doch schien ein ganzes Zeitalter zwischen damals und heute zu liegen. Vor drei Jahren hatte man ihr zum ersten Mal mitgeteilt, dass ihr athletisches Talent so herausragend sei, dass sie sich Hoffnungen auf nationale und sogar internationale Auszeichnungen machen könne. Von jenem Tag an hatte sie wie eine Besessene trainiert. Nichts Geringeres als Fünfkampf sollte es sein. Im BDM wurde sie von vielen sozialen Diensten befreit, um sich ganz und gar dem sportlichen Wettkampf widmen zu können. Solange sie für ihre Ortsgruppe Medaillen und Abzeichen einstrich, wurde sie wie eine Prinzessin behandelt.

Plötzlich hatte es keine Rolle mehr gespielt, dass sie nur ein Arbeiterkind war. Dass ihr Vater so tief mit der Kohle verbunden war, dass seine Haut nie ganz sauber wurde. Denn sie, Charlotte Neumann, lief schneller und sprang höher als die Sprösslinge der Beamten und Studienräte. Da konnten die noch so viel Geld oder Einfluss haben.

Aber nun? Wer dachte jetzt noch an Sport? Ihr Traum war geplatzt, der BDM ebenso aufgelöst wie die Hitlerjugend.

Charlotte belastete ihren rechten Fuß. Ja, da war er noch, der leise Schmerz, wo ein Trümmer sie nur wenige Tage, nachdem das Ruhrgebiet gefallen war, getroffen hatte. Vielleicht war doch etwas gebrochen gewesen oder ein Band gerissen. Womöglich würde sie nicht einmal dann wieder an Wettkämpfen teilnehmen können, wenn eines Tages wieder welche stattfanden.

Charlotte begann, zerbrochene Dachpfannen in eine bereitstehende Lore zu werfen. *Zack, zack, zack.* Sie musste nicht einmal hinsehen, so sehr war ihr die Bewegung in Fleisch und Blut übergegangen.

Ihre Hände waren mittlerweile so rau wie der Mörtel, der täglich daran rieb. Wenigstens konnte sie so mit ihrer Kraft irgendwohin.

Putzverkrusteter Backstein, ein großer Brocken. Sie ging in die Knie, hob ihn hoch, taumelte einige Schritt mit angehaltenem Atem und ließ ihre Last in die Lore fallen. Als sie sich wieder umdrehte, fiel ihr Blick auf ein verbeultes, rostiges Schild. Sie hob es hoch, wischte den Staub weg. Ein Führerporträt, darunter die Worte *Sieg Heil.* Wo war der Sieg nun?

Zögernd drehte sie das Schild in den Händen, strich noch einmal darüber. Als Kind hatte sie Adolf Hitler einmal getroffen. Er schien wie von einer Aura umgeben zu sein. Als stünde er unter einem besonders glücklichen Stern. Jedem hatte sie von dieser Begegnung erzählt. *Ach, ach.* In ihrer Brust zog sich ein Knoten enger, dann gab sie sich einen Ruck und warf das Schild fort.

»Charlotte? Charlie! Kannst du mal mitanfassen?« Das war Bertram, ein Waisenjunge von vierzehn Jahren, der tags hier ackerte und nachts unter den Loren schlief. Jeder steckte ihm etwas zu essen zu.

Nun stand er neben einem langen Eichenbalken, der nur

halb aus dem Wust eines zusammengestürzten Dachstuhls herausragte. »Klar fasse ich mit an. Aber nur, wenn du Pimpf mich nicht Charlie nennst.« Das hatte nämlich Martin getan und nur er gedurft. Und auch das erst, nachdem er sich einige Knuffe dafür eingefangen hatte.

»Ich bin kein Pimpf«, protestierte Bertram und stellte sich breitbeinig hin, was besonders ulkig aussah, weil seine Beine spindeldürr waren und er verbeulte kurze Hosen trug. Die Kappe hatte er sich tief in die Stirn gezogen, darunter warf er Charlotte einen verwegenen Blick zu. Erst jetzt, wo sie ihn so vor sich sah, wurde ihr bewusst, was für ein ungeheuer tapferer Kerl er war. Die ganze Familie hatte er verloren und stand hier dennoch seinen Mann. Heulte nicht, brach nicht zusammen.

Sie sollte sich ein Beispiel an ihm nehmen.

Und noch etwas nahm sie sich vor. Wenn er sie das nächste Mal Charlie nannte, würde sie ihn nicht korrigieren.

»Los, packen wir's an«, kommandierte sie.

Er presste seine Schulter unter das Holz. Gemeinsam drückten, ruckelten und zerrten sie, dann kam es endlich frei.

»Der is noch gut«, verkündete Bertram triumphierend. »Nur 'n büschken angesengt.«

Sie schulterten den Balken und trugen ihn aus dem Schuttberg heraus zu einem wartenden Ochsenkarren. Dieser Eichenbalken hatte noch ein zweites Leben vor sich. Würde anderen ein Dach über dem Kopf geben. Krachend fiel er auf weitere gerettete Stücke.

Nein, die verdammten Alliierten hatten nicht alles kaputt gekriegt!

Kapitel 2

Sieben Jahre zuvor

MÜLHEIM, SOMMER 1938

Was für ein herrlicher Tag, wie im Bilderbuch war das. Und das an seinem zehnten Geburtstag!

Es machte Ernst gar nichts aus, dass er heute nicht bei seinen Eltern und den nervigen großen Schwestern sein konnte. Die Geschenke warteten, und den süßen, saftigen Apfelkuchen mit Schmand und Streuseln, den würde Mutti auch am Sonntag noch backen können.

Am Morgen war eine große Schar aufgeregter Burschen mit einem Laster aus der Stadt hinausgefahren, so früh, dass noch Nebel über dem Land lag und aus den Feldern Erdgeruch aufstieg.

Mittlerweile brannte die Sonne auf sie hinab. Schweiß rann kribbelnd unter Ernsts Mütze hervor. Die Feldflasche an seiner Seite gluckerte verdächtig leer. Mehr als die Hälfte hatte er bereits ausgetrunken.

Singen machte durstig.

Gerade waren sie mit *Hoch auf dem gelben Wagen* fertig, da stimmte Hans, ihr Zugführer, bereits wieder das *Fahnen-*

lied an. Ernst liebte dieses Lied. Lauthals sang er mit. Einige der Jungs waren im Stimmbruch, daher klang es manchmal ulkig, wenn ihre Töne unbeabsichtigt auf und ab sprangen. Als es dem ersten passierte, wurde er noch gehänselt, doch mittlerweile war etwas Zeit verstrichen, und bis auf die Jüngsten konnte es jeden treffen.

Unter ihren Schuhen glitt der Feldweg rasch dahin. Staubig war es. Wenn Ernst zurücksah, konnte er das Wölkchen, das ihr Zug aufgewirbelt hatte, noch lange über dem Boden stehen sehen, denn es ging kein Wind, nicht einmal ein Lüftchen.

Die Fahnen, die von den Bannerträgern vorangetragen wurden, hingen schlaff herab und sahen ein wenig traurig aus. Mittlerweile waren die Jungs wohl zu erschöpft, um sie hin- und herzubewegen. Ernst hätte liebend gern seine Hilfe angeboten, doch die Aufgabe stand ihm nicht zu, er hatte sich dieses Privileg noch nicht verdient. Dass er Geburtstag hatte, spielte keine Rolle.

Nicht übermütig werden, sagte Vati immer, und vielleicht hatte er recht. Ernst konnte sich leider nur allzu genau ausmalen, wie ihm die Fahne aus der Hand fallen würde, weil sie mit dem Gewehr zusammenstieß. Beides würde sich verheddern, Gurt mit Stoff, Stange mit Lauf. Die Fahne fiele in den Staub, und seine Freunde würden ihn auf Wochen verspotten. Nein, darauf konnte er wirklich verzichten.

Die Gewehre trugen sie heute zum ersten Mal. Auch deshalb reckten er und seine Kameraden stolz die Köpfe nach vorn, während sie im Gleichtakt zum Rhythmus ihres Liedes marschierten. Wie herrlich das aussah! Der ganze Zug ordentlich gereiht, die Gewehre gen Himmel gerichtet. Schwarz und gefährlich blitzten die polierten Läufe.

Von Weitem sahen sie bestimmt aus wie Soldaten einer richtigen Armee.

Wären da nur nicht die Pferdebremsen gewesen, die wie höllische Plagegeister über sie herfielen. Sie kamen aus den goldenen Feldern, die sich auf beiden Seiten erstreckten und den getreidigen Geruch von frisch gemahlenem Mehl verströmten. Als könnten es die raschelnden Ähren kaum erwarten, geerntet zu werden. An den Feldrändern mischte sich zarter roter Klatschmohn mit Kornblumen und Schafgarbe.

»Ernst!« Moritz stieß ihn mit dem Ellenbogen an.

»Was?«

Moritz schlug zielgenau nach einer Bremse auf seiner Schulter und zerquetschte das vollgesogene Vieh. Zurück blieb ein großer Blutfleck, der sofort in den Stoff einzog.

»Verdammt!«

»Das heißt ›danke‹.«

»Du hast mir das Hemd versaut, Idiot.«

»So dankst du einem Kameraden?«

Ernst antwortete nicht. Sein Freund konnte ja nicht ahnen, wie knapp es bei den Neumanns zuging, zumindest, was die Uniformen betraf. Da knauserten seine Eltern gern, und Ernst bekam infolge bei der Inspektion einen Rüffel.

»Kannst mir nachher dein Hemd geben, schließlich hab ich Geburtstag.« Er grinste. Doch nun sah Moritz weg. Der kräftige Junge war der Sohn eines Eisenbahners und hatte den besten rechten Haken im Viertel. Ernst war stolz, ihn zum Freund zu haben. Gemeinsam mit Thomas, der direkt vor ihm marschierte, bildeten sie ein berüchtigtes Dreigestirn, das nur Flausen im Kopf hatte.

Oft wünschte Ernst sich, sein Vater wäre mehr wie der

von Moritz. Laut und lustig und Parteimitglied der ersten Stunde. Damit war man wer unter Erwachsenen.

»Guck, guck! Ist es das?« Moritz reckte den Kopf, um zwischen den anderen hindurchzusehen. Sie hatten es perfektioniert, beim Marschieren zu reden und dafür immer nur kurz den Gesang zu unterbrechen.

Ernst erwischte eine Sichtlücke zwischen Schultern, Tornistern und Gewehrläufen und konnte einen Fachwerkbau mit einer großen Scheune ausmachen. Auf den Wiesen dahinter waren Zielscheiben aufgestellt. Nachdem sie tagelang geübt hatten, die Luftgewehre zu pflegen, zu laden, zu entsichern und wieder zu sichern, war es heute so weit.

»Das ist es, garantiert.«

Kurz darauf wichen die Getreidefelder Obstbaumwiesen, dann hatten sie das Gehöft erreicht.

»Der gesamte Zug: Halt!«, kommandierte ihr Scharführer. Sie nahmen sofort Aufstellung, während über ihnen Schwalben wie kleine Messerschmitt-Jagdflugzeuge durch den blauen Himmel schnitten.

»Gut marschiert, Kameraden. Erst mal Brotzeit, dann werden die Gewehre geputzt, ich will kein Staubkörnchen sehen, verstanden?«

»Jawohl, Scharführer!«, erwiderten sie im Chor.

»Heil Hitler, Kameraden, und Mahlzeit!«

»Heil Hitler, Scharführer!«

Im Schatten einzelner knorriger Eichen setzten sie sich auf die Hofplatte, die aus hühnereigroßen, rund gewaschenen Steinchen bestand.

»Da hat wohl jemand Langeweile gehabt«, feixte Moritz und wischte mit der Hand über den Belag, der hier im Fischgrätmuster angeordnet war.

Ein jeder Junge hatte nun seinen Ranzen vor sich und zerrte die Brotdose heraus. Wie die Wölfe fielen sie über ihre einfachen Schmalzstullen und Käseschnitten her. Wie immer war alles, was Mutti ihm eingepackt hatte, im Nu verputzt. Selbst die kalten Kartoffeln vom Vortag rutschten ihm, wenn auch mit etwas Widerstand, durch den trockenen Hals.

Ernst stürzte sein Trinkwasser hinunter und verschluckte sich beinahe. Moritz rülpste laut und erntete damit Begeisterungsrufe seiner Freunde. Er war noch schneller fertig gewesen.

Als Ernst nach seinem Gewehr griff, spürte er ein unangenehmes Ziehen in den Schultern. Sie hatten ordentlich Gepäck dabeigehabt und es einige Stunden geschleppt, immerhin würden sie hier übernachten. Aber nun lag der anstrengende Teil ja hinter ihnen. Was folgte, war das reine Vergnügen. Statt immer nur die Kleinkalibergewehre anzuschauen, auseinanderzunehmen, zu reinigen und wieder zusammenzusetzen, hieß es nun endlich Schießen lernen.

Und danach würde es bestimmt wieder ein großes Lagerfeuer geben, mit Stockbrot und Würstchen, und jemand würde ausgesucht werden, um eine Heldengeschichte vorzulesen. Hoffentlich nicht er.

Sorgfältig breitete Ernst ein Tuch aus, legte seine Waffe darauf, wie er es gelernt hatte, und begann, sie mit einem weiteren Tuch vom Staub des Marsches zu reinigen. Zwar war es ihm ein Rätsel, wie es sein konnte, dass die Soldaten an der Front Zeit für die ganze Putzerei hatten und trotzdem dem Feind die Hölle heißmachten, aber Fragen wie diese stellte er sich nur im Stillen.

Mülheim, Frühsommer 1945

Es war also geschehen, der verdammte Amerikaner hatte mit ihrer Schwester Schluss gemacht! Aber nun konnte sich Charlotte doch nicht so recht freuen, dass ihre List aufgegangen war. Dafür litt Annie viel zu sehr.

Die ganze Nacht über hatte sie immer wieder geweint und seinen Namen gemurmelt, sodass Charlotte selbst kaum ein Auge zubekam, obwohl sie so müde war, als drückten sie neben einem Berg aus Sorgen auch all die Steine nieder, die sie am Tag beiseitegeräumt hatte.

Um diese Jahreszeit wurde es sehr früh hell. Sobald der Himmel im Osten einen zartgelben Ton annahm, war es mit ihrer Geduld endgültig vorbei, und sie stand auf.

Annie schlief endlich. Deshalb gab Charlotte sich große Mühe, auf Zehenspitzen aus dem Winkel zu schleichen, in dem sie ihr provisorisches Lager aufgeschlagen hatten, und betrat das Haus. Das Dach war nun mit der Lkw-Plane gedeckt, die der Amerikaner ihnen bei seinem letzten Besuch mitgebracht hatte. Nur dass damals weder er noch Annie gewusst hatten, dass es ihr letztes Stelldichein gewesen war.

Vati saß am Küchentisch, vor sich eine Kanne mit Muckefuck, der mit einer Prise echten Kaffees verfeinert war. Er blickte auf und musterte sie. Er sah aus, als wäre er gerade erst von einer Schicht heimgekehrt, tatsächlich aber war es genau andersherum. Wenn Vati die Wahl hatte, nahm er immer die Frühschicht, dann war am Nachmittag noch genug Zeit für Arbeiten am Haus.

»Guten Morgen«, murmelte Charlotte, nahm sich eine Tasse und setzte sich neben ihn an den Tisch.

»Morgen, mein Mädchen.« Er schob ihr einen Korb mit Graubrot herüber. Der Geruch war hefig und säuerlich, die Kruste ein wenig zu schwarz und sicher längst weich. Aber es konnte nicht immer Muttis frisch gebackenen Stuten geben, nicht in Zeiten wie diesen.

Vati beschmierte indes unbeirrt eine Scheibe nach der anderen erst mit Schmalz, dann streute er Salz darüber und klappte eine weitere darauf, bis auf dem Teller ein ordentlicher Turm entstanden war.

Seitdem das Häuschen in Trümmern lag, nahm er kein gekochtes Essen mehr mit, sondern fuhr mittags auf, wo es in der Kantine meist Suppe gab, von der Charlotte nichts Gutes gehört hatte. Sie schmeckte mies, die verwendeten Trockenerbsen und Bohnen waren oft verwurmt. Aber sie machte satt, sagte Vati dann. »Mit genug Kohlenstaub inne Klüsen siehste die Würmer nich.«

Am Abend aßen sie dann alle gemeinsam, das war auch schön.

Charlotte sah zu, wie er erst die Brote in einer Dose verstaute und dann eine Kanne mit Kräutertee und ein Einmachglas voll Roter Bete danebenstellte. »Ich muss los.«

Er erhob sich, packte alles in eine abgewetzte Ledertasche.

»Und was ist mit Mutti? Ist sie noch gar nicht auf?«

»Es geht ihr nicht gut. Du kannst ja heute zu Hause helfen, sie würde sich bestimmt freuen.« Er wartete ihre Antwort nicht ab, sondern erhob sich, gab ihr einen Kuss auf die Stirn und ging.

Als die Tür hinter ihm ins Schloss gefallen war, stützte Charlotte das Gesicht in die Hände und schloss kurz die Augen. Sie wollte die leeren Plätze am Tisch nicht sehen, da zog sich alles in ihr zusammen. Als würde sie mit lauter Gespenstern frühstücken.

In Haus und Anbau war es still. Draußen gaben die Hühner kleine, freundliche Laute von sich und scharrten im Boden. Vati musste sie bereits herausgelassen haben.

Plötzlich hatte Charlotte es eilig. Sie wollte fort sein, wenn die anderen aufstanden.

Ja, natürlich würde Mutti sich freuen, wenn sie bliebe, besonders, wenn sie sich tatsächlich die Erkältung eingefangen hatte, die derzeit in der Siedlung umging.

Aber sie konnte nicht … noch nicht.

Annie würde sich schon kümmern. Auf ihre Schwester war in dieser Hinsicht stets Verlass.

Charlotte trank ihre Tasse leer und schmierte sich eine Scheibe Graubrot mit Margarine, auf die sie etwas Salz streute. Seit Martins Tod hatte alles seinen Geschmack verloren. Doch Essen musste sein, sie brauchte ihre Kraft. Brot, Fett und Salz, das reichte, damit sie durchhielt.

Die Sonne schob sich soeben über den Horizont und sandte ihre wärmenden Strahlen voraus, als Charlotte auf die Straße trat und sofort in ein ordentliches Marschtempo verfiel.

Es tat gut zu gehen, die Bewegung vertrieb die letzte Müdigkeit. Charlotte ließ die Arme mitschwingen, weil so auch die Schultern locker wurden. Ach, was vermisste sie den BDM-Sport und alles, was damit zu tun hatte … Die Turniere, die Feste … die Treffen mit Martin, der genauso begeistert davon gewesen war wie sie.

Wenn er Ruderwettkämpfe bestritt, einzeln oder in der Mannschaft, hatte sie oft am Ufer gestanden und ihn angefeuert. Zuerst noch in Mülheim an der Ruhr, später auch in

Duisburg auf der Regattabahn an der Kruppstraße, wo in einem ausgekiesten See 1935 eine erstklassige Sportstätte entstanden war.

Zu jenem Zeitpunkt waren sie längst ein Paar gewesen.

Charlotte begann zu laufen, ein zügiger Trott, doch die Erinnerungen folgten ihr, ließen sich nicht so leicht abschütteln. In ihrer Kehle begann es zu kribbeln. Tränen schlichen sich an. *Nicht weinen!*

Charlotte rannte los.

Kapitel 3

Mülheim, Juni 1945

Annie grub mit Harke und Spaten im Gemüsebeet. Sie wollten den Mangold vereinzeln und dann auch noch frisch aussäen. Endivie für Vatis geliebtes Endivien-Durcheinander, dann noch Buschbohnen, Radieschen und Möhren. Hoffentlich wurde der Herbst lang und warm, damit sie lange ernten konnten. Solange sie ordentlich Kartoffeln und Bohnen bekämen, würden sie nicht hungern. Und Bohnen, ach, davon war jedes Eckchen voll. Überall ragten Stecken mit den bunt blühenden Winden auf, und auch die Buschbohnen gediehen, sogar im Vorgarten. In diesem Jahr war dort kein Platz für Rasen und hübsche Blumen übrig.

Annie klaubte einige fette Engerlinge aus dem Boden. Die wabbeligen weißen Biester würden hier keinen Schaden mehr anrichten.

»Putt, putt, putt!«, rief sie die Hühner heran, die sofort losrannten. Wie lustig sie aussahen, wenn sie mit riesigen Schritten angelaufen kamen und dabei jegliche Eleganz verloren, mit der sie sonst geschäftig herumstolzierten. Annie warf ihnen ihre Beute hin, und mancher Engerling erreichte nicht einmal den Boden.

Seitdem sie vor einigen Jahren gesehen hatte, wie eine Henne eine Maus erwischte, sie blitzschnell tötete und fraß, sah sie die Tiere mit anderen Augen.

Die Hühner blieben und stürzten sich auf die frisch aufgebrochene Erde, sobald Annie mit dem Spaten einen Abschnitt gelockert hatte. »Na, dann will ich in den nächsten Tagen auch ordentlich Eier sehen, Mädels«, sagte sie.

Annie stürzte sich wieder auf die Arbeit, und bald war sie mit den Gedanken nicht mehr beim Gemüse, sondern bei Nathan.

Fünf Briefe an ihn hatte sie begonnen und vor zwei Tagen schlussendlich auch einen abgeschickt.

Drei Versuche waren an ihren Tränen gescheitert. Die Tinte war an so vielen Stellen unleserlich geworden, dass sie einen weiteren kostbaren Bogen Papier nutzen musste.

Schließlich schrieb sie mit ausgestreckten Armen, da war er trocken geblieben. Sie hatte eine Balance gesucht, wollte nicht so jämmerlich klingen, wie sie sich fühlte, und ihn trotzdem wissen lassen, wie es um sie stand. Denn ja, sie hatte ihn wirklich lieb gewonnen, das sollte er wissen.

Mutti, die sie überhaupt erst zu dem Brief angestiftet hatte, drückte ihr ein Foto in die Hand, das sie vor einem Jahr gemacht hatten. Es zeigte die ganze Familie, alle fünf Neumanns.

»Zerschneide es, Annie«, hatte sie gesagt und ihre Tochter aufmunternd angesehen.

»Was? Nein, es ist doch unser einziges.« Annie hatte es selbst aus den Trümmern gerettet.

Doch ihre Mutter ließ nicht mit sich verhandeln. Sie hatte darauf bestanden und Annie erklärt, dass ein Foto genau das war, was einen Mann zu überzeugen vermochte.

Er würde es angeblich immer wieder ansehen, bis er schließlich nicht mehr anders konnte, als zu ihr zurückzukehren. »Du bist so hübsch auf dem Foto, er muss es einfach bekommen!«

Schließlich war es Mutti gewesen, die die Schere ansetzte und die Annie auf der Fotografie, die ganz am Rande stand, von ihrer Familie trennte.

Nun war der Brief abgeschickt, und Annie konnte nur hoffen, dass die Post ihn auch zustellen würde. Das war ein ebenso großes Vabanquespiel wie zu spät ausgesäter Kohl.

Annie stieß den Spaten in die Erde, trat auf das Ende, kippte den Placken ab und stieß das Blatt zum Auflockern einige Male hinein. Den Rest besorgten die Hühner mit Schnäbeln und Krallen.

Seitdem der Brief in der Post war, ging es Annie etwas besser. Sie hatte alles getan, was in ihrer Macht stand. Nun würde das Schicksal – und natürlich die Post – entscheiden, wie es mit ihr und Nathan weiterging.

Annie arbeitete sich an der Erde ab. Es tat gut, ihren Frust auf diese Weise loszuwerden. Denn neben ihrem Herzeleid war da noch das Gefühl lähmenden Stillstands, das sie plagte.

Die vergangenen Jahre hatte sie jeden einzelnen Tag gewünscht, Hitlers Regime würde endlich in die Knie gehen. Es war wie ein Fixpunkt gewesen, auf den sich all ihre Hoffnung konzentrierte. Als würden sich mit der Kapitulation sämtliche Probleme in Luft auflösen.

Wie naiv das gewesen war, wurde ihr erst nach und nach bewusst. Das Land, und ganz besonders das Ruhrgebiet, lag in Trümmern. Mülheim würde nicht einfach aufspringen, sich mit einem tapferen Lächeln den Staub von den Knien klopfen und dann wieder aufrichten, als sei nie etwas geschehen.

Es gab fast keine Schulen mehr, ein Drittel der Häuser war zerstört, die Menschen waren geflohen oder wohnten wie die Ratten in ihren eigenen Kellern. Viele Kinder hielten sich noch immer in Landverschickungsheimen auf, weil es nichts gab, wohin sie zurückkehren konnten. Alles war kaputt.

Die Besatzer hatten Wichtigeres zu tun, als sich um Schulunterricht zu sorgen. Natürlich gab es einen Erlass, dass die Schulen so schnell wie möglich wieder geöffnet werden sollten, aber es gab auch einen weiteren, laut dem all diejenigen aus dem Lehrkörper zu entfernen waren, die als große Nationalisten bekannt waren. Das eine ging nicht gut mit dem anderen zusammen, was zu einem heillosen Durcheinander führte. Neue Lehrpläne sollten erstellt werden, am besten gestern, neue Unterrichtsräume mussten her. Dabei fehlte es ohnehin schon an allen Ecken und Enden.

Zum Glück gab es Frau Nierhaus. Sie half Annie noch immer, sich auf ihr Abitur vorzubereiten. Mit etwas Glück würde es im nächsten Jahr dann endlich so weit sein.

Morgen sollte Annie ihre Lehrerin an einer anderen Adresse treffen als üblich. Die ältere Dame hatte ein großes Geheimnis daraus gemacht, warum. Sie solle sich ordentlich anziehen, das war alles, was Annie wusste.

Was hatte die Nierhaus nur vor?

Zwei Jahre zuvor

ESSENER KRUPPWERKE, 1943

Charlotte war tags zuvor schon einmal hier gewesen. Mit einem halben Dutzend anderer Mädchen war sie aus Mülheim angereist, um sich als Arbeiterin vorzustellen.

Wie aufgeregt sie gewesen war, als der Bus vor den gewaltigen Werkshallen anhielt. Schier endlos reihten sie sich auf der Fläche einer Kleinstadt aneinander. Überall rumste und stampfte es, wo gewaltige Hämmer ihrem Schmiedewerk nachgingen, als seien dort die Riesen aus alten germanischen Sagen am Werk. Aus Schloten stieg schwarzer Rauch auf und zog wie abgeknickt mit dem Wind. Charlotte blickte ergriffen die schnurgerade Reihe von Backsteingebäuden entlang. Das war sie also, die Waffenschmiede des Reiches! Der Ort, der Essen den Beinamen *Kanonenstadt* eingebracht hatte.

Hart wie Kruppstahl wollte Hitler die deutsche Jugend sehen, und hier war Charlotte nun! Wenn sie auch nicht wie die Jungs in den Krieg ziehen konnte, so würde sie doch an der Heimatfront ihren Dienst tun.

Als sie das Büro betrat, fühlte sie sich dennoch klein. Die Bewerbung verlief schnell. Ein krummer, glatzköpfiger Mann erfragte Alter, Schulbildung und Vorkenntnisse. Tippte alles auf eine kleine Karteikarte und händigte ihr dann einen vorläufigen Werksausweis aus. Kein einziges Mal hatte er ihr in die Augen gesehen, sondern erst auf ihren Busen und beim Hinausgehen vermutlich auch auf den Hintern. Sie war noch einmal stehen geblieben, um zu fragen, ob sie in einer bestimmten Halle arbeiten könne. Er hatte nur genickt, noch etwas auf ihrem Ausweis vermerkt und sie dann mit einer Geste davongescheucht, als sei sie ihm lästig.

Nun war es der zweite Tag im Werk und ihr erster Arbeitstag. Den Eltern hatte sie nichts gesagt, die wussten nur, dass ihre Tochter sich auf die Suche nach einer Anstellung begeben wollte, nachdem ihre Schule ausgebombt worden war. Das Wo verschwieg sie aus gutem Grund. Sie hätten es ihr verboten.

Charlotte hoffte, dass Vati und Mutti ihre Meinung ändern würden, sobald sie ihr erstes Gehalt heimbrachte. Denn alles wurde immer teurer, und eine weitere volle Lohntüte würde Linderung schaffen.

Mit hastigen Schritten ging es über blank gefegtes Kopfsteinpflaster. Charlotte meinte, es vibriere unter ihren Füßen. Das stete Stampfen und Schnarren, das aus den Werkshallen drang, setzte sich auch in Mauer und Stein fort, als würde ein Körper unter dem Schlag eines gewaltigen Herzens erbeben.

Hier war es! Dies war die Halle, in der Martin arbeitete.

Sie hielt inne, zwang sich, ruhiger zu atmen, dann trat sie durch das große, offene Tor in die Werkshalle ein.

Angeblich würde sie das Büro sofort finden, hatte der Glatzköpfige behauptet. Doch ihr erster Blick fiel auf die endlosen Reihen von Oberlichtern, durch die der helle Schein der Morgensonne auf ein Gewirr von Fließbändern, Stahlkolossen, stampfenden Kolben, Rohren und Gestänge fiel.

Schienen führten aus der Halle hinaus. Auf flachen Wagen mit Eisenreifen stapelten sich immer gleiche Teile, glänzend geschliffen.

Charlotte konnte nichts, was sie hier sah, mit Namen benennen, und doch machte sie der Anblick ganz ergriffen.

Wohl fünfzig Männer arbeiteten an verschiedenen Stationen, betätigten Hebel und Spulen. Auch unter der Hallendecke verlief eine Art Schienennetz, flankiert von Stahlseilen, mit denen sich gewaltige Haken bewegen ließen.

An vielen Stellen trat Dampf aus, der sich unter der Decke sammelte, als gäbe es hier drinnen ein eigenes Wetter. Es roch nach Feuer und heißem Metall, nach dem Leder der Treibriemen und Schmierfett.

»Hierher, Mädchen«, rief plötzlich jemand. Eine dralle Mittfünfzigerin, angetan mit Stiefeln und einer schweren Lederschürze, winkte ihr zu. »Tach auch, ich bin Helga!« Sie streckte ihr eine rußschwarze Pranke hin.

Charlotte schlug ein. »Neumann, Charlotte.«

»Na, denn kommma mit, Neumann, Charlotte, se ham schon jesacht, dass wir neue Mädels kriegen.« Die Arbeiterin wartete ihre Reaktion nicht ab, sondern lief zu einem kleinen Bau, der sich in der gewaltigen Halle wie ein Schuhkarton mit Fensterchen ausnahm, eher ein Pförtnerhaus als ein Büro.

Charlotte sah über die Schulter zurück in das Gewirr der Maschinen. Irgendwo dort musste auch Martin sein. Zwar hatte sie vor allem seinetwegen versucht, hier eine Anstellung zu bekommen, doch nun, da sie hier war, wollte sie Teil dieses gewaltigen eisernen Herzens sein!

»Die Neue ist da«, verkündete Helga im selben Moment, als sie die Tür aufzog.

»Kannstse gleich einarbeiten«, schallte es heraus.

Charlotte hatte kaum einen Blick auf den Mann hinter dem Schreibtisch geworfen, der halb hinter dicken Büchern und Plänen verschwand, als sie auch schon wieder aus dem Büro heraus war. Nur den Zettel, den sie bei ihrer Anstellung erhalten hatte, war sie losgeworden.

»Morgen geht es eine Stunde eher los, Mädchen, die Schicht beginnt um sieben.«

»Es tut mir leid, das wusste ich nicht. Mir wurde gesagt, dass …«

»Schon gut, Kleine. Hast alles richtig gemacht.«

Charlotte hatte das Gefühl, mehr und mehr zu schrumpfen. Helga war eine resolute, laute Person mit einer harten Schale. Auch wenn sie ihr gegenüber nicht herablassend oder unfreundlich war, war ihre rohe Art doch abschreckend.

Nein, das war etwas ganz anderes als daheim oder beim BDM.

In der Werkshalle bewunderte niemand Charlotte für ihre weizenblonden Haare oder ihre Leistung auf dem Sportplatz. Hier war sie nur ein Mädchen, dem selbst der einfachste Handgriff noch beigebracht werden musste.

Sie wurde in eine Umkleide geführt, wo Helga ihr ein Kopftuch, eine Kittelschürze und Handschuhe aushändigte. »Da liegt ein Stift. Schreib dein Kürzel hinein und halte dein Zeug stets selbst in Ordnung.«

»Ja, natürlich.«

Sie zog sich um und steckte sich die Handschuhe ins Schürzenband, wie sie es bei Helga sah.

Nach wenigen Minuten in der Fertigungshalle brummte Charlotte bereits der Kopf. Stahlwolle, Gewinde, Hülsen, Treibladung … vor ihr lag ein Durcheinander aus Einzelteilen, die geglättet und auf Fehlstellen überprüft werden mussten, bevor sie zusammengesetzt wurden. Gerade als Charlotte sagen wollte, dass sie sich das nicht zutraue, grinste Helga breit. Sie hatten sich einen Scherz mit ihr erlaubt. »Du würdest uns alle in die Luft jagen, Mädchen.« Nun lachten auch die drei anderen anwesenden Frauen.

»Deine Aufgabe ist es nur, die frisch gezogenen Rohre für die Mörser auf dem Wagen abzuholen und sie einzeln auf Grate und Fehlstellen zu untersuchen. Die kleinen Sachen schleifst du selbst ab, bei größeren muss jemand anderes ran.« Helga schlug ihr auf die Schulter. »Traust du dir das zu, Kleine?«

Charlotte nickte schnell und konnte ein erleichtertes Seufzen nicht unterdrücken. »Ja, ich denke, das kann ich.«

Kurz darauf war es dann so weit. Sie hielt zum allerersten Mal in ihrem Leben das Rohr eines Mörsers in den Händen.

Bislang kannte sie nur Fotografien und hatte sich die Waffe größer vorgestellt. Größer und beeindruckender.

Sobald Helga außer Sicht war, stellten sich die anderen drei vor. Claudia, Heidrun, Mia, kurz für Maria. Allesamt waren sie in Charlottes Alter und schienen patente junge Fräuleins, die ihren Dienst an der Heimatfront mit Begeisterung ausübten.

Heidrun war ziemlich rundlich, mit einem lustigen Gesicht voller Sommersprossen und einem kleinen, herzförmigen Mund. Claudia sah aus, als würde sie nie lachen, tat es zu Charlottes Überraschung aber doch. Nur Mia konnte sie nicht einschätzen. Das Mädchen hatte ein spitzes Gesicht mit einer noch spitzeren Nase, die ihr etwas Vogelhaftes verlieh. Der Blick aus haselbraunen Augen war wie nach innen gekehrt, als sei sie ständig in Gedanken.

Charlotte wuchtete ein Rohr vor sich auf den Tisch und begann, wie es ihr gezeigt worden war, die Ränder auf Gussnähte abzutasten.

»Die Handschuhe!«, mahnte Mia genau in dem Moment, als ihr Zeigefinger den ersten Metallgrat fand, der ihr prompt in die Kuppe schnitt.

»Verdammt!« Sie zuckte zurück und sog sofort an der kleinen Wunde. Blut, Metallgeschmack, Ruß.

»Schlimm?«

»Nee«, nuschelte Charlotte und hätte sich am liebsten für ihre eigene Dummheit geohrfeigt. Gleich darauf zog sie die Handschuhe an. Der Finger schmerzte und nässte. Auf dieses Lehrgeld hätte sie gerne verzichtet.

»Hast du dich selbst gemeldet, oder gab es wieder einen Aufruf?«, erkundigte sich Claudia.

Charlottes Herz tat einen unerwarteten Hüpfer, kaum war der Gedanke an Martin in ihrem Kopf. »Ein ... ein Freund hat mich auf die Idee gebracht«, sagte sie und versuchte, dabei zumindest so auszusehen, als würde sie gewissenhaft ihrer neuen Arbeit nachgehen.

In Wahrheit war ein Feuer in ihren Wangen erwacht, als glühte gleich neben ihr ein Hochofen.

»Von hier?« Mia beugte ihren Kopf mit dem spitzen Gesicht vor, als versuche sie, mit der Nase etwas aufzupicken.

»Den kennst du eh nicht«, mischte sich gleich darauf Claudia ein. »Das ist hier wie eine eigene kleine Stadt. Wenn Schicht ist, wimmeln die Menschen herum wie Ameisen.«

»Und wenn doch?«, blieb Mia dran.

Charlotte verschluckte sich an den Worten, noch ehe sie ausgesprochen waren. Krumm und schief rutschten sie ihr nur mühsam durch den Hals. »Von hier, er ist hier in der Halle beschäftigt.«

Nun sahen sich alle um, als würde der Unbekannte sich wie durch Zauberhand hervortun, wenn sie es sich nur genug wünschten. Doch die Halle mit ihren bestimmt einhundert Metern Länge kam Charlotte so riesig vor, dass es unmöglich sein würde, Martin zu finden.

»Martin heißt er, im zweiten Lehrjahr zum Dreher.«

»Der Große?« Mia schlug sich eine Hand auf den Mund, wurde erst rot und dann schlagartig blass, als ihr klar wurde, dass sie einer möglichen Konkurrentin gegenübersaß.

»Groß ist er, strahlend blaue Augen …«

»Das muss der Glaefke sein.« Auch Claudia grinste. Die Mädels mussten über ihn gesprochen haben. Charlotte wurde heiß, unruhig rutschte sie auf ihrem Stuhl hin und her und versuchte, sich auf die Arbeit zu konzentrieren, während ihre Gedanken durcheinanderirrten.

Er war also wirklich hier. Aber jedes Mädchen schien ihn zu kennen. In ihrem Mund breitete sich ein bitterer, fauliger Geschmack aus, als hätte sie auf eine ranzige Nuss gebissen. War sie auf Martins charmante Art hereingefallen und er in Wahrheit ein Frauenheld?

Was bezweckte er damit, seine Mädchen hier zu versammeln? Dass er auf diese Weise womöglich für Unterstützung der Heimatfront warb, war ein schwacher Trost.

Am liebsten hätte sie von einem Moment auf den anderen alles hingeschmissen. Dann hielt sie inne und sah auf, die Streben unter der Decke entlang, wo sich Rauch und Wasser sammelten. Lampenschein durchdrang den Nebel wie eine schnurgerade Reihe kleiner Monde. Die Werkshalle war wirklich gewaltig. Sie würde Martin aus dem Weg gehen und dennoch dem Vaterland dienen können.

Zwar hatten sie sich erst zweimal getroffen, dennoch tat ihr diese binnen weniger Augenblicke gefällte Entscheidung weh.

Sie fühlte Mias Blick auf sich ruhen und versuchte, die feinen Nadelstiche zu ignorieren. Stattdessen konzentrierte sie sich auf ihre Arbeit. Wenngleich es einfache Handgriffe waren, so war doch ein jeder ungewohnt.

Eine Weile erledigte jede am Tisch ihre Aufgabe schweigend, dann folgten harmlose Plaudereien über die neuste Mode, die trotz Kriegswirtschaft noch zu kaufen oder leicht nachzuschneidern war, gefolgt von Tratsch, den Claudia aufgeschnappt hatte und der irgendeine Industriellenwitwe betraf, die Charlotte nicht kannte.

Als die Sonne so hoch stand, dass die Strahlen senkrecht durch die verstaubten Oberlichter fielen und sich die Lichtkegel wie weiße Säulen ausnahmen, läutete plötzlich eine Glocke. Charlotte zuckte zusammen.

Mia lachte. »Du Dummerchen, das ist kein Fliegeralarm, sondern die erste Pausenglocke.«

»Die erste?«

»Die Maschinen stehen nie still, deshalb geht immer nur ein Teil der Arbeiter in Pause. Wir können uns aussuchen, wann, weil unsere Arbeit nicht getaktet ist. Mein Magen knurrt. Was sagt ihr, Mädels?«

Alle sprangen auf. Nur Charlotte blieb sitzen. »Ich mache später«, sagte sie. In den vergangenen Stunden war ihr das Geschnatter der anderen zu viel geworden, und die versuchten erst gar nicht, sie zum Mitgehen zu überreden.

Vermutlich, weil sie so gleich ungestört über ihre neue Mitstreiterin herziehen konnten.

Charlotte tat das mit einem Achselzucken ab. Sie hatte noch fünf Metallrohre auf ihrem Tisch, und die würde sie bearbeiten. Sie drehte das nächste in den Händen, fühlte nach Graten, nahm dann eine Feile und entfernte sie so weit, dass sie mit den Handschuhen keinen Widerstand mehr spürte.

Sie wollte gerade das Rohr zu den fertigen stellen, als ihr klar wurde, dass sie nicht mehr alleine am Werktisch war.

»Du hast es wirklich gemacht.« Martin stand neben dem Handwagen mit den Rohren, eine Tasche unter dem Arm, aus der ein leichter Kaffeegeruch bis zu ihr drang.

Sein Blick war so intim wie eine Berührung, und Charlotte fehlten schlagartig die Worte. Sie starrte nur, als sähe sie einen Geist. Einen sehr attraktiven Geist. Sein ebenmäßiges Gesicht mit der hohen Stirn und den großen blauen Augen war wie eine Offenbarung.

»Seit wann bist du hier?«, fragte er und stellte die Tasche auf der Werkbank ab.

»Acht«, erwiderte sie.

»Hast du schon Pause gemacht?«

»Nein.« Sie kämpfte um jedes Wort. Warum fiel es ihr so schwer, mit ihm zu sprechen? Hier in der Halle fühlte sie sich fremd und ungeschickt. Dies war *sein* Ort. Er bewegte sich wie ein Fisch im Wasser, während sie an der Oberfläche schwamm und ihre ganze Konzentration benötigte, um nicht unterzugehen.

»Schade, ich bin gerade zurück.«

Charlotte fühlte sich dämlich, weil sie noch immer saß,

während er stand, aber ihre Knie waren weich wie Butter. Ob sie überhaupt aufstehen konnte?

»Das ist wirklich schade«, brachte sie heraus und lächelte.

»Wollen wir nachher gemeinsam zurückfahren?«

»Sehr gerne.«

»Gut.« Er legte seine Hand auf ihre. Ganz kurz nur. »Ich freue mich.«

»He, Martin, lass die Mädchen in Ruhe«, rief ein Arbeiter plötzlich. Er lief ganz in der Nähe vorbei und tippte dabei auf sein Handgelenk.

»Ich bin spät dran«, sagte Martin.

»Nicht, dass du Ärger bekommst.«

»Ich hole dich ab«, versicherte er schnell und drückte noch einmal ihre Hand, dann drehte er sich um und eilte mit schnellen Schritten davon.

Obwohl die Arbeit neu und ungewohnt war, kroch die Zeit ab Mittag nur noch dahin. Charlotte konnte den Feierabend kaum erwarten. Und nun war es endlich so weit. Schnell hatte Charlotte ihr Zeug beisammen und stand nun wieder neben ihrem Arbeitsplatz, Kittel und Handschuhe waren sorgfältig aufgehängt.

In der Aufregung hatte sie vergessen, mit Martin einen Treffpunkt auszumachen, und konnte nun nur hoffen, dass er sie zuerst hier suchen würde.

»Kommst du?«, rief Mia irritiert.

»Wir sehen uns morgen«, erwiderte sie ohne eine Erklärung und winkte ungelenk. Mittlerweile fühlten sich ihre Arme schwer wie Blei an.

Unsicher sah sie sich in der weiten Halle um. Maschinen,

deren Funktionen sie nicht einmal erraten konnte, erhoben sich meterhoch und verschmolzen in der diesigen Luft zu einem Wald aus Kolben, Rohren und Hebeln. Daraus strömten Arbeiter hervor, weit mehr, als sie vermutet hatte.

Ihre Schritte waren schwer, die Schultern hingen ein wenig herab, müde waren sie allesamt, wie der Vater und seine Kumpel nach der Schicht. Dennoch hellten sich ihre Gesichter auf, wenn sie Charlotte bemerkten. Ein hübsches Fräulein an diesem Ort, das musste für sie sein wie ein funkelndes Licht, wo man keines erwartete.

Charlotte fühlte sich unangenehm berührt, also drehte sie sich um und tat so, als sei sie noch mit ihrer Tasche beschäftigt.

Dann war Martin endlich da. Sie wusste es, ohne ihn zu sehen. Etwas in ihr konnte spüren, wie er näher kam. Ein wildes Flattern erwachte in ihrer Brust, und sämtliches Selbstbewusstsein, das sie sonst mutig und gar etwas vorlaut machte, verkroch sich in einen fernen Winkel.

»Ich hoffe, ich habe dich nicht warten lassen.«

»Nein, ich bin gerade erst fertig geworden.«

Da war er wieder, der Blick aus seinen strahlend blauen Augen, der sie alles andere vergessen ließ. Ein Lächeln schlich sich in seine Mundwinkel, als er ihre Tasche nahm. »Komm, gehen wir.«

Sie gab sich einen Ruck und hakte sich bei ihm unter. So nah war sie ihm bislang noch nicht gekommen. Es war ungeheuer aufregend, und sie hätte sich am liebsten noch enger an ihn geschmiegt.

Seiner Arbeitskleidung entströmte ein metallischer Geruch, vermischt mit Leder, Ruß und ein wenig Schweiß.

Keinesfalls unangenehm, besonders, da sie von ihrem letzten Treffen wusste, wie fein er sich herausputzen konnte.

Das Werksgelände war voller Menschen. Wahre Ströme aus Arbeitern ergossen sich aus den Hallen, und allesamt wollten sie zu den Straßenbahnen und Omnibussen, die sie nach Hause bringen würden.

»Hat dir die Arbeit gefallen?«, erkundigte sich Martin.

»Ja, sie geht mir gut von der Hand, und ich fühle mich nützlicher, als wenn ich die Schulbank drücke.«

»O ja, das geht mir genauso.« Er grinste. »Es kann allerdings eintönig werden. Doch das Reich braucht jede helfende Hand.«

»Du hast sicherlich mehr Abwechslung?«

»Hauptsächlich bohre und stanze ich derzeit, aber als Lehrling schicken sie mich regelmäßig auf neue Stationen, damit ich den gesamten Prozess lerne.«

Sie liefen mit dem Strom. Charlotte sah oft zu Martin auf, musterte sein scharf geschnittenes Profil. Nur für diesen einen Moment mit ihm hatte es sich schon gelohnt, den ganzen Tag zu arbeiten.

Vor ihnen kam es zu einem Gedränge. Dicht an dicht lief dort eine Schar Arbeiterinnen in gleichförmiger Kleidung. Es gab hier also doch noch mehr Frauen. Aber wieso wurden sie von Uniformierten begleitet? Es sah beinahe aus, als hielten sie eine Herde Schafe zusammen.

Charlotte reckte den Kopf, doch Martin drängte sie ein wenig ab, wollte ihnen offenbar ausweichen. »Komm, gehen wir hier lang. Die Judenweiber haben alle Läuse. Und das ist sicherlich noch nicht einmal das Schlimmste.«

»Das sind Jüdinnen?« Jetzt entdeckte Charlotte auch die gelben Sterne, die auf ihren Jacken hafteten.

»Aus Ungarn, schaffen erst seit ein paar Wochen hier. Eigentlich wollte die Leitung wohl zweitausend Männer, am Ende haben wir aber nur fünfhundert Weiber bekommen. Die sind in einem Lager in Fulerum untergebracht, *SS-Arbeitskommando Friedrich Krupp.* Genaueres weiß ich aber nicht, sind alles nur Gerüchte, was man so redet eben.«

»Da sind sie wenigstens zu was nutze, besser, als sie nur wegzusperren.« Charlotte zog die Schultern hoch. Ein wenig hatte sie der Anblick der hageren Gestalten schon erschrocken. Aber was sollte man die Feinde des Volkes auch mästen, wo die eigene Bevölkerung schon kaum genug auf dem Teller hatte?

Als Martin nun den Arm um ihre Schultern legte, waren die Zwangsarbeiterinnen mit einem Schlag vergessen. Charlotte schlug das Herz bis zum Hals.

Ein Glück, dass sie hier von niemandem gesehen würde, den sie oder ihre Eltern kannten. Die hätten es nicht gutgeheißen, wenn ihre Tochter so mit einem Jungen herumlief. Es war herrlich aufregend.

Schließlich stiegen sie in eine Straßenbahn, die derart vollgestopft war, dass es kaum Luft zum Atmen gab. Martin stand hinter Charlotte, einen Arm schützend um ihre Mitte gelegt. Die Metallreifen der Bahn ratterten und rumpelten über die Schienen. Kaum hatten sie ein wenig Tempo aufgenommen, kam schon der nächste Halt.

Während der ruckeligen Fahrt wurde Charlotte mehrfach gegen Martin gedrückt. In diesen Momenten schmiegte sich ihr Rücken an seine Brust, und seine Wange kam ihrem Gesicht ganz nah, und dann wünschte sie sich, die Fahrt würde niemals enden. Er sollte sie immer so halten, für immer und ewig.

»Was haben deine Eltern gesagt?«, fragte er ganz dicht an ihrem Ohr. Sein Atem ließ die feinen Härchen an ihrem Hals vibrieren. Charlotte fiel es schwer, sich zu konzentrieren. »Nichts«, erwiderte sie. Ihre Wange strich über seine. Ein Hauch von Stoppeln …

»Nichts?« Er klang ehrlich erstaunt. »Muss dein Vater nicht den Arbeitsvertrag …«

Sie drehte sich um, stellte sich auf die Zehenspitzen und legte eine Hand auf seine Schulter, um sich abzustützen. Dann flüsterte sie ihm ins Ohr: »Niemand im Werk weiß, wie die Unterschrift meines Vaters aussieht.«

Martin riss überrascht seine schönen blauen Augen auf.

»Wenn das rauskommt!«

»Dann halt den Mund«, erwiderte sie keck.

Die Bahn bremste, und es erklang ein schepperndes Klingeln. Charlotte wurde an Martin gedrückt. Ihre Gesichter waren sich so nah … Sie dachte nicht darüber nach, tat es einfach. Drückte ihre Lippen auf seine. Verschloss sie mit einem Kuss.

Martin würde ihr kleines Geheimnis nicht verraten. Jetzt bestimmt nicht mehr!

Kapitel 4

Mülheim, Juni 1945

Annie wartete vor dem leer stehenden Ladengeschäft. Eines der großen Schaufenster war mit Brettern verrammelt, das andere war noch intakt, aber schon länger nicht geputzt worden.

Sie war fast eine ganze Viertelstunde zu früh. Frau Nierhaus war niemand, den man durch Zuspätkommen gegen sich aufbrachte.

Die alte, längst pensionierte Lehrerin war noch immer streng, und da Annie derzeit ihre einzige Schülerin war, nahm sie es mit ihr ganz besonders genau.

Mit der Zeit hatte Annie sie immer besser kennengelernt, auch wenn Frau Nierhaus sich bemühte, keine Gefühle zu zeigen. Für sie war es ein Zeichen fehlender Disziplin, wenn eine Lehrerin ihre eigenen Befindlichkeiten mit in den Unterricht nahm.

Bei ihrem letzten Treffen hatte Annie jedoch keine Mühe gehabt, durch ihre Schale zu blicken, denn die ältere Dame war durch und durch begeistert gewesen. Wovon, das wollte sie Annie nicht verraten, nur dass sie Teil dieser Neuerung sein sollte.

Annie stieg die zwei Stufen des Hauseingangs hinauf, schirmte ihre Augen ab und versuchte, im Dunkel des Ladeninneren etwas zu erkennen. Dort befand sich ein Verkaufstresen mit einer Kasse darauf. In zwei großen Vasen standen welke, längst vertrocknete Blumen. Einen Tisch gab es noch und übereinandergestapelte Stühle. Was sie hier sollten, erschloss sich Annie dennoch nicht.

Vielleicht wollte die Nierhaus, dass sie einer Bekannten half, statt sich den Privatunterricht mit ein paar Hühnereiern und Gemüse aus dem Wirtschaftsgarten bezahlen zu lassen. Annie war alles recht, solange ihre Lehrerin es ihr nur weiter ermöglichte, trotz zahlreicher Fehlstunden ein möglichst gutes Abitur zu machen.

Sie lief die Stufen wieder hinunter und sah sich um. Ah, da kam sie.

Annie winkte gut gelaunt.

»Du bist schon da. So lobe ich mir das.«

»Aber selbstverständlich, Frau Nierhaus. Hier sind wir richtig, ja? Die Nummer 12?«

»Genau, mein Kind. Nun fehlt nur noch Frau Edith Klöppenstock, eine ganz patente Frau!«

Annie hob fragend die Brauen, doch da es ihre Lehrerin vorzog, zu schweigen und sich wieder auf ihr geheimnisvolles Schmunzeln zu verlegen, hakte sie nicht nach. Frau Nierhaus ließ sich nichts aus der Nase ziehen, wenn sie sich einmal zur Geheimniskrämerei entschlossen hatte.

Sie warteten bis zehn nach acht, und mit jeder Minute Verspätung sank die Stimmung der Lehrerin. Als jedoch schließlich eine schmale, außergewöhnlich schick gekleidete Dame in einem pflaumenfarbenen Kostüm die Straße heruntergeeilt kam, besserte sie sich schlagartig. Die Fremde machte kleine, schnelle Schritte, und ihre erhöhten Absätze klapperten auf dem Pflaster.

Auf Frau Nierhaus' Gesicht erschien ein breites Lächeln, von dem Annie beim besten Willen nicht sagen konnte, ob es von Herzen kam. »Liebe Freundin!«, rief sie süßlich.

Frau Klöppenstock breitete die Arme aus, doch als sie dann zu ihnen trat, gaben sich die beiden schlicht die Hand. So gut kannten sie einander wohl doch nicht, oder sie wollten vor Annie die Form wahren.

»Darf ich vorstellen, meine Schülerin Annemarie Neumann.«

»Sehr erfreut, ich habe schon viel von Ihnen gehört, junge Dame.«

Annie errötete. »Ja, oh, sehr erfreut.«

»Dann wollen wir mal«, sagte Frau Klöppenstock und zog mit großer Geste einen umfangreichen Schlüsselbund aus der Handtasche.

Annie sah sich nach Frau Nierhaus um. Wann wollten die beiden denn nun endlich ihr gemeinsames Geheimnis lüften?

Nacheinander gingen sie hinein. In dem Laden roch es nach altem Bohnerwachs und Staub. Frau Klöppenstock stellte ihre Handtasche neben der Kasse ab. Annie hatte sich die Schuhe gründlich am Fußabtreter gereinigt und war schüchtern in die Mitte des edel eingerichteten Ladenlokals getreten.

»Ist das Ihr Geschäft, Frau Klöppenstock?«

»Von mir und meinem Mann, dem armen Gustav, ja.« In ihren Augen begann es verräterisch zu schimmern. Sofort fummelte sie ein besticktes Taschentuch aus dem Ärmel und wandte sich ab, um die Tränen abzutupfen.

Angesichts des plötzlichen Stimmungsumschwungs stammelte Annie etwas unbeholfen: »Mein Beileid.«

»Nein, ach, Kind, nein, er ist nicht tot. Die Russen haben meinen lieben Mann geschnappt. Irgendwo in Sibirien ist er eingesperrt. Ich hoffe, er kommt bald frei, aber ach … Allein kann ich das Geschäft nicht führen. Und wer will auch noch feine Mode kaufen, wenn das Reich am Boden liegt?«

Annie sah sich um. Ja, was hier auf den Büsten hing, das war keine Kleidung für jedermann. Es gab Pelze, Kamelhaarmäntel – so stand es zumindest auf einem Schild – und allerlei anderes feines Zeug, von dem Annie bisher allenfalls gelesen hatte. »Das tut mir leid«, sagte sie, weil sie das Gefühl hatte, etwas sagen zu müssen, und verstand zugleich immer weniger, was sie hier sollte.

Ratlos sah sie sich um. So schöne Räumlichkeiten, viel schöner, als es ihr Häuschen je gewesen war. Und nun sollte das Geschäft leer stehen, während ganz in der Nähe Menschen in ihren eigenen Kellern hausen mussten. Ihre Stimmung kippte. Es war traurig für die Dame Klöppenstock, dass sie so allein war. Aber Hilfe brauchte sie nicht. Wo sollte dieser Besuch nur hinführen?

Frau Nierhaus hatte indes ihre Jacke abgelegt und trat mit verschwörerischem Blick an ihre Seite. »Noch immer nicht erraten?«, erkundigte sie sich im Flüsterton.

Annie schüttelte den Kopf.

»So viel Platz, Tische, Stühle. Zimmer, die nicht genutzt werden. Was könnte das sein?« Sie machte eine kurze Pause. Als Annie sie nur ratlos ansah, fuhr sie fort: »Na, hier wird ein Lernkreis entstehen!«

»Ein Lernkreis?« Nun wurde Annie einiges klar.

»Ja, und du, junge Dame, wirst mir dabei helfen und dir so deine ersten Sporen verdienen. Man lernt das Unterrichten am besten, indem man einfach damit anfängt. Mit dem Abitur wirst du kein Problem bekommen, dafür lege ich meine Hand ins Feuer.«

Frau Klöppenstock musterte Annie, als sei sie ebenso überzeugt von ihr. »Es war Frau Nierhaus' Idee«, erklärte sie nun. »Ich wollte das Geschäft nicht leer stehen lassen, es fühlte sich nicht richtig an. So ist es zu etwas nutze, und wenn mein lieber Mann zurück ist, können wir dennoch sofort loslegen und unser Geschäft wieder aufbauen.«

Annie nickte und machte ein freundliches Gesicht. Sie glaubte nicht, dass der Mann so schnell aus der Gefangenschaft heimkehren würde, vor allem nicht aus Russland. Schon jetzt gingen Gerüchte um, dass die Männer dort auf viele Jahre eingesperrt sein würden.

Sie schob den Gedanken beiseite. »Es ist sehr großzügig von Ihnen. Die Kinder werden es Ihnen danken. Und nun sagen Sie mir, wo ich anfangen soll.«

»Die Kleidung muss sorgfältig fortgeräumt werden, dann machen wir uns an die Einrichtung mit Tischen und Stühlen.« Frau Nierhaus schien schon alles vor sich zu sehen. Sie versprühte eine derartige Begeisterung, als habe sie nur auf diese Fügung des Schicksals gewartet.

Das Geschäft war länglich und durch eine halbhohe Trennwand in Bereiche links und rechts der Tür gegliedert. Dazu gab es noch ein Hinterzimmer.

Zuallererst räumten und schoben sie die Kleiderständer dorthin. Sie hängten Jacken, Mäntel und Röcke dicht an dicht, dann wurde alles mit weißen Laken bedeckt, um die Stoffe vor Licht und Staub zu schützen. Danach kamen

Strickjacken, Blusen und alles andere an die Reihe, was in den Regalen lag.

»Sie, Fräulein, klettern auf die Leiter hier«, dirigierte Frau Klöppenstock. »Räumen Sie alles so weit nach oben, dass die Kinder keinen Unsinn damit treiben!«

Annie stieg die Stufen hinauf und dachte an die ersten Schuljahre zurück. Waren die Lehrer nicht im Zimmer, war neben Papierfliegern auch so manch ein Schulbrot oder Apfelkitschen durch die Luft geflogen, besonders wenn es wieder Zank unter den Jungs gab.

Während sie mit den Fingern wehmütig über die feinen Baumwollstoffe strich, konnte sie nur an Kinderstreiche denken und dass es womöglich auf sie zurückfallen würde, sollte der Ware etwas passieren.

»Besser, wir decken auch die Regale ab«, schlug sie vor.

»In Ordnung.«

Doch auch als alles gesichert war, wollte ihre Nervosität nicht schwinden. Sie sollte unterrichten! Sie!

Das war etwas anderes als das bisschen Nachhilfe, das sie den Nachbarskindern gegeben hatte, während sie dicht an dicht im Luftschutzbunker ausharrten!

Dies ist mein Klassenzimmer, dachte Annie feierlich, sah sich von der Leiter aus um und kam sich dabei vor wie eine Königin.

Eine sehr nervöse Königin.

Bis zum Unterrichtsbeginn in einigen Tagen war an ruhigen Schlaf nicht zu denken. Hoffentlich würde sie sich nicht blamieren!

Zwei Jahre zuvor

ESSENER KRUPPWERKE, AUGUST 1943

Charlotte war früh aus den Federn, machte sich hastig Frühstück und Proviant für den Tag zurecht und war aus der Tür, ehe die anderen wach waren und Mutti sie mit den ewig gleichen Fragen löchern konnte, für die sie stets neue Ausflüchte finden musste.

Noch immer wussten die Eltern nicht, dass sie in der Rüstung arbeitete. Stattdessen erzählte sie etwas von Dienst am Volk. Vermutlich gingen die Eltern davon aus, dass sie sich an irgendwelchen BDM-Maßnahmen beteiligte.

Heute sollte sich das ändern. Denn heute bekam sie ihr erstes Gehalt ausgezahlt.

Mit ihrer Tasche unter dem Arm eilte sie aus dem Haus und die Straße hinunter. Mit jedem Schritt flatterten mehr Schmetterlinge in ihrem Bauch. Gleich würde sie Martin wiedersehen!

Es dämmerte erst. Schwacher Wind trug den süßen Duft einer Spätsommernacht mit sich. Es roch nach taufeuchtem Gras und Lavendel. In den Gärten blühten jetzt die wenigen Zierpflanzen, die zwischen Obst und Gemüse Platz gefunden hatten.

Hohe Stockrosen in allen erdenklichen Farben wippten mit ihren blütenbeladenen Spitzen in der Brise. Bienen summten aus den Körben bei Hartmanns, aber auch Wespen waren in der Früh schon unterwegs, gelockt vom Duft überreifer Pflaumen. Eine hatte offenbar beschlossen, Charlotte zu folgen. Sie schlug mit der Hand nach dem lästigen Insekt, erwischte es im Flug und sah mit Genugtuung, wie es auf die Pflastersteine klatschte und kurz orientierungslos war.

Dann war die Wespe vergessen, denn dort stand er.

Martin hielt seine Mütze in der Hand, die Tasche stand neben ihm auf dem Boden. Den Blick hatte er in die Ferne gerichtet, doch als er sie nun hörte, fuhr er herum und lächelte. »Charlotte!« Wenn er ihren Namen aussprach, klang er ganz anders als sonst.

»Guten Morgen«, erwiderte sie und schmiegte sich an ihn. Im Schutz einer dichten Hecke küssten sie sich hungrig, bis ihr ganz heiß wurde.

»Wir kommen noch zu spät«, seufzte Martin und strich ihr liebevoll eine Strähne aus der Schläfe. Sie hätte ewig in seine blauen Augen schauen und das unbeschreibliche Gefühl genießen können, das er in ihr auslöste – geborgen und zugleich aufgewühlt.

Sie nahm seine Hand, und gemeinsam eilten sie los. Martin ließ es sich nicht nehmen, auch ihre Tasche zu tragen.

»Heute ist es so weit, dein erster Lohn.«

»Ja, ich bin so aufgeregt, Martin.«

»Du hältst also an deinem Vorhaben fest? Heute kommt die Wahrheit heraus?«

»Ja«, erwiderte sie mit einem mulmigen Gefühl im Bauch.

Er drückte ihre Hand. »Ich kann nicht verhehlen, dass mir das nicht gefällt.« Er sah sie ernst an, und beinahe hätte sie der Mut verlassen.

»Es muss sein. Ich kann nicht länger lügen, das ertrage ich nicht. Ich hatte es mir einfacher vorgestellt, aber es fühlt sich so falsch an, als würde ich vor Zuschauern auf einem

Seil tanzen, während jemand daran säbelt. All die Leute starren mich an und warten auf meinen Sturz.«

»Und wenn dein Vater dir die Arbeit verbietet?«

»Dann sehen wir uns trotzdem noch ... am Abend, an den Wochenenden.« Sie stellte sich auf die Zehenspitzen und drückte ihm einen Kuss auf die Wange, die nach Rasierwasser duftete. »Es wird schon gut gehen, Martin.«

Wie immer war die Fahrt in der Straßenbahn wackelig und beengt. Charlotte machte das nichts aus, doch als sie endlich mit Dutzenden Männern und Frauen ins Freie strömten, atmete sie auf.

Auch nach einem Monat noch überwältigte sie der Anblick des riesigen Werksgeländes. Zwischen großen Freiflächen reihte sich Halle an Halle. Rauch, mal grau, mal gelblich, stieg aus einem Meer von Schloten empor. Es roch nach heißem Metall und Schmiermitteln. Eine Werksbahn transportierte Bandstahl auf dicken Rollen, der darauf wartete, mit Pressen, Hämmern und Schweißgeräten in Form gebracht zu werden.

Wo man auch hinsah, waren Menschen.

Charlotte hatte sich bei Martin untergehakt, der an ihrer Seite dermaßen stolz aussah, als habe er einen begehrten Preis gewonnen. Lässig grüßte er den ein oder anderen Bekannten. Jeder sollte wissen, dass er und Charlotte ein Paar waren.

Da plötzlich setzten mit einem tiefen Ton die Sirenen ein.

Charlotte zuckte zusammen. Fliegeralarm. Ausgerechnet heute. Das Heulen steigerte sich schmerzhaft, schrill und laut.

»Komm«, Martin nahm ihre Hand und begann zu rennen. Nicht schnell, aber doch zügig. Vermutlich wäre er ohne sie langsamer zum Luftschutzbunker geeilt. Nun sah er sich immer wieder gehetzt nach ihr um. Und da war Angst in seinem Blick. Die Angst, sie zu verlieren.

Mit Dutzenden anderen eilten sie an den Zwangsarbeiterinnen vorbei. »Macht Platz, macht Platz, ihr Schlampen!«, schrie ein SS-Aufseher und verpasste zwei Jüdinnen, die nicht schnell genug waren, Schläge.

Charlotte wandte den Blick ab. Für die Häftlinge würde es so oder so keinen Platz im Bunker geben. Dann sollten sie wenigstens auch nicht im Weg herumstehen.

Es ging Stufen hinab durch einen verwinkelten Gang in mehrere versetzt liegende Räume, die Charlotte am ehesten an ein Wartezimmer erinnerten. Martin zog ihr einen schlichten Holzstuhl nach vorn und setzte sich dann neben sie.

Es war ihr erstes Mal im Werksbunker.

»Merkwürdig, dass sie am Tag kommen, da hilft uns die Nachtscheinanlage natürlich auch nichts.«

»Die was?«, erkundigte Charlotte sich unkonzentriert. So ganz gingen ihr die Zwangsarbeiterinnen doch nicht aus dem Kopf. Die Angst in ihren Gesichtern verfolgte sie.

Charlotte versuchte, sich abzulenken. Ihre Augen zuckten hin und her. Das hier war doch etwas ganz anderes als der feuchte, schmutzige alte Stollen, in dem sie sonst den Fliegeralarm verbringen musste. Es war trocken, sehr sauber und anständig beleuchtet, sogar Toiletten, die mehr waren als Eimer in einer mit Laken abgetrennten Ecke, schien es zu geben.

»Nachtscheinanlage, hast du denn noch nie davon gehört?«, flüsterte Martin nun. »Liegt fünf Kilometer von hier entfernt in Velbert. Eine Art Kruppwerk aus Papiermachee, sogar mit Schornsteinen, Schienen und einer Werksbahn, das ganze Drum und Dran. Von Bautruppen der Organisation Todt errichtet, hat mein Vater erzählt, und einige Theaterleute waren auch mit dabei. Jeden Abend wird es anders angestrahlt, damit es größer aussieht und als würde dort wirklich gearbeitet.«

»Und wozu soll das gut sein?«

»Na, wenn hier nachts verdunkelt wird, geht da drüben das Licht an, und die dummen Engländer werfen ihre Bomben dann dort ab.«

Nun musste Charlotte grinsen. »Und das klappt?«

»Bei Nacht ja. Aber wir haben Tag.«

Charlotte rückte näher an ihn. Der Bunker war nun gut gefüllt, doch niemand schien sich ernstlich Sorgen zu machen. Die Männer standen dicht beieinander, rauchten und plauschten. Bei manchen hatte sie das Gefühl, der Alarm sei eine willkommene Ausrede, um nicht arbeiten zu müssen.

Martin legte einen Arm um ihre Schulter. »Hast du Angst?«

»Nein«, erwiderte sie schnell, dann horchte sie in sich hinein. Doch, da war Angst, klein zusammengekauert wartete sie auf ihren Moment.

»Sie kommen!«, rief plötzlich jemand. Mit einem Schlag verstummten alle Gespräche. Irgendwo fiel eine schwere Metalltür zu. Charlotte lauschte auf die Bomber … und hörte nichts. Nur das Klopfen ihres eigenen Herzens, das ihr schleichend die Kehle hinaufstieg und ihr in den Ohren dröhnte … dröhnte und dröhnte.

Sonst war sie bei Luftalarm immer mit ihrer Familie zusammen gewesen. Heute war alles anders. Sie befand sich im Herzen der Kanonenstadt, genau dort, wo für den ersten Weltkrieg die *Dicke Bertha* produziert worden war.

Genau dort, wo mit dem *Schweren Gustav* die größte Kanone aller Zeiten ihren Ursprung hatte. Charlotte hatte Granate und Kartuschen-Ladehülse der Achtzig-Zentimeter-Kanone gesehen, und ihr war von den überwältigenden Ausmaßen ganz schwindelig geworden. Wenn sie sich vorstellte, wie das Geschütz auf die Krim transportiert worden war … Angeblich hatte es fünf Züge gebraucht, um es dorthin zu schaffen.

Vor solchem deutschen Erfinder- und Ingenieursgenie fürchteten sich Engländer und Amerikaner, und genau deshalb wollten sie die Kruppwerke dem Erdboden gleichmachen.

Und nun waren sie hier, dort oben in den Wolken über ihnen …

Plötzlich zitterte das Erdreich, als habe eine gewaltige Faust daraufgeschlagen. Ein dumpfer Knall …

Aufgeschreckte Spinnen und Asseln huschten über die Wände. Von der Decke rieselte feiner Staub.

Charlotte suchte die Decke mit fiebrigem Blick nach Rissen ab. Über ihnen wurde die Welt in Trümmer gehackt. Schlag folgte auf Schlag. Dann begann das Licht zu flackern, und es wurde dunkel.

Kapitel 5

Zwei Jahre zuvor

MAUSEGATTSIEDLUNG, AUGUST 1943

Es war ein lauer Sommerabend.

Der Fliegeralarm war an diesem Tag schon in den Morgenstunden gekommen. Im Schutzraum hatte Annie gemeinsam mit Mutti Socken für den Winter gestrickt. Sie würden warme Sachen brauchen, und Ernst wuchs so schnell, da kam man gar nicht mehr hinterher.

Nun saß sie im Garten hinter dem Häuschen, und es duftete und summte, als wolle der Spätsommer mit aller Kraft auf sich aufmerksam machen. Schwalben und Mauersegler jagten durch die Luft und stießen ihre schrillen Rufe aus.

Neben Annie auf der Bank stand ein kleiner Schatz, ein Schälchen mit winzigen, zuckersüßen Walderdbeeren, die überall im Garten unter den Büschen wuchsen. Sie hatte sich die Mühe gemacht, jedes einzelne der kleinen Pflänzchen abzusuchen, und überraschend reiche Beute gemacht. Der Lohn ihrer Fleißarbeit war köstlicher als alle Schokolade der Welt.

Bei Mutti stand auch ein Schälchen. Die anderen würden leer ausgehen. Vati machte sich nichts aus frischem Obst, mochte es erst, wenn es zu Marmelade verarbeitet oder mit Zucker eingekocht war. Ernst und Charlotte hätten jederzeit selbst Erdbeeren pflücken können, doch sie waren zu faul dazu.

Annie steckte sich ein paar dunkelrote Früchte in den Mund, schloss genießerisch die Augen und hielt kurz inne.

Dann gab sie sich einen Ruck und klappte ihr Schulzeug auf. Sie hatte noch viel zu lernen, wenn sie nicht wollte, dass die Nierhaus sie schalt. Derzeit plagte sie sich mit Gedichten herum. Jambus, Daktylus und wie die Versmaße alle hießen. Annie las sich die Gedichte leise vor, um dem Takt nachzuspüren, und vergaß darüber nach und nach die Zeit.

Erst als der vertraute Klang von Vatis Stimme an ihr Ohr drang, merkte sie auf. Zuvor hatte sie nur am Rande wahrgenommen, dass es auf der Kreftenscheerstraße lauter wurde, weil die Kumpel in kleinen Gruppen von der Zeche heimkehrten und sich dabei unterhielten.

Als Schritte im Gras raschelten, schlug sie erleichtert das Buch zu.

»Guten Abend, mein kluges Mädchen.« Vati strich ihr mit der Hand übers Haar, als sei sie wirklich noch ein Kind. Seiner Haut entströmte der Geruch von Bergauf-Bergarbeiterseife aus den Wittener Imhausen-Werken, mit der er sich nach der Schicht in der Kaue wusch und die jedem Bergmann von der Zeche zur Verfügung gestellt wurde. Das war sein Geruch, solange sie denken konnte. So dufteten Heimkehr, gemeinsame Abende und Glück.

»Was liest du denn da?«

»Gedichte, ich lerne, wie sie aufgebaut werden. Es scheint mir komplizierter als Mathematik. Wenn man die Zeilen lange genug anstarrt, löst sich alles in nüchterne Ordnung auf. Aber dann geht der Zauber verloren.«

Vati runzelte die Stirn, zog sie fragend in tiefe Falten. »Und so etwas brauchst du fürs Abitur?«

»Es scheint so.«

»Dann wirst du es auch schaffen«, befand er und klopfte ihr zweimal leicht auf die Schulter. »Wo ist deine Schwester?«

»Wohl noch bei ihrer Arbeit. Manchmal denke ich …« Sie stockte. Das war etwas, worüber man nicht mit den Eltern sprach. Jedenfalls nicht so.

Lotte war in letzter Zeit so glücklich, wie Annie es nur von Frischverliebten kannte. Doch noch hatte ihre Schwester sie nicht in ihr kleines Geheimnis eingeweiht. Auf jeden Fall hatte sich bei Lotte mehr getan als nur die neue Arbeit.

»Was denkst du?«

»Ach, nichts. Lotte hat heute Morgen versprochen, dass sie diesen Abend das Geheimnis lüften will. Angeblich erfährt sie heute endlich, ob sie fest angestellt wird.«

»Wird auch Zeit«, murmelte Vati. Es klang beinahe wie ein leises Knurren. »Möcht wissen, was das für eine Arbeit ist, wo sie nicht die Einwilligung des Vaters braucht. Gut kann das nicht sein.«

»Mach es ihr nicht so schwer, Vati.«

»Ach …« Er drehte sich um und schlurfte über den Rasen zurück zum Haus. »Erst mal brauche ich jetzt ein Feierabendbier.«

Es gab Kartoffeln, Möhren, frische Böhnchen, alles aus dem eigenen Garten, und dazu panierten Schweinebauch. Ein großes Stück für Vati, das zweite würde unter den anderen aufgeteilt. Annie verzichtete meist. Ihr reichte etwas von dem Bratfett mit den herrlich knusprigen Krümeln, die von der Panade abgefallen waren.

Charlotte war spät dran. Gerade noch rechtzeitig ließ sie sich auf ihren Stuhl fallen. Sie wirkte geschafft.

Annie fand, dass ihre Schwester merkwürdig roch, irgendwie nach rostigem Metall und Mineralien. Vermutlich arbeitete sie in irgendeiner Fabrik, schlussfolgerte sie. Aber heute war ja der Tag, an dem sich alles aufklären würde.

Zahltag.

Charlotte saß auf ihrer Lohntüte, Annie hatte einen Zipfel davon unter ihrem Rock hervorblitzen sehen.

Erst einmal regierte Hunger über die Neugier. Schweigend reichten sie die Schüsseln herum. Besonders Ernst sah aus, als würde er gleich sabbern wie ein ungeduldiger Köter.

Mutti zerteilte indes das zweite Stück panierten Schweinebauch in vier Teile und ignorierte dabei gekonnt den Blick ihres Jüngsten.

»Ernst kann mein Stück haben«, beschied Annie.

»Och, Annie!« Charlotte sah sie ungläubig an. »Das glaub ich jetzt nicht.«

»Kein Streit bei Tisch. Annie, iss deinen Anteil.« Vatis Wort war Gesetz, besonders wenn er mit den Zinken seiner Gabel auf die Anwesenden wies.

Ernst verzog nur den Mund zu einem Schmollen und bedachte Annie mit einem dankbaren Blick. Sie hatte es immerhin versucht, sollte das wohl heißen. Dafür hatte sie bei ihm einen Stein im Brett.

»Das ist wie immer köstlich, Liebes«, sagte Vati, nachdem er alles probiert hatte.

»Danke. Die Ernte wird gut in diesem Jahr. Ich werde schauen, ob ich noch ein paar mehr Weckgläser auftreiben kann, wir haben grüne Bohnen im Überfluss.«

»Mach auch ein paar sauer ein, ja?«

»Selbstverständlich.« Mutti lachte. »Darum werden wir gar nicht herumkommen. Ich hamstere schon Essig, damit wir später genug haben. Was sich trocknen lässt, werden wir auch trocknen müssen. Unsere Arbeit zahlt sich aus.«

»Gut, gut. Die Zeiten werden nicht einfacher. Wenn wir uns bis auf weniges selbst versorgen können, umso besser.«

Sie aßen schweigend weiter, und Annie sinnierte darüber, wie glücklich sie sich schätzen konnten, den Garten zu haben. Jemand wie ihre Lehrerin Frau Nierhaus war trotz ihrer ganz passablen Rente schlecht dran. Das Leben wurde immer teurer, das Geld weniger wert, und vieles gab es durch den Krieg schlichtweg nicht zu kaufen. Mit den Lebensmittelmarken bekam man auch nur dann etwas, wenn es in den Läden vorrätig war und andere nicht vor einem alles wegkauften.

»Nun, Charlotte, ich denke, du hast uns etwas zu sagen?«, begann Vati schließlich, während Annie mit ihrer Mutter den Tisch abräumte.

Charlotte straffte die Schultern und schien auf ihrem Platz ein wenig zu wachsen. »Ich habe eine Anstellung«, verkündete sie stolz, und auf ihren Wangen sprossen vor Aufregung rosige Flecken. Sie zog die Lohntüte unter ihrem Sitzkissen hervor und legte sie vor sich auf den Tisch.

Annie reckte den Hals, doch sie konnte die Aufschrift der Firma auf dem bräunlichen Papier nicht entziffern.

»Dann zeig mal her.«

Sie zögerte. Das winzige Zögern zeigte Annie, dass ihre Schwester fürchtete, bei den Eltern anzuecken. Sie kannte sie einfach viel zu gut, um es nicht zu merken.

Ernst zog Lotte blitzschnell den Umschlag unter den Fingern weg und schob ihn zu Vati rüber. Der funkelte seinen Sohn zornig an. »Ernst, das ist Sache deiner Schwester. Wenn du deine erste Lohntüte heimbringst, willst du auch nicht ...« Sein Blick streifte die Beschriftung, und was er da sah, schien ihm für einen Augenblick die Worte zu rauben. Er zog den länglichen Umschlag, auf dem Lohn, Name und Datum vermerkt waren, näher heran.

»Kruppwerke Essen?«, fragte er ungläubig.

Mutti zuckte. »In der Waffenschmiede? Aber Kind!«

Annie saß neben Charlotte und sah genau, wie sich deren Hände im Schoß verkrampften. Ihre Wangen wurden ganz kantig, so sehr trat der Kiefermuskel hervor, weil sie die Zähne zusammenbiss.

In der Küche breitete sich Schweigen aus wie Flussnebel, der über Felder kroch, und brachte ebenso wie dieser eine eisige Kälte mit sich.

»Du warst heute zum letzten Mal dort, hörst du?« Wenn der Vater diesen Ton anschlug, duldete er keinen Widerspruch.

»Aber warum?«

»Es ist zu gefährlich. Dort wird ständig bombardiert.«

»Sie haben eins a Schutzräume!«, erwiderte Charlotte ein wenig schrill, aber nicht minder entschlossen. So hatte Annie sie noch nicht erlebt. »Hier wackelt und vibriert alles, wenn wir in diesem klitschnassen Stollen sitzen. In der Fabrik ist alles aus Beton, es ist wie eine Wartehalle im Bahnhof. Ja, genau so fühlt es sich an! Mit Stühlen, Tischen, richtigen Toiletten, elektrischem Licht und allem Pipapo! Es ist sicherer als hier, und das ist gutes Geld! Wir brauchen Geld, habt ihr gesagt. Ich will nichts davon für mich. Gebt es Annie für ihr blödes Abitur, aber lasst mich arbeiten!«

Die Eltern sahen ihre Tochter ungläubig an, als hätten sie eine Fremde vor sich. Indes schimmerten in Charlottes blauen Augen die ersten Tränen.

»Bist du fertig?«, sagte Vati schließlich kühl, und sie nickte nur. »Dann ab auf die Zimmer, allesamt!«

Rheinberg, Juli 1945

PRISONER OF WAR TRANSIENT ENCLOSURE (PWTE) A1

Die meisten Amerikaner hatten das Kriegsgefangenenlager bereits am 12. Juni verlassen.

In den vergangenen Wochen hatte sich vieles eingespielt. Es war recht schnell klar gewesen, dass sich die Versorgung von fast einhunderttausend Menschen auf freiem Feld nicht allein durch Soldaten bewerkstelligen ließ.

Also hatte man begonnen, unter den Gefangenen zuverlässige Männer zu finden, die sich um die Verteilung der Lebensmittel kümmerten.

In jedem *Cage*, also »Käfig«, wie die riesigen Einfriedungen aus Stacheldraht genannt wurden, bildeten sich eigene Hierarchien heraus. Manchmal richteten sie sich einfach nach dem Rang der inhaftierten Soldaten, dann wieder gab es Schlägereien, bei denen das Faustrecht über jegliche zivilisierte Organisation gestellt wurde.

Nathan bekam all das nur am Rande mit. Seine Aufgabe war es nach wie vor, bei Verhören zu übersetzen.

Nur wenn im Lager ganz besondere Gräueltaten geschahen, drangen die Gerüchte bis zu ihm. Wurde einer der Gefangenen von seinen Mithäftlingen beim Diebstahl erwischt, banden sie ihn an einen Schandpfahl, was von den Wachhabenden teils sogar geduldet wurde. Es sorgte für die nötige Ordnung, die sie selbst häufig nicht durchsetzen konnten.

Das war die harmlosere Strafe. Denn hin und wieder fand man in den Latrinen auch Ertrunkene, und es ging das Gerücht, dass dies eine Strafe für besonders schlimme Vergehen war.

In der zweiten Juniwoche war nun die Lagerverwaltung an die Engländer übergegangen, und die zeigten sich entsetzt über die Zustände. Erst durch ihre Reaktion wurde Nathan bewusst, dass er mit der Zeit abgestumpft war.

Der britische Colonel Tom Durrant, der selbst in Deutschland studiert hatte, ergriff schon am ersten Tag Maßnahmen zur Verbesserung. Er ließ Brunnen für die Trinkwasserversorgung bohren, um das zuvor aus einem lokalen Bach entnommene und stark gechlorte Wasser zu ersetzen. Rohrleitungen und dieselgetriebene Pumpen sorgten alsbald für eine gute Verteilung.

Alle Schwerverletzten wurden sofort aus den behelfsmäßigen Krankenstationen abtransportiert und auf die Krankenhäuser der Umgebung verteilt. Als Nathan die Prozession von Bahren sah, musste er sofort an Annie denken. Was hätte sie dieser Anblick gefreut!

Einige Tage darauf ließ man die letzten Frauen und Minderjährigen frei und begann, die Zivilisten auszusortieren, die bei Hitlers letztem Aufgebot, dem Volkssturm, an die Front geschickt worden waren. Dabei hatte Nathan kein gutes Gefühl, auch wenn er das Bestreben der Briten verstand, die Anzahl der Gefangenen so schnell wie möglich zu reduzieren. Aber nur weil es sich um Zivilisten handelte, waren es nicht automatisch unbescholtene Bürger. Einer dieser Männer hätte Annie und ihn beinahe getötet. Die Kugel hatte sie beide getroffen. Und das nur, weil Annie sich als Deutsche mit einem Amerikaner, einem Feind, eingelassen hatte.

Solche Leute kamen nun ungestraft frei!

Nathan und einige andere Verhöroffiziere sollten noch ein paar Tage im Lager bleiben, um die Engländer zu unterstützen, bis sie genug eigene Leute herbeigeschafft hatten, um die Sortierung der Gefangenen allein weiterzuführen.

Er war mit einigen anderen Kameraden in einem Wohnhaus an der Außengrenze des Lagers untergebracht. Zu viert teilten sie sich ein kleines Zimmerchen. Es war eng, und man hatte eigentlich nie Zeit für sich selbst. Doch nach nun über zwei Jahren an der Front hatte er sich an vieles gewöhnt.

Im Gegensatz zu vielen anderen Kameraden hatte er wenigstens feste Wände und ein Dach über dem Kopf. Andere hausten in Zeltlagern.

Angesichts der prekären Lage am Niederrhein gab es schlichtweg kaum mehr Gebäude, die für die Armee zu beschlagnahmen waren. Die ganze Region lag in Trümmern oder war ausgebrannt.

Nathan wusste schon nicht mehr, was er nach Hause schreiben sollte, ohne dabei zutiefst niedergeschlagen zu klingen. Ja, ihre Kameradschaft war gut und der Feind besiegt, aber zu Ende war sein Einsatz noch lange nicht.

Seit er sich dann auch noch von Annie losgesagt hatte, gab es eigentlich fast nichts mehr, was seine Stimmung heben konnte. Sie war das Licht in seinem Leben gewesen.

Er war auf dem Weg in das Zimmer, das sie schon seit Wochen für die Verhöre nutzten.

Als er eintrat, hing der Geruch von Schlamm, Fäkalien und ungewaschener Haut im Raum. Kalter Zigarettenrauch nahm dem Gestank die Schärfe. Noch war niemand da. Weder der britische Offizier, der die Befragung leiten würde, noch der Gefangene.

Nathan riss das kleine Fenster auf, stellte sich davor und kramte nach einer Zigarette.

Gierig tat er die ersten beiden Züge und blies den Rauch ins Freie. Indes schlüpfte die Wärme aus dem kleinen Zimmer an ihm vorbei und nahm hoffentlich einen Teil des Gestanks mit sich.

Die Engländer wollten Duschen einrichten, und das war wirklich an der Zeit. Aus seiner jetzigen Position konnte er sehen, wie sich einige Gefangene an einem der langen Gräben wuschen. Das graubraune Wasser darin stand und war voller Unrat.

Vielleicht hätten sie wirklich etwas mehr für die Gefangenen tun können, aber viele der amerikanischen Soldaten, die für das Lager zuständig waren, hatten im Hürtgenwald gekämpft. Zermürbend lange Schlachten in einem schier undurchdringlichen Wald, gespickt mit Verteidigungsanlagen der Wehrmacht. Die Alliierten hatten dort weit über zehntausend Männer verloren.

Jene, die dieser Hölle entkommen waren, genossen es nun, den Feind leiden zu sehen.

Nathan hatte sich selbst dabei ertappt. Zwar hatte er nicht in dieser speziellen Schlacht gekämpft, doch nachdem er als Übersetzer im befreiten Konzentrationslager Buchenwald gewesen war, erfüllte ihn ein abgrundtiefer Hass gegen alles Deutsche.

Besonders in den ersten Tagen nach seiner Rückkehr hatte der Zorn so hell in ihm gebrannt, dass er am liebsten seine Waffe gezogen und wahllos in die Menge der Deutschen geschossen hätte.

Es reizte ihn zu sehen, wenn die Gefangenen aßen, wenn sie unbehelligt herumsaßen und sich unterhielten. Die Nazis hatten die Juden mit mörderischer Arbeit und Nahrungsentzug umgebracht. Es schien ihm ungerecht, dass die Wehrmachtssoldaten es nun besser haben sollten.

Mit der Zeit hatte er wieder zu sich zurückgefunden, und der Hass wurde zu einem weiteren Schatten, den er tief in seiner Seele verbarg. Geholfen hatte vor allem Annie. Sie war der Beweis, dass nicht alle Deutschen abgrundtief böse waren. Viele hatten zwar weggesehen, manche aber, wie die Neumanns, ahnten zumindest, was geschah, und halfen in der Not.

Annie hatte von Juden erzählt, die von ihren Eltern für wenige Tage im Kohlenkeller versteckt worden waren. Eine Kleinigkeit und doch ungeheuer mutig. Denn eine Entdeckung hätte wahrscheinlich den Tod der Eltern, vielleicht sogar der Kinder nach sich gezogen.

Nathan hatte lange darüber nachgedacht und war sich schlussendlich nicht sicher, ob er an ihrer Stelle selbst den Mut aufgebracht hätte. Wäre es nur um sein eigenes Leben gegangen, wahrscheinlich. Aber die Frau und drei Kinder mithineinziehen?

Er schnippte das Ende seiner Zigarette fort und kramte erneut die Schachtel hervor, musterte sie kurz, dann steckte er sich noch eine an. Danach fühlte er sich ruhiger, der Befragung besser gewachsen.

Er erinnerte sich daran, wie er Annies Schwester Charlotte einige Pressefotos von Buchenwald gezeigt hatte. Selbst sie als Hitlertreue war entsetzt gewesen. Zuerst hatte sie ihn der Lüge bezichtigt, dann war nach und nach zu ihr durchgesickert, dass sie keiner Propaganda aufsaß. Sie war wütend geworden und hatte sich abgewandt.

Das war seine vorletzte Begegnung mit ihr im Lager gewesen, danach hatte er ihr nur noch den Brief ihrer Familie gebracht. Kurz darauf war sie geflohen.

Von ihrer letzten Begegnung wusste niemand. Er war von Annie fortgefahren, hatte soeben die Kreftenscheerstraße verlassen, als sie plötzlich vor ihm auf der Straße stand …

Zwei Monate zuvor

MAUSEGATTSIEDLUNG, 21. MAI 1945

Nathan trat erschrocken auf die Bremse, und der Jeep kam zu einem unsanften Halt.

Charlotte Neumann! Es war tatsächlich Charlotte Neumann, die dort breitbeinig und mit kampfeslustiger Miene seine Fahrt behinderte. Nun, aber er hatte ja bereits geahnt, dass sie nach der Flucht hierhergekommen war und sich irgendwo versteckte. Der zusätzliche Teller auf dem Tisch der Neumanns hatte Bände gesprochen.

Sie musste doch glauben, dass er sie wieder ins Lager bringen würde, sollte er sie erwischen! Aber das schien sie nicht zu entmutigen.

Sie trat um die Motorhaube herum und blieb auf der Fahrerseite stehen. Sie machte ihn auf unangenehme Weise nervös.

»So sieht man sich wieder«, sagte er.

»Scheint so.«

»Soll ich Sie mit zurück ins Lager nehmen, Fräulein Neumann?«

Kurz blitzte Unsicherheit in ihren Augen auf, dann verhärtete sich ein herber Zug um ihren Mund. »Das werden Sie nicht.«

»Nein, das werde ich nicht, da haben Sie recht. Die Freilassungspapiere liegen bei Ihren Eltern.«

»Warum? Ich war bei der Flak, ich habe geholfen, Bomber vom Himmel zu holen, ich …«

»Reden Sie nicht weiter, oder wollen Sie so dringend zurück?«

Sie schüttelte den Kopf, wirkte plötzlich unsicher. Sie wusste wohl selbst nicht, was sie tatsächlich wollte. Doch der verlorene Ausdruck schwand schnell wieder aus ihrem markanten Gesicht.

»Was wollen Sie von mir, Fräulein Neumann?«

»Ich will, dass Sie mir etwas beantworten. Lieben Sie meine Schwester wirklich?«

Sein Herz geriet ein wenig aus dem Takt, flatterte beim

bloßen Gedanken an Annie. An ihr Lächeln, den Duft ihrer Haut ... »Ja«, erwiderte er, auch wenn er sich ein wenig genierte, es vor einer Fremden zu sagen. »Ich habe noch nie so für eine Frau empfunden wie für Annie.«

Charlottes Blick war kalt wie Gletschereis. Sein Geständnis rührte sie offensichtlich nicht im Mindesten. »Sie wissen, was meine Schwester für Sie auf sich nimmt? Man redet über Annie, bespuckt sie mitten in der Stadt.«

Sie beobachtete ihn wie ein Raubtier, das auf die Schwächen seiner Beute lauerte. Er schaffte es nicht, ungerührt zu bleiben. Ihre Worte waren wie Messer. Annie wurde beleidigt und bespuckt! Seinetwegen! Und sie hatte nichts gesagt, um ihn nicht zu beunruhigen.

Am Tag zuvor waren sie von ein paar Straßenkindern mit Schlamm beworfen worden. Er hatte es für einen Einzelfall gehalten. Aber dass es regelmäßig geschah? Glich ihr Alltag einem Spießrutenlauf?

»Sie hat es Ihnen nicht gesagt, nicht wahr?«

Er schüttelte den Kopf. »Ich hatte keine Ahnung.«

»Meine Schwester ist ein gutherziger Mensch. Sie hat immer das Wohl ihrer Familie im Sinn. Versucht, niemanden mit ihren Sorgen und Nöten zu belasten, frisst alles in sich hinein. Aber ich kenne sie gut. Wir schlafen dicht an dicht.« Charlotte räusperte sich. »Annie weint in der Nacht, weint und wimmert Ihren Namen. Am Morgen lächelt sie dann und geht ihrem Tagwerk nach, als sei nichts gewesen. Aber glauben Sie mir, die Verachtung, die ihr überall entgegenschlägt, die Beleidigungen ... Es tut ihr weh.«

»Verstehe«, murmelte Nathan und versuchte dabei, sich in Erinnerung zu rufen, ob Annie dieses Mal anders gewesen war als bei ihrem vorherigen Treffen. Sie hatte einerseits fröhlicher gewirkt, dann aber wieder ganz still und ernst.

Am Morgen hatte er sie beim Aufwachen neben seinem Lager sitzend entdeckt. Ganz in Gedanken und auf dem Gesicht einen derart schwermütigen Ausdruck, als ruhte die ganze Last der Welt auf ihren Schultern.

Sobald sie merkte, dass er aufgewacht war, erschien wieder das vertraute Lächeln auf ihren Lippen, und nach ein paar lieben Worten erreichte es auch ihre Augen. Sie liebte ihn, kein Zweifel. Doch diese Liebe war mit Sorgen belastet.

»Ja, denken Sie nur darüber nach«, sagte Charlotte kühl. »Was, wenn beim nächsten Mal statt Schlammbrocken Steine fliegen? Wenn man sie nicht anspuckt, sondern prügelt? Wollen Sie das für die Frau, die Sie lieben? Ich möchte es für meine Schwester nicht!«

»Deshalb sind Sie hier.«

»Ja. Denn Annie besitzt nicht die nötige Kraft dazu. Sie will Ihnen nicht wehtun, und wie immer stellt sie sich selbst hintan.«

Alles in Nathan krampfte sich zusammen. Seine lebhafte Fantasie zeigte ihm Annie, grün und blau geschlagen. Noch immer lächelnd, wenn sie ihn sah, noch immer zärtlich.

In seinem Mund breitete sich ein bitterer Geschmack aus. »Sie möchten, dass ich mich von Annie trenne.«

Charlotte nickte. »Wenn Sie meine Schwester wirklich lieben, dann tun Sie das. Ein gebrochenes Herz ist weniger schlimm als ein eingeschlagener Schädel, denn glauben Sie mir, die Menschen sind wütend. Und ein Mädchen wie Annie, das sich mit dem Feind einlässt, ist die Zielscheibe, auf die sie alle warten.«

Darauf wusste er nichts zu erwidern.

In Charlottes Mundwinkel schlich sich ein selbstgefälliges Lächeln. Es gab noch weitere Gründe, warum sie Annie und ihn auseinanderbringen wollte. Sie hasste ihn.

»Denken Sie darüber nach, Corbin.«

Er erwiderte nichts, sondern trat das Gaspedal durch. Die Reifen des Jeeps drehten durch. Charlotte trat hastig zurück, und er jagte davon.

Kapitel 6

Der Bergmann im schwarzen Gewande so schlicht
geht still durch das Leben, man acht' seiner nicht.
Tief drunt' in der Grube, da kämpft er mit Not,
verdient sich wohl oft kaum sein tägliches Brot.
Doch blickt er zufrieden zum Himmel hinauf
und ruft aus der Grube sein fröhlich »Glück auf!«.

Mülheim, September 1945

Der *Feurige Elias* ratterte über die Straßenbahnschienen und stieß keuchend Dampf und Rußwolken aus. Charlotte folgte ihm, noch immer ein wenig außer Atem von ihrem raschen Lauf. Zu rennen hatte Wirkung gezeigt. Keine Träne war geflossen, dafür meldete sich nun ihr Knöchel, den sie sich im April verletzt hatte.

Ihr Ziel hatte sie erreicht. Wie ein Mahnmal ragte ein weiterer Schuttberg vor ihr auf.

»Charlie!« Der Ruf ließ sie zusammenfahren. Bertram kam über die Straße gerannt, machte mit seinen dürren Beinen riesige Schritte. Die Sohlen seiner etwas zu großen Stiefel klatschten über den Kopfstein. »Schau mal, ich hab

Verstärkung mitgebracht, mein Cousin ist zurück!« Er wies hinter sich.

Nun bemerkte Charlotte auch den schmalen Mann, der ihm folgte. Zuerst sah es aus, als würde er die Hände hinter dem Rücken verschränken, dann wurde ihr klar, dass der rechte Jackenärmel kurz unter dem Ellenbogen abgeschnitten und mit groben Stichen zusammengenäht war. Ein Kriegsversehrter. Wie Martin es gewesen wäre, hätte das Schrapnell nicht …

Der Fremde nahm die Mütze ab. Sein kastanienbraunes Haar schimmerte in der Morgensonne rötlich, das goldene Licht verlieh auch seinem kantigen Gesicht ein wenig Weichheit.

»Guten Morgen, Fräulein Neumann, Bertram hat schon viel von Ihnen erzählt.« Er streckte ihr die verbliebene linke Hand hin, und sie schüttelte sie ungelenk mit ihrer rechten. Hätte sie ihm die andere Hand geben sollen? Er schien ihre Irritation zu bemerken und grinste breit. In seinen Wangen wuchsen tiefe Grübchen und straften damit seine traurig aussehenden grauen Augen Lügen. *Kriegeraugen.* Charlotte kannte diesen Blick. Vor ihr stand ein Held des Reiches, der sogar einen Teil seines Leibes für den Sieg gegeben hatte. Und doch war es nicht genug gewesen.

»Bertram redet viel. Ich hoffe, er hat ein paar gute Haare an mir gelassen, ich … nun.« Sie rang um Worte. »Wir haben alle unser Päckchen zu tragen.«

»So ist es.« Er legte Bertram die Hand auf die Schulter, und der schien gleich ein wenig zu wachsen. Erst jetzt bemerkte Charlotte, dass der Junge andere Kleidung trug und anders als sonst auch nicht aussah, als hätte er die Nacht im Freien verbracht. Seine Haare waren gewaschen und gekämmt, Hals und Gesicht sauber, vielleicht auch der Rest.

»Der Kleine kann bei meiner Mutter und mir wohnen, solange er will. Als wir vorgestern zurückkamen, waren wir überrascht, dass wir nicht ausgebombt worden sind. Nicht mal geplündert, nur den Kohlenkeller haben sie uns ausgeräumt.«

»Das ist gut.«

»Ich habe mich noch gar nicht vorgestellt. Hans Joachim Täuber, aber bitte nennen Sie mich doch Hajo, so wie alle.«

»Charlie«, sagte Charlotte und hätte sich am liebsten noch im selben Augenblick auf die Lippe gebissen. Bertram quittierte ihren erschrockenen Gesichtsausdruck mit einem Lachanfall und trabte dann ohne ein weiteres Wort auf den Schuttberg zu. Den kleinen Triumph würde er sich nicht mehr nehmen lassen, schien das zu heißen. »Hier beim Räumen duzen wir uns alle«, fuhr sie in dem Versuch, die Situation zu überspielen, fort.

»Ich hoffe, ich stelle mich nicht allzu dumm an. Ich will keinem zur Last fallen.«

»Das wirst du nicht«, ermunterte Charlotte ihn, als würde sie jemanden vor einem sportlichen Wettkampf motivieren.

»Es war Bertrams Idee, er meinte, hier würde jede helfende Hand gebraucht, auch wenn es in meinem Fall buchstäblich nur eine ist.« Wieder das breite Lachen. Das musste wohl in der Familie liegen. Ebenso wie seine Art, mit dem überlebten Schrecken umzugehen.

Charlotte konnte sich ein Grinsen nicht verkneifen. »Komm, ich zeig dir alles.«

⚒

Sie ist wirklich genauso hübsch, wie Bertram berichtet hat, dachte Hajo, während er Charlotte folgte. Nur schade, dass sie ein Nazifräulein war, sonst hätte sie ihm wirklich gefallen können.

Sie bewegte sich mit einer Eleganz durch Schutt und Trümmer, die für einen Ort wie diesen geradezu unangemessen schien. Als sei ein Engel oder ein Märchenwesen aus einem Gemälde in seine Welt gestiegen.

Beiläufig erklärte sie, nach welchem System die Freiwilligen Holz, Metall und Schutt sortierten, damit so viel wie möglich für den Wiederaufbau verwendet werden konnte. Dabei würdigte sie ihn keines zweiten Blickes. Vermutlich, weil er ein Krüppel war. Dennoch war es ungewohnt für ihn, so wenig beachtet zu werden.

Es gab schlicht nur noch wenige Männer, wodurch sogar solchen wie ihm ungewohnte Aufmerksamkeit aus der Damenwelt sicher war.

Die vergangenen Monate hatte er mit der Mutter bei Verwandten im Osten zugebracht. Auf dem Land war das Kriegsende über sie hinweggerauscht, so beiläufig, als hätte Vaters Tod gar kein Gewicht. Nicht einmal alliierte Soldaten waren über die Dorfstraße gefahren.

Nun waren sie wieder zurück. Mutter hatte ihr altes Elternhaus nicht einfach aufgeben wollen, ohne zu wissen, ob es überhaupt noch stand. Hajo wäre es egal gewesen, er fühlte sich ohnehin heimatlos. Seine Wurzeln waren ausgerissen, womöglich verfault.

Mülheim an der Ruhr bedeutete ihm nichts mehr, denn seine Geburtsstadt war gleichzeitig auch die, in der er verhaftet und ins Lager deportiert worden war. Die Stadt, in der keiner seiner Jugendfreunde mehr lebte. Nichts gab es hier, außer einem kleinen Haus mit zersprungenen Fenstern und dem Staub zahlreicher Detonationen auf Möbeln und Wänden.

Immerhin lebte Bertram noch. Sein kleiner Cousin war ein Licht in all dem diffusen Dunkel.

»Was hast du vor dem Krieg gemacht?«, fragte Charlotte plötzlich und sah ihm nun doch zum ersten Mal in die Augen.

»Ich war Schriftsetzer«, erwiderte er und dachte mit leiser Wehmut an die Setzerei zurück. Der Geruch von Druckerschwärze, das Klappern von Bleibuchstaben und Setzmaschine, das Rascheln frischer Papierbögen … Er hatte immer gerne gelesen und daheim die Sonderausgaben berühmter Werke betrachtet, da war es ganz natürlich gewesen, dem Vater in den Beruf zu folgen. Nun gab es weder Vater noch die Druckerei oder seinen rechten Arm.

»Ich werde mir etwas Neues suchen müssen«, sagte er leise. Der Stumpf schmerzte, als hätte er zugehört und wollte auf Hajos verändertes Leben hinweisen. Auf ein Schicksal, dem er nicht entkommen konnte. Er rieb mit der Linken darüber. Die Narbenhaut fühlte sich noch immer ein wenig roh an, dabei war alles gut verheilt. Auf weitere Besserung konnte er nicht hoffen.

»Das wird schon, wir müssen uns alle ändern … uns anpassen.« Charlottes Blick richtete sich in die Ferne und wurde ein wenig glasig. Dann verzog sie den Mund zu einem Lächeln, so fadenscheinig wie eine Maske aus dünnem Seidenpapier.

Um sie herum fanden sich mehr und mehr Menschen ein. Alte, Frauen, einige Kinder. Jemand schob eine quietschende kleine Lore näher, dann wurden schon die ersten

Steine hineingeworfen und fielen polternd auf verbeultes Metall.

Charlotte bückte sich, nahm einen Brocken und bugsierte ihn näher an die Lore. Bertram wuchtete ihn hinein. Es war, als habe jemand ein Startsignal gegeben. Die Leute begannen, sich zu Reihen zu formieren. Die Kinder füllten Eimer mit kleinteiligem Schutt, die Erwachsenen hoben Ziegelsteine auf, oft hafteten mehrere aneinander, der Mörtel hielt noch. Auch Hajo bückte sich nun nach einem Trümmerstück. Er drehte es ungeschickt mit der Linken, wuchtete es hoch und unterstützte es blitzschnell mit dem Stumpf. Durch die Amputationsstelle zuckte der Schmerz wie ein Messerstich. Hajo fluchte und kämpfte gegen den Impuls an, den Brocken fallen zu lassen.

Dann richtete er sich wieder auf und lief vorsichtig auf die Lore zu. Die Pein war kaum auszuhalten, dann endlich polterte der Brocken in die Lore. Es war ihm schleierhaft, wie er bis zum Mittag durchhalten sollte, geschweige denn einen ganzen Tag oder eine Woche.

Aber irgendwie musste es gehen, sonst hätte er gleich im Schützengraben liegen bleiben und abwarten können, bis er verblutet war.

Er biss die Zähne zusammen, bückte sich nach dem nächsten Stück und fasste energisch zu.

⚒

Albert lag wach. Neben ihm schlief Gerda, ihr leises, säuselndes Schnarchen so vertraut, dass es tröstlich war. Er rückte näher an sie heran, schmiegte seine Brust an ihren Rücken. In seinen Lungen rasselte es.

Lange würde er es nicht auf der Seite aushalten, das ging schon seit vielen Jahren nicht mehr. Dabei hatten sie früher immer so geschlafen, ganz eng, bis sie eins waren, ein Körper, ein Atem, ein Herzschlag. Danach hatten sich erst die Kinder zwischen sie gedrängt und dann der Husten.

Dabei mochte Gerda es doch so gern, wenn sie kuschelten, und ihm gefiel es auch. In den vielen Jahren ihrer Ehe hatte sich daran nichts geändert.

Andere Paare rückten über die Zeit auseinander, wurden einander fremd, als wären sie nur noch Schablonen derer, die sie einst gewesen waren.

Bei ihm und Gerda war das nicht so. Sie liebten einander und hatten das hoffentlich auch ihren Kindern vermitteln können. Ihren starken Mädchen und Ernst, dem kleinen Prachtkerl. Albert mied es, an ihn zu denken. An ihn zu denken hieße, an den Krieg zu denken.

Er rieb sich die Augen, schloss sie, doch sie brannten, als sei Kohlestaub hineingeraten. Verdammt. Er wollte nicht …

Zehn Monate zuvor

MÜLHEIM, NOVEMBER 1944

Volkssturm?« Albert schüttelte den Kopf, noch immer fassungslos von dem Schreiben, das ihm und einigen anderen Kumpeln am Wochenende ins Haus geflattert war.

Die anderen erfahrenen Hauer, die mit ihm im Förderkorb standen und der Sohle entgegenratterten, unterhielten sich gepresst. Hier, wo keiner zuhörte.

»So viel zu dem Getöse, wir wären kriegswichtig und geschützt.«

»Und kaputt, vergiss kaputt nicht!«, rief ein anderer.

»Jetzt, wo der Krieg fast verloren ist und alles in Schutt und Asche liegt, macht das auch nichts mehr. Wer braucht da noch eine Wirtschaft? Gibt ja keine Fabriken mehr, wenn die Tommys mit uns fertig sind. Da könnse uns auch alle zur Schlachtbank schicken.«

»Ich geh nich, lieber lass ich mir gleich die Lore vors Bein …« Der Mann brachte den Satz nicht zu Ende, weil ihm der Kumpel neben ihm mit der flachen Seite der Hacke kräftig auf den Helm schlug.

»Ich gehe«, mischte sich Albert ein. »Volkssturm, da kann ich vielleicht bei meinem Jungen bleiben. Den holen sie nämlich auch.« Die Worte schmeckten bitter wie Galle.

»Scheiße, Albert«, sagte Otto mit viel Gefühl und schlug ihm auf die Schulter. »Dein einziger Junge, was? Dann würd ich auch gehen.«

Er nickte. »Ich sorg dafür, dass ihm nichts passiert.«

»Vielleicht kommt's nich so weit, die sind ja schon fast vor unserer Tür, die Amis. Bis ihr die paar Wochen Ausbildung durchhabt, is vielleicht scho Frieden.«

Der Aufzug sprang in seinen Seilen. Wie immer an dieser Stelle. Sie waren fast da.

»Maul zu, Kumpel, und Glück auf!«

»Glück auf!«, schallte es aus allen Kehlen, dann kam der Aufzug unsanft zum Stehen.

⚒

»Vom heutigen Tage an seid ihr keine Jungen mehr, sondern Männer! Ihr seid Soldaten. Euer Blut, eure Ehre für das Vaterland. Für Hitler!«

»Heil Hitler!«, schrie Ernst aus voller Kehle. In seinen Adern kochte das Blut wie von heiliger Flamme entfacht. Seine besten Freunde stimmten in das Jubelgeschrei ein. Sie nahmen sich in die Arme, warfen die HJ-Mützen in die Luft. Endlich, endlich war es so weit.

»Aufstellung!«

Sofort standen sie wieder in Reih und Glied. Zackig rückte Ernst seine Mütze gerade. Sturmgewehre, sie bekamen Sturmgewehre!

»Sagt euren Muttis, sie sollen euch warm anziehen. Es ist kalt an der Front!«

»Jawoll!«, riefen sie und feixten. Was war das denn für ein Befehl? Mindestens die Hälfte ihres Fähnleins scheiterte daran, ein ernstes Gesicht zu bewahren. Auch Ernst kämpfte mit sich. Er stellte sich Muttis Gesicht vor, Zeter und Mordio würde es geben, wenn sie ihn in den Krieg ziehen lassen musste.

Im Laufschritt ging es nun in den Nachbarraum. Dort lagen Sturmgewehre auf einem Tisch. Keine neuen, nein … und auch nicht genug, das sah er auf den ersten Blick. Er drängelte sich an den anderen vorbei. Ohne eine Waffe würde er hier nicht rausgehen. Er war ein guter Schütze mit einem guten Blick.

»Meins«, rief er, lehnte sich vor und bekam ein Gewehr zu fassen. Es mochte alt und abgewetzt sein, doch es war gepflegt, das merkte er gleich. Der Abrieb am Kolben stammte daher, dass der vorherige Besitzer viel damit marschiert war.

Er drückte die Waffe an seine Brust und rückte wieder in die Reihe. Auf dem Kolben befanden sich kleine, saubere Markierungen. Dieses Gewehr hatte getötet, sieben Mal. Stolz schwoll in Ernsts Brust. Stolz und das Gefühl, endlich ein Ziel zu haben. Er würde mehr erledigen als der Letzte!

Fast den ganzen Heimweg lang hatten sie ihre Lieder geschmettert. Fahnenlieder, Soldatenlieder. Thomas und er waren unzertrennlich, das war vom ersten Schuljahr an so gewesen. Beide hatten sie sich bei Mannesmann beworben und auch beide eine Lehrstelle in den Röhrenwerken bekommen. Arm in Arm marschierten sie nun die Gracht hinauf zur Mausegattsiedlung. Schon lange waren der Förderturm Wiesche sowie der Lüfter des Ausziehschachts zu sehen. Rauch stieg aus vereinzelten Schloten.

Ernst rieb seinem Kumpel durch das igelstachelige Haar. »Hast du gesehen? Hast du's gesehen? Ich hab sie alle getroffen, alle!«

»Klar, du Angeber.« Thomas verpasste ihm einen Schubs. Er war noch braun gebrannt von der Feldarbeit und voller Sommersprossen, sogar auf den Händen. In den Kartoffelferien war er bei Verwandten auf dem Land gewesen, um bei der Ernte mitanzufassen. Er war stark wie nur was.

»Dafür warst du echt nich gut im Nahkampf, viel zu langsam. Zack, zack, zack, so geht das!« Thomas war wieder ganz in seinem Element. Er führte Ernst vor, wie er einem unsichtbaren Gegner blitzschnell bestimmt zehn Stiche versetzte. So schnell konnte man gar nicht gucken.

Sie hatten gegen ausgestopfte Strohsäcke gekämpft. Ernst stand wie so oft sein Kopf im Weg. Er dachte zu lange darüber nach, wo die richtige Stelle war. Als Scharfschütze hatte man das Problem nicht. Kopf, Brust, das war's. Und angeblich hatte man auch im Gefecht meist genug Zeit.

»Du denkst zu viel, blitzschnell musst du sein. Egal wo du hinstichst, solange du triffst, tut es weh. Jede Wunde macht den Gegner langsamer«, gab Thomas beinahe Wort für Wort wieder, was man ihnen einzubläuen versuchte. Dann sprang er Ernst an.

Er versuchte, ihm auszuweichen, doch Thomas hatte ihn beinahe sofort überrumpelt und nahm ihn in den Schwitzkasten. Mit einem spitzen Finger stach er ihm mehrfach in den Bauch.

Erst dann gelang es Ernst, sich mit einer Ringerbewegung zu befreien. »Blödmann!«

»Erwischt, erwischt!« Thomas lachte gackernd und fing sich eine Kopfnuss ein. So war es immer zwischen ihnen. Eine ruppige Freundschaft.

Sie lachten beide, rannten ein Stückchen, dann legte Ernst Thomas wieder den Arm um die Schulter. »Deshalb gehen wir auch gemeinsam an die Front und passen aufeinander auf, versprochen?«

»Versprochen!«

»Aber ich erwische eh mehr Tommys und Franzosen!«

»Unsinn!«

Sie sahen einander fest in die Augen und wurden schlagartig nüchtern. »Was meinst du, wo schicken sie uns hin, Thomas?«

»Wo sie uns brauchen … aber bestimmt nicht so weit weg.«

Nun erreichten sie die Mausegattstraße. »Wenn meine Mutti den Schrieb sieht, heult sie sich die Augen aus.«

»Meine auch.« Ernst fühlte sich plötzlich, als habe er

Steine geschluckt. »Ich wünschte, sie hätten uns einfach schon heute Abend an die Front gebracht.«

Nun waren sie vor Thomas' Haus angelangt. Die Euphorie war indes so gründlich geschwunden, als hätte es sie nie gegeben. »Holste mich ab in der Früh?«

»Klar«, rief Ernst und machte sich auf den Heimweg. Es war nur ein paar Häuser weit und dann an einem Garten entlang bis zu seiner Straße, doch mit jedem Meter fühlten sich seine Füße schwerer an.

Überall waren Anzeichen des Krieges zu sehen, dessen Front täglich näher rückte. Ausgebrannte Dächer, die den würzigen Geruch von verkohltem Holz verströmten. Fenster mit zugezogenen Gardinen oder geschlossenen Läden, die nie mehr geöffnet wurden, weil die Einwohner zu Verwandten aufs Land gezogen waren.

Es fehlten Kinder auf den Straßen, die mit der Landverschickung in den Osten gebracht worden waren. Er selbst war mit seinen sechzehn Jahren zu alt dafür. Er war nun ein Mann, ein Soldat.

Kurz blieb er vor der Haustür stehen und wünschte sich, keiner wäre daheim. Aber er konnte schon den Eintopf aus Linsen und Grünkohl riechen, den Mutti am Morgen angekündigt hatte. Sie würden da sein, Vati, Mutti und vielleicht auch Lotte. Annie war schon seit zwei Wochen im Krankenhaus und diente dem Reich als Lazaretthelferin. Sie kam nur noch unregelmäßig heim, und es ging das Gerücht, dass auch sie bald näher an die Front verlegt werden sollte. Das wäre was, wenn sie einander dort zufällig begegneten!

Doch erst stand ihm eine ganz andere Begegnung bevor. Die Eltern würden wütend sein. Wieso nur ging ihm das so an die Nieren? Schließlich würde ihr Zorn nicht ihm gelten, sondern den Obrigen.

Er gab sich einen Ruck, stieß die Tür auf und zog drinnen sofort die Schuhe aus. »Ich bin's!«, rief er. Die HJ-Mütze faltete er zusammen und legte sie auf die Kommode. Mutti legte viel Wert auf ihre Ordnung.

Vati war schon da, Schuhe und Jacke verrieten es, doch niemand erwiderte seine Begrüßung. Er fand die Eltern schließlich in der guten Stube. Sie saßen auf dem kleinen Sofa, und Vati hielt Mutti in den Armen, weil sie weinte. »Ich lasse das nicht zu!«, hörte er sie sagen. Also wusste sie es offenbar schon.

Ein Teil von ihm wollte die Flucht antreten, ins Zimmer hinauf oder besser noch in den Garten oder auf die Straße. Es schien ihm nicht richtig, die Eltern so zu sehen.

»Guten Abend.« Er trat zu ihnen.

»Wir haben dich gar nicht reinkommen hören«, sagte Vati, während Mutti sich hektisch die Augen mit einem Taschentuch trocknete und sich zu einem Lächeln durchrang.

Ernst nahm den Umschlag aus seiner Jacke und reichte ihn wortlos dem Vater.

Der nickte knapp. »Wir gehen beide.«

»Du?«, fragte er ungläubig. »Aber bist du nicht kriegswichtig?«

»Nicht kriegswichtiger als unsere Jugend. Kategorie 2. Wenn alles gut geht, dann kommen wir an die gleichen Abschnitte. Alle aus der Siedlung gemeinsam.«

Ernst klappte der Mund auf. Er wusste nicht, was er sagen, was er denken sollte. Die anderen Burschen würden sich über ihn lustig machen. Andererseits war sein Vati kein lauter, roher Kerl wie so viele andere, sondern war ein besonnener Mann, der seine Kinder so gut wie nie geschlagen hatte. Und er hatte seinen Alten gern.

»Geh ma in den Keller, Ernst, und hol zwei Bier rauf. Wer kämpfen kann, der kann auch trinken. Das Essen brauch' noch. Wir Männer setzen uns so lange in die Laube.«

Ernst machte sich sofort auf den Weg. Sein erstes Bier mit dem Vater, na, das ließ er sich nicht zweimal sagen.

Als er zurückkam, saß der bereits draußen. In seinen Händen lag die schwarz-rot-weiße Binde, die er an seinen Jackenärmel würde heften müssen. Auf dem roten Streifen in der Mitte stand zwischen zwei Reichsadlern mit ausgebreiteten Schwingen *Deutscher Volkssturm Wehrmacht.* »Hätte nicht gedacht, dass es je so weit kommen würde«, murmelte er und saß dabei so gebeugt, als laste ein tonnenschweres Gewicht auf ihm.

Ernst setzte sich neben ihn und reichte ihm eine Flasche. »Aber willst du denn nicht auch dein Mutterland verteidigen, komme, was wolle?«

»Komme, was wolle?« Vater blickte auf, als überraschte es ihn, seinen Sohn zu sehen.

»Aber du hast recht, Vati, ich hätte nicht geglaubt, dass unsere Feinde einen derart harten Kampf führen würden und es ihnen gelingt, unsere Soldaten so in Bedrängnis zu bringen. Doch du wirst sehen, jetzt, da das Volk sich erhebt, da jeder Mann zur Waffe greift, werden wir siegreich sein! Wir müssen!«

»Ach, Junge. Ich wünschte, du und die Mädchen wärt nicht in solch eine Welt hineingeboren worden.« Er hob den Blick, sah ihn lange an. »Du hast dein ganzes Leben noch vor dir. Die Ausbildung bei Mannesmann, das ist eine gute Sache …«

»Dann fange ich eben ein Jahr später wieder an, sobald wir unsere Feinde zum Teufel gejagt haben.«

Vati schien etwas erwidern zu wollen, überlegte es sich dann anders und ließ den Schnappverschluss seines Biers aufploppen. Ernst tat es ihm nach. Sie stießen die Flaschenböden gegeneinander.

»Dafür hatte ich mir eigentlich einen schöneren Anlass gewünscht, Jung.«

»Ach, Vati …« Ernst nahm einen tiefen Schluck, doch das Bier schmeckte nicht halb so gut wie die Flaschen, die er heimlich mit seinen Freunden getrunken hatte.

»Ich wollt nich, dass de deinen Alten begräbst, ohne mit ihm angestoßen zu haben.«

»Nun red nicht so! Da wird mir ganz bang. Ich lass nicht zu, dass wer meinem Vati was tut. Ich bin ein guter Schütze, und ich hab ein gutes Gewehr bekommen. Ein Sturmgewehr aus deutscher Produktion, nicht solche Beutewaffen mit krummen Läufen, die sie aus Polen und Norwegen herschaffen und für die es kaum Munition gibt.« Allein das auszusprechen, verlieh Ernst ein Gefühl von Zuversicht. Es würde schon alles werden.

Er trank noch einen Schluck, und dieser schmeckte schon besser.

»Haben sie euch Uniformen zugeteilt?«

»Ja.« Ernst musste grinsen. »Gebrauchte HJ-Uniformen, die irgendein Depp zu färben versucht hat. Ich weiß nicht, was das sein soll, Grau, Grün, Blau oder alles gleichzeitig.«

»Winterausrüstung?«

Er schüttelte den Kopf. »Da müssen wir uns selbst drum kümmern. Aber ich friere nicht so schnell.«

»Du hast keine Ahnung, was Kälte ist.«

Was sollte das denn? Was hatten nur alle damit? »Klar weiß ich das, ich verstecke mich ja nicht jeden Winter zu Hause vorm Herd wie ein zartes Zimmerpflänzchen.«

»Nein, das nicht. Aber nimm meine Worte nicht auf die leichte Schulter, Jung. Du konntest bislang immer heim, dir etwas Warmes und vor allem Trockenes anziehen, dich am Ofen aufwärmen. Aber was, wenn es all das nicht gibt? Wenn du in einem nassen, zugigen Unterstand sitzt? Stundenlang … vielleicht Tage? Das ist eine andere Kälte, Ernst.«

Er nickte. »Hast wohl recht, Vati.«

»Du hast nicht mehr viele Erinnerungen an deinen Großvater Heinz, aber du erinnerst dich doch sicherlich noch daran, wie er gelaufen ist. Ungeschickt, als wüsste er nie so recht, wie er auftreten sollte.«

»Ja, schon.« Ernst nippte an seinem Bier.

»Das hat der Krieg gemacht. Zwei lange, kalte Winter in nassen Gräben, wo der Schlamm den Männern oft bis zu den Knien stand. *Grabenfuß* nennen sie das, wenn einem die Füße so nass sind, dass sie in den Schuhen das Faulen anfangen.« Vati zog die Schultern hoch. »Ich erinnere mich noch, wie er heimkam, als Invalide. Direkt von der Front zu uns. Seine Füße waren voller schwarzer und grauer Flecke, er hatte Zehen verloren, und gestunken hat das … Ich hab's noch immer in der Nase.« Er räusperte sich. »Ich hab meinen Vater vorher nie weinen sehen. Aber wenn deine Großmutter ihm damals in den ersten Wochen die Füße versorgt hat, dann starrte er aus dem Fenster, und die Tränen liefen nur so. Keinen Mucks hat er dabei gemacht.«

»Willst du mir Angst machen?«

»Vielleicht.« Er legte Ernst einen Arm um die Schultern.

»Ich will vor allem, dass du vorsichtig bist. Es sind die kleinen Dinge, die unwichtigen, die dich die Gesundheit oder gar das Leben kosten können.«

»M-hm …«, erwiderte er und ließ den Finger über die Prägung des Flaschenbodens kreisen. Mit dem Vater über den Krieg zu reden, war nicht so, wie er es sich vorgestellt hatte. Mit seinen alten Geschichten schaffte er es, ihm auch noch die letzte Begeisterung madigzumachen.

In diesem Moment wünschte er sich weit weg von der Laube und Vaters ewig besorgtem Blick. Warum konnte er ihm nicht Mut machen? Vielleicht ein wenig davon träumen, wie sie beide ihre Feinde zum Teufel jagten? Wie sie kurz darauf als Helden des Reiches ausgezeichnet würden? Geschichten erlebten, die sie den Enkeln erzählen könnten! Bessere Geschichten als die von nassen Gräben und faulenden Füßen.

»Männer? Das Essen ist fertig!« Mutti hatte die Hintertür aufgerissen und in den dämmerigen Garten hinausgerufen.

»Sofort!«, rief Vati, setzte seine Flasche an und trank sie, ohne abzusetzen, aus. Ernst sah dabei auf seinen Adamsapfel, der spitz auf und ab hüpfte.

Er selbst hatte noch viel in der Pulle und war nicht sicher, ob er es seinem Vater gleichtun konnte. Besser keinen peinlichen Hustenanfall riskieren, dachte er bei sich. Er würde das Bier zum Essen trinken.

»Versprich mir also, dass du immer auf dich achtgibst, Junge«, sagte Vati nun, stand auf und blickte ihm in die Augen. Es hatte es nicht als Frage formuliert.

Ernst nickte.

»Trocken und warm ist das Wichtigste, um das du dich

selbst kümmern musst. Und wenn sie dich auf ein Himmelfahrtskommando schicken, nimmst du die Beine in die Hand.«

»Vater!« Ernst stand ruckartig auf. »Was redest du denn da?«

»Ich rede, was ich rede, und von dir will ich dazu nichts hören, außer dass du mich Wort für Wort verstanden hast.«

»Hab ich.« Ernst musste sich auf die Zunge beißen, um ihm nicht das Wort entgegenzuspucken, das ihm durch den Kopf geisterte.

Verräter!

Sein eigener Vater war ein Feigling und Verräter!

Kapitel 7

Ende August 1945

AMERIKANISCHE BESETZUNGSZONE, LIMBURG

»He, Häuptling!«

Nathan stöhnte innerlich auf. Er hasste es, wenn ihn seine Kameraden so nannten. Hätte er damals in Paris, als sie alle in Feierlaune dem Rotwein kräftig zugesprochen hatten, doch nie erwähnt, dass er väterlicherseits indianische Vorfahren besaß.

Damals waren alle in wildes Kriegsgeheul ausgebrochen, hatten ihm die Federboa eines der französischen Mädchen um den Kopf gewickelt und ihn auf den Schultern herumgetragen.

Seitdem war der Spitzname haften geblieben wie Kaugummi unter der Schuhsohle. Mit jedem Tag wurde er zäher und schmutziger.

Er war froh, dass Vater und Großvater nie davon erfahren würden. Es würde ihnen sauer aufstoßen, auch wenn sie selbst nicht einmal wussten, welchem Stamm die Vorfahren angehört hatten. Sein Großvater war aus einem Waisenhaus geflohen und hatte keine Erinnerung an die

Zeit davor. In der Familie wurde nicht darüber gesprochen. Amerikaner zu sein, war besser als Indianer. Und nun würde auch Mutter vergessen müssen, wohin ihre Wurzeln reichten. Nach Deutschland, zu ihren erbitterten Feinden.

»Häuptling?«

Nathan, der zuerst den Kopf eingezogen hatte, reckte nun die Hand. »Hier.«

»Post! Drei Briefe.«

»Danke, gib her.« Er stand auf und nahm die Umschläge und ein kleines Päckchen entgegen. Sie hatten sich im Haus eines SA-Sturmführers einquartiert. Die Familie war geflohen, der Mann saß in Haft.

Das Führerporträt, das einst die Wand über dem prächtigen Eichenschreibtisch geziert hatte, war zu neuer Verwendung gekommen. Kameraden hatten es auf ein Rehgeweih an der Wand gespießt, sodass es aussah, als wüchsen Hitler Hörner aus dem Schädel. So einige versuchten sich allabendlich im Zielwerfen auf den Schnurrbart. Die Leinwand zeigte mittlerweile viele Messerspuren.

Nathan ließ sich mit den Briefen in einen Lehnstuhl fallen, das kleine Päckchen balancierte er auf den Knien.

Ein Brief von den Eltern. Einer von seiner Schwester und ... Nathan schluckte. Auf einmal hatte er einen Kloß im Hals. Er fuhr sich hastig durchs Haar, bemerkte seine nervöse Geste und ballte die Hand zur Faust.

Der Umschlag zitterte zwischen seinen Fingern. Warum war die verdammte Feldpost nur so zuverlässig? Annie hatte den Brief an das Kriegsgefangenenlager adressiert, das längst den Engländern übergeben worden war. Auf dem Umschlag reihte sich ein Kürzel an das nächste. Der Brief hatte eine Odyssee hinter sich, doch nun war er am

Ziel, zwei Monate, eine Woche und drei Tage, nachdem er aufgegeben worden war.

Dabei war Nathan endlich gelungen, nicht mehr ständig an sie zu denken, nicht jede Nacht von ihr zu träumen. Er hatte die Liebe für sie zum Grauen der Fronterfahrung gesperrt und, wie er geglaubt hatte, für immer weggeschlossen. Wie einfältig von ihm.

Sein Herz klopfte schmerzhaft, als sei es plötzlich zu groß für seine Brust, dabei war der Umschlag noch verschlossen.

Er hatte sie angefleht, ihm nicht zu schreiben, seine Entscheidung zu akzeptieren.

Doch so war Annie nicht. Sie war zu stur, und sie musste ahnen, dass er es nicht voll und ganz ernst gemeint hatte. Es war eine Kopfentscheidung gewesen. Aber es war nicht der Kopf, der ihm beim Gedanken an Annie schmerzte, sondern das Herz.

Er knibbelte mit dem Daumen an der Lasche. Ratlos. Das Gesündeste wäre es wohl gewesen, den Brief nicht zu öffnen, sondern wegzuwerfen.

Er stierte ihn an. Ihre hübsche Schrift. Die Schrift einer zukünftigen Lehrerin. Er war sich sicher, dass sie in nicht allzu ferner Zukunft ihren Traum erreichen würde. Annie war keine Frau, die einfach so aufgab … auch ihn nicht.

Er hätte es wissen müssen.

Mein Liebster,
Deine Zeilen brechen mir das Herz. Wie kannst Du so eine Entscheidung treffen, ohne mich zu fragen, was ich dazu denke? Ich glaube nicht, dass Du mich nicht mehr liebst, aber das waren ja auch nicht Deine Worte.

Du willst mich schützen, schreibst Du. Indem Du mich von Dir stößt? Was soll das für ein Schutz sein?
Es ist doch längst geschehen. Die Zeit kannst Du mit Deinen Zeilen auch nicht zurückdrehen.
»Amihure« nennen sie mich, ganz gleich, ob Du mich noch besuchst oder nicht. Ich ertrage das alles, ich lege mir einen Panzer zu wie eine Schildkröte. Deine Liebe macht mich stark, aber ohne sie … ohne sie zerbreche ich. Wie Glas fühle ich mich, durchzogen von Rissen. Ein Stups nur, und …
Ach, Nathan. Ich will nicht betteln. Nicht, wenn Du mich nicht lieb hast. Aber wenn ich noch in Deinem Herzen wohne, dann schreibe mir. Ich kann warten. Monate, wenn es sein muss Jahre. Wirf nicht fort, was wir haben.
Deine Annie

Im Umschlag war noch etwas. Ein Foto von ihr. Nathan zog es ganz langsam heraus, als sähe er sich einem Albtraum gegenüber. Schön war sie, so unbeschreiblich schön. Er hatte versucht zu vergessen, wie sehr sie ihm gefiel. Da war das kleine, versteckte Lächeln. Ihr Anblick riss alte Wunden auf …

»Heulst du etwa, Häuptling?«, rief sein Kamerad Samuel, der die Briefe ausgeteilt hatte.

»Schwachsinn!«, fuhr Nathan ihn an und wischte sich hastig über die Wangen. Was machte Annie da nur mit ihm, verdammt? Warum konnte sie ihn nicht vergessen und in Ruhe lassen?

Aber wollte er das wirklich? Er fühlte sich elend wie ein kranker Hund. Energisch schob er das Foto zurück in den

Briefumschlag, doch ihr Antlitz blieb in seinen Verstand gebrannt. Teufel auch!

Samuel stand neben ihm und sah mitleidig auf ihn hinab. »Hübsch ist dein Mädchen ja.« Das Foto hatte er also auch gesehen, am Ende noch über seine Schulter hinweg den Brief gelesen, aber nein, Samuel konnte kein Deutsch.

Sein Kamerad schlug ihm freundschaftlich auf die Schulter. »Die kommt schon zurück! Wirst sehen.«

»Wenn du wüsstest«, gab er zurück und presste dann die Lippen aufeinander. Annie ging Samuel nichts an, sie ging niemanden etwas an!

»In zehn Minuten rücken wir aus, Häuptling«, rief Samuel, ohne sich noch einmal umzudrehen, und verließ das Zimmer.

Nathan seufzte, dann faltete er Annies Brief so zusammen, dass das kleine Foto nicht geknickt wurde. Er wollte es nicht einfach zurücklassen. In der Brusttasche war es sicher.

Direkt über seinem Herzen.

Mülheim, Anfang September 1945

BEKLEIDUNGSGESCHÄFT KLÖPPENSTOCK

Annie hatte das Gefühl, noch nie zuvor in ihrem Leben so nervös gewesen zu sein wie heute. In der vergangenen halben Stunde hatte sie noch einmal alle Tische und Stühle kontrolliert und etwas verschoben, wenn zu wenig oder zu viel Platz dazwischen war.

Um Punkt acht Uhr sollte es losgehen. Dann kämen ihre ersten Schüler. Annie hatte keine Ahnung, wie viele es sein würden. Hauptsächlich wohl Arbeiterkinder, viele davon Halbwaisen, die zu Hause mitanpacken mussten. Vier Stunden, darauf war ihr Unterricht begrenzt, der die Kinder auf die Rückkehr in die Schule vorbereiten sollte. Einige Schulen hatten bereits seit Monaten wieder geöffnet, andere liefen noch immer als Lernkreise, die zwar nach der Besetzung der Stadt offiziell aufgelöst, aber mangels Alternativen dennoch weitergeführt wurden.

Frau Nierhaus war die Ruhe selbst. Hin und wieder sah sie wissend zu Annie hinüber, die nicht stillstehen konnte und ihre Nervosität damit überspielte, dass sie ihren Händen etwas zu tun gab.

»Es sind nur Kinder, Annie.«

»Sie verstehen nicht, wie das ist.«

»O doch. Denn auch ich war einmal jung und stand vor meiner ersten Klasse. Zugegeben, ich war etwas älter als du jetzt. Aber es wird nicht anders sein als dein Nachhilfeunterricht im Bunker.«

Annie trat an die offen stehende Tür. An diesem Morgen roch es zum ersten Mal nach Herbst. Erdig, als gäbe es einen Wald in der Nähe, nach modernden Blättern und kaltem Holzfeuerrauch.

Die Worte ihrer Lehrerin hatten sie nicht beruhigen können. Erst wenn sie den ersten Tag hinter sich gebracht hätte, würde sich ihre Aufregung legen.

Da kamen die ersten Kinder! Annie trat von der Tür zurück. Sie wollte sich im Hintergrund halten und lernen. Es war abgesprochen, dass Frau Nierhaus an diesem Tag den kompletten Unterricht übernehmen würde. Sobald die Kinder dann ihre Aufgaben erledigten, würden sie beide von Platz zu Platz gehen, helfen und kontrollieren.

Schlussendlich waren es nur siebzehn Kinder von der ersten bis zur dritten Klasse, die den Weg zu ihnen gefunden hatten. Manche kamen allein, die meisten wurden von der Mutter oder Großmutter gebracht und nach einem kurzen Schwatz mit Frau Nierhaus dagelassen.

Um Viertel nach acht saßen alle nach Alter getrennt an den Tischen. Erst jetzt wurde Annie klar, dass die Kinder fast ebenso aufgeregt waren wie sie selbst. Die neue Umgebung und die fremden Kinder und Erwachsenen machten sie nervös.

In die verschreckten Gesichter zu blicken, gab ihr schlagartig die eigene Ruhe zurück.

Frau Nierhaus hatte ihren Platz eingenommen und klopfte mit einem Zeigestock gegen die Tafel, von der nur eine kleine Ecke fehlte. Sie war irgendwo aus den Trümmern geborgen worden.

»Guten Morgen, Schüler!«

»Guten Morgen, Frau Lehrerin«, klang es noch etwas scheu aus siebzehn Kehlen.

»Mein Name ist Frau Nierhaus.« Sie schrieb ihn in großen, schwungvollen Buchstaben an die Tafel. »Und das dort ist Fräulein Neumann, sie wird im Unterricht helfen.« Nun wurde auch Annies Name an die Tafel geschrieben, und ihr Herz schlug sofort höher. Diesen Moment würde sie niemals vergessen, zumindest nicht, bis sie eine fertig ausgebildete Lehrerin war und vor ihrer eigenen Klasse stand.

Als Nächstes sagten die Kinder ihre Namen, und wer konnte, schrieb ihn auf seine kleine Kreidetafel. Annie half jenen, die des Schreibens noch nicht mächtig waren, und so konnte bald jeder seinen Namen vorzeigen, wenn er an der Reihe war.

»Jeder von euch erzählt mir jetzt, in welche Schulklasse er zuletzt gegangen ist und was ihr dort durchgenommen habt«, beschied Frau Nierhaus und nahm ein Notizbuch in die Hand. »Der Peter vorne links beginnt, und dann immer der Reihe nach.«

Für die Kinder musste es langweilig gewesen sein, den anderen zuzuhören, dennoch saßen sie still und aufmerksam, ja, geradezu andächtig da. Vermutlich hatte es ihnen einfach gefehlt, in die Schule zu gehen. Unterrichtet zu werden und dabei nicht befürchten zu müssen, dass es jeden Moment Luftalarm gab.

Nach einer kurzen Pause begann Frau Nierhaus, die ersten Aufgaben zu verteilen. Annie bekam vier Schüler, drei Mädchen und einen Jungen, mit denen sie das ABC übte. Sie schrieb ihnen die Buchstaben auf den Tafeln vor, und die Kleinen malten sie jeweils zwanzigmal nach, bevor ein neuer an der Reihe war.

Die Zeit flog nur so dahin. Annie lobte und munterte auf, dann war es plötzlich kurz nach zwölf und der erste Unterrichtstag vorbei.

Vor der Tür warteten bereits die Mütter der Kleinsten.

»Vergiss deine Handschuhe nicht, Johanna«, mahnte Annie und drückte sie dem kleinen Mädchen in die Hand. Dann trat sie gemeinsam mit Frau Nierhaus an die Tür, um die Kinder zu verabschieden.

Eine Frau, die ihren Buben abholte und Annie vage bekannt vorkam, wandte sich an die Lehrerin. »War mein Karlchen brav?«

»Ja, es gibt nichts zu beanstanden«, erwiderte Frau Nierhaus.

»Sagen Sie es ruhig, dann bekommt er heute Abend seine Tracht Prügel und merkt es sich besser.«

Annie zuckte innerlich zusammen. Der kleine Karl nahm es erstaunlich gelassen hin, wie ein Hund, der die Prügel seines Herrn gewohnt war und nichts anderes kannte. Nur seine Augen weiteten sich ein wenig.

Es gab solche Familien, erinnerte Annie sich wieder. Dass es in ihrer eigenen nicht üblich war, von den Eltern geschlagen zu werden, bedeutete noch lange nicht, dass es überall so war.

Sie nahm sich vor, zu Karl besonders lieb zu sein und ihm kleinere Frechheiten zu verzeihen. Die Eltern würden von ihr bestimmt nichts Schlechtes über ihn hören.

Auch das, so wurde Annie nun klar, gehörte zum Lehrersein dazu.

Plötzlich merkte sie auf. Hatte da jemand ihren Namen gesagt? Draußen unterhielten sich zwei Frauen, die ihre Kinder bereits begrüßt hatten. »Ja, klar ist das die Neumann, hab ich doch richtig gesehen!«

»Was will die denn hier? Hat die sich von ihrem Bock schon was andrehen lassen?«

Sie lachten bösartig, wohl wissend, dass Annie sie bis in das Ladengeschäft hinein hören konnte.

Sie schluckte und versuchte, sich nichts anmerken zu lassen. Es hörte einfach nicht auf! Da hatte Nathan sie schon vor so langer Zeit verlassen, und der Tratsch nahm dennoch kein Ende.

Frau Nierhaus drückte die Tür ins Schloss. »So!« Ihr energischer Ton zeigte deutlich, was sie von dem Gerede hielt.

Für Annie dagegen war es nicht so schnell vorbei. »Sie hassen mich«, sagte sie niedergeschlagen.

»Unsinn, Weiber wie die brauchen immer etwas, worüber sie sich das Maul zerreißen können«, widersprach ihr Frau Nierhaus mit einer für sie unüblichen Heftigkeit.

Mit einem Mal kam Annie ein schrecklicher Gedanke. »Und wenn sie meinetwegen ihre Kinder aus dem Lernkreis nehmen? Das würde ich mir nie verzeihen.«

»Ehrenwert von dir, aber der falsche Ansatz. Vor solchen Frauen wird nicht eingeknickt. Und dabei spielt es keine Rolle, ob es richtig oder falsch war, sich mit diesem Amerikaner einzulassen … Meine Meinung kennst du. Geschehen ist geschehen, und wenn sich nichts mehr daran ändern lässt, dann stehst du gefälligst dafür gerade. Es ist niemandem Schaden durch die Angelegenheit entstanden?« Sie musterte Annie prüfend über den Rand ihrer Brille.

»Nein, Nathan war nur bei mir und meiner Familie. Er hat uns allerlei Lebensmittel und einiges für die Hausreparatur mitgebracht, aber geschadet hat er niemandem! Wir haben sogar einen Teil der Lebensmittel an Nachbarn abgegeben, weil es uns ungerecht erschien. Sie haben doch auch von dem Dosenfleisch …«

Ihre Mentorin tat die Erwähnung mit einer Handbewegung ab. »Dann ist es Neid, und gegen den ist ohnehin kein Kraut gewachsen.«

»Es ist auch Hass auf die Amerikaner.«

»Ja, auch das. Und diese Wunde kann nur die Zeit heilen. Apropos Zeit! Räumen wir auf, damit wir zügig heimkommen. Es gilt einiges an Unterricht vorzubereiten.« Sie klatschte in die Hände.

Annie sammelte die Schreibtafeln ein und rückte die Stühle gerade an die Tische. Ab morgen würden die Schüler am Ende alles in Ordnung bringen müssen.

Es war schnell erledigt.

Doch ehe sie das behelfsmäßige Klassenzimmer verließen, klopfte Frau Nierhaus neben sich auf den Stuhl. »Hierher, Mädchen, ich will deine Vorschläge hören. Was kannst du mir über deine Schüler berichten?«

Kapitel 8

Mülheim, Anfang September 1945

Nach dem ersten Tag Schutträumen sah Hajos verbliebene Hand aus wie durch den Fleischwolf gedreht. Die Knöchel waren aufgeschürft, und in der Innenfläche mischte sich verkrustetes Blut mit Staub und Schmutz.

Wenn es nach seiner Mutter gegangen wäre, wäre er nie wieder zum Schutträumen zurückgekehrt. Doch er war kein kleiner Junge mehr, und sie besaß keine Macht mehr über seine Entscheidungen.

Zwar wusste er, dass sie nur sein Bestes wollte, doch seit seiner langen Haftzeit und mehrfachen Begegnungen mit dem Tod waren ihre Nerven dünn. Schon eine aufgeschürfte Hand ließ sie in Tränen ausbrechen.

Nun war er bereits seit einer Woche dabei, und seine Hand wurde langsam wieder besser.

Auch heute Morgen hatte sie ihn gebeten, nicht zu gehen, was sie bei Bertram gar nicht erst versuchte, obwohl dieser viel jünger war als Hajo.

Er hatte sie nur schweigend angesehen, gelächelt und war dann mit seinem kleinen Cousin losgezogen. Denn es lag eine seltsame Befriedigung darin, die Trümmer des

Krieges fortzuräumen, und Hajo ahnte auch, woher sie rührte.

Sie alle, alle, die nicht nur hin und wieder, sondern jeden verdammten Tag dort schufteten, hatten etwas verloren. Nichts Geringeres als die Kontrolle über ihr eigenes Leben war ihnen abhandengekommen.

Indem sie die Stadt Stück für Stück von der erdrückenden Trümmerlast befreiten, schien sich auch in ihnen selbst etwas zu ändern. Die neu geschaffene äußere Ordnung übertrug sich schleichend auf das Innere.

An diesem Morgen fühlte er sich geradezu euphorisch, auch wenn sein Rücken schmerzte, als sei er von einem Panzer überrollt worden.

Während er mit Bertram den Scharpenberg hinunterlief, erwachte die Stadt zum Leben. Es ging kein Wind. Der Rauch der Kohlefeuer schlich durch die Straßen. Hier und da hausten Menschen in Geräteschuppen, einfachen Verschlägen, ausgebombten Häusern, Kellern. Bretter und Teppiche dienten als Türen und Witterungsschutz. Not herrschte an allen Ecken und Enden. In Gedanken machte er sich bereits Notizen, wo sie als Nächstes helfen könnten.

Bertram schlich neben ihm her, die Hände in den Hosentaschen. Er hatte sich sehr verändert. Früher, als sie sich nur hin und wieder zu Familienfeiern sahen, war er schüchtern, aber stets gut gelaunt gewesen. In der Früh hätte man manchmal meinen können, er sei noch immer so. Doch seine Stille war keine Schüchternheit, sondern Trauer. Vom Haus bis zur Trümmerstelle liefen sie immer schweigend. Bertram brauchte die Wegstrecke, um sich zu sammeln, eine Art Schutzpanzer zu errichten. Sobald sie ankamen, änderte er sich mit einem Schlag. Es funkelte in seinen Augen, als sei er eine Maschine, die eingeschaltet wurde. Heraus kam die gute Laune, die er wie einen Schutzschild vor sich hertrug und erst wieder ablegte, wenn sie auf dem Rückweg waren.

Die kindliche Schüchternheit gab es nicht mehr, sie taugte nicht als Abwehr.

Tauben stoben flatternd auf, und Hajo ertappte sich bei dem Gedanken, der Biester habhaft zu werden und eine herrliche Suppe aus ihnen zu kochen. Mit Kartoffeln, Zwiebeln und ein paar Karotten.

Bertram hatte den Graugefiederten ebenfalls nachgesehen. Als sich ihre Blicke nun begegneten, mussten sie beide lachen.

»Ertappt!«, sagte Hajo.

Bertram grinste von einem abstehenden Ohr bis zum anderen. »Dabei hab ich eigentlich gut gefrühstückt.«

»Du musst halt noch wachsen.«

»Ich? Und was ist mit dir?«

»Ich noch mehr, muss mir sogar einen ganzen neuen Arm wachsen lassen.« Wieder lachten sie. Es war wie Medizin.

Hajo zog die Hand aus der Jackentasche und begann, die Finger zu bewegen. Die rissige Haut zwickte und zog, aber dann wurde es besser. Nun rieb er über den Stumpf. Keine Chance. Blitze zuckten bis in die Schulter hinauf. Ganz gleich, wie energisch er rubbelte, die durchtrennten Nerven sandten einen Schock auf den nächsten durch seinen Körper und dachten gar nicht ans Abstumpfen.

»Das wird nicht besser?« Bertram zog fragend die Stirn kraus.

»Glaube nicht.«

»Vielleicht was dick drumwickeln?«

»Könnte helfen.« Er zuckte mit den Schultern. »Muss aber nicht. Es ist, wie es ist, Bertram.«

»Es ist, wie es ist, und du bist Pessimist.« Der Junge versetzte ihm einen Knuff vor den gesunden Arm und trabte davon. Hajo seufzte. Manchmal beneidete er den Kleinen. Besonders dann, wenn er sich fühlte, als sei seine Welt dunkel und er drehte sich in immer kleiner werdenden Kreisen um sich selbst.

⚒

»Morgen, Charlie!« Bertrams Ruf ließ sie kurz zusammenfahren, dann winkte sie ihm. Seit er bei seiner Tante wohnte, schien der Junge völlig verändert und sah auch endlich nicht mehr aus, als würde er verhungern, wenn er nicht von allen Seiten etwas zugesteckt bekam.

Er trabte zu ihr herüber, um sich Schaufel und Schubkarre zu besorgen. »Heute werden wir fertig!«

»Ja, heute schaffen wir das.« Charlotte musterte den Schuttberg, der auf sechs mal vier Meter zusammengeschrumpft war. Tatsächlich könnten sie es hinbekommen. Was für ein Gefühl das sein würde! Bertram setzte die Schubkarre nach ein paar Schritten wieder ab und kam zu ihr gelaufen. »Sag, Charlie, denkst du, es gibt hier irgendwelche Lappen oder so, die Hajo um seinen Stumpf wickeln könnte? Er hat Schmerzen, sobald was drankommt. Aber der Sturkopp hat bis jetzt nix gesagt.«

»Oh«, erwiderte Charlotte nur. Deshalb war es ihr so vorgekommen, als sei seine Freundlichkeit nur aufgesetzt. Denn sobald er sich unbeobachtet fühlte, war sein Gesicht wie versteinert. Sie hatte schon überlegt, ob er nur mithalf, um Bertram einen Gefallen zu tun.

»Ich schaue mal nach.«

»Danke schön.« Bertram schnappte sich die Schubkarre und zog, ein fröhliches Lied pfeifend, davon. Charlotte sah ihm kurz nach, dann betrat sie einen kleinen Verschlag. Hier, in einem ehemaligen Schuppen des zerbombten Wohnhauses, lagerte die Helfertruppe ihre Verpflegung für den Mittag. Manchmal brachte auch jemand einen großen Topf heiße Suppe oder Eintopf vorbei. In einer Blechdose bewahrten sie ein Sortiment von Verbänden und Tüchern für den Notfall auf. Man musste nur lange genug zwischen Holzsplittern, Steinen und verbogenem Metall arbeiten, und früher oder später geschah ein kleineres oder größeres Unglück. Vielleicht taugte etwas von dem Verbandsmaterial für Hajos Stumpf. Annie hatte ihr gezeigt, wie man Verbände und Kompressen anlegte, und ein wenig hatte sie auch in ihrer kurzen Ausbildung zur Flakhelferin gelernt. Schon mehrfach war ihr dieses Wissen zugutegekommen.

Bei dem Gedanken, Hajos Arm zu verarzten, wurde ihr nun dennoch etwas mulmig zumute, und sie verstand nicht, warum. Vielleicht lag es daran, dass sie sonst, wenn sich jemand schnitt oder die Haut aufriss, keine Zeit zum Nachdenken hatte.

Vielleicht wollte Bertrams Cousin auch gar nicht, dass sie ihm half. Viele Männer waren so, sie empfanden es als Zeichen der Schwäche.

In der vergangenen Woche hatte sie wenig mit Hajo gesprochen, so wie sie hier bei der Arbeit überhaupt kaum mit jemandem redete. Sie war um ihrer selbst willen hier, das war ihr vollends bewusst.

Als sie aus dem Schuppen trat, kam Hajo auf sie zu. Zufall?

Seine Nähe war ihr auf eine Art unangenehm, die sie sich selbst nicht erklären konnte. Weder roch er abstoßend noch war er ihr gegenüber je unfreundlich oder aufdringlich gewesen. Vielleicht lag es an seiner Verwundung, die sie immer so schmerzlich an Martin denken ließ.

»Bertram meinte, du willst mich sprechen?«, sagte er.

»Eigentlich nicht, ich …« Sie schüttelte den Kopf, lächelte verlegen. Was für ein Durcheinander.

»Mir hat er gesagt, dass du Schmerzen hast.« Sie wies auf die Tücher und Mullbinden, die sie bereitgelegt hatte. »Vielleicht kann etwas davon helfen.«

»Er hat uns beide vorgeführt. Aber recht hat er.« Hajo trat an die alte Werkbank, auf der das Verbandszeug lag. Geschickt schlüpfte er aus seiner Jacke, fing sie mit der Hand auf und warf sie über ein hochstehendes Brett. Nun begann er, sein Hemd aufzuknöpfen. Er war schnell damit, sehr flink, als habe er sich bereits vollständig an den Verlust der anderen Hand gewöhnt.

»Wie lang … wie lang ist das her?«

»Februar«, erwiderte er einsilbig.

»So kurz vorm Ende.«

»Ja.«

»Wie ist es passiert? War es, als die Tommys …«

Ein Schatten von Feindseligkeit huschte durch sein Gesicht. »Deutsche Granate.«

»Deutsch?« Charlotte wollte ihren Ohren nicht trauen.

»Reden wir nicht mehr darüber, bitte.«

»In Ordnung.« Sie riss sich zusammen, auch wenn sie einiges dafür gegeben hätte, die ganze Geschichte zu hören. Aber sie wollte ihn nicht drängen, all das Leid erneut zu durchleben.

Er zog das Hemd aus und stand dann in einem leicht fleckigen Unterhemd vor ihr. So viel bloße Haut, so viele Narben. Das hatte sie nicht erwartet.

»Ich wollte dich nicht erschrecken.« Er wandte sich ab.

Sein Rücken war weniger schlimm anzusehen. Nur über das Schulterblatt schien sich hier eine Narbe zu spannen, die rosig durch den fadenscheinigen Stoff schimmerte.

»Du hast mich nicht erschreckt!«, versicherte Charlotte ihm hastig und versuchte dabei zu überspielen, wie es in Wahrheit in ihr aussah. Eine deutsche Granate hatte das getan. Womöglich eine, die sie selbst zu fertigen geholfen hatte. Granaten waren im Kruppwerk zu Tausenden produziert worden.

Hajo befühlte mit der Linken Mullbinden und Tücher. »Das könnte wirklich helfen.« Er versuchte, sich einen Verband anzulegen, doch der Stoff glitt ihm durch die Finger.

Charlotte gab sich einen Ruck. »Gib her, lass mich. Du musst mir nur sagen, was ich tun soll.«

Verdammt, warum war Annie nicht da, wenn man sie brauchte? Er drehte sich um, musterte sie ganz ernst, dann streckte er den Stumpf vor. Sein Arm endete kurz unter dem Ellenbogen, vom Unterarm waren nur wenige Zentimeter geblieben. Dort befand sich ein Gewirr rosiger Narben, manche wirkten rissig, an anderen Stellen konnte sie die Nähte erahnen. Es sah aus, als hätte dort jemand geübt, nicht wie die Arbeit eines Arztes. Andererseits wusste sie gar nicht, wie eine Feldamputation aussah, die ein Arzt durchgeführt hatte.

»Abstoßend, nicht wahr? Ich habe mich selbst noch immer nicht daran gewöhnt. Dass es sich manchmal anfühlt, als sei die Hand immer noch da, macht es nicht leichter.« Er seufzte.

»Es ist in Ordnung.« Sie lächelte verkrampft. »Wirklich.«

Er glaubte ihr nicht. »Na, dann … tun wir einfach mal so, als wäre es das *tatsächlich.*«

Charlotte wollte nicht starren, und doch entsetzte es sie, was Hajo zugestoßen war. Sie mochte sich die Schmerzen, die er noch immer litt, gar nicht vorstellen. Besonders, da sie gesehen hatte, wie er mit dem Stumpf scharfkantige Betonbrocken durch die Gegend schleppte.

»Polstern«, murmelte sie.

Hajo wies auf die Tücher und eine Art Watte, und dann machten sie sich schweigend daran, den Stumpf erst mit weichen Materialien zu überdecken und dann Verband darumzuwickeln. Immer wieder berührten sich dabei ihre Hände, denn Hajo hielt mit der Linken die Tücher fest, während Charlotte den Verband anlegte. Ein jedes Mal, wenn sie seine Finger streifte, empfand sie ein seltsames Ziehen in der Brust.

Seitdem Martin nicht mehr bei ihr war, hatte sie es vermieden, einem anderen Menschen so nahe zu kommen. Selbst Annie und die Eltern umarmte sie nicht mehr, aus Angst, die Berührung könnte eine Lawine ins Rollen bringen. Sie wollte nichts fühlen, gar nichts, bis der schreckliche Schmerz in ihrem Inneren verheilt wäre.

Am liebsten hätte Charlotte den Verband fallen lassen und wäre wie eine erschrockene Katze zurückgeschnellt. Doch sie war keine Katze, und deshalb blieb sie und wickelte die Rolle bis zum Ende ab. Ratlos blickte sie auf das lose Stück.

»Und nun?«

»Einreißen, denke ich, so haben es damals die Schwestern manchmal gemacht. Einen Knoten rein oder das Ende mit einem Pflaster festkleben …«

Schlussendlich machten sie beides. Charlotte schnitt den Stoff längs ein und knotete ihn fest, dann fixierte sie die Enden mit Pflaster. »So müsste es gehen.«

»Ja, vielen Dank.« Hajo blickte sie lange an, ein wenig zu lang für ihren Geschmack, dann griff er nach seinem Hemd und zog es an.

⚒

Sie beobachtete ihn, während er ungeschickt mit der Linken die Knöpfe in die Löcher bugsierte.

Hajo konnte genau sehen, was sie dachte. Sie wollte ihm helfen, wusste aber nicht, ob es ihm unangenehm sein würde. Und ja, es wäre ihm unangenehm. Aber zu wissen, dass sie helfen wollte, weil er sich so erbärmlich anstellte, war nicht besser. Er brauchte ihr Mitleid nicht. Nein, wirklich nicht.

Dennoch fiel es ihm schwer, in Charlotte nur noch eine begeisterte Nationalsozialistin zu sehen. Sie war zu … Ja, was denn? Nett? Nein, *nett* war nicht das richtige Wort für eine Charlotte Neumann. Sie war schön und kalt wie eine Eisskulptur, verführerisch wie ein vergifteter Apfel. All das, ohne ihm einen zweiten Blick zu schenken. Er fühlte sich zugleich von ihr angezogen und abgestoßen.

Wenn ihn seine Freunde von der 999. so hätten sehen können, hätten sie ihn ausgelacht. Und das zu Recht. Die Neumann war eine, die für Adolf ohne mit der Wimper zu zucken in den Tod gegangen wäre. Und er hatte nichts Besseres zu tun, als sich in ihrer Gegenwart in einen winselnden Welpen zu verwandeln!

Sie würden miteinander auskommen müssen, allein schon um Bertrams willen, der sie für eine Art Heldin hielt. Und ja, es stimmte, sie hatte den Kleinen durchgefüttert, sich um ihn gekümmert, als sonst niemand für ihn da gewesen war, nicht einmal seine Familie.

»Und? Denkst du, so ist es besser?«, erkundigte sie sich.

Er drückte ein wenig auf dem Verband herum. Genug, dass im Normalfall schon die durchtrennten Nerven rebelliert hätten. Doch durch den Verband spürte er kaum mehr etwas. Dumpfer Schmerz, aber keine Messerstiche. Eine Anspannung, die er vorher gar nicht bemerkt hatte, wich von ihm.

»Besser, wirklich. Danke!«, sagte er überschwänglich, überrumpelt vom Ausmaß seiner Erleichterung.

Sie lachte mit ihm. Verdammt, wie hübsch sie war!

Blitzschnell griff er nach seiner Jacke und eilte hinaus.

Mülheim, Ende September 1945

Zehn Tage waren seit dem ersten Unterricht vergangen, und was hatte sich Annie schnell daran gewöhnt, vor den Kindern zu stehen, die ihr oft mit Begeisterung lauschten!

Jeden Morgen legte sie den kurzen Weg von der Siedlung zum Modegeschäft Klöppenstock mit freudiger Erwartung zurück.

Dann malte sie sich schon aus, wie sie von den Kleinen artig mit Namen begrüßt wurde.

An diesem Morgen aber lag eine seltsame Stimmung in der Luft, als gäbe es abermals eine große Veränderung in ihrem Leben. Das Licht wollte an diesem Morgen einfach nicht kommen, und Annie, sonst stets mit leichtem Schritt unterwegs, schlurfte wie ein müder Kumpel nach der Schicht durch die Straßen.

Mit den Händen in den Manteltaschen, den Kopf gegen den unruhigen Wind geneigt, der seine Richtung zwischen den Häuserzeilen beständig änderte, lief sie am Heißener Marktplatz entlang.

Vielleicht käme er heute, der Brief, vor dem sie sich alle fürchteten und den doch niemand zu erwähnen wagte. Ernst war noch immer verschollen. Irgendwann musste er doch so weit gesundet sein, dass er schreiben könnte! Vati bestand darauf, dass er sicherlich von einem fähigen Arzt operiert worden und dann zur besseren Nachversorgung abtransportiert worden sei. Dennoch hatten sie ihn längst beim Roten Kreuz als vermisst gemeldet.

Selbst wenn das Schlimmste eingetroffen und er seinen Wunden erlegen war, mussten sie ihnen doch Bescheid geben! Schließlich hatte Ernst seine Erkennungsmarken getragen, und Vati hatte seinen Namen und die Heimatadresse auf einen Zettel geschrieben und ihm auf die Brust gelegt.

Es war schrecklich, nicht trauern zu können, es nicht zu dürfen, solange die Möglichkeit bestand, dass er doch noch am Leben war. Sie musste sich die Hoffnung bewahren, doch in grauen Morgenstunden wie dieser fiel es ihr zuweilen schwer.

Sie hätte nun jemanden wie Nathan gebraucht, der sie in den Arm nahm, ihr den Rücken streichelte und sagte, dass sie tapfer war und schon alles wieder gut werden würde. Sie vermisste ihn noch immer so sehr. Dabei waren sie nun schon länger voneinander getrennt, als sie sich zuvor gekannt hatten.

Sie erreichte den Laden zwanzig Minuten vor acht, fünf Minuten eher, als sie eigentlich da sein sollte. Es war dennoch längst aufgeschlossen, und Frau Nierhaus saß mit einer Tasse echtem Kaffee an ihrem Tisch und las die Zeitung. Ihr Mund war zu einem bitteren Strich verzogen, der auch nicht schwand, als sie Annie bemerkte.

War ihre Ahnung also richtig gewesen. Etwas stimmte nicht.

»Guten Morgen, Frau Nierhaus.«

»Guten Morgen, Annie. Hol dir eine Tasse, und dann komm her, wir haben einiges zu besprechen.«

»Jawohl.« Sie eilte an ihrer merkwürdig verstimmten Förderin vorbei in das winzige Hinterzimmer. Der kleine Raum, der gerade dazu reichte, den Mantel abzulegen und sich frisch zu machen, duftete nach echtem Kaffee. Frau Klöppenstock ließ es sich nicht nehmen, jeden Morgen ein Kännchen davon aufzubrühen und ihnen herzubringen.

Der echte Kaffee und die errungene Erfahrung waren das Wichtigste, was Annie aus dem Lernkreis mitnahm. Vorsichtig goss sie den schwarzen Schatz in eine feine Porzellantasse, gab ein Löffelchen … nein, heute mussten es zwei sein … von dem Zucker hinzu und rührte ein paarmal um. Sie wünschte, sie könnte Mutti eine Tasse voll mitbringen, denn die schwärmte immer so von der Zeit, in der es bei Neumanns noch jeden Morgen echten Kaffee gegeben hatte.

Vorsichtig trug sie das feine Porzellan ins Klassenzimmer und setzte sich neben Frau Nierhaus. Die schob ihr die Zeitung herüber und tippte auf einen Artikel.

ALLE SCHULEN WIEDER GEÖFFNET! stand dort fett und in Großbuchstaben. Darunter: *Ab Montag gilt die Anwesenheitspflicht für alle Kinder im Schulalter.*

Aufgeregt fuhr Annie mit dem Finger über die Liste der Schulen. Neben den Namen stand jeweils der Unterrichtsort, der in vielen Fällen nicht mit der ursprünglichen Adresse der Bildungsanstalt übereinstimmte.

Auch Annies Lyzeum wurde dort aufgeführt!

»Aber Frau Nierhaus, das bedeutet ja, dass ich wieder in die Schule gehen kann! Wenn alles gut geht, habe ich nächstes Jahr mein Abitur.«

»So sieht es aus«, sagte die Nierhaus kühl und schlürfte einen Schluck Kaffee. »All das hier, die ganze Mühe, hätten wir uns sparen können. Zwei Wochen hatten wir. Zwei Wochen nur!«

»Oh«, entfuhr es Annie, die vor lauter Freude nicht daran gedacht hatte, was die Neuigkeiten noch bedeuteten. Nämlich das Ende ihres Lernkreises. Die Nierhaus würde wieder auf ihren Alltag einer Pensionärin zurückgeworfen, der ihrer Auffassung nach nicht nur recht langweilig, sondern auch unter ihrer Würde war.

»Ich werde das Unterrichten vermissen«, murmelte Annie. Nach kurzem Nachdenken fuhr sie fort: »Sicher brauchen viele Kinder eine Förderung. Sie könnten am Nachmittag anbieten, jenen, die zu viel Stoff verpasst haben, zu helfen. Ich könnte dazukommen.«

»Du, junges Fräulein, arbeitest an deinem herausragenden Abitur. Allenfalls in Leibesertüchtigung lasse ich etwas Schlechteres durchgehen als eine Eins, verstanden?«

Annie nickte ein wenig niedergeschlagen. Ihre Freude war deutlich geschrumpft, weil sie sah, wie sehr die Neuigkeiten ihre Förderin betrübten.

»Es gibt doch viel zu wenige Lehrer, das steht hier auch in der Zeitung geschrieben. Vielleicht erkundigen Sie sich, ob Sie eine Anstellung bekommen können? Für einige Stunden vielleicht nur?«

Kurz schimmerte Hoffnung in den Augen ihres Gegenübers, dann legte sich erneut der Schatten über Frau Nierhaus' Gesicht. Sie trank ihre Tasse leer, da klingelte es auch schon an der Tür, und die ersten Kinder traten ein, ein wenig schüchtern, weil sie einen anderen Empfang gewohnt waren.

»O Gott, schon so spät!« Annie schüttete sich den Rest der bittersüßen Flüssigkeit in den Mund, sammelte Frau Nierhaus' Tasse ein und brachte sie mit ihrer eigenen ins Hinterzimmer.

In ihrem Kopf summte alles durcheinander. Was hatten sie zuletzt vor der Bombardierung in der Schule durchgenommen? Sie wusste es gar nicht mehr. Ob die Lehrerschulen 1946 wieder die Tore öffnen würden, damit sie direkt mit dem Studium beginnen konnte?

Als sie in den provisorischen Klassenraum trat, hatte sie alles vergessen, was die Kinder heute durchnehmen sollten. Oje, was war sie nur für eine Lehrerin?

Frau Nierhaus stand mit stoischer Miene an der Tür und begrüßte jedes Kind mit Namen. Dies war ihr letzter Tag, und sie würde dafür sorgen, dass er perfekt ablief.

Kapitel 9

Morgen marschieren wir,
in den Sattel, unerschrockne Reiter!
Winde wandern um die Erde,
Feinde wittern unsre Pferde,
ja, die heiße Schlacht:
Morgen marschieren wir.

Zehn Monate zuvor

RUHRGEBIET, NOVEMBER 1944

Zwei Tage Drill hatten sie noch über sich ergehen lassen müssen, dann hatte es aufsitzen geheißen.

Einige Stunden fuhren sie nun schon, saßen dicht gedrängt auf Bänken entlang der Lkw-Wände und fuhren ihrem Schicksal entgegen. Seitdem sie ihre umgefärbten Uniformen trugen, fühlten sie sich allesamt anders. Als wären sie mit der neuen Kleidung aus ihrem alten Leben in ein neues geschlüpft. Soldaten waren sie nun, Männer … und vielleicht bald Helden.

Ernst blickte sich in den Reihen um. Er kannte alle Kameraden schon seit Jahren. Sie waren ein Fähnlein gewesen, hatten auch an den freien Nachmittagen miteinander gebolzt. Mit ungefähr der Hälfte war er zur Schule gegangen. Es war nur richtig, dass sie nun auch gemeinsam ihre Heimat verteidigen würden.

Ein Teil von ihnen würde nicht zurückkehren. Wenn sie Pech hatten, sogar sehr viele. Unweigerlich begann Ernst, den anderen Jungs in die Gesichter zu sehen und zu überlegen, auf wen von ihnen er am ehesten verzichten könnte. Als sei er ein Gott aus den alten germanischen Mythen, der nur mit einem einzigen Gedanken über Schicksale bestimmen konnte.

Den vorlauten Hendriks mit seiner schrillen Stimme, der ihn früher immer getriezt hatte, würde es zuerst treffen. Dann den fischäugigen Karl-Otto, ein echt gemeiner Kerl, und dessen Kumpel Johann, der ihr Scharführer war.

An seiner Stelle wollte er dann seinen Freund Thomas sehen. Thomas war aufmerksam, gerecht und hatte den nötigen Biss für den Posten. Man folgte ihm gern, und mit diesem Gefühl war Ernst nicht allein.

Er hatte seinen Rucksack mit all dem Zeug, das er angeblich brauchen würde, vor sich stehen. Prall gefüllt war er, und noch einiges hing außen dran. Geschirr, Essen, eine dicke Decke aus Schafwolle, die angeblich auch dann noch wärmte, wenn sie feucht war.

Daneben lehnte sein Sturmgewehr. Es machte ihn jetzt schon stolz, auch wenn er seit dem Probeschießen noch nichts anderes damit angestellt hatte, als es akribisch zu putzen und zu ölen. Es lief geschmeidig wie nur was.

Die letzten Nächte hatte er davon geträumt, Amerikaner und Franzosen abzuknallen. In seinen Träumen hatten sie keine Gesichter. Wie Schießbudenfiguren streckten sie ihre behelmten Köpfe hinter Bäumen und aus Gräben empor, Ernst schoss, und im Knall schon lösten sie sich auf.

Es war ein gutes Gefühl. Dennoch war er jedes Mal mit Herzrasen und einer derartigen inneren Unruhe aufgewacht, dass er aufstehen und ein wenig hin- und hergehen musste.

Thomas stieß ihn mit dem Ellenbogen an. »He, wollte dein Alter nicht auch mit?«

»Ich glaube, sie stecken ihn erst mal zu den Pimpfen.«

Thomas grinste schief. »Was ein Bild, wenn ich mir das vorstelle. Die Zwerge, und dein Vatter mittendrin.«

Nun mussten sie beide lachen.

Dem Vater war sein Wunsch, gemeinsam mit dem Sohn auszuziehen, nicht erfüllt worden. Stattdessen würde er mit einigen anderen Kategorie-2-Kameraden die Verteidigung der Stadt vorbereiten. Ernst konnte sich nicht vorstellen, dass die Feinde bis nach Mülheim kämen. Vorher würden er und seine Freunde sie aufhalten.

»War einer von euch schon mal in der Eifel?«, fragte plötzlich Felix, mit knappen fünfzehn der Jüngste in ihrer Runde.

»Ich!«, meldete sich Johann. »Zum Skifahren. Das ist was anderes als der Kohlenpott. Nur Hügel und Wald, ein ständiges Rauf und Runter. An jedem Kamm werden sie eine neue Verteidigungslinie aufbauen und diese verdammten Amis in Stücke schießen.«

Der Johann wieder, das war klar. Sein Vater hatte eine Manufaktur, deshalb hielt er sich auch für was Besseres. Natürlich fuhr so einer zum Skifahren in die Eifel, während alle anderen auf Säcken und kleinen Schlitten eine Halde runterrodelten.

Bonzenschwein. Nur deshalb war der auch Scharführer geworden, da war sich Ernst sicher.

»Warum eigentlich Verteidigungslinien, ich dachte, wir greifen an? Wir müssen den Feind zurückdrängen.«

»Wo haste das denn her, Kurt?«, fragte Thomas seinen Nachbarn spöttisch.

»Von meinem Vater und aus dem Radio, die müssen es ja wissen!«

»Ja, wenn die da oben das nur auch alle wüssten«, erwiderte Thomas. Ernst hätte ihm dafür am liebsten mit der Faust gegens Schienbein geschlagen. Der mit seinem losen Mundwerk.

Niemand erwiderte etwas. Ernst bemerkte bei den Kameraden empörte, aber auch viele ernüchterte Blicke. Nicht jeder schien so fest an den Endsieg zu glauben wie er selbst, wurde ihm bewusst. Nicht jeder sehnte sich derart der Konfrontation mit dem Feind entgegen.

Er überspielte das mulmige Gefühl, das sich da in seinen Eingeweiden ausbreiten und Zweifel säen wollte, mit einem Lachen. »Auf, Kameraden! Ein Lied!«

Ein Junge begann: »Uns're Fahne flattert uns voran …«, und sofort fielen alle mit glühendem Eifer mit ein. »In die Zukunft ziehen wir Mann für Mann …«

Nordeifel, November 1944

Liebe Mutti, lieber Vati, liebe Schwestern,
zwei Wochen bin ich nun hier, und noch immer hatten wir keinen direkten Kontakt mit dem Feind.
Generalfeldmarschall Model lässt sie für jeden Meter

mit Strömen von Blut bezahlen. Ich bin zuversichtlich, dass wir den Gegner zermalmen werden. Hitlers Feuerwehrmann wurde nicht umsonst in die Nordeifel geschickt, und ich bin froh, unter einem Helden wie ihm zu dienen, auch wenn ich ihn wohl nie mit eigenen Augen sehen werde.
Meine Kameraden und ich helfen, wo wir der Truppe von Nutzen sein können. Es heißt von früh bis spät schaufeln, Bäume fällen und Telefonleitungen unter die Erde bringen. Insgesamt geht es mir gut. Wir essen anständig und schlafen trotz der nimmermüden Artillerie gut.
Der Vater soll wissen, dass ich mich an unser Gespräch wohl erinnere, aber erst jetzt dessen wahre Bedeutung begreife.
Heil Hitler!
Euer Ernst

In der Nacht zerfetzte feindliche Artillerie die Kronen einiger Tannen, und das nur zwanzig Schritt westlich des Unterstandes, in dem sie schliefen. Der Boden vibrierte, und zwischen den Holzbalken, die Wände und Decke bildeten, rieselte so viel Erde heraus, dass Ernst sie auch jetzt noch in den Augen zu spüren meinte. Unter den Lidern brannte und stach es, ständig war er versucht, daran zu reiben.

Niemand war verletzt worden, das war das Wichtigste.

Nach dem nächtlichen Schrecken war die Stimmung besser als all die Tage zuvor. Es kam ihnen vor wie eine Feuertaufe, die sie erfolgreich gemeistert hatten.

Doch was war das schon für eine Leistung, einfach nur am Leben geblieben zu sein, weil eine verirrte amerikanische Granate sie in einem fast endlosen Wald verfehlt hatte?

Man hatte sie ihr Zeug packen und antreten lassen.

Nun standen sie aufgereiht an einem Waldweg und warteten schwatzend auf ihren Einsatzbefehl.

Scharführer Johann war vor einer halben Stunde zu einer Besprechung abgeholt worden. Das war neu. Nun kam er im Laufschritt zurück. Atemwölkchen stiegen in schneller Folge über seinem Kopf auf, die Wangen waren vor Anstrengung gerötet.

Offenbar machte sich niemand die Mühe, den Führer eines Fähnleins von Hitlerjungen zurückzufahren, auch dann nicht, wenn Eile geboten war.

»Was es wohl gibt?«, fragte Thomas leise.

»Spaten und Picke«, erwiderte Ernst mit leisem Groll. »Mir reicht es mit der ewigen Schaufelei. Wofür habe ich denn ein Gewehr, wenn ich nie einen Ami vor den Lauf bekomme?«

»Die sehen wir schon noch früh genug. Ich will nicht mit den armen Schweinen in den Stellungen tauschen müssen. Uns wird wenigstens warm.« Er rieb sich über den Arm.

»Du Frierpitter wirst den Winter nicht durchhalten, wenn du dich jetzt schon so anstellst, hast doch schon warmes Zeug von mir.« Ernst verpasste seinem Kumpel einen freundschaftlichen Knuff.

Indes war Johann, der die letzten Meter im Laufschritt zurückgelegt hatte, bei ihnen angekommen. »Männer«, keuchte er. »Männer, unser Fähnlein existiert ab dem heutigen Tage nicht mehr.«

»Was? Was … was soll das heißen?«, klang es aus vielen Kehlen durcheinander. »Sind wir jetzt richtige Soldaten?«

»Nein. Ruhe. Ich erkläre alles. Auch wenn die Unseren den Amerikanern große Verluste bereiten«, er hustete, »also, auch dann verlieren wir täglich viele Soldaten. Die Lücken können nicht so leicht geschlossen werden. Und da … kommen wir ins Spiel. Findet euch in Vierergruppen zusammen. Eine jede wird einer Artillerieeinheit beigeordnet.«

»Aber …« Ernst sah sich um. Thomas und er würden gemeinsam gehen. Ben und Franz, die neben ihnen standen, sahen fragend zu ihnen herüber. Ruhige, disziplinierte Jungs. Weder Helden noch Feiglinge. Thomas war es, der sie schließlich mit einem Wink einlud. »Los, wir vier zusammen.« Sie nahmen ihr Zeug und stellten sich als Gruppe auf.

Auch die anderen formierten sich.

Jetzt würden sie also endlich richtig am Kampfgeschehen teilnehmen. »Wir machen ihnen die Hölle heiß«, sagte der dunkelhaarige, kräftige Franz. Er versuchte, zuversichtlich zu klingen, doch in seinen Augen flackerte die Angst.

»Ja, die Hölle heiß machen wir ihnen!«, stimmten die anderen drei mit ein.

»Kameraden, es war mir eine Ehre«, brüllte Johann, endlich wieder zu Stimme gekommen. Dann grüßte er: »Heil Hitler!«

»Heil Hitler!«, erwiderten sie im Chor. Dann klang das Grollen von Motoren durch den Wald.

Eine Woche später

Raureif verzauberte selbst diesen tödlichsten aller Wälder in ein Märchenreich. Weißlich glitzerten die Kristalle auf niedrigen Eichen und Buchenschösslingen und überzogen die Tannenäste, mit denen sie ihre Stellung getarnt hatten. Überall dort, wo menschlicher Atem zu lang an einer Stelle nach oben stieg, bildeten sich Eisplatten.

Die Schlafquartiere waren unter der Decke voller Zapfen, die zu tauen begannen, sobald jemand den Bollerofen anwarf. Aber das geschah viel zu selten.

Ernst war ständig kalt, und der Kälte war nur durch Bewegung beizukommen. Wenn sie sich bewegten, dann ackerten sie wie die Tiere. Hoben kurzfristige Verstecke für die Artillerie aus, schleppten Granaten zu den Geschützen, die dann von den Soldaten abgefeuert wurden.

Es gab nur Frieren oder Schwitzen und nichts dazwischen. Nachdem man geackert hatte, fror man durch das nasse Zeug umso mehr. Thomas lief es aus der Nase wie Wasser, und auch Franz war krank. Vielleicht sogar mit Fieber, aber das kümmerte keinen. Das Reich befand sich in einer brenzligen Lage, und sie alle waren hier, um das Schlimmste zu verhindern. Ernst hatte keinen der Männer je klagen gehört.

Noch im Dunkeln zogen sie an diesem Morgen aus, um eine neue Artilleriestellung näher am Feind vorzubereiten.

Der Mond lugte durch dürre, kahle Zweige, und es sah aus, als sei auch er von einem schimmernden Hof aus Eiskristallen umgeben.

Die Bäume knackten und knarrten, obwohl kein Wind

ging. Es war wärmer geworden, und was gestern noch gefroren gewesen war, taute nun auf.

Ernst und seine Kameraden folgten zwei Soldaten. Allesamt schwiegen sie. Es gab nur das leise Geräusch ihrer Schritte. Unter den Sohlen verwandelte sich der tauende Waldboden in Matsch und quoll an den Stiefelrändern hinauf. Morgen würde das Gelände die Hölle sein.

»Das Geschütz muss noch heute hinauf«, raunte ihnen der Richtschütze Möller zu. Es brauchte keine weiteren Erklärungen. Der Morast war für beide Kriegsparteien ein schrecklicher Gegner. Nicht einmal Zugpferde kamen die schmalen, gewundenen Waldwege mit ihren steilen Kurven hinauf, geschweige denn hinunter. Wenn alles ins Rutschen geriet, half kein Bremskeil mehr, dann wurden die Rösser durch ihre eigene Zuglast von den Beinen gerissen.

»Auf dem Rückweg machen wir den Weg frei, Jungs.«

»Verstanden«, murmelte Ernst und wünschte sich für einen Augenblick zurück zu Mannesmann, obwohl er dort als Lehrling immer die gemeinsten Aufgaben bekam. Aber das war nichts gegen die Front. Wenn er es heile wieder nach Hause schaffte, würde er sich nicht mehr beklagen, nicht einmal in Gedanken, das nahm er sich fest vor.

Sie folgten einem Weg, eigentlich mehr einem Höhenrücken, stiegen dann nur ein kurzes Stückchen ab und erreichten eine kleine natürliche Senke, in der vielleicht irgendwann ein Häuschen gestanden hatte. Ernst meinte, völlig verwitterte Sandsteinmauern auszumachen, die bis auf Kniehöhe abgetragen worden waren. Nun waren sie von Efeu und stacheligen Himbeersträuchern bedeckt.

Von ihrer Position aus war zu erahnen, dass nicht weit vor ihnen eine Art Korridor lag. Angeblich führte er in

Richtung der Rurtalsperre, die auf keinen Fall an die Amerikaner fallen durfte.

Nach einer groben Einweisung machten sie sich ans Werk. Ebneten den Boden ein, schlugen mit ihren Hacken eine Entwässerungsrinne in den steinigen Boden, damit das Wasser, das bei zunehmendem Tauwetter hinter ihnen den Hang herunterkäme, nicht die Stellung volllaufen lassen würde. Ernst verfiel in eine beruhigende Monotonie, was immer geschah, wenn sie nicht laut reden oder singen durften und die Arbeit anstrengend und eintönig war. Hacken, hacken, atmen und so weiter, immer im gleichen Takt, wie ein Uhrwerk.

Ein Soldat gab ihm einen Wink. »He, Neumann, nimm dir die anderen Jungen und holt Zweige, zack, zack.«

»Jawoll.«

»Bleibt in der Nähe und auf der Hut, die Amis könnten Kundschafter im Wald haben.«

»Und was machen wir, wenn wir welche sehen?«, fragte Thomas, der seine Hacke beiseitegestellt und nach einer kleinen Axt gegriffen hatte. Es war keine Frage, wer Ernst auf seiner Mission begleitete. Sie hingen aneinander wie Pech und Schwefel.

Richtschütze Möller lachte. »Dann nehmt ihr Buben die Beine in die Hand!«

Schließlich liefen sie doch zu viert los, folgten dem Höhenrücken parallel und mieden dabei kleinere Schneefelder, vor denen sie in ihren dunklen Uniformen leicht zu sehen waren. »Was sollen wir denn nehmen, das ist doch alles kahl!«

»Eibe oder so was«, sagte Thomas und sah sich nach der Stellung um. In deren Nähe wuchsen ebenfalls Eiben und auch einige Eichen, die ihr Laub teils noch nicht abgeworfen hatten.

Sie schlichen weiter. Der Schlamm sog an ihren Stiefeln.

Schließlich fanden sie eine kleine Schonung und machten sich ans Werk.

Kurz zuvor hatte die Artillerie wieder zu feuern begonnen. Granaten pfiffen durch die Luft, gefolgt von dumpfen Schlägen. Der Lärm war weder sehr nah noch sehr weit weg. Ernsts anfängliche Nervosität schwand daher schnell, und auch die kleinen Vögel im Unterholz, die kurz verstummt waren, piepsten nun wieder. Es war schon merkwürdig, wie sehr sich Mensch und Natur an die Gegenwart des Todes gewöhnen konnten.

Sie arbeiteten schweigend, hackten Ast um Ast, und manch ein kleiner Baum fiel mit wenigen Schlägen. Bald war ihnen so warm, dass Dampfschwaden über ihnen aufstiegen.

»Bin gleich zurück«, sagte Thomas nach einer Weile, ließ sein Werkzeug und sein Gewehr stehen und hielt auf ein Dickicht zu. Von ihnen allen genierte er sich am meisten, sich vor den anderen zu erleichtern. Die restlichen Jungs hockten morgens oft in Sichtweite voneinander im Busch und unterhielten sich einfach weiter, während sie ihr Geschäft erledigten.

Ernst kühlte sich die Stirn mit einem Eisklumpen, den er von einem Ast gebrochen hatte. »Ich glaube, wir haben genug. Es ist ja nur ein Geschütz, keine ganze Batterie.«

»Hast recht«, stimmte Franz zu und wischte sich das verklebte dunkle Haar aus der Stirn. »Ben und ich gehen schon mal mit der ersten Fuhre los.«

»Seid vorsichtig.«

»Klar, ihr auch.«

Sie hatten große Bündel mit Hanfseilen zusammengefasst und schleiften sie nun hinter sich her. Erst auf dem letzten Stück würden sie ihre Last aufnehmen, um die Stellung nicht durch breite Schleifspuren zu verraten.

»Ich warte noch auf Thomas.«

Er winkte ihnen und setzte sich auf einen abgeknickten Baumstamm. Ihm war heiß, doch er merkte schon, wie die Kälte bereits wieder an ihm hochkroch. Sie stieg von dem noch immer gefrorenen Boden auf, der nun langsam taute. Die Feuchte in der Luft war besonders unangenehm. Wenn er so in den Wald lauschte, hörte er es überall tropfen und rinnen. Beinahe, als käme der Frühling. Dabei hatte der richtige Winter noch gar nicht begonnen.

Thomas ließ sich aber wirklich Zeit. Das gab es doch nicht!

Langsam wurde ihm der Wald ein wenig unheimlich. Der nächste Artillerieeinschlag ließ ihn zusammenzucken. Ein Tropfenmeer löste sich aus den Bäumen, und ein dicker, fetter, kalter landete genau in seinem Nacken. Er zog die Schultern hoch und fluchte.

Inzwischen waren die wirklich nah dran. Er meinte, den mineralischen Geruch verbrannter Treibladung riechen zu können.

Und Thomas war noch immer nicht zurück!

Irgendetwas stimmte da nicht. Auch auf die Gefahr hin, dass er seinen verschämten Freund mit nacktem Hintern im Gebüsch erwischte, er musste nachsehen.

Ernst nahm sein Gewehr, das bis dahin an einem Baumstamm gelehnt hatte, wischte die Tropfen ab und ging los. Thomas' Spuren zu folgen war einfach. Er schlurfte ein wenig, als sei er stets müde. Ganz schön weit war er gegangen. Da lagen ein paar Papierfetzen herum. Er hatte also erledigt, wofür er gekommen war. Aber warum war er dann nicht zu seinen Kameraden zurückgekehrt? Der Idiot würde sich doch nicht etwa verirrt haben? Wenn doch, würde Ernst ihn damit noch Monate aufziehen können.

Er rümpfte die Nase und legte den Finger an den Abzug. Dann folgte er Thomas' Schritten, die zwischen einigen Tannen hindurchführten. Nur am Rande bemerkte er, dass Thomas nun nicht mehr schlurfte.

Der Boden war voller morscher Äste. Ernst gab sich Mühe, auf keinen zu treten, wie es sein Freund vor ihm getan hatte. Thomas musste etwas gehört haben und den Geräuschen gefolgt sein. Ernst hielt inne, lauschte.

Ja, da waren eindeutig Stimmen!

Tiefe Männerstimmen, die sich in einem kehligen Ton leise unterhielten. Sie schienen uneins. Warum sie stritten, war nicht auszumachen, denn …

Sie sprachen kein Deutsch!

Ernsts Herz tat einen Satz und pochte so heftig gegen seine Rippen, als versuche es auszubrechen.

Ruhig bleiben, ganz ruhig bleiben. Es sind nicht nur Kugeln und Granaten, die einen umbringen können, sondern auch schlechte Entscheidungen.

Mit erzwungener Ruhe überprüfte er sein Gewehr. Eine Kugel war im Lauf, er hatte es entsichert. Er nahm es halb in Anschlag und näherte sich den Stimmen vorsichtig. Die Tannenwedel waren hier bis unten grün und reichten bis zum Boden. Das konnte nur bedeuten, dass sie am Rand einer Lichtung oder eines Hangs standen, wo die Bäume sich nicht gegenseitig beschatteten.

Noch langsamer, noch vorsichtiger …

Das Tannengrün verbarg ihn so zuverlässig, als wären die Bäume auf seiner Seite. Er trat ganz in ihren Schatten, hielt die Luft an, als Nadeln über harten Uniformstoff kratzten. Das Geräusch klang unendlich laut in seinen Ohren, die Fremden *mussten* ihn gehört haben!

Doch nein, er bildete es sich nur ein. Wind fegte über die Kuppe und ließ die Wipfel singen. Sein kleines Rascheln ging darin unter.

Vor ihm fiel das Terrain ein wenig ab, und dort, in einem alten Windfall, standen zwei Amerikaner. Sie rauchten. Er konnte die Zigaretten riechen.

Fieberhaft hielt er nach Thomas Ausschau. Lag dort jemand? Die Amerikaner gestikulierten, die Stimmen gezwungen leise, aber mittlerweile sehr energisch.

Einer wies in die Richtung des Liegenden. Ja! Das war eindeutig Thomas, und er rührte sich nicht. Diese verdammten Schweine hatten seinen besten Freund umgebracht! Dafür würden sie bezahlen!

Mit einem Gefühl fiebriger Aufregung stützte er den Lauf seines Gewehrs gegen einen Stamm, um ruhiger zielen zu können, und versteckte sich selbst hinter dem Baum. Seine Hände zitterten, als er anvisierte. Er durfte die Trauer jetzt nicht zulassen! Und auch die Wut nicht!

Konzentriert blickte er durch den Sucher, einem blonden Kerl direkt ins Gesicht, dann atmete er langsam aus.

Das Zittern verschwand.

Ganz langsam drückte er den Abzug, geschmeidig, sodass er den Druckpunkt nicht spürte, wie sie es ihm in den vielen Stunden auf dem Schützenstand beigebracht hatten.

Das Gewehr schlug ihm gegen die Schulter. Die Bewegung brachte den Amerikaner aus dem Kreis des Suchers. Im nächsten Augenblick blickte Ernst über den Lauf. Nur noch ein Ami stand und war im Begriff, seine Waffe zu heben, doch dazu kam es nicht. Ernst schoss, weil sein Überlebensinstinkt es ihm befahl.

Der Mann taumelte getroffen rückwärts. Aus seinem Mund drang ein animalisches Stöhnen. Ernst hatte ihn in den Bauch getroffen. Plötzlich schien die Zeit langsamer zu verstreichen. Bild für Bild, wie damals, als er einmal im Kino gewesen war und sich die Spule verhakt hatte. Selbst das hohe Kreischen der Apparatur war wieder in seinem Kopf.

Eine Zäsur hatte stattgefunden und seine Welt aus ihren Fugen gerissen.

Der Amerikaner brach in die Knie. Seine Schreie wurden höher und mischten sich mit dem hohen Ton in Ernsts Kopf.

Er sollte tot sein, verdammt! Warum fiel er nicht um und starb endlich?

Er drückte das Gewehr wieder an die Schulter, zielte. Der Amerikaner war nicht viel älter als er selbst, doch sein Gesicht war zur Fratze geworden. Er presste sich beide Hände auf den Bauch. Das Gewehr war ihm heruntergefallen und baumelte nur noch am Gurt, schleifte auf dem Boden.

Schieß doch, du Idiot, mahnte Ernst sich selbst, doch er konnte nicht. Es war, als wären seine Finger gelähmt. Ganz gleich, wie lange er noch hier stehen würde …

Er gab sich einen Ruck, trat aus der Deckung der Tannen und ging langsam auf den Amerikaner zu. Der schien ihn gar nicht zu bemerken. Seine Schreie waren zu einem kläglichen Wimmern geschrumpft. Seine Hose war dunkel, und auf den Blättern des Waldbodens schimmerte es rot. So viel Blut … und er lebte immer noch.

»He, du, Waffe weg!«, schrie Ernst. Auch seine eigene Stimme hörte sich unangenehm schrill an. Der Amerikaner sah langsam auf. Die Augen waren riesig und feucht. Er wirkte trotz all des Schmerzes überrascht, als könnte er nicht verstehen, was sein Schmerz mit dem Jungen zu tun hatte, der so plötzlich vor ihm aufgetaucht war.

»Waffe weg!« Ernst fuchtelte mit dem Gewehr.

Der Amerikaner ließ sein Gewehr von der Schulter rutschen. Ernst war mit wenigen Schritten bei ihm und schob es mit dem Fuß weg. Dann wurde ihm wieder klar, wen er vor sich hatte. Nicht nur den Feind, sondern den Mörder seines besten Freundes!

Ohne darüber nachzudenken, holte er aus und verpasste dem Kerl erst einen saftigen Tritt in den Bauch. Als der Amerikaner nach vorne klappte, verpasste er ihm noch einen ins Gesicht.

Nun lag der Mistkerl da und zuckte nicht mehr.

Konnte er ihm den Rücken zukehren?

Ernst zog ihm noch eins mit dem Gewehrkolben über, hob die gegnerische Waffe auf und wandte sich der Stelle zu, wo er glaubte, den Körper seines Freundes gesehen zu haben.

Ihm wurde flau. Das Herz pochte ihm bis hinauf in den Hals und drückte ihm die Luft ab. Jeder Atemzug tat weh.

Ja, das war Thomas. Er erkannte seine struppigen Haare, in denen Blut klebte, seine Statur und nicht zuletzt die Volkssturm-Armbinde.

Die Amerikaner hatten sie abgerissen und in den Schneematsch getreten.

»Thomas?«, sagte er dünn und ging neben ihm auf die Knie. Duckte sich, weil ihm plötzlich klar wurde, dass noch mehr Feinde in der Nähe sein konnten. Seine Schüsse mussten weithin zu hören gewesen sein. Er fasste an Thomas' Schulter. Er fühlte sich warm an. Natürlich fühlte er sich warm an, er war ja auch erst seit wenigen Minuten tot! Die Zeit war nur für Ernst anders verlaufen.

Er packte kräftiger zu, brauchte aber schließlich auch seine zweite Hand, um Thomas auf den Rücken zu drehen. Sein Gesicht war blass, der Mund stand ein wenig offen, und an seinen Hals pochte ganz schwach eine Ader.

Er lebte!

»Thomas? Thomas!« Er suchte ihn nach einer Einschusswunde ab, doch da war nichts, nur das Blut in seinen Haaren. »Thomas, verdammt! Du kannst doch hier nicht pennen, die Amis kommen!« Er rüttelte an seinem Arm, während sich die Angst um seinen Kameraden mit irrwitziger Freude mischte.

Er war nicht tot! Aber wenn sie noch viel länger hierblieben, würden sie es vermutlich bald sein.

Schließlich verpasste er ihm eine Ohrfeige, wie sie es in den Kinofilmen immer machten.

Tatsächlich, Thomas regte sich.

Ernst zerrte ihn sofort in eine sitzende Position. »Wach auf, du Idiot! Wir müssen weg hier.«

»Du … du hast mich gerettet?«, murmelte Thomas. »Oh, mein Kopf.«

»Scheiß auf deinen Kopf, Mann. Jammern kannst du später. Auf die Beine mit dir! Hoch nur, hoch!«

»Jaja.« Thomas drehte sich mühsam auf alle viere. Blut tropfte aus seinem Haar auf den Boden. Ernst ließ ihm keine

Zeit und zerrte ihn auf die Beine. Thomas taumelte, blieb aber aus eigener Kraft stehen. Keuchend stützte er sich auf Ernsts Schulter. »O Mann.«

»Komm jetzt.«

Er zog ihn mit sich. Versuchte, ihn zu stützen und zugleich sein Gewehr schussbereit zu halten.

»Wo sind die anderen?«

»Welche anderen?«

»Du hast die alleine fertiggemacht?« Thomas klang ungläubig, als wäre er Zeuge eines Wunders geworden. »Warte.«

Unwillig blieb Ernst neben den Toten stehen. Dem ersten Amerikaner hatte er ins Gesicht geschossen, der Hinterkopf wirkte verformt. Blut und Weißliches auf dem Waldboden. Der hatte vermutlich nicht einmal mitbekommen, dass er starb. Der zweite rührte sich nun ebenfalls nicht mehr, aber er lebte, Ernst wusste es einfach. Er hatte schon viele Geschichten über Bauchschüsse gehört. Dass die Verwundeten nach wenigen Minuten tot waren, gehörte nicht dazu.

»Ich kann es nicht fassen.« Thomas blieb wieder stehen, stieß einen der Männer mit dem Fuß an und wäre dabei fast umgekippt. »Die Gewehre willst du doch nicht hierlassen!«

»Stimmt«, sagte Ernst widerstrebend, nahm die amerikanischen Waffen an sich und hängte sie sich an den Traggurten um.

Sie folgten ihren eigenen Spuren zurück zu der Stelle, wo sie zu viert Holz geschlagen hatten.

»Wo sind die anderen?« Thomas stützte sich noch immer auf Ernst, doch nun lehnte er sich an einen Baum und tastete seinen Kopf ab. »Ah, verflucht, verdammte …«

»Schon vorgegangen. Sie hatten wohl keine Lust zu warten, bis du vom Klo runter warst.« Ernst grinste. Er grinste schon seit einer Weile, weil da dieses irre Gefühl in ihm wuchs, überlebt zu haben. Nein, nicht nur überlebt. Er hatte seinen Freund gerettet und zwei Feinde erledigt!

»Ich fass es noch immer nicht.« Thomas befühlte die Platzwunde an seinem Kopf und verzog dabei das Gesicht.

»Wie haben sie dich überhaupt erwischt?« Ernst bündelte einige der leichteren Zweige. Er wollte nicht ohne wiederkommen, wusste, wie wichtig es war, die Stellung vorzubereiten, denn ganz offensichtlich waren die Amis schon nah. Die zwei, die er getötet hatte, waren Kundschafter gewesen. Pioniere, die nach einem geeigneten Weg über die vor ihnen liegenden Hügel suchen sollten.

»Ich dachte, ich hätte was gehört«, gestand Thomas nun. »Habe ich auch. Blöderweise bin ich direkt in sie hineingerannt. Sie haben mir die Waffe vorgehalten und mir dann eins übergezogen. Ich weiß nicht, warum sie mich nicht getötet haben.«

Ernst ahnte, dass sie gerade dabei gewesen waren, über Thomas' Schicksal zu entscheiden. In der kurzen Zeit, die er sie beobachtet hatte, war es ihm vorgekommen, als würden sie streiten. Vielleicht hatten sie seinen Freund erst am Leben gelassen, weil Thomas so ein junges Gesicht hatte. Ganz gleich, was es war, er lebte, und die anderen nicht.

»Wie geht es dir?«

»Besser, glaube ich. Nicht mehr so schwindelig.« Er trank einen Schluck aus seiner Feldflasche, wusch sich das Gesicht mit dem eisigen Wasser, schüttelte den Kopf und bereute es sofort.

Schließlich griff er sich ein Bündel Zweige. »Los jetzt, die anderen schicken sonst noch 'nen Suchtrupp los.«

Liebe Familie,
der heutige Tag war ein ganz besonderer, davon muss ich Euch berichten. Zum ersten Mal hatte ich Kontakt mit dem Feind. Amerikanische Pioniere waren durch unsere Linien gedrungen und hatten Thomas niedergeschlagen. Zum Glück nicht totgeschossen. Aber da haben sie nicht mit mir und meinem Gewehr gerechnet! Das haben sie nicht überlebt. Thomas hat einen ordentlichen Brummschädel, und ich kann meine beiden ersten Kerben in den Hinterschaft schnitzen. Was für ein Abenteuer! Nach dem Vorkommnis galt es, noch ein Artilleriegeschütz zur neuen Stellung zu manövrieren. Es herrscht Tauwetter, und der gefrorene Boden verwandelt sich in Schlamm. Was eine Plackerei das war. Heute Abend hieß es dann Gulaschsuppe fassen, dazu altes, saures Brot, aber so schmeckt es zu diesem Gericht fast am besten.
Gleich fallen wir todmüd in unsere Betten.
Es grüßt Euer Schütz,
der Ernst

Ernst starrte auf den Brief. Las ihn noch einmal durch, dann riss er ihn in kleine Stückchen und warf ihn in das prasselnde Feuer ihres kleinen Ofens. Das Papier fing sofort Feuer, kräuselte sich und war nur einen Wimpernschlag später zu weißlichem Staub zerfallen. Seine Worte waren ausgelöscht, doch die Bilder in seinem Kopf, die blieben.

Kapitel 10

Mülheim, Anfang Oktober 1945

Auf der Straße mit dem eigentümlichen Namen Dohne lag nun ebenfalls nahezu kein Schutt mehr. Die Freiwilligen um Charlotte und Bertram waren weniger geworden.

Der Winter rückte mit jedem Tag ein Stückchen näher, und der Herbst hatte längst die ersten Boten geschickt.

Je bewusster den Menschen wurde, was für eine bitterelende Zeit ihnen bevorstand, desto weniger waren sie bereit, selbstlos mitanzufassen. Jetzt lag das eigene Wohl und Weh im Fokus.

Wer konnte, machte die Früchte des Gartens ein, beschaffte Brennholz oder fuhr zum Hamstern aufs Land, wo es bei den Bauern für ein wenig Schmuck mehr zu essen gab als für einen Monat Lebensmittelmarken zusammen.

Häuser wurden notdürftig geflickt, um es im Winter trocken zu haben, und wenn keiner hinsah, wurde bei Nachbarn, die der Krieg vertrieben hatte, ein wenig gestöbert. Vielleicht fanden sich noch eine warme Jacke und ein paar gut gefüllte Einmachgläser oder gar etwas verstecktes Gold.

Niemand sagte etwas dazu, zumindest nicht laut. Denn

wohl kaum einer konnte sich frei von dem Wunsch machen, selbst etwas mehr zu haben.

Auch Charlotte hatte schon den ein oder anderen Zufallsfund verwertet, vor allem Nahrungsmittel. Die wurden direkt unter den Helfern aufgeteilt, wenn die ursprünglichen Bewohner der Ruinen nicht bekannt waren.

Jetzt warf sie in gebückter Haltung Ziegel hinter sich in eine Schubkarre, bis nur noch Bruchstücke und Mörtel vor ihr lagen, vermischt mit dem, was wohl einst ein Schrank gewesen war.

Holz und Kleidungsstücke. Sie zog am Stoff, doch er riss sofort, war längst morsch geworden. Das Holz war nur noch zum Verfeuern gut. Sie begann, an einer Schranktür zu ziehen.

»Komm, ich helfe dir.« Hajo, der sich darauf verlegt hatte, den Schutt in Karren fortzubringen, streifte den Gurt ab, der ihm zumindest in Ansätzen den fehlenden Arm ersetzte, und fasste mit seiner Linken nach dem Holz.

In den vergangenen Wochen waren sie gut miteinander ausgekommen, verstanden sich ohne Worte. Seine oft in sich gekehrte Art und der grimmige Blick waren ihr vertraut geworden, da sie nun wusste, dass beides auf seine Schmerzen zurückzuführen war.

»Auf drei!«, sagte er.

Charlotte fasste an ein Scharnier, um besseren Halt zu haben.

Hajo zählte, dann rissen sie beide mit aller Kraft. Die Tür kam sofort frei. Hajo stolperte rückwärts, Charlotte konnte sich nicht mehr halten und landete unsanft auf einem Blecheimer, der mit einem leisen Knacken unter ihr nachgab.

Mit dem Knie bugsierte Hajo die Tür zur Seite und ließ sie fallen.

»Scheiße«, entfuhr es ihm. Er drückte Charlotte die Hand auf die Schulter. »Nicht aufstehen. Nicht rühren!«

Noch immer rutschte Schutt zur Seite, wo das Holz zuvor eine Art Sperre gebildet hatte. Es klang seltsam ... ein wenig metallisch.

»Lass mich, ich hab schon Leichen gesehen«, fuhr sie ihn an, denn das war die naheliegendste Erklärung. »Solche Sentimentalitäten habe ich mir längst abgewöhnt.«

»Keine Leiche. Sprengstoff.«

»Was?«

»Langsam aufstehen.«

Er hielt ihr die Hand hin, und ausnahmsweise einmal nahm sie seine Hilfe an. Ihre Knie fühlten sich plötzlich weich an und drohten ganz nachzugeben, als sie zwischen den Trümmern ein Sammelsurium aus Minen, Sprengstoff und zwei Blindgängern entdeckte.

»Haben sich die Bomben bewegt?«, fragte Hajo. Seine Stimme war ein wenig tiefer geworden und ruhig, sehr ruhig.

»Das weiß ich nicht, ich ... ich sehe sie ja jetzt erst. Warum?«

»Säurezünder. Kann sein, dass sie durch eine Bewegung aktiviert wurden. Vielleicht haben wir nur Minuten, vielleicht Augenblicke. Geh, Charlotte, aber geh langsam und vorsichtig, die anderen sollen auch auf Abstand.«

»Und du?«

»Ich komme klar. Verschwinde.« Er schluckte.

Ihr Herz hämmerte bis in die Kehle hinauf. Ihn zurückzulassen fühlte sich wie Verrat an. Sie zögerte.

Hajos sah sich ruckartig zu ihr um. »Du stehst ja immer noch da. Geh! Ich weiß, was ich tue.«

»Wirklich?«

Doch er sagte nichts mehr, sondern machte nur noch eine scheuchende Handbewegung.

Charlotte gab sich einen Ruck. Vorsichtig, ganz vorsichtig, um nicht noch mehr Schutt in Bewegung zu bringen, trat sie den Rückweg an. *Feigling*, schrie es in ihr. *Feigling!*

Mit zittrigen Gesten dirigierte sie Bertram und die beiden älteren Männer, die derzeit beim Räumen halfen, in Richtung Straße. Als sie alle versammelt waren, sich die staubigen Hände an den Hosen abwischten und sie fragend ansahen, räusperte sie sich. »Wir sind auf Blindgänger und Mienen gestoßen.« Ihre Stimme schien nicht ihr selbst zu gehören.

Bertram riss die Augen auf. »Was? Aber Hajo!« Er wollte losrennen, doch Charlotte, die genau das erwartet hatte, hielt ihn fest. »Nein, nicht, er sagt, wir sollen wegbleiben!«

Bertram blieb widerwillig stehen. »Das sagt er nur, weil er meint, er stünde mit einem Bein im Grab, weil sein Arm schon weg ist und der Rest …«

»Halt den Rand, Junge, und lass Hajo machen«, fuhr ihn der alte Fritz Köpper an.

Bertram ließ die Schultern hängen, und Charlotte ließ ihn los. Sie wusste, dass sie eigentlich noch immer zu nah bei den Blindgängern waren, doch ihre Füße waren wie angewurzelt, während sie gemeinsam zu Hajo herüberstarrten, der neben dem explosiven Fund kniete und sich kaum bewegte. Doch was tat er da?

Fritz rieb sich den struppigen Kinnbart. Die Haare klangen hart wie Borsten und waren an den Mundwinkeln vom

Zigarettenrauch gelblich verfärbt. »Hätt nich gedacht, dass es stimmt«, murmelte er.

»Was stimmt?«

»Waffenversteck vom Volkssturm, vielleicht, um den Tommys den Arsch wegzublasen. Könnte auch von den Pionieren sein, für die Schlossbrücke. Wenn es genug ist, hätten se die wegblasen können. Jetzt haut es womöglich uns von den Beinen.«

»Und du lässt 'nen Einarmigen dran? Nicht gerade vertrauenerweckend.« Koschi, wie sein Kumpel genannt wurde, lachte gackernd. »Eine wird er nicht richtig entschärft haben.« Sein Lachen wurde schrill.

Bertram holte aus und donnerte ihm die Faust so heftig auf den Mund, dass er rückwärtstaumelte und Blut spuckte. »Verdammter Knirps! Was fällt dir ein?«

Doch Bertram war längst kein Knirps mehr.

Fritz hielt Koschi fest, der aussah, als wollte er den unverschämten Jungen kurz und klein schlagen. Das Lachen war ihm gründlich vergangen, dafür hatte Bertram gesorgt.

»Mein Cousin ist ein Held, merk dir das!«, fauchte er.

»Es gibt keine Helden mehr.«

Charlotte hatte die Szene ungläubig mitangesehen. Alles erschien ihr unwirklich. *Es gibt noch Helden,* dachte sie bei sich, während sie zu Hajo hinübersah, der in diesem Moment eine Art Zylinder neben sich legte. *Er wird dort gerade zum zweiten Mal zu einem.*

Ihre Achtung vor Hajo wuchs mit jeder verstrichenen Minute mehr. Sie wusste nicht, was er dort tat, aber er verhinderte offenbar Schlimmes.

»Bertram, lauf du zur Polizei und gib Bescheid.«

»Jetzt?«

»Ja, jetzt!«

Er sah sie gequält an, wollte Hajo nicht allein lassen. Schließlich rannte er doch noch los. Auf der Station waren immer auch Besatzer, sie würden für den Abtransport sorgen.

Der Junge war gerade außer Sicht, als Hajo ein überraschter Schrei entfuhr. Im gleichen Moment begann der Schuttberg zu rutschen, und Hajo mit ihm.

Charlotte dachte nicht nach, sondern lief einfach los.

Betonbrocken polterten die Schräge hinunter und zogen Staubfahnen hinter sich her. »Hajo!«, schrie Charlotte.

»Bleib weg, bleib weg, verdammt! Verschwindet alle!«, gellte sein Ruf durch den mineralischen Nebel.

Charlotte wurde grob am Arm gepackt und zurückgezerrt. Ihr Mund füllte sich mit Staub, während ihr das Herz schmerzhaft in der Brust polterte.

»Bist du verrückt geworden, Mädchen?« Es war Fritz, der sie wegzog, weiter noch als zuvor.

Charlotte ließ es einfach geschehen, auch wenn sie sich dabei unsagbar feige fühlte.

Ganz langsam zog der Staub nun davon, hier und da hing er wie ein zähes Gespinst zwischen den Trümmern. Auf dem Schuttkegel schälte sich ein menschlicher Umriss aus dem Grau.

Charlotte starrte wie gebannt zu ihm. Nicht noch einer! Das Schicksal durfte vor ihren Augen nicht noch jemanden aus dem Leben reißen!

Als sich Hajo schließlich erhob und zu ihnen herunterkam, waren Fritz und Koschi ein Stück die Straße hinuntergegangen. Koschi drückte sich ein Taschentuch auf den

Mund, das schon völlig durchweicht war, und fluchte wie ein Rohrspatz.

Charlotte hielt es nicht länger aus, sie rannte auf Hajo zu und umarmte ihn erleichtert. »O Gott, ist es vorbei?«

Kurz blieb er stocksteif stehen, dann legte er ihr den Arm um die Schulter. »Ja, vorbei. Ich habe die Zünder rausgedreht. Der erste brannte genau in dem Moment durch, als ich mit dem zweiten beschäftigt war.«

Sie löste sich von ihm. »Das heißt?« Ihr wurde mulmig, denn eigentlich wusste sie genau, was das hieß. Aber sie musste es aus seinem Mund hören, um es wirklich zu begreifen.

»Dass es verdammt knapp war. Die Bombe wäre hochgegangen. Wir hätten keine Minute länger verstreichen lassen dürfen. Ihr wart nicht weit genug weg. Wenn euch die Detonation nicht erwischt hätte, dann in jedem Fall die Trümmer.« Er schlug sich den Staub von der Kleidung und musste prompt husten. »Merk dir diesen Tag, Charlotte, es ist dein zweiter Geburtstag.«

So fühlte es sich also an, wenn einem das Leben geschenkt wurde. Charlotte empfand eine seltsame Euphorie. An diesem Tag würde niemand mehr Schutt räumen. Die beiden Alten waren ohne ein Wort des Abschieds verschwunden, und Bertram hatte sich dazu bereit erklärt, bei der Munition zu warten, bis jemand kommen würde, um sie abzutransportieren. »Geht ein Glas trinken, holt euch ein Eis oder Kuchen, was weiß ich«, sagte er und scheuchte sie davon.

Eigentlich war Charlotte sehr sparsam, doch heute hätte sie Hajo nur allzu gern von ihrem wenigen Geld eingeladen.

Er hatte ihr das Leben gerettet. Doch leider war sie ohne einen Pfennig aus dem Haus gegangen.

»In die Ratsstuben«, verkündete Hajo. »Vielleicht bekommen wir dort etwas.«

»Ich habe kein Geld.«

»Aber ich.« Hajo legte ihr einen Arm um die Schulter, und sie marschierten los. Charlotte fühlte sich so berauscht vor Erleichterung, als ob sie Obstler getrunken hätte. Sonst wäre sie niemals Arm in Arm mit Hajo durch die Innenstadt flaniert. Aber er war ein Held. *Ihr* Held. Und er hatte ihr das Leben gerettet.

»Woher wusstest du, was du tun musstest?«

»Man lernt vieles an der Front, glaub mir.«

»Das tue ich. Und heute ganz besonders. Heute würde ich dir alles glauben.«

»Auch dass du mir vom ersten Tag an den Kopf verdreht hast?« Er wirkte selbst überrascht von dem, was ihm da über die Lippen gekommen war. Charlotte öffnete den Mund, um etwas zu erwidern, doch sie wusste nicht, was. Da waren so viele Gedanken in ihrem Kopf, so viele Gefühle in ihrem Herzen, die um sich bissen wie toll gewordene Tiere. Ihr wurde heiß und kalt, und es tat weh.

»Ich bin ein Idiot.« Sein Arm rutschte von ihrer Schulter, als hätte er sich verbrannt.

»Mein Verlobter ist gefallen, in meinen Armen gestorben, Hajo. Ich weiß nicht, ob ich je wieder irgendetwas fühlen kann.« Sie sah zu ihm auf. Trotz ihrer Worte lag ihr Arm noch immer um seine Mitte. Es tat gut, ihm so nah zu sein. Als könne sie sich an ihm festhalten.

»Vergiss, was ich gesagt habe. Lass uns beide nach Hause gehen, und morgen machen wir genauso weiter wie zuvor.«

In seinen Wangen arbeitete es, als er die Zähne aufeinanderpresste. Durch seine grauen Augen jagten Sturmwolken. Die Leichtigkeit des Moments war vorbei.

Charlotte wollte nicht, dass er ausgerechnet an diesem Tag so tief enttäuscht wurde. Was war schon eine kleine Tändelei? »Ich kann es nicht vergessen, und ich möchte auch nicht nach Hause gehen, ohne ein Stück Geburtstagskuchen gegessen zu haben.« Sie lächelte, und es fühlte sich an, als wäre dieses Lächeln mitten aus ihrem Bauch herausgeflattert.

»Ehrlich?«

»Ja.«

Seid einig, seid einig! Dann sind wir auch frei,
vom Druck, der so lang uns umwunden.
Erkennt doch die Macht von der Brudertreu,
von der Kraft, die wir endlich gefunden.
Wir sind ein Riese, wenn wir geeint,
und können dann trotzen jedwedem Feind.

Zeche Wiesche, kurz zuvor

Wenn Albert unter Tage war, konnte er alles vergessen. Die Schächte waren wie eine tiefe Höhle, nichts drang von oben zu ihnen herunter, wenn er es nicht zuließ.

Mit vierzehn war er zum ersten Mal in die Pütt gefahren. An Tagen, an denen sein Rücken kaum schmerzte und ihn der böse Husten in Frieden ließ, konnte er sich in diese Zeit zurückträumen.

Damals war es seine erste Aufgabe gewesen, sich um die

Pferde zu kümmern. Diese armen, liebevollen Kreaturen, die, nachdem sie einmal hinabgebracht worden waren, bis zu ihrem Lebensende in Dunkelheit lebten. Blind wurden sie schon nach kurzer Zeit. Die Bergjungen kümmerten sich gut um die vierbeinigen Kumpel. Putzten und striegelten sie vor und nach jeder Schicht, hielten die Ställe sauber und das Geschirr in Ordnung.

Bei den Pferden war es schön. In ihrem Heu reisten immer auch ein paar Insekten mit hinab, und besonders im Sommer zirpten in den unterirdischen Ställen die Grillen. Leider gab es auch fette Mäuse und Ratten, die sich besonders bei den Haferkisten zeigten. Seine Kameraden und er hatten sich damals einen Spaß daraus gemacht, sie zu jagen. Für denjenigen, der die größten Biester erlegte, hatte es einen kleinen Preis gegeben.

Die Schicht bestand daraus, die Pferde zu führen, volle Wagen an- und leere abzuhängen. Wenn es bergab ging, mussten die schweren Loren mit einem Bremsholz von Hand gebremst werden. Ein Knochenjob, besonders am Anfang, als Albert noch nicht die nötige Kraft entwickelt hatte. So manches Mal hatte er gefürchtet, es nicht zu schaffen. Dann wären die vollen Loren den Tieren in die Beine gerauscht und entgleist. Passiert war es nie.

Die Tiere zogen vier bis fünf Wagen auf einmal und waren am Ende ihrer Schicht ebenso schweißgebadet und müde wie ihre Führer.

Albert hatte wieder daran denken müssen, weil sie einen frischen Schub Ponys gebracht hatten. Er begegnete ihnen an der Seilanlage, als sie soeben aus dem Aufzug geführt wurden. Sechs Stück. Zwei weiße, die allerdings den letzten Tag weiß gewesen waren, der Rest braun. Man hatte ihnen die Augen verbunden, damit sie nicht gleich den Verstand verloren. Die Pferde zitterten vor Angst nach der schwankenden, lauten Fahrt.

Tastend liefen sie nun vorwärts, ganz auf ihren Führer vertrauend. Sie hatten keine Wahl.

Die Männer, die sich um sie kümmerten, waren jung. So alt wie sein Ernst vielleicht.

Den Schweißgeruch der Pferde noch in der Nase, stieg Albert mit anderen Kumpeln der Frühschicht in den Förderkorb. Es gab viel zu wenig Kohlearbeiter und noch weniger Knappen und erfahrene Hauer.

Er hatte diesen Beruf nie für seinen Sohn gewollt, doch nun wünschte er sich Ernst an seiner Seite. Wie der Vater, so der Sohn – so war es bei den meisten seiner langjährigen Freunde.

Die Gittertür wurde geschlossen, es klingelte, und schon setzte sich der Aufzug in Gang. Draußen rauschte das Gestein vorbei. Wasser lief daran hinab und glänzte im Licht vieler Grubenlampen, die nun nach und nach ausgeschaltet wurden. Es roch nach Stein, Männerschweiß und dem Schmierfett der Seilanlage.

Er wünschte wirklich, Ernst wäre hier. Der Junge würde nach Kriegsende bestimmt schnell von den Irrlehren der Nazis ablassen. Er war ein intelligenter Bursche. Wer konnte jetzt noch daran glauben, dass es je das Richtige gewesen war?

Er hätte sich schnell eingelebt hier unten. Oder über Tage, falls ihn die Dunkelheit noch immer so schreckte. Auch oben gab es viele gute Anstellungen, für die recht ordentlich bezahlt wurde, das hatte Albert in der Lohnordnung nachgelesen.

Dennoch hatte er es verstanden, als Ernst sich den Ausbildungsplatz bei Mannesmann gesucht hatte. So war die Jugend nun mal, wollte nicht immer hinter den Alten herschluffen.

In der Waschkaue machte er schnell und trotzdem möglichst gründlich. Er schrubbte sich sauber, als wollte er die oberste Hautschicht gleich mit entfernen. Heute sollte auch in den Fältchen um die Augen kein Hauch schwarzen Staubes mehr zurückbleiben.

Als er dann in sein Straßenzeug stieg, fühlte er sich richtig blank gewienert. Aber so musste es auch sein an einem derart besonderen Tag.

Sein Weg führte heute nicht heim. In großen Schritten lief er bergab ins Zentrum von Mülheim. Von hier oben hatte er einen guten Überblick über die Innenstadt. Aus dem Gewirr von Häusern reckten sich einzelne Schlote und Fabrikanlagen empor.

Am Rathausturm flatterten nun die Fahnen der Besatzer.

Viele mochte dieser Anblick schmerzen, aber ihn nicht. Für Albert waren sie ein Symbol für das endgültige Ende eines verhassten Diktators und seiner Schergen. Das Land lag zwar am Boden, doch es war vom Joch der Nazis befreit. Und er würde helfen, es wieder aufzurichten, damit es besser und gerechter wurde.

Zum allerersten Mal würde er sich heute wieder mit seinen Kameraden von der KPD treffen, die kurz nach Hitlers Machtergreifung verboten worden war. Die Amerikaner waren auch nicht gut auf den Kommunismus zu sprechen, aber sie ließen sie gewähren. Wenigstens konnten sie sich bei den linken Kumpeln, Stahlkochern und Eisenbahnern sicher sein, dass sie keine Nazis waren.

Albert war neugierig zu sehen, wer von der alten Ortsgruppe noch übrig geblieben war. Zum eigenen Schutz hatten sie jeglichen Kontakt untereinander abgebrochen. Wenn man nicht wusste, wo der andere war und was er tat, konnte man ihn auch nicht verraten.

Gerda musste schon längst da sein.

Sie hatten immer davon geträumt, nach Kriegsende gemeinsam zum ersten Treffen zu gehen, wie sie auch gemeinsam zum letzten der Untergrund-KPD gegangen waren. Aber wie so oft war es anders gekommen. Doch auf eine gute Weise, denn Gerda hatte sich mit einigen anderen Frauen eher getroffen und sorgte nun dafür, dass alles bereit war, wenn die Männer von den Schichten kamen.

Grundgütiger, er war ja aufgeregt wie ein kleiner Junge! Alles kribbelte. Beinahe, als sei er auf dem Weg, etwas Verbotenes zu tun.

Kapitel 11

Innenstadt, zur gleichen Zeit

Bevor Charlotte und Hajo den ganzen Weg bis zu den Ratsstuben zurückgelegt hatten, drang aus einem kleinen Café am Marktplatz der Duft von Waffeln. »Hier.«

Hajo war einsilbig geworden, seitdem er Charlotte sein idiotisches Geständnis gemacht hatte, das merkte er selbst. Sie hätte es nie erfahren sollen, aber das berauschende Gefühl, dem Tod ein weiteres Mal von der Schippe gesprungen zu sein, hatte ihn kopflos gemacht. Nun war es heraus, und sie hatte es besser aufgenommen als vermutet. War nicht davongelaufen, hatte ihn auch nicht zum Teufel gejagt. Sogar ihr Arm lag weiterhin um seine Mitte.

Nun war da dieser sture Funke in seinem Herzen, der sich vom Kopf nicht zum Schweigen bringen lassen wollte und faselte, dass sie ihn mochte, vielleicht sogar etwas mehr als das. Noch war da der lange Schatten von diesem Martin, der um ihre Hand angehalten hatte. Aber wie lange noch?

Sie betraten das kleine Lokal. Der Preis für die Waffeln war unverschämt hoch.

»Eine Waffel und eine Tasse Ersatzkaffee, bitte«, bestellte

er, dann wandte er sich flüsternd zu Charlotte. »Entschuldige, für mehr reicht es nicht, wir werden beides teilen müssen.«

Ihre Augen strahlten dennoch. Der süße Duft war berauschend.

»Setzen wir uns raus?«, fragte sie.

Sie suchten sich einen kleinen Tisch, der direkt an der Häuserwand stand, wo die Herbstsonne die Backsteine angenehm aufgewärmt hatte.

⚒

An diesem Tag zeigte sich die Stadt sehr aufgeräumt und freundlich. Es gab sogar einige Leute, die bei dem schönen Oktoberwetter flanierten, hauptsächlich junge Frauen in Charlottes Alter, Arm in Arm, schwatzend und lachend.

Es kam ihr vor wie ein Fiebertraum, doch das passte zu ihrer merkwürdigen Stimmung.

Manch ein Fräulein sah mit neidischem Blick zu ihr herüber, was ganz eindeutig an ihrer männlichen Gesellschaft lag. Hajo hatte seine Mütze abgenommen und sich durchs Haar gestreift, das nun ein wenig wild in verschiedene Richtungen stand. Die Herbstsonne ließ das kastanienbraune Haar rötlich schimmern.

Als seine grauen Augen ihre suchten, fühlte sie sich ertappt. Schon meldete sich ihr schlechtes Gewissen Martin gegenüber, nur weil sie Hajo richtig angesehen hatte und ihr klar geworden war, wie gut er aussah. Der Mund ein wenig zu breit im schmalen Gesicht, feine Fältchen um die großen, wenn auch kriegsmüden Augen. Sein Lächeln entblößte kerzengerade Zähne.

Sie hatten sich in einem Brunnen die schmutzigen Hände gewaschen, dennoch versteckte Charlotte ihre groben Pranken unter dem Tisch. Hier, auf der Terrasse des Cafés, war ihr schlagartig unangenehm, woran sie sonst keinen Gedanken verschwendete.

»Du hast mir das Leben gerettet, weißt du das?«, brach sie das Schweigen.

Er nickte nur. Sein Blick wurde stolz. »Bin also doch noch zu etwas gut.«

»Sag so was nicht. Natürlich bist du noch zu etwas gut.«

In diesem Moment brachte die Kellnerin einen Teller mit der Waffel und zwei Tassen dazu.

»Wir haben nur einen Ersatzkaffee bestellt«, sagte Hajo erschrocken.

»Keine Sorge, es steht nur einer auf der Rechnung.« Die Kellnerin zwinkerte ihm zu, was Charlotte prompt einen kleinen Stich versetzte. *Eifersucht.* Wie töricht … aber warum? Was geschah gerade mit ihr?

Die Waffel dampfte. Süßer Duft, ein wenig wie Vanille.

»Nun los, greif zu!«

Das ließ sie sich nicht zweimal sagen und riss sich eines der Herzchen ab. »Herrlich!«, entfuhr es ihr noch mit vollem Mund.

Hajo grinste sie kauend an, dann hob er die Tasse. »Auf unseren Geburtstag.«

»Auf unseren Geburtstag.« Sie stieß ihre Tasse gegen seine. Es gab ein dumpfes *Klonk.* »Kannst du mir beibringen, wie das geht?«

»Was?«

»Blindgänger entschärfen.«

»Spinnst du?« Er schüttelte heftig den Kopf.

Die zweite Runde Waffelherzen verschwand ohne viel Federlesen. Damit blieb nur noch eins. »Für dich!«, sagte Hajo bestimmt.

Charlotte lehnte ab. Es ging eine Weile hin und her, bis sie die Arme verschränkte und kichernd die Augen schloss. »Ne.«

Als Nächstes spürte sie die Waffel an ihren Lippen. »Mund auf!« Hajo machte ein Gesicht, als wollte er ein Kleinkind füttern. Das war so ulkig, dass Charlotte schließlich nachgab und abbiss. Dann griff sie nach Hajos Hand und führte sie zu seinem Mund.

Er biss ab, dann sagte er: »Der Rest ist aber für dich.«

»Nein.« Sie hielt seine Hand fest, und er gab nach.

Blitzschnell verflocht er seine Finger mit ihren. Und nun ruhten ihre Hände also auf dem Tisch, hier und da mit Puderzucker überzogen und ein wenig klebrig, warm im aufkommenden Oktoberwind.

Charlottes Herz jagte. Sie wollte das alles nicht und wollte es gleichzeitig doch. *Nur ein kleiner Flirt, nur dieser eine, besondere Tag.*

»Ein Wunder«, murmelte Hajo verschmitzt. Gott, was hatte der Kerl für einen Charme, wenn er so mit leicht gesenktem Kopf zu ihr herübersah. Ob ihm das überhaupt bewusst war? Das war alles andere als ein Hundeblick. Eher der eines Fuchses. Eines verdammt schlauen Fuchses.

An diesem Mann war weit mehr, als es den Anschein machte, und auf gewisse Weise machte ihr das Angst.

»Der Kaffee wird kalt«, brach sie den Zauber des Augenblicks.

»Der Kaffee ist mir herzlich egal«, erwiderte er, und die Fältchen um seine Augen wurden ein klein wenig tiefer.

»Ich habe nur einen Arm, Charlotte. Ich müsste deine Hand loslassen, um etwas zu trinken. Und im Moment kann ich mir kaum etwas vorstellen, das ich weniger gern täte.«

Sie hob ihre Tasse, trank einen Schluck und sah ihn über den Rand hinweg an. Beinahe hätte sie sich verschluckt. »Dummkopf«, sagte sie leise, während sein Daumen über die Innenfläche ihrer Hand strich und damit unerhörte Gefühle in ihr auslöste. Es kam ihr vor, als würde er viel mehr von ihr berühren.

In ihren Wangen begann es zu glühen, und sie konnte ihn nicht länger ansehen. Und das alles nur, weil sie ausgehungert nach Berührungen war, nachdem sie es so lange gemieden hatte, sich überhaupt von jemandem anfassen zu lassen. Genau, das musste es sein! Das und nichts anderes!

»Lottchen?«

Sie zuckte zusammen, riss ihre Hand aus Hajos und hätte beinahe ihre Kaffeetasse vom Tisch gefegt. »Mein Vater!«, keuchte sie unterdrückt. Es war zu spät, um zu türmen. Außerdem hatte Hajo noch nicht bezahlt.

»Vati? Vati … was machst du denn hier?«, stotterte sie.

Er trug seinen Sonntagsanzug, sah richtig herausgeputzt aus.

»Ich bin auf dem Weg zu einer Versammlung.«

Hajo erhob sich und streckte ihm die Hand hin. »Hans Joachim Täuber … Herr Neumann.«

Vater musterte ihn von oben bisunten. »Wie der Günther?«

»Genau der.«

Vatis Blick erhellte sich, kurz sah er auf seine Uhr, dann setzte er sich auf einen freien Stuhl zu ihnen. »Ein paar Minuten habe ich noch.«

Charlotte wurde ein wenig schlecht, als säße ihr die Waffel plötzlich quer im Hals.

»Den Günther haben sie doch 1940 ins KZ Börgermoor gesteckt, und seinen Ältesten mit.«

»Er hatte nur einen Sohn«, erwiderte Hajo ernst. »Und der bin ich.«

Vatis Blick zuckte zu ihm hoch, als würde er ihn nun mit anderen Augen sehen. Dann fragte er: »Hatte?«

Er nickte. »Mein Vater wurde '43 hingerichtet, erschossen.«

Zwischen Vatis Augen wuchs eine steile Falte. »Armes Schwein. Dich haben sie freigelassen?«

»Nein, direkt aus dem Lager an die Front geschickt.«

»999er?«

Hajo nickte wieder, presste den Mund zusammen. Charlotte sah von einem Mann zum anderen und verstand nichts mehr. Es sah aus, als versuchte Hajo, ihren Vater mit Blicken zum Schweigen zu bringen, doch der schien unbeirrt.

»Und das?« Vati wies mit dem Kinn auf Hajos rechten Arm.

»Bei Aachen … war hart. Rede ich nicht gern drüber, kommt alles wieder hoch, dann.«

»Musst du nicht, Genosse.« Vati erhob sich und legte ihm eine Hand auf die Schulter. »Hast vermutlich genug für uns alle gelitten. Ich muss jetzt los. Treffen uns mit Eisenbahnern und Stahlkochern, fast wie früher. Fallste mein Mädchen mal nach Hause bringst …« Er tippte sich an die Mütze. »Bist immer auf ein Bier willkommen. Gerda würde sich bestimmt auch freuen, Günthers Jung' mal zu sehen, so ganz groß und erwachsen, wenne verstehst?«

»Gerne, Herr Neumann.« Hajo grinste geradezu unverschämt zufrieden. »Grüße an die Genossen und die werte Ehefrau.«

»Wird erledigt.« Vati strich sich über seine Jacke, als wären dort Haare oder Krümel. Sonst machte er nie so ein Gewese um seinen Aufzug. Dieses Treffen musste wirklich von Bedeutung sein. »Lottchen? Und du kommst pünktlich heim, ja?«

»Ja, Vati.« Charlotte verdrehte die Augen.

Sie sahen ihm beide nach, bis er auf dem Marktplatz um die Ecke gebogen und hinter den Ruinen eines ausgebombten Eckhauses verschwunden war.

»Wo waren wir?«, sagte Hajo und griff wieder nach ihrer Hand. Sofort war das seltsam berauschende Gefühl wieder da, doch nun gelang es Charlotte, sich innerlich dagegen zu wappnen. Sie war kein Dummerchen, das sich einfach so von einem Mann mit ein paar Streicheleien einlullen ließ. »Was war das eben?«

Hajo hob eine Braue und machte dem Fuchs, für den sie ihn hielt, damit alle Ehre. Doch sie war mindestens so listig wie er. Sie würde schon zu verhindern wissen, dass er ihr auswich.

»Warum erzählst du meinem Vater, einem Fremden, mehr von dir, als ich dir je aus der Nase ziehen konnte?«

Er rutschte mit dem Stuhl näher, beugte sich vor. »Die Wahrheit, Charlotte Neumann?«

»Die Wahrheit.« Sie schluckte, ahnte, dass nun etwas kommen würde, das schwer zu verdauen war.

»Vorab, ich habe dich wirklich gern, auch wenn es eine Dummheit ist und ich versucht habe, mich so lange wie möglich dagegen zu wehren.«

Sie nickte. »Weiter.«

»Deine Eltern und meine waren zusammen im linken Untergrund. Als deine Eltern sich entschieden, die Arbeit ruhen zu lassen, machten meine weiter und zahlten schlussendlich den Preis. Wir flogen auf. Sie brachten Vater und mich nach Börgermoor, und von dort wurde ich, sobald ich alt genug war, Ende '42 in das Bewährungsbataillon 999 gesteckt.«

»Was ist das?«, fragte sie ruhig, doch schon jetzt zog sich alles in ihr zusammen. Sie hatte mit dem Feind getändelt. Einem, der von klein auf gegen Hitlers Vision gekämpft hatte. Es schien eine Laune des Schicksals zu sein, dass sie sich ausgerechnet in Hajos Nähe zum allerersten Mal wieder ein wenig leicht und glücklich gefühlt hatte. Als würde sich eine höhere Kraft einen bösen Scherz mit ihr erlauben.

Er setzte seine Erklärungen fort: »Da hat die Wehrmacht all diejenigen reingesteckt, die nicht zum regulären Soldaten taugten, aber noch gut genug zum Kämpfen waren. Kommunisten, Homosexuelle, Religiöse.«

Charlotte nickte. Sie hatte keine Worte mehr. Ja, Hajo war ein Fuchs. Aber was für einer, das hätte sie niemals für möglich gehalten.

»Schon in Afrika nahmen die Ersten von uns Kontakt zu den Alliierten auf.«

»So?« Ihr Hals wurde trocken. Am liebsten hätte sie Zorn und Enttäuschung mit einem Schrei Luft gemacht, doch dazu fehlte ihr die Kraft. All die Offenbarungen der vergangenen Monate drückten sie nieder. Erst hatte sie alles verloren, die Liebe, das Reich, die Hoffnung auf eine großartige Zukunft. Dann ließ sich Annie mit einem Amerikaner ein, was in ihren Gedanken den Beginn des zweiten Absturzes markierte. Anschließend erfuhr sie, dass Ernst verschollen war, und schließlich offenbarten sich die eigenen Eltern als Volksfeinde.

In Hajos grauen Augen blitzte es. Ja, er stand ganz hinter der Sache. Charlotte kannte dieses Feuer, kannte es nur zu gut von sich selbst. »Und danach?«

Mit Afrika musste es schließlich schnell vorbei gewesen sein, schon im Mai '43 war das Vorhaben, in Nordafrika die Vorherrschaft zu erringen, endgültig gescheitert.

»Frankreich. Dort habe ich mich nach einer Weile zur Resistance abgesetzt. Es folgte eine Odyssee bis hierher, aber eine, die, wie ich meine, oft erfolgreich war. Ich denke, mein Vater wäre zufrieden mit mir.«

Charlotte sah Hajo vor sich, und vor ihrem inneren Auge Martin ... dann ihren Bruder, alle an der Front, auf verschiedenen Seiten. Sie schossen aufeinander, wünschten sich gegenseitig den Tod.

»Du sagst nichts?« Hajo musterte sie ernst, und plötzlich sah er wieder älter aus, und in dem Grau seiner Augen ging der Schatten des Krieges um, mit all dem Grauen, all dem Leid.

»Du und ich, wir sind Feinde«, murmelte sie.

»Nein. Hitler und seine Schergen sind unser Feind gewesen. Ohne ihn und seinen Wahnsinn wären Millionen Menschen noch am Leben, hätte Bruder nie gegen Bruder gekämpft.«

»Sie sind tot, Hajo. Martin, meine Freunde, wahrscheinlich auch mein Bruder, alle tot«, erwiderte sie wie unter einem Bann. Etwas in ihr riss, etwas, das sie sorgsam unter Verschluss gehalten hatte. Dort, tief in ihr, tat sich ein Graben auf. Sie sah auf ihre Hände, zitternde Hände, die nun hinter ihren Tränen verschwammen.

Nur aus dem Augenwinkel nahm sie noch wahr, wie Hajo hastig zahlte und seinen Kaffee hinunterstürzte.

»Komm, Charlotte.«

Sie ließ sich aufhelfen … von einem Feind. Ihre Beine fühlten sich an, als würden sie jeden Moment unter ihr nachgeben. »Ich muss hier weg«, drängte sie leise.

Er drückte sie an sich, führte sie den Platz entlang, tauchte schließlich durch eine zerborstene Mauer in das Skelett eines Fachwerkhauses ab.

Charlotte zitterte indes am ganzen Körper. »Was ist mit mir, was ist …« Der schwarze Strudel kreiselte immer schneller, hüllte sie ein, zerrte mit aller Macht an ihr.

Als sie das nächste Mal Atem holte, gab sie dabei einen erstickten Schrei von sich. Hajo drückte sie an sich, fest, ganz fest. Sie zitterte und bebte in seinem Arm, wollte ihn von sich stoßen und konnte es nicht. Brauchte ihn.

Und dann kamen die Tränen.

»Weine ruhig, wein nur, Charlie«, murmelte Hajo mit belegter Stimme. Und sie weinte, weinte, als wäre da ein gewaltiger Fluss, der aus ihrer Mitte in die Welt hinausstürzte.

Wie dumm sie gewesen war. Hatte geglaubt, sich nur lange genug ablenken zu müssen, und all der verborgene Schmerz würde irgendwann abebben und stumpf werden. Wie ein Messer, das im Regen liegen gelassen wurde und erst seine Schärfe einbüßte und später so rostig wurde, dass es schließlich zerfiel. Sie hatte hart sein wollen wie der Stein, den sie jeden Tag forträumte.

Aber gar nichts war zerfallen, außer vielleicht ihre Hoffnung auf eine schöne Zukunft.

Hajo wiegte sich mit ihr vor und zurück, machte dabei

leise »*Schhh, schhh …*« Seine Linke strich tröstend über ihr Haar. Charlotte drückte ihr Gesicht gegen seine Schulter, bis der Stoff ganz nass war. Er roch sauber, nach Seife und einem waldigen Rasierwasser und ein wenig nach Waffeln und Ersatzkaffee.

Niemand hatte sie je so schwach gesehen. Warum durfte er es nun? Ein Fremder? Ein Feind gar?

Sein Mund an ihrer Schläfe, Atem in ihrem Haar. Ein tröstender Kuss … nein … sie wollte das nicht. *Nein!*, schrie ihr Kopf, doch ihr dummes Herz, noch so wund vom Verlust, sehnte sich nach Trost.

Die Tränen liefen noch immer, aber nicht mehr mit gleicher Kraft. Hajos Berührungen waren wie Balsam. Sie fand wieder ein wenig Stärke, ihre Knie waren nicht mehr wie Brei.

Sie sollte diesen Mann loslassen, fortgehen und ihn von diesem Moment an meiden, ihn nie wiedersehen. Ja, das wäre das Beste.

Seine Hand lag nun fest und warm in ihrem Nacken. »Besser?«, erkundigte er sich, die Stimme weich und tief. »Ich verstehe, wenn du jetzt davonläufst.«

Davonlaufen, das klang so feige. Charlotte hatte sich nie als Feigling gesehen. Sie biss die Zähne aufeinander und sah trotzig auf. »Nein.«

Hajo hob überrascht eine Braue. Er zögerte, dann strich er ihr mit dem Zeigefinger die Tränen von den Wangen. »Wir sind keine Feinde, Charlie«, sagte er ernst und ein wenig so, als müsse er nicht nur sie, sondern auch sich selbst überzeugen.

»Sonst hättest du mir ja auch kaum das Leben gerettet.«

»Unsinn.«

Charlotte hob ihre Linke, fuhr seinen Kiefer entlang bis zum Kinn, über das schräg eine dünne, lange Narbe verlief. Seine Nasenflügel weiteten sich bebend. Ganz still hielt er, während sie den schnellen Puls seines Herzens an seiner Kehle ahnen konnte. Sein schmaler, ein wenig zu breiter Mund … eine Ahnung von Bartschatten.

Sie wollte ihn küssen, wurde ihr klar. Ihn küssen und dabei alles vergessen. Alles, was war. Hajo beugte sich vor, verharrte, überließ die Entscheidung ihr. Charlotte küsste ihn ganz vorsichtig und lauschte dabei in ihr Inneres. Der Protest blieb aus.

Sein Mund war warm, und mit einem Seufzen gab sie sich seiner Zärtlichkeit hin, küsste ihn bald hungriger. Leben, er schmeckte nach Leben! Und nichts brauchte sie mehr als das Gefühl, von Leben umgeben zu sein.

Hajo hielt sie fest im Arm und taumelte rückwärts, tiefer in die Ruine bis zu einer umgekippten Wand, die schräg an einer anderen lehnte, sodass sie ein zeltartiges Dach bildeten. Farne und Moos sprossen aus dem ungebrannten Lehm der Gefache, Kamille dort, wo es trocken war.

Sie schob ihre Hände unter Hajos Kleidung, bis sie seinen bloßen Rücken spürte. Warm, weich. Sehnige Muskeln. Er sog den Atem ein, dann streifte er die Jacke ab, warf sie hinter sich und zog Charlotte mit. Sie ließ es zu.

Nach und nach fiel ihre Kleidung, während weit oben Tauben kreisten.

»Du bist so schön«, entfuhr es Hajo, als sie mit bloßen Brüsten vor ihm lag. Dann waren seine Hand, sein Mund plötzlich überall. Charlotte grub ihre Finger in sein festes Haar und schloss die Augen. Er weckte feurige Linien auf ihrer Haut, auf ihren Brüsten, den Bauch hinab, bis sie glaubte, jede Sekunde zu hellen Funken zu zerbersten.

Sie schob ihn von sich. Mehr Haut. Gemeinsam rissen und zerrten sie erst sein Hemd, dann das Unterhemd über seinen Kopf. Sie drückte ihn neben sich, wollte mit ihrem Mund dasselbe probieren, was er mit ihr getan hatte. Es machte nichts, dass sein Körper so ungleich war, die eine Seite stark, muskulös und makellos, die andere ein wenig schwächer, gezeichnet von der mörderischen Sprengkraft einer Explosion.

Noch nie hatte sie derart weiche Haut berührt wie die Narben auf seiner rechten Brust. Sie fuhr die wilden Zickzacklinien mit der Zunge nach, und Hajo stöhnte auf, als sei er gefangen zwischen Lust und Schmerz.

Er schob sie tiefer, beugte sich ihr entgegen. So weit war sie mit einem Mann noch nie gegangen. Aber was bedeutete das schon in einer Welt, die zerfallen war? Es gab keine Grenzen mehr, keine Regeln, das Ende war längst erreicht und überschritten.

Sie öffnete seinen Gürtel, dann die Knöpfe.

Hajo presste sich seine Faust auf den Mund, stöhnte erstickt.

Die Vorstellung, dass nur eine Mauer sie von der Straße und dem Gehweg trennte, ließ Charlotte fiebrig werden.

Hajo stieß sie unsanft von sich.

Hatte sie etwas falsch gemacht? Erschrocken wollte sie sich für ihre Unerfahrenheit entschuldigen, doch da war er schon über ihr. Nun lag sie flach da, auf zerstäubtem Lehm, den Kopf zwischen duftender Kamille und Ruß.

Mit einem Ruck zerrte Hajo ihr den Rock herunter,

fluchte, weil es nicht schnell genug ging und er nur eine Hand hatte.

Charlotte half, dann wurde sie energisch zurückgedrückt. Für einen winzigen Augenblick schwappte Angst über sie hinweg und war genauso schnell wieder fort, als Hajo kurz innehielt und sie fragend ansah. Sie wollte das hier.

Hajos Mund zwischen ihren Beinen. Was tat er nur? Sie biss die Zähne aufeinander, hielt die Luft an. Ein Glühen pulsierte in ihr, kaum auszuhalten, so wohlig, so fremd. Sie stöhnte, presste gleich darauf einen Unterarm auf ihren Mund, hielt sich mit der anderen Hand an Hajo fest. Als er sich schließlich auf sie legte, konnte sie keinen klaren Gedanken mehr fassen. Spürte nur Haut, so viel Haut, Wärme und Nähe.

Hajo legte ihr die Hand an die Wange und suchte mit fiebrigem Blick den ihren. »Ja?«, fragte er flüsternd.

»Ja … bitte, ja.«

Er küsste sie auf den Mund, und dann, endlich, war er in ihr.

Direkt danach liebten sie sich erneut, und das zweite Mal war noch schöner als das erste. Es war, als sei ein Feuerwerk in Charlotte aufgeblüht, Lichter und bunte Funken überall. Hajo hatte ihr den Mund zugehalten, als sie, überwältigt von ihrer Lust, aufgeschrien hatte.

Nun lagen sie nebeneinander in der Ruine, beide längst wieder angezogen, denn die Gefahr, entdeckt zu werden, war groß. Charlotte hatte den Kopf auf Hajos linke Schulter gebettet und den Arm um seine Mitte geschlungen. So lauschte sie seinem ruhigen Atem, eingehüllt in den vermischten Duft ihrer Körper, darunter das Aroma von Asche und Kamille.

»Wer hätte das gedacht ... du herrliches Weibsbild«, sagte Hajo leise, und sie hörte am Klang seiner Stimme, dass er dabei grinste.

»Mach es nicht kaputt.« Er durfte jetzt nicht reden.

»Nein.« Seine Finger zogen ihr Haar auseinander, das Band, das ihren knappen Pferdeschwanz gehalten hatte, war verloren gegangen.

Besser, sie schwiegen. Charlotte fürchtete jedes falsche Wort, wollte nicht, dass dieser Moment endete.

Als sie nach langem Schweigen aufstanden und sich gegenseitig den Staub von der Kleidung klopften, mussten sie beide plötzlich lachen.

Hajo drückte ihr einen Kuss auf den Mund, der sich nun beinahe schon freundschaftlich anfühlte. »Soll ich dich ein Stück begleiten?«

»Nein, ich finde den Weg schon.« Sie traten durch die Mauer der Ruine zurück auf die Straße. »Bis morgen, Hajo«, sagte sie und winkte ihm beinahe verstohlen.

»Bis morgen früh, Charlotte.«

Auf dem Heimweg waren die Tränen plötzlich zurück.

Martin.

In ihrem Kopf sah Charlotte nur noch ihn. Warum nur hatte das Schicksal ihn ihr genommen? Warum hatte sie nie mit ihm erleben dürfen, was sie heute in Hajos Armen erfahren hatte? Warum, warum nur?

»Bist du mir böse?«, fragte sie laut, den Blick gen Himmel gewandt. Vor das klare Blau, das so sehr an Martins Augen erinnerte, zogen nun turmhohe graue Wolkenfestungen, die nicht nur an die Launen des Herbstes gemahnten, sondern nun auch an Hajo. Es kam ihr vor wie ein Zeichen, doch sie wusste nicht, wie sie es deuten sollte. Zürnte ihr Martin?

Sie wusste, was sie ihm an seiner Stelle gewünscht hätte. Dass er sein Glück ohne sie fand. Doch Glück, ach ... Davon war sie ungefähr so weit entfernt wie vom Mond.

Hajo hatte ihr erzählt, dass die Franzosen das besondere Gefühl, wenn Paare miteinander schliefen, den »kleinen Tod« nannten, *la petite mort.*

Also, wenn das der Tod war ...

Charlotte rieb sich über die Arme, sie fröstelte ein wenig. Die Wärme von Hajos Umarmung hatte sie nun gänzlich verlassen, und sie fühlte sich einsamer als zuvor. Wie sollte sie Hajo nur je wieder gegenübertreten? Geschweige denn morgen früh? Nein, das war unmöglich!

Er würde von ihr erwarten ... Ja, was eigentlich? Er schien vom Ausgang ihres Treffens beinahe ebenso überrumpelt gewesen zu sein wie sie selbst.

Schon lag die Kreftenscheerstraße vor ihr.

Charlotte musste sich zusammennehmen, um sich nicht umzudrehen und die Flucht anzutreten. Sie hatte das Gefühl, ihr stünde wie ein Kainsmal auf die Stirn geschrieben, was sie soeben getan hatte.

Doch sie fasste sich ein Herz und betrat das Haus durch die reparierte Eingangstür. Annie saß am Küchentisch, strickte Socken aus weißem Wollgarn und las dabei in einem aufgeschlagenen Buch. »Oh, Lotte, du schon hier?«

»Ja, sind auf einen Blindgänger gestoßen. Für heute reicht es mir.«

»Oje, Schwesterchen!« Annie fiel vor Schreck das Strickzeug aus der Hand.

»Halb so wild«, wiegelte sie ab und musste sogar lachen.

»Aber du hast geweint, das sehe ich doch!«

Charlotte widerstand dem Drang, in den Garten zu flüchten. Stattdessen trat sie an den Tisch und stützte beide Hände auf die vernarbte Stuhllehne. Nachdem das halbe Haus darüber zusammengekracht war, zierten das Holz nun lauter Dellen und Kratzer. »Ich musste an Martin denken«, sagte sie niedergeschlagen, und das war nicht einmal gelogen.

»Setz dich doch, Schwesterchen.«

Annie versuchte noch immer mit aller Macht, die Gräben zwischen ihnen zuzuschütten. Heute tat Charlotte ihr den Gefallen und nahm Platz.

»Es ist noch immer keine Antwort von Nathan gekommen. Ich bin enttäuscht darüber und manchmal auch fürchterlich wütend. Dann muss ich wieder an dich und deinen Martin denken und sage mir, dass ich mich schämen sollte. Ich kann doch froh sein, dass es Nathan gut geht und er lebt. Warum kann ich das nicht hinnehmen und seine Entscheidung akzeptieren?«

»Weil du ihn lieb hast«, erwiderte Charlotte und krampfte eine Hand um das Stuhlbein. *Wenn Annie nur wüsste … wüsste, dass ich daran schuld bin.* Sie hatte die Straßenkinder aufgehetzt. Sie hatte den Amerikaner abgefangen und ihm eingeredet, dass er Annie verlassen musste, um sie zu schützen. Wenn das jemals herauskäme, wäre es vorbei. Dann würden die Familienbande nicht mehr reichen, um den Graben zwischen ihnen zu überbrücken.

Zum allerersten Mal fühlte Charlotte sich schuldig. Zum

allerersten Mal wünschte sie, sie hätte all das nie getan. Was hatte sie sich nur dabei gedacht, ihrer Schwester ein Glück zu verwehren, das ihr selbst der Tod genommen hatte?

»Die Eltern sind bei ihrem KPD-Treffen«, sagte Annie nun. »Ich habe gekocht und schon gegessen. Kartoffelstampf und Schmorzwiebeln, wenn du magst, mache ich es dir warm.«

»Danke, später vielleicht.« Sie musste schlucken. »Ich kann mich noch immer nicht so recht daran gewöhnen. Ich habe mein ganzes Leben geglaubt, die Eltern würden sich von Politik möglichst fernhalten.«

Annie nickte. »Es ist ihnen so schwergefallen, und mir auch. Glaub mir, ich wollte es dir so oft sagen, Lotte. Diese Geheimniskrämerei zwischen Schwestern, das gefiel mir nicht.«

»Ich glaube, ich habe immer geahnt, dass da etwas ist, was du mir verschweigst. Aber nicht mal im Traum wäre ich darauf gekommen, dass … Ach, was soll's. Alles vorbei und kommt nicht wieder.« Sie rieb sich die Schläfen. Da war ein Druck, als würde sie später Kopfschmerzen bekommen.

»Außerdem hast du dich ja ordentlich revanchiert. Dass du es fertiggebracht hast, mir bei unserem Wiedersehen im Lager nicht zu sagen, dass unser Zuhause nicht mehr steht …«, sie schüttelte den Kopf.

»Ich war so wütend auf dich, Annie. Nachdem ich gehört habe, wie du mit den Amerikanern lachst und scherzt, da … ich weiß auch nicht, was mich geritten hat. Am liebsten hätte ich gar nicht mit dir geredet«, gestand Charlotte.

Sie hob den Kopf und sah Annie lange an, bis diese sich räusperte.

»Du bist aber jetzt nicht mehr böse auf mich, oder, Lotte?«

»Ich? Nein.«

»Auch nicht wegen früher?«

»Nein. Nein, wirklich nicht.«

Annie seufzte erleichtert. »Ich konnte nicht anders. Du warst so klein und so begeistert vom BDM und dem Sport. Ein falsches Wort hätte Vati womöglich das Leben gekostet.«

»Vermutlich hätte ich in der Schule überall herausposaunt, dass meine Eltern Volksverräter sind«, entgegnete sie halb im Scherz. Doch das Lachen schmeckte bitter. »Und jetzt ist es wirklich sicher für sie?«

»Angeblich ja. Seine Meinung zu äußern, egal wie, steht nicht mehr unter Strafe.«

»Wahrscheinlich ist es besser so.«

In den vergangenen Wochen hatte Lotte aus Zeitung und Radio von so vielen Gräueltaten der Nationalsozialisten erfahren, dass es unmöglich alles Propaganda sein konnte. Nach und nach sickerte in ihr Herz, dass sie einer giftigen Lehre aufgesessen war. Je nachdem, wie sie sich fühlte, herrschte manchmal noch immer der Trotz vor, dass doch nicht *alles* falsch gewesen sein konnte. An anderen Tagen empfand sie einfach nur Niedergeschlagenheit.

»Erinnerst du dich noch an den Tag, an dem Hitler zu Emil Kirdorfs Geburtstag in Mülheim war?«, fragte Annie.

»Natürlich!« Bis zu ihrem Kennenlernen mit Martin hatte sie es für den schönsten Tag ihres Lebens gehalten.

»Ich hätte dich so gern kräftig geschüttelt und daheim eingesperrt, aber Vati und Mutti waren überzeugt, dass es keinen Weg daran vorbei gab. Dass zumindest wir Kinder hingehen mussten, um nicht aufzufallen.«

Charlotte nickte und griff nach ihrer Handtasche, die zuvor über der Lehne ihres Stuhls gehangen hatte. Sie nahm sie auf den Schoß, kramte kurz darin und zog dann den klein zusammengefalteten Zeitungsartikel aus der Geldbörse. Sie starrte kurz auf das dünne, abgewetzte Papier und faltete es anschließend auseinander. Auf der Fotografie strich der Führer ihr über die Wange.

»Ich habe am Tag darauf einen solchen Ärger dafür kassiert, dass dieses Foto da entstanden ist«, erzählte Annie.

»Oh, das habe ich nicht geahnt.«

»Du hast so vieles nicht geahnt, Lotte. Was willst du jetzt damit tun?«

»Was würdest *du* damit tun?«

Annie richtete den Blick auf den gusseisernen Herd, in dem zu dieser Jahreszeit immer ein paar Kohlen brannten, besonders, da ihr Dach nur aus einer Plane bestand.

Charlotte schluckte. »Ernsthaft?«

»Der Mann war Gift für das Land, Lotte.«

Sie strich über das Papier, wie sie es schon unendlich oft getan hatte. Dachte an ihre Eltern, die sich hatten verstecken müssen, dachte an Ernst, der im Namen dieses Mannes vielleicht gefallen war. An Martin, tot. Hajo, verstümmelt. Alles wegen dieses Mannes.

Ruckartig stand sie auf, nahm das fadenscheinige Papier und ging zum Herd. Dabei ruhte Annies Blick auf ihr wie eine freundliche Hand, die ihr den Weg wies.

Sie öffnete die kleine Luke. Weiße Asche bedeckte die glühenden Kohlen. Kleine Flocken lösten sich in der hereinströmenden Luft. »Ich glaube, ich kann das noch nicht«, murmelte sie.

Annie schwieg. Hätte sie jetzt etwas gesagt, wäre Charlotte aus Trotz wohl unverrichteter Dinge wieder an den Tisch zurückgekehrt. Doch sie schwieg weiter.

Das Papier wisperte, als sie es schließlich doch durch die schmale Öffnung schob. Einen Herzschlag lang schmiegte es sich an die Kohlen, dann begann es sich zu kräuseln. Blaue und grüne Schemen hüllten erst ihr Gesicht ein, dann Hitlers.

Beim nächsten Atemzug war alles schwarz.

Kapitel 12

Vor der Hacke ist es duster.
Redewendung aus dem Bergbau

Mülheim, zwei Tage später

Einen Tag nur, den Samstag, hatte Charlotte es zu Hause ausgehalten.

Sie hatte Backsteine gereinigt, genau wie Annie und Mutti, und dabei eigentlich die ganze Zeit geschwatzt. Über Gott und die Welt und das Unglück, das sie allesamt befallen hatte. Nur Mutti gelang es, wirklich positiv nach vorn zu blicken, während Annie zwar mit Begeisterung wieder zur Schule ging, sich nun aber fragte, ob die Pädagogische Hochschule in Kettwig rechtzeitig wieder öffnen würde, damit sie mit ihrem ersehnten Abitur auch etwas anfangen könnte. Charlotte sah ihr an, dass sie die Sache teils auch als Ablenkung nutzte, ganz ähnlich, wie es bei ihr selbst mit dem Schutträumen begonnen hatte.

Nachts, wenn sie glaubte, die anderen schliefen, weinte Annie um ihren Nathaniel Corbin. Tags gab sie sich stark und tapfer. So waren die Neumann-Frauen eben.

Als Charlotte nun am frühen Morgen aufbrach, fühlte sie sich gleich in mehrfacher Hinsicht wie eine Verräterin. Nicht nur ließ sie ihre Familie allein, sie verriet auch Martin, weil sie wider besseren Wissens zu dem Ort zurückkehrte, an dem Hajo auf sie wartete.

Und auf sie warten, das tat er, das hatten seine geheimnisvollen grauen Augen verraten. Den gesamten Fußweg lang fühlte sie sich hin- und hergerissen zwischen Scham und Sehnen.

Sie meinte, sich noch genau erinnern zu können, wie sich seine Finger auf ihrer Haut anfühlten. Dieses herrliche, heiße Kribbeln, das in diesem Pulsieren gipfelte, für das es keine Worte gab. Wie er sie danach angesehen hatte … als ob er nie wieder an etwas anderes denken könnte.

Hoffentlich hatte sich das bis heute gelegt, sonst würde Charlotte den ganzen Tag mit feuerrotem Kopf herumlaufen müssen.

Wie Nadelstiche drängte sich Martin in ihre Gedanken. Sie würde keinen Mann je wieder so lieb haben können wie ihn.

»Nur eine Ablenkung«, murmelte Charlotte, als würde sie sich vor seinem Geist entschuldigen müssen.

Nach etwas über einer halben Stunde kam das Trümmerfeld endlich in Sicht. Sofort erkannte sie Bertram, der leichtfüßig über einen Schuttkegel turnte, als habe er sein Leben lang nichts anderes getan. Und dort waren auch die beiden Alten und Frau Pietsch, eine kleine, quirlige Frau mit einem strahlend blauen Kopftuch, die quasselte wie ein Wasserfall. Sie war erst vor Kurzem dazugestoßen und nicht dabei gewesen, als sie auf den Blindgänger gestoßen waren.

Charlotte reckte den Hals. Hajo war bestimmt wieder an der gefährlichsten Stelle. Dort, wo der Einsturz einer von zahlreichen Rissen durchzogenen Mauer drohte, die sie notdürftig abgestützt hatten.

»Charlie! Guten Morgen!« Bertram hatte sie als Erster entdeckt und winkte ausgelassen, während er durch die Trümmer auf sie zuschlitterte und -rutschte.

»Guten Morgen, du Waghalsiger. Sind wir heute etwa nur zu fünft?«, erkundigte sie sich.

»Mal sehen, wer noch auftaucht, aber Hajo kommt nicht mehr.«

Seine Worte trafen sie wie ein Fausthieb, aber sie versuchte, sich nichts anmerken zu lassen. »Er kommt nicht mehr?«

»Ne, hätte er dir wohl gern selber gesagt, aber du warst gestern ja nicht da.«

Er kommt meinetwegen nicht mehr, dachte sie. Von wegen, er könne verstehen, wenn sie ihn fortan meide! *Er* war der Feigling hier.

Ihr Stolz meldete sich, und sie trat die Flucht nach vorn an. »So schnell den Antrieb verloren?«

»Soll er dir selbst sagen.« Bertram grinste schief und trollte sich.

Charlotte blieb wie angewurzelt stehen und schob dann die Hände in die Taschen. Am liebsten wäre sie auf dem Absatz umgedreht und zurück nach Hause gelaufen. Doch das ging nicht. Auch diesen Weg ließen ihr Stolz und der viel gerühmte neumannsche Dickkopf nicht zu. Also schluckte sie die bittere Pille, schnappte sich zwei Metalleimer und legte los.

⚒

Eine Woche später saßen die Neumanns am Sonntagmorgen gemeinsam an ihrem Frühstückstisch. Dies war der einzige Tag in der Woche, an dem sie sich alle Zeit der Welt lassen konnten.

Vati sah sogar ein wenig ausgeruht aus, fand Annie. In der Nacht hatte sie ihn kaum husten gehört.

Charlotte hingegen wirkte so niedergeschlagen wie lange nicht mehr.

Mutti wirbelte in der Küche herum. Sie hatte alle gedrängt, sich zu setzen und verwöhnen zu lassen. Anscheinend hatten die Lebensmittelkarten der Besatzer, die pro Person und pro Tag nur eine Mindestration von eintausend Kalorien vorsahen, ausgereicht, um sie alle geradezu fürstlich zu verwöhnen.

Es duftete nach frisch gebackenem Brot, das dem Geruch nach mindestens zur Hälfte aus Kartoffeln bestand, denn von denen hatten sie wirklich viele geerntet.

Annie mochte das kräftig schmeckende Brot, das ein wenig salziger war und eine schöne, dunkle Kruste hatte. Es gab Eier und selbst gemachte Marmelade, Margarine und etwas fetten Speck, den Vati sich mangels Wurst hauchdünn auf das Brot schnitt. So schwer, wie er immer ackern musste, konnte und sollte er so viel essen, wie er wollte, fand Annie.

Sie erinnerte ihn aus Kindertagen nicht so hager, wie er mit seinen eingefallenen Wangen und den knotigen Händen heute war.

Mutti hatte es sich angewöhnt, dort, wo früher der fünfte Teller – Ernsts Teller – gestanden hatte, eine Lücke zu lassen.

Der überzählige Stuhl war an die Wand gerückt und

diente nun einer rot-weißen Streunerkatze als Schlafplatz. Das Tier hatte sich nach und nach eingeschlichen, und keiner besaß das Herz, sie wieder zu verscheuchen. Auch jetzt lag sie dort zu einem flauschigen Ball eingerollt und schnurrte leise.

»Willst du nicht auch wieder in die Schule zurück, Lottchen? Du kannst ja nicht für immer Schutt räumen, Kind«, fragte Mutti nun, während sie ihr Brot mit dunklem Pflaumenmus bestrich.

Ihre Schwester sah auf und zuckte mit den Schultern. »Vielleicht.«

»Was?« Annie sah sie ungläubig an. Lotte hatte sich doch immer so vehement dagegen gewehrt! Da musste wirklich etwas vorgefallen sein. Ob es in ihrer Freiwilligengruppe Streit gegeben hatte?

»Ich überlege es mir, in Ordnung?«

»Du könntest auch Straßenbahnerin werden«, mischte sich Vati nun ein. »Der Gerhard Helferich hat mir erzählt, dass sie so wenig Fahrer haben, dass sie vermehrt Frauen einstellen wollen.«

Charlotte öffnete den Mund zu einer Erwiderung, doch es schien ihr die Sprache verschlagen zu haben. Annie wusste, dass ihre Schwester auf keinen Fall einen der üblichen Frauenberufe einschlagen wollte. Nur Hausfrau zu werden, das stand ihr auch nicht zu Gesicht, dafür war sie eine zu unruhige Seele. Und der passende Mann fehlte auch.

»Vielleicht hat dein Vater recht«, sagte Mutti und legte ihre Hand auf Lottes. »Ganz gleich, wofür du dich entscheidest, mein Mädchen, du sollst wissen, dass deine Eltern dich unterstützen.«

»Ja … danke«, murmelte sie. Es war noch immer nicht ganz einfach zwischen ihnen, seitdem die Eltern sich zu ihrer politischen Vergangenheit bekannt hatten. Lotte behauptete zwar, es mache ihr nichts aus, doch sie trug den Eltern nach, dass sie sich ihr nicht auf die gleiche Weise anvertraut hatten wie Annie.

Vati faltete die Zeitung zusammen und goss sich noch Ersatzkaffee ein. »Die Amerikaner sind nicht gut auf die Russen zu sprechen und auch nicht auf den Kommunismus. Jeden Tag wird der Ton schärfer.« Er schob seiner Frau die Zeitung so zu, dass ein bestimmter Artikel zuoberst lag. Mutti überflog ihn. »Das klingt nicht gut. Glaubst du, sie werden uns das Leben schwer machen?«

»Ich habe mit den Jungs vom Taubenverein geredet. Vielen gefällt auch das Gehabe der Russen nicht. Die wüten in Berlin regelrecht. Nun haben wir Sorge, dass es auf uns zurückfällt.«

»Wir haben zu wenig Einfluss.« Mutti sah kämpferisch aus, fand Annie. Diese Seite mochte sie ganz besonders an ihr. Mit den Kriegsjahren war sie stiller und stiller geworden, doch nun schien ihr altes Feuer zu erwachen. »Was schlagen die vor? Es gibt doch bestimmt Ideen.«

»Ja, und sie werden dir nicht gefallen, liebe Frau.«

»Wenn du diesen Ton anschlägst …« Sie hob warnend den Zeigefinger, und nicht nur Vati musste grinsen.

»Nun hör's dir doch erst mal an. Sie überlegen, in die SPD zu wechseln. Linker Flügel, versteht sich.«

»Ich glaube, ich höre nicht recht!« Mutti legte ihr Messer geräuschvoll auf den Tisch.

»Ja, was bringt es uns denn, wenn die Partei wieder verboten wird oder so klein bleibt, dass wir keinen Anteil daran nehmen können, Deutschland neu zu formen! Die SPD, das ist kein so großes Übel. Wenn wir mit vielen Genossinnen und Genossen eintreten, werden wir es uns schon passend einrichten.«

»Das klingt, als sei es bereits beschlossene Sache.«

»Nicht von allen. Brauchst nicht schauen, als hätt' dich jemand übergangen, Gerda. Nur in unserer Siedlung bei den Taubenfreunden, da haben wir es durchgedacht.«

»Das Ganze schmeckt mir nicht, Albert.« Mutti stemmte im Sitzen die Hände in die Hüften.

Annie und Charlotte sahen einander an und mussten plötzlich beide grinsen. Noch nie hatten sie erlebt, dass Mutti so leidenschaftlich mit dem Vati stritt. Derlei Gespräche mussten sie sich in Gegenwart ihrer Kinder über viele Jahre untersagt haben.

Auch Vati lachte nun. Bloß Mutti saß noch immer mit Kämpfermiene da und wirkte von so viel guter Laune ein wenig überrumpelt.

Ein Klopfen an der Tür. Annie wollte aufstehen, doch Lotte war schneller. »Ich geh schon!«

Am Tisch lauschten nun alle. Von der Haustür trennte sie nur ein schmaler Flur. »… wurde falsch zugestellt …«, hörten sie eine Frauenstimme sagen. »… erst heute gemerkt.«

»Vielen Dank, einen schönen Sonntag noch«, sagte Lotte und schloss die Tür.

Als sie wieder in die Küche kam, lachte niemand mehr am Tisch. Alle Blicke waren erwartungsvoll auf sie gerichtet.

»Ernst?«, fragte Vati mit belegter Stimme.

Lotte hielt den Brief an den Bauch gedrückt und schüttelte den Kopf. »Nein, für Annie.«

Annie wurde schlagartig flau. Sie drehte sich auf dem Stuhl um. »Für mich?«

»Nun gib ihn ihr schon«, sagte Mutti.

Seine Handschrift! Sie hatte es sofort erkannt, auch wenn sonst nichts auf Nathan hinwies. Als Absender standen dort nur ein Kürzel und eine Militärverwaltung in Limburg.

Annie hatte sich mit dem Brief auf die Kellertreppe zurückgezogen, denn draußen schüttete es gerade fürchterlich.

Sie glitt mit dem Finger an der zugeklebten Lasche entlang und riss sie doch nicht auf. So lange hatte sie auf eine Antwort von ihm gewartet, und nun fürchtete sie sich davor.

Aus der Küche drang nur noch das Klappern von Geschirr. Niemand sprach. Als lauschten sie darauf, ob Annie weinte.

Sie gab sich einen Ruck, schlitzte den Brief mit dem mitgenommenen Buttermesser auf und faltete ihn auseinander.

Meine liebste Annie,
ich hoffe, dieser Brief findet Dich und Deine Lieben wohlauf.
Ich bedauere sehr, Dir solchen Kummer bereitet zu haben. Bitte glaube mir, dass es aus dem Wunsch heraus geschah, Dich zu beschützen. Die Vorstellung, dass ein freundlicher, herzlicher Mensch wie Du dem Hass seiner Nachbarn ausgesetzt sein würde, war mir unerträglich. Da wollte ich Dich lieber heil und ohne mich wissen.

Aber ach, wie wenig habe ich da die Rechnung ohne Dein großes Herz und Deinen Mut gemacht. Den Fehler sehe ich nun ein. Ich vermisse Dich nicht weniger, sondern mit jedem Tag ein bisschen mehr. Jeden Abend schlafe ich mit Deinem Foto ein, jeden Morgen wache ich mit ihm auf.
Wenn es noch nicht zu spät ist, dann bitte ich Dich hiermit von ganzem Herzen um Verzeihung. Ich träume von dem Tag, an dem wir uns wiedersehen. Bitte schreibe mir an die unten angegebene Adresse.
Wenn Du willst, werde ich meinen nächsten Urlaub darauf verwenden, Dich zu besuchen.
Dein Nathan

⚒

So war das also. Es durften scheinbar nicht beide Neumannschwestern auf einmal glücklich sein.

Als Lotte mit dem Abwasch in die Waschküche ging, sah sie Annie mit breitem Grinsen den Brief herzen. Und was ihr da über die Wangen lief, das konnten nur Freudentränen sein.

»Hat er dich also doch nicht vergessen?«, fragte Charlotte. Es klang bissiger, als sie beabsichtigt hatte.

»Er hat mich doch noch lieb, Lotte.«

»Schön für dich«, erwiderte sie hastig und verschwand in dem kleinen Anbauzimmer, wo sie das Geschirr auf der Spüle abstellte, um es in einer Zinkwanne zu waschen.

Scheinbar hatte der Ami dichtgehalten und Annie nicht gesteckt, dass ihre eigene Schwester die Schuld an dem ganzen Dilemma trug. Dafür war sie ihm dankbar.

Von Annie würden sie wohl den Rest des Tages nichts

mehr zu sehen bekommen. Die würde sich den Kopf zerbrechen, um die richtigen Worte für ihren Schatz zu finden, und sich dazu irgendwo verkriechen.

Als Charlotte einen Topf mit erhitztem Wasser in den Anbau trug, saß ihre Schwester noch immer auf der Treppe, doch nun trocknete sie ihre Wangen mit dem Ärmel ab und hatte dabei ein unverrückbares Lächeln im Gesicht.

Charlotte spülte und trocknete ab, trug den Geschirrstapel in die Küche und traf dort auf ihre Eltern, die sich anschickten, das Haus zu verlassen. Sie wollten zu ihrem Parteitreffen, das womöglich mit einer großen Veränderung enden würde.

»Hast du etwas vor, Lotte?«, fragte Mutti, während sie sich ihren Schal um den Hals schlang.

»Nein, bislang nicht. Soll ich etwas für dich erledigen?«

»Es sieht aus, als würde es noch einmal aufklaren. Falls ja, dann grab doch die restlichen Zwiebeln aus. Trocknen können sie dann in der Sonne oder im Anbau, falls es wieder schlechter wird.«

»In Ordnung, wird gemacht.« Charlotte salutierte, wie sie es bei den Besatzern gesehen hatte, und setzte eine fröhliche Miene auf. Tatsächlich war sie froh um jede Ablenkung, nun, da sie nicht mehr zum Aufräumdienst in die Stadt ging.

Die Sonne kam tatsächlich hervor, und im Garten begann alles zu glänzen wie frisch poliert. In den Spinnweben glitzerten die Regentropfen, und aus den Obstbäumen fielen nicht nur gelbgoldene Blätter, sondern auch kleine, nasse Schauer, sobald der Wind hineinfuhr.

Charlotte hatte einen großen Flechtkorb bereitgestellt und ging nun neben dem Zwiebelbeet, das von einer Reihe

Tagetes zum Kohl hin abgegrenzt wurde, auf die Knie. Die gelborangenen Blüten sahen nach den nächtlichen Schauern bedauernswert aus, und von den grünen Blättern war auch nicht viel übrig. Mutti pflanzte die Studentenblume mit dem Zweck, die Schnecken von Salat und Kohl wegzulocken, was offensichtlich wunderbar geklappt hatte, sehr zum Leidwesen der Blume.

Von den Zwiebeln sah man nicht mehr viel. Der oberirdische Teil war braun geworden, abgetrocknet und teils bereits vergangen. Durch den Regen waren die Überreste glitschig und rochen unangenehm.

Charlotte begann an einer Ecke und lockerte die Erde mit einer kleinen Schaufel. Die Zwiebeln durften nicht verletzt werden, sonst ließen sie sich nicht mehr einlagern. Es half, dass sie sich an dem welken Grün orientieren konnte, um sie zu finden. Die erste war groß wie eine Faust. Das nahm sich ja schon mal gut aus!

Charlotte legte sie in den Korb und arbeitete sich zur nächsten vor. Von jetzt an wurde die Arbeit leichter.

Das Federvieh fiel wie eine Geierschar ein. Charlotte scheuchte die Hühner fort, die von jedem noch so kleinen Fleckchen aufgebrochener Erde wie magisch angezogen wurden. Die gesperberte Anführerin empörte sich mit schrillem Gackern und rannte auf ihren langen Beinen davon.

Hin und wieder sah Charlotte auf, doch Annie kam nicht. Sie hätte gern erfahren, was der Ami geschrieben hatte. An Martins zärtliche Lettern würde er ohnehin nicht herankommen. Was hatte sie die Briefe in seiner Krakelschrift geliebt und wie einen Schatz gehütet! Nun lagen sie irgendwo aufgeweicht im herausgeschafften Schutt. Charlotte hatte nicht nach ihnen gesucht. Fand es passend, dass sie ebenso begraben waren wie er.

Ein Rauschen in der Luft.

Charlotte legte den Kopf in den Nacken und entdeckte einen Schwarm Stare, der wie ein ferner Schatten über einen bewegten Herbsthimmel zog. Es mussten Abertausende sein, die sich dort auf ihre Reise gen Süden vorbereiteten. *Ach, wenn ich nur mit ihnen ziehen könnte,* dachte sie wehmütig. Wie schön es wäre, einfach die Flügel auszubreiten und dieses vernarbte Land und ihr vernarbtes Herz hinter sich zu lassen. In tröstliche Sonnenwärme zu ziehen, in ein Land, wo alles so fremd war, dass nichts an ihr altes Leben erinnerte.

»Hallo?«, rief plötzlich jemand. Vielleicht ein Nachbar, der sich etwas ausborgen wollte? Die Stimme klang vertraut, aber so war es mit beinahe jeder aus der Siedlung. Man kannte sich, wenn auch nicht mit Namen, dann doch zumindest vom Sehen.

»Hier hinten!«, rief sie und machte sich auf die Suche nach der nächsten Zwiebel.

Schritte.

Ah, da war sie. Charlotte fasste die Knolle an dem wenigen verbliebenen Grün und zerrte nicht eine, sondern zwei große Exemplare aus dem Boden und klopfte sie ab.

»Prächtig, prächtig.« Der Besucher war neben ihr stehen geblieben. Sauber polierte, ein wenig abgetragene Lederschuhe. Ordentliche, schwarzbraune Stoffhosen. Ihr Blick wanderte hinauf, während ihr Herz bereits schneller pochte. Es wusste schon, was ihr Kopf erst jetzt begriff. »Hajo?«

Er grinste spitzbübisch, als wisse er genau, wie sehr er sie damit durcheinanderbrachte.

In ihrem Bauch flatterten Schmetterlinge, summten dicke Hummeln, ach, ein ganzer Garten voller Krabbeltiere war dort unterwegs.

»Was machst du denn hier?« Sie erhob sich und wischte sich hastig die dreckigen Finger an der Schürze ab.

Seine grauen Augen musterten sie, suchten nach einem Zeichen der Ablehnung. Doch wie sollte sie? Meinte sie doch allein schon durch seine Nähe wieder seine Berührung spüren zu können. Es war wie verhext.

»Was ich hier will? Ich möchte dich besuchen, natürlich. Dein Vater sagte ja, ich könne jederzeit vorbeikommen.«

»Aber er ist nicht da«, erwiderte sie schnell und überspielte den Stich, den ihr seine Antwort versetzt hatte. Er wollte also gar nicht zu ihr, sondern zu Vati, alte Widerstandsgeschichten ausgraben.

»Deine Mutter auch nicht?«

Sie schüttelte den Kopf.

»Umso besser.« Er sah sich kurz um, dann schlang er seinen Arm um sie und drückte ihr einen Kuss auf den Mund.

Charlotte verschlug es den Atem. »Unverschämter Kerl!«

Er grinste wieder, und dieses Mal noch breiter, während er genüsslich dabei zusah, wie sich ihre Wangen röteten. »Sag nicht, du hättest es nicht gewollt.«

»Sage ich doch gar nicht.« Nun nahm sie ihn in den Arm. »Ich dachte, du wolltest mich nie wiedersehen? Was machst du dann hier?«

»Ich habe nie behauptet, dass ich dich nicht wiedersehen will, sondern *dir* freigestellt, es nicht zu tun.«

»Haarspalterei.« Charlotte drückte ihn fester. »Wäre

mein Herz nicht schon gebrochen, hättest du ernsthaft Schaden anrichten können.«

»Das wollte ich nicht.« Er klang ernstlich bestürzt. »Aber ich habe so plötzlich eine Anstellung bekommen, das ging von einem Tag auf den anderen. Ich wollte es dir auf jeden Fall selbst erzählen, deshalb habe ich Bertram gesagt, er solle den Mund halten. Jetzt sehe ich, dass es ein Fehler war.«

»Verziehen, immerhin war es ja nur eine Woche.« Charlotte löste sich aus seiner Umarmung, dann trat sie erschrocken einen Schritt zurück. »O Gott, ich bin ganz dreckig, ich mach noch deine guten Sachen schmutzig. Warte hier, ich bin sofort zurück. Und dann erzählst du mir alles.«

»Zu Befehl, Fräulein Neumann.«

Charlotte flitzte in die Waschküche, wo sie sich die Gartenschürze vom Körper riss. »O Gott, ogottogott«, murmelte sie hektisch und ließ vor lauter Nervosität gleich noch die Seife fallen.

»Was ist denn mit dir los?« Annie stand an den Türrahmen gelehnt da und grinste.

»Nichts!«, erwiderte sie und begann, sich Hände und Arme einzuseifen.

»Nichts? Dann schicke ich diesen komischen Kerl weg, der dort zwischen Zwiebeln und Kohl aus dem Boden gesprossen ist.«

»Annie!«, sagte Charlotte gequält. »Sei nicht so blöd. Das ist nur jemand, den ich beim Freiwilligendienst kennengelernt habe. Vati kennt ihn auch, also fang gar nicht erst an.« Sie hob warnend einen klitschnassen Zeigefinger.

Ihre Schwester hielt sich kichernd eine Hand vor den Mund. »Na, dann viel Spaß. Ich setze mich in die Küche und grüble über meinen Brief, die Eltern sind noch mindestens vier Stunden fort.«

»Warum sagst du mir das?«

»Nur so, Schwesterchen.« Und damit verließ Annie den Anbau, allerdings nicht ohne ein letztes vielsagendes Grinsen.

Charlotte nahm die Schürze und trocknete sich die Hände an der Innenseite ab. Das Tuch noch vom Haar herunter und kurz mit den Fingern hindurch … Gerne hätte sie etwas mehr Zeit gehabt, doch Hajo sollte nicht zu lange warten müssen, und es wäre auch zu auffällig gewesen. Er sollte schließlich nicht denken, dass sie sich für ihn herausputzte, auch wenn es so war.

Als sie wieder ins Freie trat, lief er im Garten herum und begutachtete die verschiedenen Beete. Sobald er sie bemerkte, hellte sich sein Blick auf.

»Von Gartenarbeit habe ich noch nie etwas verstanden, aber wie es scheint, habt ihr ein Händchen dafür.«

»Hauptsächlich Mutti und meine Schwester Annemarie.«

»Wollen wir ein Stück gehen?« Er bot ihr seine linke Hand.

Charlotte nahm sie und verflocht ihre Finger mit seinen, doch sobald sie auf die Kreftenscheerstraße traten, ging sie auf Abstand. Es sollte nicht noch mehr Gerede über ihre Familie aufkommen als ohnehin schon.

»Nun erzähl, was für eine Anstellung ist es?«

»Bei der Zeitung.«

»Bei der Zeitung?«, wiederholte sie und kam sich noch im selben Moment dumm vor. Sie war doch kein plappernder Papagei! »Als Reporter?«

»Erst einmal als Mädchen für alles«, erwiderte er freimütig. »Sie wissen, dass ich mich mit Druckerpressen auskenne und mit dem Satz, aber mit nur einem Arm …« Er hob Hand und Stumpf zu einer ratlosen Geste. »Trotzdem ist es besser als nichts. Ich darf mich an Artikeln versuchen, und wenn sie dem Redakteur gefallen, werden sie vielleicht gedruckt. Denn es ist so, dass bei der Zeitung nicht nur Leute fehlen, sondern zusätzlich auch nur noch jene arbeiten sollen, die sich nicht allzu eifrig an der Propaganda beteiligt haben.«

»Dann bist du ja genau der Richtige«, sagte Charlotte und sah dabei von der Seite zu ihm auf. Er war wirklich sehr groß, wenn auch schmal. »Du kannst sicherlich gute Geschichten schreiben.«

»Wenn du das sagst, dann wird es so sein.« In seinen grauen Augen blitzte es, als huschte ein besonderer Gedanke durch seinen Kopf. Er musste nichts sagen, sie spürte genau, was er wollte. Was *sie* wollte.

»Hier lang.« Sie schlichen durch eine schmale Gasse, die zwischen den langen Gärten der Siedlung hindurchführte.

Auf den Rückseiten führten Törchen von den Grundstücken hinab. »Die Potthoffs sind ausgebombt und wohnen jetzt im Sauerland«, erklärte sie leise, sah sich um, ob kein neugieriger Nachbar herschaute, und betrat dann den verwilderten Garten.

Hajo entfernte schweigend den Riegel, der die Schuppentür versperrte.

Es war eng und dunkel. Sobald die Tür hinter ihnen wieder geschlossen war, rissen sie einander die Kleidung vom Leib wie zwei Verzweifelte. Sie liebten sich hastig im Stehen. Charlotte hatte bis zu diesem Moment nicht gewusst, dass so etwas überhaupt möglich war. Ihr Körper dagegen schien genau zu wissen, was zu tun war. Nun glühte er, ihre Knie fühlten sich an wie Pudding, und dass sie nicht vor Lust geschrien hatte, lag nur an dem endlosen Strom von Küssen, mit denen Hajo ihre Lippen verschlossen hatte.

Er keuchte wie nach einem Ausdauerlauf und lehnte mit dem bloßen Rücken an der Schuppenwand, dabei sah er mit dem versonnenen Blick einer satten Katze ins Leere.

Charlotte schlüpfte in ihr Kleid und zog schnell die Jacke darüber, erst dann fühlte sie sich wieder richtig sicher.

In dem Schuppen schrie alles nach den fremden Besitzern, und das wurde ihr mit jeder verstreichenden Minute unangenehmer.

»Lass uns gehen, ja?«

»M-hm.« Hajo hatte es im Gegensatz zu ihr nicht eilig. In Seelenruhe, vielleicht auch, weil es mit nur einer Hand nicht anders ging, machte er sich fertig. »Du bist ein Wunderweib, Charlotte.«

»Unsinn«, erwiderte sie und lugte bereits durch einen Spalt in der Schuppentür. Draußen war niemand, nur der Wind ließ verdorrtes Unkraut über die Schuppenwand scharren wie zahlreiche kleine Krallenfüße. »Komm.«

Sie ging voraus und streckte die Hand nach ihm aus.

»Besser?«

»Ja.« Charlotte atmete auf, sah sich kurz um und steuerte dann auf eine kleine, selbst gezimmerte Bank zu, die an einem alten Apfelbaum lehnte.

Hajo setzte sich schweigend neben sie und legte den Arm um ihre Schulter. Sie kuschelte sich an, genoss die Wärme, die aus seiner Kleidung stieg, als habe er dort einen kleinen Ofen versteckt, und seufzte. Wie schon beim letzten Mal gelang es ihr an seiner Seite, die Anspannung abzuschütteln, die sie ansonsten Tag und Nacht begleitete. Hajo war wie Medizin, nur viel, viel besser.

»Wir sollten das öfter machen«, meinte er nun, und die Vibration der Worte war tief in seiner Brust zu spüren.

»M-hm«, machte diesmal Charlotte. Sie hielt dabei die Augen geschlossen, wollte über nichts nachdenken und nur den Empfindungen nachspüren, die er in ihr ausgelöst hatte. Ein wenig fühlte es sich an, als sei er noch immer in ihr, ganz heiß und fest und … O Gott, was war sie nur für ein verdorbenes Ding! Scham flammte auf.

»Wie soll es nun weitergehen?«, fragte sie leise.

»Hm. Erst mal machst du die Augen wieder auf und schaust in den Himmel. Ansonsten langsam, aber stetig bergauf. So habe ich mir das gedacht.«

Sie tat, was er sagte. Der Anblick verschlug ihr die Sprache. Die Stare waren zurück, und dieses Mal tanzten die Abertausend Tiere direkt über ihnen. Der Schwarm verdichtete sich, zog sich auseinander, streckte sich zu gewaltigen, abstrakten Formen.

»Siehst du? Wenn die Welt nach all dem Unheil noch zu derartiger Schönheit fähig ist, dann werden auch wir nicht untergehen. Es gibt eine Zukunft, Charlotte. Wir müssen nur den Mut und die Kraft finden, den ersten Schritt zu gehen.«

Kapitel 13

Zehn Monate zuvor

MÜLHEIM, WEIHNACHTEN 1944

Annies Schicht im Lazarett endete kurz vor Einbruch der Dunkelheit. Die jungen Mädchen wurden oft um diese Zeit entlassen, damit sie sicher nach Hause gehen konnten. Zum Abschied hatte der Arzt ihnen nicht nur frohe Weihnachten gewünscht, sondern auch angemerkt, dass sie im neuen Jahr vielleicht auf Feldlazarette nahe der Front verteilt würden.

Warum sagte er so etwas ausgerechnet vor den Feiertagen? Sie würde kaum noch an etwas anderes denken können.

Annie lief zügig. Es lagen noch mehrere Kilometer Wegstrecke vor ihr, und es war kalt. Sie hatte keinen Blick für ihre Umgebung, weder für die zaghafte festliche Beleuchtung oder die von Kindern geschnittenen Sterne aus Stroh und Papier noch für die zunehmenden Wunden, die in den Häuserreihen klafften. Der Bombenterror war Alltag geworden. Sie nahm ihn nur noch bewusst wahr, wenn es Freunde oder die eigene Familie betraf.

Annie erreichte die Siedlung mit dem letzten Licht. Noch waren einige Kumpel auf dem Heimweg, deren Schicht schon vor einer Weile geendet hatte. Also war Vati bestimmt auch schon da. Nun machte sich doch ein wenig Vorfreude breit. Wie lange war es her, dass sie zuletzt alle zusammen an einem Tisch gesessen hatten?

Annie stieß die Tür auf. »Guten Abend«, rief sie.

Auf einer alten Zeitung standen schlammige Soldatenstiefel neben Vatis Schuhen. Ernst war tatsächlich rechtzeitig aus der Eifel zurück!

Kaum war der Gedanke zu Ende gebracht, da stand er auch schon vor ihr. Größer, als sie ihn in Erinnerung hatte, aber auch schmaler. Sein zuvor jungenhaftes Gesicht war um Jahre gealtert. Besonders seine Augen. Seine Augen wirkten beinahe bodenlos, wie tiefe Brunnen in einer sternenlosen Nacht. Sie hatten etwas Soghaftes an sich, das zum Fürchten war.

Die Geschwister umarmten sich kurz und heftig. Drückten einander, so fest sie konnten, als wollten sie sich versichern, dass der andere da und unversehrt war. Es tat weh, raubte ihr den Atem und fühlte sich gleichzeitig wunderbar an.

»Brüderchen, lass dich ansehen!«, sagte sie wie aus einem Reflex heraus. Sie fasste ihn an den Schultern und musterte ihn. Ja, das war ihr kleiner Bruder und war es doch nicht. Sie wuschelte ihm durchs Haar, das ihm irgendein Kamerad krumm und schief geschnitten hatte, und er ließ es gutmütig über sich ergehen. »Wie geht es dir? Scheinbar füttern sie euch dort nicht gut genug.«

»Doch, das schon, aber wir schuften und zittern uns alles wieder weg. Es ist schon etwas anderes, von der Front zu hören, als wirklich dort zu sein. Aber jetzt bin ich ja hier.«

Das klang nicht nach Kämpfen, gottlob. Sie sprach ihre Sorge nicht aus, lächelte nur. »Es ist gut, dass du hier bist. Lass uns diesen Krieg für eine Weile vergessen und nicht mehr darüber sprechen, es ist Weihnachten!«

Sie sah ihm an, dass er eigentlich etwas anderes erwidern wollte, schließlich aber doch den Mund hielt und nickte. Ihr zuliebe.

»Mutti und Lotte sind in der Küche, Vati im Schuppen.« Er zwinkerte. »Weihnachtsbratenangelegenheiten.«

Annie grinste mit. Morgen würde es ein Festmahl geben, sehen musste sie trotzdem nicht, wie Vati schlachtete. Sie zog ihre Schuhe aus. »Wie lange bleibst du?«

»Eine Woche.«

»Immerhin.«

»Ich schaue mal, ob ich Vati helfen kann.«

»Mach das.« Annie drückte ihm noch einen Kuss auf die Wange, hängte Jacke, Schal und Mütze an die Garderobe und betrat dann die Küche.

Charlotte hing der lange blonde Zopf bis zur Taille herunter. Mutti hatte sich ein Tuch um die Haare gebunden. Beide waren eifrig damit beschäftigt, eine enorme Menge Kuchenteig durch einen Fleischwolf zu drehen. Dort, wo sonst Brät herauskam, war ein besonderer Aufsatz angeschraubt, der sich mit verschiedenen Einsätzen bestücken ließ. Derzeit saß ein flacher mit Zacken drin, doch Annies liebster war sternförmig.

Lotte kurbelte, und Mutti nahm blitzschnell die Teigstücke ab, kam aber doch nicht ganz hinterher.

»Guten Abend, die Damen, darf ich mich anschließen?«

»Du bist die Rettung, Kind, los, los!«

»Wo habt ihr denn die Zutaten her?«

»Hat Vati organisiert. Die Eier sind Taubeneier, die verrückten Viecher kennen keine Jahreszeiten, unser Glück.«

Annie streckte beide Hände unter den Fleischwolf und fing den herausquellenden Teigstreifen auf, der vom Gebäckaufsatz in Endlosstreifen geformt wurde, die auf der Unterseite glatt und auf der Oberseite zackig waren und so im Ofen später besonders knusprig würden. Am liebsten hätte sie sofort den sternförmigen Aufsatz benutzt. »Jetzt können wir auch Kringel machen.«

»Gleich, Annie, erst die flachen.«

Eine Weile arbeiteten sie schweigend und mit routinierten Bewegungen, als würden sie in der engen Küche einen einstudierten Tanz aufführen. Während Lotte kurbelte und kurbelte, huschten die anderen beiden vom Fleischwolf zu den gefetteten Blechen, um die Teigstückchen abzulegen und zu formen.

»Ach, meine Mädchen«, seufzte Mutti plötzlich. »Von Momenten wie diesem zehre ich ein ganzes Jahr. Ihr macht mich stolz und so glücklich.«

Lotte tauschte einen Blick mit Annie, und die wusste sofort, dass ihre kleine Schwester nicht ernst bleiben konnte. »Weil ich die Kurbel vom Fleischwolf bedienen kann? Das macht dich stolz?« Sie grinste von einem Ohr zum anderen, und in ihren Augen blitzte der Schalk.

»Och, Lotte, du Dummerchen. Du weißt genau, wie ich das meine.«

Ruck, zuck, füllten sie die Bleche, dann heizten sie den Ofen an. In der Küche war es brutzelig warm, Annies Wangen glühten, was vielleicht auch an dem kleinen Schluck Birnenlikör lag, den Mutti an alle drei ausgeschenkt hatte.

Sie sangen laut und ein wenig schief *Kling, Glöckchen,* während sie die ersten beiden Bleche aus dem Ofen zogen und durch neue ersetzten. Ein herrlicher, karamellig süßer Butterduft breitete sich aus.

»Das riecht so gut, das würde ich auch als Parfüm tragen!«, verkündete Lotte und sah dabei derart träumerisch aus, als dächte sie an jemand bestimmten, dem der Duft auch gefallen würde.

Schon seit einer Weile verdächtigte Annie ihre kleine Schwester, sich mit jemandem zu treffen. So wie sie strahlte, wenn sie von der Arbeit in der Fabrik heimkehrte, war der geheimnisvolle Prinz vielleicht dort zu finden.

Über Weihnachten würde sie Lotte in einem stillen Moment aushorchen, das hatte sie sich vorgenommen.

»Wenn wir jetzt noch Schokolade hätten«, seufzte Mutti.

»Ach, was wir haben, reicht doch. Uns geht es so viel besser als vielen anderen«, sagte Annie und musste dabei an ihre Patienten im Lazarett denken.

»Trotzdem wäre Schokolade …« Lotte brachte ihren Satz nicht zu Ende. Mit einem allzu vertrauten, schrillen Ton begann eine Sirene zu heulen. Fliegeralarm.

»Verdammte Scheiße! Diese idiotischen Tommys sollen allesamt tot vom Himmel fallen!«

»Lotte!«

»Is doch wahr!« Sie riss die Bleche mit den halb gebackenen Keksen aus dem Ofen und trat die Luke mit dem Fuß zu. »Alles machen sie kaputt! Alles!«

Augenblicke später eilte die gesamte Familie in dicker Winterkleidung in Richtung Schutzraum. Annie hatte die

Hände voll mit warmen, duftenden Keksen und wiederholte dabei ihren einzigen Weihnachtswunsch: *Hoffentlich steht das Häuschen noch, wenn die Entwarnung kommt!*

Es stand.

Nach nur einer Stunde hatte es Entwarnung gegeben. Über der Stadt stieg kaum Rauch auf, und in der Siedlung war nichts passiert.

Man rief sich *Frohe Weihnachten* und *Glück auf* zu, dann waren bald alle Familien zurück in ihren Häusern. Kerzen wurden angezündet und wie zum Trotz in die Fenster gestellt.

Während die restlichen Kekse zu Ende buken, bereitete Mutti das schlichte Essen zu, das heute auf den Tisch kommen würde, Brühwürstchen und Kartoffelsalat.

Doch obwohl sie sich alle miteinander redlich bemühten, wollte keine rechte Weihnachtsstimmung aufkommen. Annie kam es vor, als hätte der Fliegeralarm die Fröhlichkeit aus ihrem Heim herausgeschnitten wie mit einem scharfen Messer. Selbst das, was sie in der Küche für Augenblicke gespürt hatte, dieser eine perfekte Moment mit Lotte und Mutti, kam ihr im Nachhinein wie eine Illusion vor. Ein Wunschtraum.

Immer wieder huschte ihr Blick zu Ernst. Ihr Bruder war anders als früher. Die Front hatte etwas mit ihm gemacht. Etwas, das weit darüber hinausging, dass es ihm trotz der mangelhaften Verpflegung irgendwie gelungen war, zu wachsen, breitere Schultern zu bekommen und dennoch abzunehmen. Zuerst hatte sie es in seinen Augen gesehen, nun meinte sie zudem eine Anspannung wahrzunehmen, die ihn nie verließ. Unter dem Tisch wippte er beständig mit einem Bein, und auch seine Augen wirkten rastlos. Der Blick huschte zu den Fenstern, zur Tür, zu den Schatten, die von den Kerzen an die Wände geworfen wurden.

Er lachte oft, aber abgehackt und fremd.

Schließlich zogen sie vom Esstisch auf das kleine Sofa um, Vati bezog seinen Sessel, und dann wurden die Geschenke ausgeteilt. Bei Keksen und ein wenig Likör packten sie reihum aus.

Annie hatte für jeden etwas gestrickt, es war das Einzige gewesen, was sie sich leisten konnte. Vati reichte nun kleine Päckchen herum, die schnell ausgepackt waren. Für Annie und Lotte gab es je einen kleinen Klappspiegel, für Mutti herrlich duftende Seife und für Ernst ein Taschenmesser. Alle umarmten sich nun der Reihe nach, nur Ernst saß da und strich mit dem Daumen über die Klinge. Dabei war sein Blick ganz leer, als wäre er in Gedanken weit, weit fort.

»Junge?«, sagte Mutti irritiert, doch der Vater schüttelte nur den Kopf. »Lass ihn, er hat viel erlebt.«

Es war schon weit nach Mitternacht, als Annie wach wurde, sich umständlich aus ihrer Decke schälte und aufstand. Es war richtig kalt geworden. Am liebsten hätte sie ihre Bettdecke um sich gewickelt und mitgenommen.

Im Haus war es sehr still. Nur aus dem elterlichen Schlafzimmer drang Vatis rasselnder Atem.

Auf Zehenspitzen ging es die schmale Holztreppe ins Erdgeschoss hinunter, auf der dritten Stufe von unten ließ sich ein Knarren nicht ganz vermeiden.

In der Küche und der guten Stube duftete es nach den Tannenzweigen, die sie zum Schmuck aufgehängt hatten, der Geruch von kaltem Rauch hing träge zwischen den Wänden.

Mittlerweile bereute Annie, dass sie barfuß heruntergekommen war. Durch die kleine Hintertür ging es in den Außenabort. Sie brauchte kein Licht, beeilte sich, wusch sich an der Waschschüssel und tippelte dann auf eisigen Zehenspitzen zurück ins Haus.

Erst da sah sie ihn. Sie zuckte zusammen. Ernst war wach.

Ihr Bruder saß am Küchentisch und sah aus dem Fenster. Dabei hatte er sein Gewehr vor sich stehen und hielt es mit einer Hand fest.

»Ernst?«, raunte Annie ungläubig. »Was machst du denn hier?«

Er wandte langsam den Kopf und sah zu ihr auf. Er sah aus, als hätte er einen Geist gesehen. »Geh schlafen, Annie.«

Doch stattdessen setzte sie sich auf einen Stuhl neben ihn. »Hier muss niemand Wache halten, Ernst.«

Er schüttelte den Kopf, richtete den Blick dann aber wieder hinaus ins nächtliche Dunkel. Seine Finger rieben über den blank geputzten Gewehrlauf. »Das verstehst du nicht.«

»Dann erkläre es mir.« Sie stellte den linken auf den rechten Fuß, um zumindest teils dem kalten Fliesenboden zu entkommen.

Das veränderte Verhalten ihres kleinen Bruders wurde ihr mit jeder verstrichenen Minute unheimlicher. Es war beinahe, als verwandle er sich schleichend in einen Fremden.

»Ich habe Monate im Freien unter Kameraden verbracht. Es ist nicht leicht, sich von einem Tag auf den anderen umzustellen.«

Sie nickte, versuchte, sich auszumalen, wie es sein

mochte, aus einem Schützengraben ins elterliche Zuhause zurückzukehren, und scheiterte.

»Dann stell wenigstens das Gewehr weg.«

Er seufzte, lehnte es an die Wand und krampfte die Hände in den Schoß. »Geh schlafen, Annie.«

»Wenn du willst, können wir reden. Wir haben uns doch so lange nicht gesehen.«

Er schüttelte langsam den Kopf. »Nur ein paar Augenblicke, dann gehe ich auch wieder ins Bett. Gute Nacht, Schwesterchen, schlaf gut.«

Annie erhob sich widerstrebend. »Du auch.«

Als sie die Treppe hinaufstieg, wandte sie sich noch einmal um. Ernst griff nach seinem Gewehr und stellte es wieder vor sich, dann rührte er sich nicht mehr.

Zehn Monate später

MAUSEGATTSIEDLUNG, OKTOBER 1945

Lotte war also wieder glücklich. Wie sehr Annie sich für sie freute! Kurz hatte sie sich erschrocken, als der Fremde urplötzlich im Garten aufgetaucht war. So ein schmaler, langer Kerl, still wie ein Gespenst.

Sie wollte Lotte gerade eine Warnung zurufen, da bemerkte die ihn von selbst und war sofort wie verzaubert. Kurz darauf hatte sie versucht, alles herunterzuspielen, doch Annie konnte ihr an der Nasenspitze ansehen, dass sie verliebt war. Wie sehr, das war Lotte wohl selbst nicht klar.

So kurz nach Martins Tod erlaubte sie sich vermutlich nicht, es sich einzugestehen. Bestimmt war es gut so, denn wenn Lotte es tat, wären sofort ihre Schuldgefühle zur Stelle. Annie traute ihr zu, dass sie aus einem Gefühl der Treue heraus etwas Dummes tun und beschließen könnte, ihren Galan nicht wiederzusehen.

Dass er ein Invalide war, überraschte Annie. Erinnerte sie sich doch noch ganz genau, wie wichtig es Lotte gewesen war, dem arischen Schönheitsideal zu entsprechen. Körperliche Makel waren da nicht erlaubt.

Doch vielleicht betrachtete sie solche, die im Kampf errungen worden waren, anders und sah sie eher als ein Zeichen von Heldenmut.

Die beiden waren Hand in Hand davongezogen.

Nun saß Annie auf der halb eingefallenen Zwischenwand im Obergeschoss und ließ die Beine baumeln. Unter ihr flatterte die Plane, die Nathan ihnen mitgebracht hatte und die nun zumindest die Küche vor Nässe schützte. Im nächsten Jahr würden sie auch die obere Etage aufbauen, ganz bestimmt. Bis dahin konnte sie hier oben auf dem Mäuerchen sitzen wie ein Vogel auf einem Ast und in die Welt hinausschauen.

Heute war der allererste Tag, an dem es nicht der Kummer gewesen war, der sie den Weg hier herauf finden ließ. Heute war sie glücklich und fühlte sich so leicht, als könne sie tatsächlich einfach ihre Arme ausbreiten und wie auf Vogelschwingen davongleiten.

Limburg also. Dorthin hatten sie Nathan verlegt, nachdem das Lager geschlossen worden war. Wenn sie Pech hatten, würde es Wochen, vielleicht sogar Monate dauern, bis sie einander wiedersahen. Wie sollte Annie das nur aushalten?

Sie hob den Kopf und sah in die Ferne. Der Förderturm

Wiesche überragte die Siedlung. Rauch und Dampf der nahen Schlote hüllten ihn ein. Die Maschinen liefen auch heute. Unablässig musste Wasser aus dem Berg gepumpt werden, damit die Kumpel dort unten nicht absoffen.

Auf einer Brache spielten Kinder bei einer alten Lore, die sich auf einem Stückchen Gleis ein paar Meter bewegen ließ. Nicht weit davon schoben ein paar Jungs selbst gebaute kleine Autos um die Wette.

Wie immer kreisten Tauben über die Siedlung, deren Narben von hier oben deutlich zu sehen waren.

Ja, sie würde es aushalten. Bis zu ihrem Wiedersehen mit Nathan gab es so viel zu tun! Zu wissen, dass er sie noch lieb hatte, würde ihr die nötige Kraft geben, weiter durchzuhalten.

Andererseits … Wenn sie ihr gesamtes Gespartes zusammenkratzte, reichte es vielleicht für eine Fahrt nach Limburg. Es war unvernünftig. Sie sollten jede Münze für Lebensmittel zur Seite legen, und doch machte sie allein die Vorstellung, loszufahren und ihn in einer fremden Stadt zu suchen, herrlich aufgeregt. Was er für ein Gesicht machen würde, wenn sie plötzlich vor ihm stünde!

Aber wie ihn finden? Sie könnte einfach die Amerikaner suchen und sich dann durchfragen. Von denen sprach allerdings vermutlich keiner Deutsch.

Annie seufzte. Es war doch eine durch und durch dumme Idee.

Sie strich das Papier auf ihrem Knie glatt und begann, auf den zusammengefalteten Zettel zu schreiben. Es war eine alte, auseinandergerissene Lohntüte von Vati. Dieses Mal würde sie vorschreiben, um nicht wieder so viel Papier mit Fehlversuchen zu verbrauchen.

Als die Eltern von ihrem Parteitreffen zurückkamen, saß sie immer noch oben auf dem Dach. Mutti hatte sich bei Vati untergehakt und lief so beschwingt, als wäre sie um Jahre jünger. Selbst Vati ging aufrechter als sonst.

Es musste ein gutes Treffen gewesen sein. Es war wundervoll, die beiden trotz aller Schicksalsschläge so glücklich zu sehen.

Wenn Nathan und ich in vielen Jahren auch noch so gemeinsam nach Hause kämen, das wäre mehr, als ich mir je wünschen könnte, dachte Annie und erschrak gleich darauf. Dafür mussten sie sich nicht nur wiedersehen, sondern irgendwann auch heiraten und über zwanzig Jahre so gut zueinander sein, dass sie sich noch immer liebten. Er würde in Deutschland bleiben oder sie fortgehen müssen!

Nein, so weit durfte sie nicht denken. Die Wahrscheinlichkeit, dass es so kam, war winzig. Besser nicht daran denken, sondern von einem Treffen zum nächsten leben und keinen Schritt mehr! Ihre Liebe stand ohnehin schon unter keinem guten Stern.

Das Brummen eines Fahrzeugs ließ sie aufmerken und weckte die irrwitzige Hoffnung in ihr, dass nun wie auf Bestellung Nathan um die Ecke gefahren käme.

Der Anblick eines olivgrünen Militärjeeps nährte die Hoffnung noch weiter, bis sie kurz davor war, von ihrem Aussichtsposten herunterzuklettern und in Windeseile die notdürftig reparierte Holztreppe hinunterzurennen.

Der Fahrer war strohblond, und es saßen nicht ein, sondern zwei Männer im Wagen. Nein, auch der andere war auf keinen Fall ihr Liebster.

Der Wagen verlangsamte die Fahrt, als würde der Fahrer nach etwas suchen oder nach Hausnummern schauen. Er drosselte das Tempo immer weiter, bis er ausgerechnet genau vor ihrem Haus hielt.

Die Eltern traten zum Wagen. Sie hatten zuvor wohl, wie so oft, wenn das Wetter und die viele Arbeit es zuließen, auf der kleinen Bank vor dem Haus gesessen.

Aus dem Wagen stiegen ein blonder, deutscher Polizist und ein britischer Soldat. Er hatte auf dem Beifahrersitz gesessen und hielt sich nun halb hinter der Motorhaube verborgen, sodass nur Annie von oben sehen konnte, dass er seine Pistole gezogen hatte.

Die Eltern ahnten nichts. Annies Herz raste panisch. Sie wollte aufspringen, ihnen eine Warnung zurufen. Mit eisernem Willen zwang sie sich, es nicht zu tun. Gar nichts zu tun.

Die Zeiten haben sich geändert, mahnte sie sich. Es war nicht mehr verboten, zu politischen Treffen zu gehen. Es war nicht mehr verboten, Sozialist zu sein!

Sicherlich suchten die Männer nach einem entflohenen Verbrecher und wollten nur nachfragen, ob die Eltern vielleicht etwas Verdächtiges gesehen hatten. Wenn sie jetzt schrie, konnte es geschehen, dass der Soldat erschrak und im schlimmsten Fall schoss. Sie wusste, wie nervös Nathan immer war. Für diesen Briten war auch die Mausegattsiedlung nichts anderes als Feindesland, dazu noch sehr unübersichtlich.

»Herr Neumann? Albert Neumann?«, fragte nun der Polizist.

Vati trat an den Wagen. »Ja, der bin ich. Was gibt es denn?«

Nun verließ Annie ihren Posten doch und kroch auf den Knien über einige angeknackste Bohlen bis zum Rand, sodass sie durch einen Riss hindurch einen besseren Blick bekam.

Die Männer sprachen ruhig.

Vatis Schultern verspannten sich merklich. Mutti war plötzlich an seiner Seite und fasste seine rechte Hand mit ihren beiden.

»Geh nicht mit ihnen mit!«, flehte sie. »Du weißt nicht …«

Vati unterbrach sie. »Es sind neue Zeiten, Gerda. Sie werden mich nicht einfach verschwinden lassen. Nicht wahr, Herr Kommissar?«

»So ist es.«

»Na also, du hast den guten Mann gehört. Sie werden mir ein paar Fragen stellen, und dann bin ich flugs wieder frei. Derart absurde Anschuldigungen sind schnell widerlegt.«

»Albert, nein!«

Doch er ließ sich nicht von Mutti umstimmen.

Annie fühlte sich schrecklich hilflos. Ohne einen Laut des Protests von sich zu geben, sah sie zu, wie der Polizist ihren Vater, einen ehrlichen, tapferen Mann, der sich nie etwas hatte zuschulden kommen lassen, mitnahm.

Vati stieg hinten ein, dann setzte sich der Wagen auch schon wieder in Bewegung. Wie festgewurzelt starrte sie ihm hinterher. Erst konnte sie Vatis Umriss nicht mehr erkennen, dann bog der Wagen ab und war fort.

Unten stieß Mutti einen halblauten Schrei aus, der Annie sofort auf die Beine brachte. Ohne weiter auf das brüchige Holz zu achten, eilte sie über die Sparren zurück zur Treppe und dann hinab bis vor die Tür.

Mutti stand da, die Arme um den Oberkörper geschlungen, als müsse sie sich selbst festhalten. Sie sah so schmal und zerbrechlich aus.

»Wo bringen sie ihn hin?« Annies Stimme war schrill.

»Verhaftet.«

»Sie haben ihn verhaftet?«

Muttis Augen waren weit aufgerissen, doch sie weinte nicht. »Der Tag, vor dem wir uns immer gefürchtet haben, ist gekommen.«

»Nein, das kann ich nicht glauben! Was werfen sie ihm denn vor?« Sie musste die Ruhe bewahren, doch wie?

»Verrat.« Mutti schüttelte den Kopf. »Angeblich hat er Genossen an die Nazis verraten. *Unsere* Genossen, Kommunisten!«

Annie glaubte, ihren Ohren nicht zu trauen. »Das würde er doch nie tun, niemals!«

»Sag ihnen das, Kind.«

Annie nahm sie in den Arm, doch ihre Mutter erwiderte die Geste nicht, sie hielt sich kerzengerade und stocksteif. Sie ließ sie los, offenbar wollte sie keinen Trost. Nein, dem Blick nach war sie bereit, zu kämpfen wie eine Löwin. »Wo ist deine Schwester?«

»Unterwegs.«

»Du wartest hier auf sie und sagst ihr, was passiert ist. Ich gehe zu unseren Freunden und warne sie.«

»Du warnst sie?«

Mutti nickte mit schmalen Lippen. »Der Kampf ist nicht vorbei. Offenbar drehen sie nun den Spieß um und denunzieren uns. Es werden noch mehr anonyme Anschuldigungen kommen. Bis sie den Kern unserer Ortsgruppe ausgeschaltet haben.«

Was Mutti da sagte, klang auf absurde Art plausibel. Seitdem der Krieg zu Ende war, wurden die Deutschen aufgerufen, besondere Verbrechen und Grausamkeiten der

Nazis anzuzeigen. Es war leicht und geradezu eine Einladung, ungeliebte Menschen loszuwerden.

»Ich kann auch Leute warnen«, bot Annie an.

»Nein. Dich kennen sie nicht gut genug, dir werden sie nicht vertrauen. Mir schon. Warte auf deine Schwester!«

Und damit hetzte sie los, im Laufschritt die Straße hinunter und in den nächsten Gang, der zwischen zwei Gärten hindurchführte.

Annie blieb zurück. Es kam ihr vor, als würde sie von zahllosen Augenpaaren beobachtet. Hinter Hecken, durch dünne Spitzengardinen oder ganz offen, wie von den drei Alten, die am Ende der Straße ihren Sonntagsplausch unterbrochen hatten.

Jeder davon konnte es gewesen sein. Jeder, der einen Groll gegen die Familie Neumann hegte. Waren es Kumpel von Vati, die ihm seinen Posten neideten? Nachbarn, denen es sauer aufgestoßen war, dass sie sich von einem Amerikaner hatten helfen lassen? Aber das waren doch alles keine Gründe, um das Leben eines aufrechten Mannes zu ruinieren!

Es wurden schon Menschen für weniger verraten, meldete sich eine Stimme in ihr.

Dann schlugen ihre Gedanken einen abgründigeren Pfad ein. Was, wenn die Vorwürfe stimmten? Wenn Vati gezwungen gewesen war, sich zwischen seiner Familie und dem Verrat an einem Genossen zu entscheiden? Was dann?

Zehn Monate zuvor

RUHRGEBIET, 30. DEZEMBER 1944

Die Zeit war ihm davongelaufen, und nun, einen Tag vor Silvester, saß Ernst bereits wieder im Zug Richtung Köln. Von dort aus sollte es weiter in die Eifel gehen. Thomas hatte er bereits am Bahnhof West getroffen. Aber da seine Eltern ihn dorthin begleitet hatten, war kaum ein Wort zwischen ihnen gefallen.

Dann war der Zug auch schon dampfend und schnaufend in den Bahnhof eingefahren, die Waggons winterlich mit Tannenzweigen geschmückt. Da hatte sich jemand wirklich Mühe gegeben, wahrscheinlich BDM oder HJ, sonst hatte wohl niemand mehr Zeit und Sinn für so etwas.

Die Bänder in den Farben der Reichsflagge waren bereits von Fahrtwind und winterlicher Witterung zerfetzt, das Schwarz ausgeblichen, das Weiß ergraut und das Rot so verrußt, dass es aussah wie altes, getrocknetes Blut. Der Anblick hatte ihm eine Gänsehaut bereitet.

Er wollte jetzt nicht an Blut denken.

Ernst lehnte die Stirn gegen das Fenster und starrte mit aufgerissenen Augen auf das vorbeihuschende Gleisbett. Weiße Birkenstämme bildeten ein Gitterwerk von Schemen. Als stünden dort Geister herum und warteten an den Zuglinien, um den jungen Männern nachzusehen, die dem Tod entgegenfuhren.

Ernst griff in seine Jackentasche und holte einen kleinen Strohstern hervor, den er von den Tannenzweigen stibitzt hatte, mit denen die Stube daheim geschmückt gewesen war. Der hier war von Annie, er erkannte ihre feine Handarbeit. Nur sie besaß die Geduld dazu. Flocht und strickte, ohne hinzusehen, während sie in ihren schlauen Büchern las.

Die Fensterscheibe war angenehm kühl. Ernst musste plötzlich schmunzeln, dann lachte er laut auf.

Thomas sah ihn an, als sei er irr geworden. »Was hast du?«

»Nichts, nichts habe ich. Nur einen Gedanken.«

»Teil ihn mit mir, dann lässt mich das Heimweh vielleicht in Frieden.«

Ernst zuckte mit den Schultern. »Ich hab gedacht, wie angenehm kühl das Glas ist, und dann ist mir klar geworden, dass ich in den nächsten Monaten garantiert nichts mehr *angenehm kühl* finden werde.«

Thomas brauchte einen Moment, dann begann auch er, laut zu lachen. Sie lachten, bis die Spannung aus ihren Körpern wich, lachten, bis es sich falsch anfühlte und sie beide schlagartig verstummten.

Ernst sah in Thomas' vertrautes Gesicht. »Du hast mir gefehlt«, gestand er schließlich. »Daheim, das war … ich …«

Thomas nickte. Von der eben noch versprühten Lebensfreude war nichts mehr geblieben. Flüchtig wie ein Funke war sie aufgeglüht und zu Asche geworden.

»Wie ein Fremder.«

»Ja«, stimmte Ernst zu. »Ich habe mich gefühlt, als sei ich in etwas eingebrochen, wo ich nichts zu suchen hatte. Als hätte ich heimlich im Wohnzimmer von Fremden gesessen und versucht, mit ihnen zu feiern.«

Thomas nickte und rieb sich das glatt rasierte Kinn. »Oder wie ein Zuschauer in einem Theaterstück. Es kam mir alles so banal vor, so unwichtig. Und zugleich habe ich mir mit aller Macht gewünscht, ich könnte in der Zeit zurückspringen und wieder Teil davon sein. Mich wieder so fühlen wie noch letztes Jahr.«

Ernst nickte, nahm die Mütze ab und rieb sich durchs Haar. »Hast du erzählt?«

»Von der Front? Ein bisschen, aber meine Mutter wollte davon nichts hören, und mein Vater … der ist Sekretär in der Drahtseilerei und hat noch nie ein Sturmgewehr aus der Nähe gesehen. Er möchte nicht, dass ich dort bin, andererseits ist er, glaube ich, sehr stolz auf mich.«

»M-hm.« Ernst nickte. »Ich habe gelogen. Ich weiß selbst nicht, warum. Es begann mit Kleinigkeiten. Ich wollte nicht, dass sie Angst um mich haben. Dann wurden es mehr und mehr, die Worte haben sich wie von allein in meinem Mund gedreht.«

Er sah Thomas an, erwartete Spott, vielleicht Vorwürfe, doch der richtete nur den Blick aus dem Fenster.

Sie hatten Duisburg durchfahren. Die Stadt mit ihrer Schwerindustrie und dem riesigen Binnenhafen sah genauso elend aus wie Mülheim. Eine Trümmerwüste. Taubenschwärme in der Luft, die zwischen abgeknickten Schornsteinen und ausgebrannten Fabriken kreisten. Hier und da flatterte Wäsche auf den Schnüren. Die weiße würde nach dem Trocknen ein wenig grau sein vom Ruß der Fabriken, so war es schon vor dem Krieg gewesen.

»Was denken deine Eltern, was wir in der Eifel machen?«

»Schanzen, den Nachschub begleiten. So was.«

»Dass du ein meisterlicher Schütze bist, ahnen die nich ma?«

»Ne.«

Ernst zuckte mit den Schultern und dachte an die sechs neuen Kerben im Gewehr. Nur eine fehlte noch, und er hätte den ehemaligen Besitzer der Waffe eingeholt. Hoffentlich würde er dann nicht auch fallen.

»Meinst du, die werfen uns direkt wieder dem Feind entgegen?« Thomas knibbelte an seinen Fingernägeln, damit hatte er im Hürtgenwald angefangen.

»Was sonst?«

Zehn Monate später

MÜLHEIM, POLIZEIWACHE VON-BOCK-STRASSE, OKTOBER 1945

Albert hatte geglaubt, noch am Sonntag, gleich nach einem klärenden Gespräch, wieder heimgeschickt zu werden. Nun war es bereits Mittwoch, und nichts war geklärt, außer dass die Zeche ihm kündigen würde, sollte er noch viel länger nicht zur Schicht erscheinen. Wer nicht arbeitete, der bekam von den Besatzern zudem auch geringere Lebensmittelkarten, was bedeutete, dass seine Familie womöglich hungern würde. An das Zechenhäuschen zu gehen, wagten sie nicht, zumindest hoffte er das. Was sollte Wiesche auch mit der Ruine?

Albert lag auf dem blanken Boden. Die sechs anderen Häftlinge ließen ihn in Ruhe, solange er keinen Anspruch auf eines der beiden Feldbetten geltend machte.

Er hatte es gar nicht versucht, sondern sich mit seiner Rupfendecke in einen Winkel der Zelle verzogen, der so weit wie möglich von dem Blecheimer entfernt war, in dem sie ihre Notdurft verrichteten. Es stank dennoch bestialisch, aber auch daran konnte man sich gewöhnen.

»Neumann?« Die Stimme eines Wärters drang vom Gang her, gleich darauf klapperte ein Schlüssel, und ein Riegel schnarrte über Metall.

Albert beeilte sich, auf die Beine zu kommen, raffte seine Decke zusammen und gab sie einem jungen Gefangenen, der darauf aufpassen würde.

Als der Wärter, ein pummeliger Mann Mitte dreißig, schließlich die Tür öffnete, strich sich Albert gerade das Haar glatt und zupfte die Jacke zurecht. Als jemand, der es gewohnt war, täglich gründlich zu duschen, fühlte er sich schmierig und ungepflegt.

Eine ordentliche Erscheinung sorgte für einen ordentlichen Eindruck, hatte sein Vater ihm immer gesagt.

»Neumann?«

»Jawohl!«

»Mitkommen.«

Er trat an dem Wärter vorbei und wartete, bis der die Zelle wieder verriegelt hatte. Sie hatten ihn, sah man von den jämmerlichen Haftbedingungen ab, bislang anständig behandelt. Keine Schläge, nichts.

»Geradeaus, die Treppe hoch, dann links«, sagte der Wärter.

Albert ging los. Auf der Treppe kam der junge Mann hinter ihm ordentlich ins Schnaufen. Drei Monate unter Tage bei ordentlicher Arbeit hätten ihm sicher gutgetan. In diesem Zustand würde er keine Verbrecher einfangen können. Albert hätte ihm leicht davonrennen können, trotz Staublunge und schmerzenden Knochen.

Aber er wusste, dass dort oben in der Wache noch mehr Polizisten und dazu Soldaten stationiert waren. Eine Flucht war aussichtslos. Außerdem war er ein ehrlicher Mann und hatte sich nichts zuschulden kommen lassen. Zumindest nichts von dem, was sie ihm vorwarfen.

Von dem Mord an den SS-Wachmännern unter Tage konnten sie nichts wissen. Gemeinsam mit den polnischen Kriegsgefangenen hatte er die Leichen in einem *Alten Mann* verschwinden lassen. In dem stillgelegten Schacht würde sie niemand finden, er war längst wieder verfüllt, dafür hatte er sorgen lassen. Die Polen waren seit Kriegsende frei und auf und davon. Von ihnen hatte er nichts zu befürchten.

Er erreichte einen Flur und wurde von dort in ein Verhörzimmer gebracht.

Dort wartete bereits ein vertrautes Gesicht, Kommissar Wess, ein kräftiger Mittfünfziger mit einem leichten Hinken. Er war bereits vollständig ergraut, nur in seinem Schnurrbart hielten sich einzelne rote Haare.

»Neumann, Albert, Herr Kommissar«, sagte der Wärter und schloss hinter ihm die Tür.

»Guten Tag, Kommissar Wess«, sagte Albert und deutete eine knappe Verbeugung an.

»Setzen Sie sich, Neumann.«

Albert nahm Platz und versuchte zu erkennen, was in der Akte, die vor seinem Gegenüber ausgebreitet lag, zu lesen stand. Ein Teil war mit der Maschine geschrieben, der überwiegende Rest war durch Wess von Hand dazugekommen.

»Sie wissen, weshalb Sie hier sind?«

»Ja und nein, Herr Kommissar. Ich weiß, was mir vorgeworfen wird, aber es muss sich um eine Verwechslung handeln. Ich war und bin meinen Kameraden und Genossen treu ergeben.«

»Hier steht anderes.« Er tippte auf die Akte, zeigte sie ihm aber nicht.

»Wenn ich wüsste, wer mich angezeigt hat, könnte ich widerlegen ...«

»Die Zeugin genießt den vollen Schutz der Polizei, das hatten wir doch bereits, Herr Neumann.«

Nein, dachte er, *das hatten wir nicht.* Denn bislang war ihm nicht bekannt gewesen, dass er von einer Frau verraten worden war.

»Ist Ihnen die Schwere Ihrer Anklage denn nicht bewusst? Wenn Sie verurteilt werden, droht Ihnen eine lange Haftstrafe oder gar der Strang.« Er faltete die Hände auf der Akte. »Ein vollumfängliches Geständnis und eine Entschuldigung bei den Hinterbliebenen könnte strafmildernd wirken, zumindest der Strang bliebe Ihnen erspart. Sagen Sie die Wahrheit, Herr Neumann!«

Albert fühlte, wie die innere Erschöpfung einem Flämmchen Zorn wich. »Das tue ich die ganze Zeit, aber ich war es nicht! Ich würde keine Genossen verraten, niemals!«

Der Polizist seufzte. »Ihre Schonfrist läuft ab, Herr Neumann. Beginnen wir von vorn. Gustav Tillman?«

»Eisenbahner. Ich kenne ihn seit 1930, sehr anständiger Kerl. Wie haben zusammen gestreikt und sind als junge Männer beide zwei- oder dreimal verhaftet worden ... Uneinigkeit mit den Nationalisten, wenn Sie verstehen?«

Der Polizist verstand, verstand sehr genau. Albert wurde bewusst, dass er gerade womöglich einen Fehler begangen hatte. Denn auch, wenn die Besatzer ihm den Posten gelassen hatten, bedeutete es nicht, dass Wess kein Unterstützer des alten Regimes war. Es gab einfach zu viele von ihnen, um sie alle ihrer Posten zu entheben. Damit der Laden weiterlief, war den Engländern derzeit schon jeder recht, der keinen Parteiausweis hatte.

Einem wie Wess war vermutlich nicht einmal daran gelegen, die Unschuld eines politischen Gegners zu beweisen.

»Den Tillman, wann genau haben Sie den 1941 verraten und an die Gestapo ausgeliefert? Wer genau war dort Ihr Ansprechpartner?«

Albert schwieg.

»Ich reiche Ihnen hier eine Rettungsleine, Neumann.«

»Ich bin kein Verräter, Herr Wess!«, sagte Albert energisch, und sofort stieg ein weiterer Gedanke wie bittere Galle in ihm auf. Nur einen einzigen Menschen hatte er je in seinem Leben verraten, und zugleich einen der wichtigsten: seinen Sohn.

Er hatte Ernst verraten. Ihn im Stich gelassen, als es am meisten darauf ankam.

Kapitel 14

In Hürtgen gefroren die Toten, und es war so kalt,
dass sie mit roten Gesichtern gefroren …
Ernest Hemingway

Wald bei Hürtgen, Januar 1945

Schlamm, Hügel, noch mehr Schlamm. Ernst hatte sich die Rückkehr nach dem Weihnachtsurlaub schlimmer vorgestellt. Stattdessen fühlte es sich an, als sei er endlich wieder da, wo er hingehörte. Endlich daheim.

Die dunklen Tannen, so sie nicht von der Artillerie zerfetzt waren, sangen im Wind, ein Geräusch, das sie Tag und Nacht begleitete, manchmal kaum hörbar in all dem Lärm, aber immer da.

Es lief nicht gut. Zwar fügten sie den Amerikanern große Verluste zu, doch deren Truppen wurden ständig durch Nachschub aufgefüllt, während sich die Reihen der Deutschen lichteten. Es war hart, das zu akzeptieren. Weiter und weiter fielen sie zurück auf immer neue Linien, ließen den Feind bluten, sosehr sie konnten. Dann, wenn es zu brenzlig wurde, erneuter Rückzug.

Ernst überkam jedes Mal ein tiefer Hass, wenn der Befehl erfolgte.

Seit Mitte Dezember war es mit Beginn der Ardennenoffensive im Hürtgenwald ruhiger geworden, was ihm und vielen Kameraden aus seinem Fähnlein womöglich das Leben gerettet hatte. Der groß angelegte Versuch der Wehrmacht, den Hafen von Antwerpen zurückzuerobern und den Alliierten so den Nachschub zu erschweren, scheiterte.

Deshalb flammten die Kämpfe am zehnten Tag nach Neujahr wieder auf.

Es war bitterkalt. Entweder fiel Schnee oder er taute und verwandelte alles in Morast. Wenn er dann wieder gefror, gab es kaum ein Vorankommen. Aber das bedeutete auch, dass die Amerikaner ebenso wenig vorankamen. Da konnten sie noch so viele Panzerstraßen in den Wald sprengen.

Ernst hatte mittlerweile viele tote Amerikaner gesehen, denn oft wogten die Gefechte hin und her, verschoben sich die Kontaktlinien tagelang nur um wenige Dutzend Meter, sodass sich die Toten beider Seiten mischten. Die Amerikaner trugen oft völlig unpassende Sommeruniformen, nass und durchweicht. Dann musste Ernst immer an Vaters Worte denken.

Ob er ihn wohl je wiedersehen würde?

Nahe der Rurtalsperre, Februar 1945

Ernst und Thomas kauerten in einem Graben, der mit ausgerissenem Buschwerk getarnt war. Durch die Zweige hindurch beobachteten sie eine Zufahrtsstraße zur Rurtalsperre. Das gewaltige Wasserreservoir lag nur wenige Hundert Meter hinter ihnen. Der glitzernde Wasserspiegel war bis zur Hälfte mit Eis bedeckt. Hier und da waren kleine schwarze Punkte auszumachen, die auf dem schwach bewegten Wasser schwammen. Enten oder Gänse.

Der Krieg hatte die Dinge vereinfacht. Schlafen, Essen, Schießen. Thomas verteilte einige Hartkekse, die er einem toten Amerikaner abgenommen hatte, an die Kameraden. Sie aßen, wenn Zeit dafür war oder sie etwas fanden.

»Ich wünschte, das wäre alles endlich vorbei«, brummte Emil, ein schweigsamer Kerl von fast fünfzig Jahren, der schon vor Wochen zu ihnen gestoßen war. Er bediente das Artilleriegeschütz so meisterlich, als hätte er im Leben nie etwas anderes getan, dabei war er Schuster. Das sah man schon an seinen Stiefeln. Sie waren aus Pferdeleder, das von alleine nachfettete.

Emil hatte nie nasse Füße. Angeblich trugen auch Seeleute solche Stiefel, und er war sehr stolz auf seine Handwerkskunst. *Wenn ich schon verrecke, dann wenigstens mit den besten Schuhen meines Lebens an den Füßen!*, hatte er ihnen mehr als einmal erklärt und dafür den gutmütigen Spott seiner Kameraden geerntet, die bereits scherzhaft darum würfelten, wer die Stiefel bekam, falls es Emil erwischte. In Wirklichkeit hätte niemand sie angerührt, denn die Schuhe waren ein Teil von ihm. Außerdem war Emil ein zäher Hund, den würden die Amis nicht bekommen.

Über die Täler zog beständig zäher, feuchter Nebel, der so gut wie nie aufriss. Ernst hasste es, zu warten, aber er konnte sich auch nicht aufraffen, etwas zu tun. Thomas mit seiner steten Unruhe schöpfte Wasser aus dem Graben, in dem sie lagen. *Platsch, platsch,* tönte es monoton, und über ihnen sangen die Fichten im Wind.

Die grollende Artillerie nahmen sie nicht mehr wahr. Ernst zog einen Handschuh aus, kratzte sich am Hals, spürte eine winzige Unebenheit und packte zu.

»Verdammte Biester!« Die Laus zappelte zwischen seinen kalten Fingern. Er schnipste sie in den Schnee und sah mit Genugtuung zu, wie der winzige Plagegeist die Beine streckte. Sie alle waren verlaust. Das blieb nicht aus, wenn es keine Möglichkeit gab, sich selbst oder die Kleidung gründlich zu waschen und vor allem auch zu trocknen.

Emil, der ihm zugesehen hatte, fing nun auch an. Ansteckend wie Gähnen war es, dieses Gekratze. In diesem Moment krachte es keine einhundert Meter vor ihnen.

»Scheiße, Amis!«, keuchte Emil, sprang auf und rannte geduckt zur Geschützstellung, wo eine PaK 40 halb eingegraben auf ihren Einsatz wartete.

»Es ist so weit!« Thomas legte sich neben Ernst auf die Lauer. Routiniert prüften sie noch einmal Gewehre und Munition, dann blieb ihnen nichts anderes, als abzuwarten.

Aus dem Wald stieg nun schwarzer Rauch empor, wo ein Jeep oder mit etwas Glück sogar ein Panzer auf eine Mine gefahren war. Der gesamte Wald war voller Sprengfallen, Stolperdrähte zwischen den Bäumen, Minen auf den wenigen Wegen. Vereinzeltes Gewehrfeuer.

Die Feinde schossen auf gut Glück zwischen die Bäume, nachdem sie von der Explosion aufgeschreckt worden waren. Aus der Ferne klangen die Schüsse hoch und harmlos wie Platzpatronen.

Sie erwiderten das Feuer nicht, um ihre Position nicht zu verraten. Erst wenn die ersten Männer und Fahrzeuge auf dem morastigen Waldweg zu sehen wären, würden sie schießen. Besonders die Panzerabwehrkanone verriet sich durch die seitlich austretenden Mündungsgase sofort. Da war es wichtig, dass die ersten Geschosse trafen, bevor sie selbst unter Feuer genommen werden konnten.

Die Amerikaner hatten wohl gemerkt, dass ihnen am Ort der Explosion kein Angriff drohte.

Nach und nach verhallten die Gewehrsalven, und an ihre Stelle traten Schmerzensschreie. Einer, nein, zwei brüllten sich dort die Seele aus dem Leib.

Ernst lief ein kalter Schauer über den Rücken. Immer wenn er Verwundete schreien hörte, musste er an den Amerikaner denken, dem er in den Bauch geschossen hatte. Dann überkam ihn eine gewisse Abscheu, aber auch Zorn über sich selbst, dass er den Kerl nicht direkt erledigt hatte und nachher zu feige gewesen war, um den Abzug noch einmal zu drücken. Die Tritte ins Gesicht … das war nicht er selbst gewesen.

Er erkannte sich ohnehin kaum wieder. Der Krieg hatte ihn zu einem Fremden gemacht.

Endlich keine Schreie mehr. Entweder die Amis waren tot oder ohnmächtig oder sie hatten Morphin bekommen. Ihm war es gleich, solange sie nur nicht mehr schrien. Aus dem Augenwinkel sah er, dass Thomas' Zittern nachließ. Sein Freund zitterte immer kurz vor einem Gefecht, und es hörte erst auf, wenn er zu schießen begann.

»Hoffentlich beeilen sie sich«, sagte er nun. Beide blickten die lange Reihe aus Gräben und Schützenlöchern entlang, die auf dem bewaldeten Grat ausgehoben waren. Müde, teils verwundete Männer, so weit das Auge blickte. Manch einer hatte sich eine Zigarette zwischen die Lippen geklemmt, zündete sie aber nicht an, um den Hinterhalt nicht zu verraten, auch wenn der Wind von den Amerikanern auf sie zutrieb.

Ernst meinte, Dieselgeruch wahrzunehmen, dazu Harz und säuerliche Erde.

Motorengeheul. Erst noch leise, dann anschwellend. Schon am Klang waren durchdrehende Räder zu erkennen. Ernst blickte über den Gewehrlauf hinweg und entdeckte die ersten Uniformierten. Sie liefen den Fahrzeugen voran. Einige flankierten den Fahrweg, stapften durch den Wald. Sie kamen nur langsam voran, weil sie hinter jedem hochstehenden Ast Stolperdrähte vermuteten, und das zu Recht.

Ernst biss so fest die Zähne aufeinander, dass sein Kopf schmerzte und er sich am liebsten den Helm heruntergerissen hätte.

Die Amerikaner schoben ihre Jeeps durch den knietiefen Morast, der in Kuhlen auf dem Fahrweg stand. Immer sechs schoben. Die durchdrehenden Reifen bespritzten die armen Schweine mit eisigem Wasser und Schlamm. *Fast könnte man Mitleid bekommen,* dachte Ernst. Es war ernüchternd zu sehen, wie der Gegner, weder übermächtig noch unheimlich, mit den Elementen rang.

Sie so zu sehen, reduzierte sie auf ganz gewöhnliche junge Männer, die in dem erbarmungslosen Fleischwolf gefangen waren, zu dem dieser Wald geworden war.

Drei Jeeps waren mittlerweile zu sehen, dahinter ein Lkw, der eine aufgeprotzte Howitzer-Feldhaubitze zog. Dahinter kam der erste Panzer.

Ernst blickte zu Thomas, dann zu den Ranghöheren. Noch gab es keinen Angriffsbefehl. Der Dicke, dessen Namen er sich nie merken konnte, lud seine Panzerfaust. Er sah, wie die anderen Soldaten ihre Handschuhe auszogen, um besser feuern zu können, und tat es ihnen nach. Mit der Bewegung kam die leichte Übelkeit, die ihn immer befiel, wenn es ans Töten ging.

Ernst wünschte, es wäre nicht so, wünschte, er wäre härter. Und zugleich fürchtete er sich vor dem Tag, an dem es so weit sein würde. Er war nicht mehr weit entfernt, das spürte er.

Bange Minuten verstrichen, in denen mehr und mehr Amerikaner auf dem Fahrweg auftauchten. Mit jedem schien ein weiterer kleiner, harter Stein in Ernsts Magen zu wachsen. Er konnte sich nicht entscheiden, nahm einen Soldaten nach dem anderen ins Visier. Ihre Gesichter … Nein, er wollte nicht allzu lange in ihre Gesichter sehen.

Verstrichen einige Augenblicke, kam es ihm vor, als würde der Feind vom Fremden zum Vertrauten. Dann schwenkte er den Lauf seines Sturmgewehrs auf ein neues Ziel, ein neues erschöpftes Gesicht ein. Schlammbespritzt, den Helm vielleicht ein wenig schief auf dem Kopf, darunter müde Augen. Müde Augen, die hatten sie alle.

Plötzlich donnerte Emils PaK los, und der vorderste Jeep ging in Flammen auf. Der Fahrer flog durch die Luft, krachte gegen einen Baum und stürzte leblos zu Boden. Pfeifend strich die Granate der Panzerfaust durch die Luft.

Ernst zuckte, drückte den Abzug, und das erste erschrockene Gesicht verschwand aus seiner Sicht.

Überall auf dem Kamm grollten nun die Geschütze los.

Nur wenige Meter von Ernst entfernt schulterte ein Soldat eine Panzerfaust und nahm das erste amerikanische Kettenfahrzeug ins Visier. Das Geschoss machte sich in wackeligem Flug davon. Ernst meinte, es fliegen zu sehen.

Dann die Detonation. Schwarzer Rauch. Der Panzer rollte ein Stück vor und verlor seine linke Kette. Getroffen, aber nicht zerstört.

Die Amerikaner schrien Befehle. Die Infanterie ging hinter Fahrzeugen und Baumstämmen in Deckung und erwiderte das Feuer. Da die Deutschen in gut ausgebauten Stellungen auf dem Kamm saßen, fühlte sich Ernst sicher. Vor ihm befand sich ein dicker, schützender Erdwall, verstärkt durch Holzbalken. Zwischen zwei dieser Balken passte der Lauf seines Sturmgewehrs wie durch die Schießscharte einer mittelalterlichen Burg. Er war wie ein Ritter in seiner Festung. Die Übelkeit war nun fort, und an ihre Stelle war ein irrsinniges, heißes Rauschen getreten.

Ernst schoss und schoss. Auf Ellenbogen, die hinter Bäumen hervorragten, auf Füße, die nicht ganz von einem Fahrzeug verdeckt wurden. Denn verwundet war fast genauso gut wie ganz hinüber. Wer vor Schmerz beinahe wahnsinnig wurde, kämpfte nicht besser als ein Toter.

Hinter ihnen wurde ein Mörser bestückt. Der darauffolgende Knall ohrenbetäubend.

Die Amerikaner saßen in der Falle. Auf dem schlammigen Boden waren die Fahrzeuge beinahe manövrierunfähig. Schon lag ein guter Teil der gegnerischen Soldaten sterbend zwischen den Bäumen.

»Ja, ja, ja!«, schrie Thomas. Er feuerte ohne Unterlass, als sei er kurz davor, den Verstand zu verlieren. Wahrscheinlich brannte in ihm das gleiche Feuer wie in Ernst, nur dass Thomas sich ihm ganz übergeben hatte und sich von dem irren Rauschen mitreißen ließ.

Ernst lud nach. Dreißig Schuss. Sein vorletztes Magazin. Noch immer gaben sie ihm, einem *Jungen* des Volkssturms, nicht die gleiche Menge Patronen wie einem regulären Soldaten. Dabei hatte er sich so oft bewiesen.

Er würde keinen Schuss verschwenden, nicht wie Thomas, der auf Dauerfeuer umgestellt hatte, als gälte es, ein Rennen zu gewinnen.

Ernst legte an. Suchte sein Ziel. Es wurde immer schwerer. Kugeln zischten durch die Luft wie wütende Hornissen. Er spürte sie in den Erdwall einschlagen, Vibrationen, die sich bis in seinen Körper fortsetzten. Aber er war sicher.

Dort! Eine Hüfte, die sich hinter einem Baumstamm hervorschob. Er drückte ab, der Soldat fiel, stürzte aus der Deckung der Länge nach hin. Er hätte ihn töten können, aber er tat es nicht, suchte sich ein neues Ziel. Jede Patrone war kostbar!

Plötzlich kam Bewegung in die Amerikaner. Sperrfeuer. Rückzug. Sie würden die Fahrzeuge zurücklassen müssen. Ernst konnte es fast nicht glauben. Das war es! Sie hatten es geschafft, den Vorstoß abgewehrt!

Solange sie den Wald hielten, der für die Amerikaner Teil der Siegfriedlinie war, schützten sie Aachen, Köln und schlussendlich auch das Ruhrgebiet.

Ernst sah zu Thomas herüber, gab ihm begeistert einen Knuff gegen die Schulter. »Geschafft!«

In diesem Moment nahm er eine Bewegung wahr. Das Rohr des Panzers, der die Kette verloren hatte, schwenkte auf ihre Position ein. Aber zu hoch, etwas an der Mechanik schien nicht zu funktionieren. Er feuerte, und die Granate flog in hohem Bogen über sie hinweg.

Sofort schallte Gelächter aus den Gräben und Schützenlöchern. Erleichterung. Die Männer lachten, weil sie gesiegt hatten, lachten, weil sie noch am Leben waren, in diesem nicht enden wollenden Krieg, dessen Auskommen schwärzer und schwärzer wurde.

Sie lachten.

Dann dumpfe Schläge, gefolgt von Pfeifen in der Luft. »Artillerie!«, schrie jemand.

Ernst drückte sich tiefer in sein Schützenloch, Thomas hielt in einer hilflosen Geste seinen Helm fest, dann explodierte der Himmel. Die Baumkronen brachen auseinander. Weiße Geschosse aus splitterndem Holz zischten durch die Luft, bohrten sich gleich archaischer Speere und Pfeile in Erde und Körper. Tannenwedel segelten langsam nieder, da dröhnte schon die nächste Salve heran wie ein Schwarm wütender Drachen.

Ernst bekam einen Schlag in den Rücken, dann wurde es dunkel. Nadeln kratzten über sein Gesicht. Ein Ast war auf ihn gefallen. Harzgeruch. Schreie schrillten in seinen Ohren. Sein eigenes Gebrüll. Blutgeruch. Er konnte den Arm nicht heben. Die Rippen schmerzten. Er atmete und atmete, und mit jedem Mal tat es mehr weh.

Luft.

Er brauchte Luft, doch etwas Riesiges drückte sie ihm ab. Ernst riss den Mund auf, doch hinein drang einzig Erde, vermischt mit spitzen Nadeln. Hustend bäumte er sich auf. Erfolglos.

Es wurde nicht besser, nur schlimmer.

Er konnte doch nicht so elendig krepieren! Nicht nur seine kleine Existenz, sondern die ganze Welt schien in Gefahr. Weiter über ihm donnerte und donnerte die Artillerie. Es war die Hölle auf Erden. Der Boden zitterte, als würde er sich fürchten. Es war, als habe eine höhere Macht beschlossen, die Grundfesten der Erde entzweizureißen.

In Ernst wurde es ganz still. Er würde sterben. Es konnte nicht anders sein. Eine seltsame Ruhe bemächtigte sich seiner. Er hörte auf zu kämpfen, stemmte sich nicht mehr gegen das Gewicht auf seinem Rücken. Krallte seine Finger nicht mehr in den Grund wie ein panisches Tier.

Ersticken … Er hätte nicht erwartet, ausgerechnet auf diese Weise zu gehen.

Seitdem er an der Front war, hatte er sein Ende stets im Kugelhagel gesehen oder als Gefangener, der vom Feind hingerichtet wurde … vielleicht noch zerfetzt durch eine Granate.

Aber zu ersticken? Unter Bäumen und Erde begraben zu sein? Womöglich nie daheim beerdigt zu werden?

Ob es schnell gehen würde? Würde es wehtun, wenn sein Herz stehen blieb, oder wäre er vorher schon ohnmächtig?

Er schloss die Augen, denn es war ohnehin dunkel. Atmete langsamer, flacher … wartete.

In seinen Ohren war ein dumpfer Druck, durch den sich nadelgleich ein schrilles Pfeifen bohrte.

Nun, da er weniger kämpfte, bekam er besser Luft. Der Schmerz in seinen Rippen ebbte ab und pulsierte langsamer und langsamer. Jetzt erst bemerkte er die Feuchtigkeit an seinem linken Oberarm, die sich verdächtig nach Blut anfühlte.

Über ihm schwoll das Trommeln der Artillerie ab und schwand dann ganz.

»Ernst? Ernst!« Jemand rief seinen Namen, doch was ihn erreichte, war nicht mehr als ein Flüstern. Thomas!

Er wollte seinem Freund antworten, riss den Mund auf. Doch heraus kam nur ein Stöhnen.

Doch nicht sterben!

»Halte durch, wir holen dich raus!«

Ernst wühlte seine rechte Hand durch einen Wust aus Erde und Zweigen. »Hier!« Jemand griff seine Hand, drückte sie kräftig. Augenblicke später wurde es hell in seinem vorzeitigen Grab.

»Verdammt, nun pack doch wer mit an! Hier lebt ein Kamerad. Ernst liegt hier drunter … Ernst!«, hörte er Thomas rufen, die Stimme panisch und ein wenig schrill.

Andere kamen hinzu. Mehrere Stimmen mischten sich. Es wurde noch heller, und plötzlich war der Druck, der ihn ersticken wollte, nicht mehr da.

Licht! So viel Licht.

Er blinzelte. Jemand wischte ihm übers Gesicht, um Erde und Nadeln zu entfernen. Er wurde an den Schultern gefasst und unsanft ins Freie gezerrt. Sein Schrei überraschte ihn selbst.

Und da war Thomas. Ein wenig schreckensblass sah er aus, und doch grinste er nun von einem Ohr zum anderen.

»Was hast du Idiot mir für einen Schrecken eingejagt!«

»'tschuldige.« Ernst hustete. »Die Amerikaner?« Ihm war sofort aufgefallen, dass nicht mehr geschossen wurde. Überall in der Stellung bewegten sich Männer. Die Gräben waren teils zerstört, mindestens zwei Geschütze nur noch Haufen aus verbogenem Metall.

»Die Amis ziehen sich zurück, haben uns vorher mit allem eingedeckt, was sie hatten.«

»Wir haben also gesiegt?« Ernst grinste und spürte, wie ihm dabei Erde vom Gesicht und aus den Haaren rieselte.

»Gesiegt? Nein, das nicht. Noch einem Ansturm halten wir nicht stand. Aber wir konnten sie stoppen, das ist doch schon mal was.«

Ernst zuckte mit den Schultern. Er wusste nichts zu erwidern. Alles tat ihm weh. Einfach alles. Jeder Atemzug, jede Bewegung, jedes Blinzeln mit den Augenlidern. Aus seinem linken Arm lief Blut. Er drückte eine Hand darauf und stöhnte. »Ich glaube, heute bin ich nicht mehr viel von Nutzen.«

»Aufstehen musst du trotzdem, ich trag dich nicht, du fetter Klops.« Thomas grinste. Sie waren beide keine fetten Klopse. Eher magere Gerippe, was seine Worte umso komischer wirken ließ.

Ernst ließ sich aufhelfen.

»Wie ein altes Weib«, kommentierte Thomas und schlug ihm dann so kräftig auf den Rücken, dass ihm kurz der Atem stockte.

»Wo ist dein prächtiges Sturmgewehr, Kamerad?«

Ernst blickte zurück auf das Schützenloch, das beinahe zu seinem frühen Grab geworden war. Ein Wust aus abgebrochenen Ästen und aufgewühlter Erde. Vom Gewehr keine Spur. Ihm entfuhr ein saftiger Fluch, dann begann er seine Suche. Er riss Zweige zur Seite, stieß mit seinem Fuß in die Erde. Schnell wurde ihm warm. Bei jedem Vorbeugen tauchte er in den Dampf seiner eigenen Atemwölkchen.

Er musste das Gewehr finden! Musste! Es war sein Talisman. Es zu verlieren, hieße, vielleicht auch sein Glück zu verlieren.

Die Suche lenkte ihn ab. Er blickte kaum auf, wollte nicht sehen, wie nebenan Tote geborgen wurden, wie manch einer mit letzter Kraft, aus zahlreichen Wunden blutend, an ihm vorbeitaumelte. Er war wie in einem Tunnel gefangen, kannte nur ein Ziel: die Waffe zu finden. Solange er grub, würde er nicht an die Kameraden denken müssen, die nur wenige Schritt entfernt tot dalagen. Er hätte eines ihrer Gewehre nehmen können. Aber das war in seiner Vorstellung ein ungangbarer Weg.

Seine Hände wühlten durch Erde. So, wie er vorhin versucht hatte, sich hinauszugraben, grub er sich nun hinein.

Vor seinem inneren Auge sah er statt des Schützenlochs den heimischen Garten vor sich und wie sie im Herbst mit der ganzen Familie Kartoffeln ausmachten.

Schon seine frühesten Kindheitserinnerungen hingen daran. Was für eine Freude es für ihn als Bub gewesen war, auch noch die kleinen und kleinsten Erdäpfel zu finden! Und die waren es, genau die und keine anderen, die er sich dann am Abend auf seinem Teller wünschte.

Die anderen hatten ihn ausgelacht, gesagt, die taugten höchstens als Schweinefutter. Nur Mutti nicht. Die hatte sich mit gewichtiger Miene zu ihm gesetzt und geduldig seine winzigen Kartoffeln gepellt.

»Heda, he! Ernst, hörst du denn nicht? Es geht wieder los!«

Thomas riss ihn an der Schulter, genau in dem Moment, als er den Lauf seines geliebten Gewehrs freilegte. Fernes Donnern, das Pfeifen von Artillerie.

»Warte, ich hab es gleich!« Er begann, wie ein Besessener zu graben.

»Spinnst du?«, fuhr Thomas ihn an, dann kauerte er sich neben ihn und half mit. Er war sein Freund, wusste, wie wichtig das Sturmgewehr für ihn war.

Um sie herum rannten die Soldaten in Deckung. Ernst war sich sicher, dass sie ihnen rechtzeitig folgen könnten. Bestimmt war noch Zeit …

Dann geschah alles auf einmal. Gemeinsam zerrten sie

das Sturmgewehr heraus. Thomas sprang auf, die Granaten kreischten durch die Luft, dann explodierten die Bäume zum zweiten Mal an diesem Tag.

Acht Monate später

MÜLHEIM, MITTE OKTOBER 1945

Annie hatte es kaum in der Schule ausgehalten. Wie sollte sie lernen, solange Vati im Gefängnis saß? Seit einer Woche hielten sie ihn nun schon in der Polizeiwache an der Von-Bock-Straße fest.

Jeden Tag war Mutti dort gewesen, hatte gebettelt, um seine Freilassung gefleht. Genossen waren mit ihr hingegangen und hatten angeboten, zu seinen Gunsten auszusagen, doch davon wollte der zuständige Kommissar nichts hören.

Heute durften Annie und Charlotte zum ersten Mal zu ihm. Es war drei Uhr nachmittags, und sie hatten einen Henkelmann mit warmem Essen dabei. Das durften sie ihm schon seit seinem zweiten Tag in Haft bringen.

Sie hatten das Gefäß in einige Tücher eingeschlagen, damit es länger warm blieb, und in einen Korb gesetzt.

Nun rannten sie mehr, als dass sie gingen. Beinahe, als hinge Vatis Schicksal von der Temperatur seiner nächsten Mahlzeit ab.

»Glaubst du, Mutti hat uns angelogen?«, fragte Charlotte plötzlich. Sie war bei Weitem nicht so sehr außer Atem wie Annie.

»Womit?«

»Dass es ihm gut geht, sie ihm nicht wehtun.«

»Werden … wir … sehen«, stieß Annie hervor. Hoffentlich bestätigte sich Lottes Befürchtung nicht!

Die Hauptwache an der Von-Bock-Straße war wirklich sehr groß. Es handelte sich um ein erst 1937 errichtetes, mehrgeschossiges Gebäude aus rotem Backstein mit hellen Fensterlaibungen und weißen Rahmen, das beinahe schadlos durch den Krieg gekommen war.

Früher war hier neben der Polizei auch die SA-Brigade 73 untergebracht gewesen. Die gab es nun nicht mehr, und auch der Führer der Brigade, der zugleich Polizeipräsident gewesen war, hatte den Posten räumen müssen – zumindest ging Annie schwer davon aus. Sie kannte den Mann nur aus der Zeitung, und er war ihr zutiefst unsympathisch.

Die Räumlichkeiten der SA waren längst wieder gefüllt. Denn zahlreiche Ämter aus dem Rathaus hatten ihren Sitz hierher verlegt, das hatte Mutti bereits erzählt. Grund dafür war, dass die englische Militärregierung dort einen guten Teil der Zimmer für ihr Gruppenhauptquartier beschlagnahmt hatte.

Annie und Charlotte nahmen den Haupteingang. Breite Stufen führten zwischen schlichten Säulen hindurch zu mehreren messinggefassten Glastüren.

Provisorisch angebrachte Schilder wiesen auf die erst kürzlich hierher verlegten Ämter hin, darunter neben denen für Ernährung, Fürsorge, Wirtschaft und Versicherungen auch eine Betreuungsstelle für Flüchtlinge und die neu geschaffene Entnazifizierungsstelle.

Kurz darauf fanden sie sich in einem großen Treppenhaus wieder. Es war hell und von buntem Licht durchflutet, das durch große Bleiglasfenster fiel.

Ein Mann auf einer hohen hölzernen Klappleiter machte sich soeben an einem Glasbild zu schaffen. Zwei gewaltige, grob gearbeitete Gestalten gaben sich dort brüderlich die Hand, der eine ein blonder Arbeiter in weißem Hemd und grauen Hosen mit einem Hammer über der Schulter, der andere ein Schutzmann in Uniform mit seinem schwarzen Helm auf dem Kopf, darunter der Schriftzug: *Ein Volk – ein Führer – ein Wille.*

Der Arbeiter auf der Leiter war gerade dabei, ein Hakenkreuz mit einer braunen Pappe zu überkleben, was Annie trotz des traurigen Anlasses ihres Besuchs ein kleines Lächeln ins Gesicht zauberte.

Ja, es war wirklich eine andere Zeit angebrochen.

»Annie, nun komm schon! Der Polizist bringt uns zu Vati!«

Sie hatte gar nicht gemerkt, dass Charlotte an ein Pult getreten war. Nun beeilte sie sich, ihr zu einer anderen, schmaleren Treppe zu folgen. Mit jeder Stufe wurde es etwas dunkler.

Das schwindende Licht nahm auch einen Teil von Annies Hoffnung mit. Hier war es genau so, wie sie sich ein Gefängnis vorgestellt hatte. Der Ort, an dem früher auch Vatis Genossen und die jüdischen Nachbarn festgehalten worden waren, bevor sie verschwanden.

Der Polizist, der nur Augen für Lotte hatte, führte sie einen Gang entlang, der nun doch wieder etwas besser beleuchtet war. Immer wieder sah er sich nach ihnen um. So, wie er sich benahm, musste Lotte ihm ein verführerisches Lächeln nach dem anderen schenken.

Warum tat sie das? Hatte sie nicht eben erst dem einarmigen Hajo den Kopf verdreht? Lenkte sie sich nun mit

Männern statt mit Schutträumen von ihrer Trauer um Martin ab?

Annie fühlte, wie sich alles in ihr anspannte. Leiser Zorn kochte in ihr hoch, der sich nur mühsam im Zaum halten ließ.

Der Polizist stieß die Tür zu einem kleinen, kahlen Zimmer auf. »Warten Sie hier, bitte.«

»Das werden wir, vielen Dank«, säuselte Charlotte.

Sie traten ein. Annie zog ihre Schwester am Ärmel. »Was soll das?«

»Scht, Annie.«

»Schäm dich.«

»Du dumme Gans verstehst gar nichts, dafür bist du viel zu anständig«, zischte Charlotte. »Meinst du etwa, ich mache das zum Spaß?«

Nun verstand Annie tatsächlich gar nichts mehr. »Nicht?«

Doch Charlotte rollte nur mit den Augen. Dann, als würde sie eine Maske aufsetzen, war plötzlich ihr charmantes Lächeln zurück. Und da kam auch schon der junge Polizist. Vati ging an seiner Seite und schien überrascht, seine Töchter hier zu sehen.

»Ich schließe Sie ein, Sie haben zwanzig Minuten«, sagte der Beamte ein wenig zackig, doch als er dann Charlotte ansah, wurde sein Blick weich. Er tippte sich kurz an die Mütze, gleich darauf fiel die Tür zu, und der Schlüssel drehte sich geräuschvoll im Schloss.

»Meine Mädchen!«

Sie umarmten ihn gleichzeitig. Drückten ihn ganz fest. »Wie habt ihr das geschafft?«

»Was denn?«, fragte Annie.

»Ich durfte bei Besuch noch nie die Zelle verlassen, immer waren andere Gefangene dabei, das hat Mutti euch doch bestimmt erzählt. Wir konnten kein einziges Mal frei reden.«

Lotte knickste kokett. »Meinem Charme kann eben niemand widerstehen.«

Annie schnappte nach Luft. Nun ergab alles einen Sinn, und ihr Zorn machte schlagartig Dankbarkeit Platz. Sie selbst hätte das nie geschafft, sie war keine gute Schauspielerin.

»Nun setz dich und iss«, drängte Lotte. Sie nahm den Henkelmann auseinander und stellte die einzelnen Segmente nebeneinander, als decke sie aufwendig den Tisch. Da sie Vati nur einen Löffel erlaubten, war das Essen bereits klein geschnitten. Es gab Möhren-Kartoffel-Stampf, Schmorzwiebeln, Butter und gebratene Fleischwurst. Vatis Augen weiteten sich kurz, dann stieß er den Löffel in das noch warme Essen und aß mit Heißhunger.

Sie schwiegen, bis er den ersten Appetit gestillt hatte und aufsah. Er wischte sich mit dem Handrücken über den Mund. »Danke, Mädchen, und sagt auch Mutti meinen Dank, ja?«

»Das machen wir.« Annie hatte das Gefühl, sie hätten schon viel zu viel Zeit mit Nichtstun vertan. »Sag, Vati, gibt es etwas Neues? Was sagen sie? Können wir irgendetwas tun?«

Er schüttelte mit einem traurigen Lächeln den Kopf und streckte seine Hände nach den Töchtern aus. Annie und Charlotte legten ihre hinein. Die Berührung war unendlich vertraut. Sie kannten seine schwieligen Arbeiterhände, solange sie denken konnten.

»Der Kommissar, der meinen Fall bearbeitet, gehört zur neu geschaffenen Entnazifizierungsstelle, und er scheint besessen von dem Gedanken, mir etwas nachweisen zu müssen, das ich nie getan habe. Ich wünschte, er wäre den wahren Verbrechern gegenüber genauso unbarmherzig.«

»Aber irgendwann muss er doch einsehen, dass alles ein großer Irrtum ist. All deine Freunde sind bereit, für dich auszusagen!«

Vati hatte langsam weitergegessen und hob nun nur halb den Kopf, als ruhe ein gewaltiges Gewicht auf seinen Schultern.

»Sie wissen es. Aber sie wissen auch, dass das alles gute Freunde unserer Familie sind, und genau deshalb werden sie nicht zugelassen. Das ist ein abgekartetes Spiel. Womöglich bräuchte ich einen fremden Fürsprecher, aber woher soll der kommen?« Er seufzte. »Ich habe den Eindruck, dass ohnehin alles bereits entschieden ist. Jemand will mich loswerden, und ich denke, es wird gelingen. Es tut mir leid, Mädchen. Ich hätte gerne bessere Nachrichten für euch.«

»Nein«, sagte Charlotte leise, und in ihren Augen schimmerten Tränen. »Das kann ich nicht akzeptieren!«

Ihre sonst so starke Schwester derart aufgelöst zu sehen, verlieh Annie die nötige Kraft, um Zuversicht auszustrahlen. »Uns fällt schon etwas ein, Vati, ganz bestimmt!«

»Gut, gut«, sagte er und kratzte die letzten Reste Möhren und Kartoffeln zusammen. Der Löffel schabte mit einem unangenehmen Geräusch über das Metall.

Auf Annie wirkte es, als habe ihr Vater alles gesagt, was er zu sagen hatte. Nun schien ihm das Treffen mit seinen Töchtern vor allem wehzutun, deshalb sah er sie nicht mehr an.

Als es schließlich an der Tür klopfte und diese gleich darauf entriegelt wurde, umarmten sie einander, und ohne ein weiteres Wort wurde er abgeführt.

Charlotte hatte vergessen, dem Polizisten noch einmal zuzulächeln, um sich zu bedanken. Konzentriert stapelte sie den Henkelmann wieder zusammen und verstaute ihn samt Löffel in dem Körbchen.

»Gehen wir«, sagte Annie nur. Es kam ihr vor, als würden die Wände immer näher rücken, als würde die Atemluft weniger und weniger und die Decke so niedrig, dass sie bald nur noch geduckt stehen könnte.

Erst als sie die breiten Stufen vor dem Gebäude erreicht hatten, ging es ihr besser. »Wir müssen herausfinden, wer Vati Böses will. Vielleicht jemand aus der Zeche oder aus der Siedlung, Leute, die auf das Häuschen scharf sein könnten, selbst in seinem jetzigen Zustand«, sagte sie.

»Das ist meine Aufgabe«, erwiderte Lotte. Von Tränen war nun keine Spur mehr. Sie gab sich wieder gewohnt kämpferisch.

»Deine?«

»Ja. Denn du fährst nach Limburg zu deinem Amerikaner. Ich sage es ungern, aber wenn uns jemand helfen kann, dann er.«

Annie schluckte. »So weit weg bin ich noch nie alleine gereist.«

»Für Vati?«

»Selbstverständlich!«

Kapitel 15

Saatfrüchte sollen nicht vermahlen werden.
Käthe Kollwitz

Acht Monate zuvor

WALD BEI HÜRTGEN, JANUAR 1945

Granaten zerfetzten die Bäume. Holzsplitter vertausendfachten die Schrapnelle zu einem Regen aus Messern und Speeren.

Ernst spürte eine Berührung im Gesicht und einen Schlag gegen die Schulter. Weiße Holzstückchen rieselten herab. Thomas ließ sich neben ihn fallen. Flach auf den Boden gedrückt harrten sie aus. Zwei weitere Detonationen verwandelten nahe, enge Gräben in weite Krater, dann wurde es wieder still.

Thomas starrte Ernst aus weit aufgerissenen Augen an. Dessen Hände zitterten wieder, und vermutlich taten es seine eigenen auch. Spüren konnte er sie nicht mehr.

»Dein … dein Gesicht«, stammelte Thomas.

Ernsts Wange war warm. Als er sie berührte, fühlte es

sich an, als zöge er eine heiße Klinge hindurch. *So viel Blut.*

Er setzte sich auf. »Verdammt, wenn das so weitergeht, bekomme ich garantiert kein Mädchen mehr ab.«

»Doch, du bist ein Kriegsheld. Außerdem hast du unverschämt viel Glück, das mögen die.« Thomas' Stimme klang ein wenig schleppend und irgendwie hohl.

Warum setzte er sich nicht auf? Ernsts Kehle schnürte sich zu, als er den Rücken seines Freundes musterte. Die Kleidung sah aus wie aufgebläht.

»Alles in Ordnung?«

»Nein.« Thomas' Mund verzog sich zu einem schmerzverzerrten Grinsen. »Ich bin im Gegensatz zu dir kein Glückskind.«

»Was?« Ernst war sofort auf den Beinen, dann sah er es. Von der Seite hatte sich ein armlanger und ebenso dicker Ast in den Oberkörper seines Freundes gebohrt und war am Rücken wieder ausgetreten. Deshalb stand die Uniformjacke ab. Zahlreiche kleinere Splitter staken auf derselben Seite in seinem Arm. Im Schlamm unter ihm mischte sich trübes Wasser mit Blut.

»He, das wird wieder.«

»Du bist ein … ein entsetzlich schlechter Lügner, Ernst. Ich spüre meine Beine nicht und … eigentlich auch sonst nichts, nur Wärme … Es fließt so warm aus mir raus, Ernst.« Thomas seufzte abgehackt auf. »Läuft einfach davon.«

Ernst wollte nach Hilfe rufen, doch der Schrei blieb ihm in der Kehle stecken. Er ging neben Thomas in die Knie, nahm ihm dem Helm ab und strich ihm übers Haar, wie es eine Mutter getan hätte. »Das kannst du nicht machen, Thomas, wir wollten doch …«

»Im nächsten Leben, Bruder«, flüsterte der und blinzelte, als fiele es ihm schwer, die Augen offen zu halten.

»Nein!«

»Bring noch ein paar Amis für mich …« Thomas krampfte, sein ganzer Körper spannte sich, bäumte sich auf. Ein schauerliches Stöhnen drang aus seinem Mund, dann lag er still. Ernst strich ihm hektisch durchs Haar, wieder und wieder.

Dann kauerte er sich zusammen und begann zu weinen.

Er hielt das Gewehr umklammert, als sei es der einzige feste Halt in einer sich auflösenden Welt.

Schlotternd saß er neben der Leiche seines Freundes auf einem Pritschenwagen. Acht andere Tote und zwei Verwundete fuhren mit.

Sie passierten den Damm der Rurtalsperre. Die Stellung war verloren und aufgegeben, nur kurz nach Thomas' Tod. Nun, wenige Stunden später, zogen sie sich mit dem wenigen, was sie noch hatten, auf die andere Seite zurück. Ein Geschütz, zwei Panzer und mehrere Lkw bildeten das Schlusslicht.

»Sie werden den Damm sprengen, Junge«, sagte einer der Verwundeten, ein Mann mit einem struppigen, weißblonden Bart, durch den das von Flohbissen gerötete Kinn schimmerte. Ernst hatte ihn nie zuvor gesehen. Der Fremde trug einen Verband um den Kopf.

Auch ihn selbst hatte ein Sanitäter notdürftig versorgt. In seinem Arm pochte es, sein Gesicht war bandagiert, doch das Blut suppte bereits wieder durch und lief ihm in den Kragen.

Er hatte keine Erinnerung an die vergangenen Stunden.

Als hätte jemand mit einer scharfen Schere ein Stück Zeit aus seinem Leben herausgeschnitten.

Er wusste noch, wie er im Wald neben Thomas' Leiche gesessen hatte. Dann nichts. Und dann war er plötzlich hier auf der Lkw-Pritsche neben dem kalten Körper seines besten Freundes. Sie fuhren so langsam, dass sich der bläuliche Dieselqualm um sie wand und hängen zu blieben schien. Unter den Reifen knackte der Frost.

Hinter ihnen stieg ein hügeliges Waldland an, in dem Zehntausende den Tod gefunden hatten.

Die Rurfront brach zusammen, die Schlacht im Wald von Hürtgen war verloren. Nichts hatten sie erreicht, gar nichts. Nur ein wenig Zeit geschunden.

Ob das reichte? Er richtete seinen Blick auf die bleifarbene Oberfläche des Stausees. Kleine Eisschollen trieben mit dem Wind. Wenn es stimmte, was der Fremde sagte, dann würden sie sich irgendwann in den nächsten Stunden mitsamt den Wassermassen durch den gesprengten Damm in die Täler ergießen und den Pegel der Rur um ein Vielfaches anschwellen lassen.

Den Soldaten war es nicht gelungen, die Alliierten aufzuhalten. Vielleicht würde der Fluss ja bessere Arbeit leisten. Ernst hoffte es. Denn was sonst konnte er tun, als zu hoffen?

»Für uns ist der Krieg vorbei, Junge«, sagte der Bärtige in diesem Moment.

»Vorbei?« Die Gedanken bewegten sich nur zäh durch Ernsts Kopf. Thomas' Tod hatte alles taub gemacht. Er konnte sich nicht vorstellen, dass das Kämpfen für ihn nun ein Ende haben sollte. Er würde seinen Tod rächen, die verdammten Amerikaner hundertfach bezahlen lassen! Das hatte er sich und ihm geschworen. Er stellte sich vor, wie er einen Feind nach dem anderen erledigte. Nur so ließ sich der Schmerz des Verlustes ertragen. Blut würde er vergießen, so viel Blut!

»Sie bringen dich ins Lazarett. Ein paar Wochen. So wie du aussiehst, schickt dich nicht mal mehr ein Metzger an die Front. Die verfrachten dich nach Hause.«

»Nach Hause«, wiederholte Ernst, doch das Wort löste nichts in ihm aus. »Nach Hause. Was soll ich denn da?«

Dennoch setzten sie ihn wenige Tage später mit einem Verband auf dem Kopf und dem Arm in einer Schlinge in einen Zug nach Hause. Der Waggon war vollgestopft mit anderen Verwundeten, aber auch Zivilisten, die vor den heranrückenden Alliierten flohen. Alle redeten durcheinander, von dem großen Hochwasser der Rur, von Bombardements und klirrender Kälte.

Zusammen mit dem Rattern des Zuges verschmolz alles zu einem einzigen Rauschen. Es fiel Ernst schwer, sich zu konzentrieren. Oft hörte er die Worte zwar, verstand sie aber nicht, und inzwischen versuchte er es auch gar nicht mehr. Seit Thomas' Tod stimmte etwas nicht mit ihm.

Er starrte aus dem Fenster auf brennende Städte und vom Winter ausgeblichene Landschaften. Felder lagen brach, dazwischen kahle, schwarze Baumgerippe und vom Frost vergilbtes Gras. Dort draußen war es ähnlich trostlos wie in seinem Inneren.

Das Sturmgewehr mit den vielen Kerben im Holz stand zwischen seinen Beinen, er ließ es selbst im Schlaf nicht los. Nachts wanderten seine Finger über die Waffe. Es beruhigte ihn zu wissen, nicht schutzlos zu sein.

Daheim würde das nicht gehen. Aber vielleicht brauchte er dort ja auch keinen Schutz. Nicht im eigenen Bett zwischen vertrauten Geräuschen und Gerüchen.

Zehn Monate später

LIMBURG AN DER LAHN, OKTOBER 1945

Der Zug fuhr ganz langsam. In Annie kribbelte die Aufregung. Das Geld hatte gerade so für die Hinfahrkarte gereicht, und sie wusste nicht, wie sie genug für die Rückfahrt aufbringen sollte.

Was, wenn sie die Amerikaner und vor allem Nathan nicht fand? Angeblich grenzten hier die unterschiedlichen Besatzungszonen aneinander. Auf dem Westufer des Flüsschens begann die britische. Dort gab es auch ein riesiges Internierungslager für Naziverbrecher. Sie konnte sich gut vorstellen, dass er dort war und übersetzte. Andererseits wusste sie nicht, wie eng Amerikaner und Engländer zusammenarbeiteten oder ob sie es überhaupt taten, nun, nachdem die ersten Wirren nach der Kapitulation vorüber waren und die Siegermächte Deutschland untereinander aufgeteilt hatten.

Auf jeden Fall war Limburg ein hübsches Städtchen. Auf der Fahrt hierher hatte Annie schon so viel Wald und Grün und strahlend blauen Himmel gesehen wie noch nie zuvor in ihrem Leben. Nichts deutete auf Kohleförderung oder Stahlindustrie hin. Die Gegend drum herum war so ländlich wie auf einer Postkarte. Hier grasten die Kühe nicht vor Halden von taubem Gestein und Hochofenschlacke, sondern vor echten, natürlichen Hügeln. Es war so hübsch, dass Annie am liebsten die Mausegattsiedlung aus der Landkarte geschnitten und hierherversetzt hätte.

Doch sie war nicht gekommen, um Urlaub zu machen. Die freudige Erwartung, bald ihren Liebsten zu sehen, war gänzlich von der Sorge um ihren Vater verschlungen worden.

Als sie im Bahnhof aus dem Zug stieg, folgte sie dem Strom anderer Fahrgäste, bis sie einen Schaffner fand.

»Entschuldigen Sie, ich bin fremd in der Stadt«, sagte sie ein wenig zögerlich. Der schnauzbärtige ältere Herr mit der Trillerpfeife musterte sie, als sei sie eine Ratte oder Taube, die zufällig vor ihm über den Bahnsteig gehuscht war.

»Ja, Fräulein. Wie kann ich Ihnen helfen?«, fragte er in einem gelangweilten Ton.

»Ich suche diese Adresse hier.« Annie faltete einen kleinen Zettel auseinander, auf dem sie sich die Anschrift notiert hatte, die in Nathans Brief stand.

Der Schaffner strich über die Knopfreihe seiner Uniform, die den runden Bauch betonte. »Verwaltung der Amerikaner«, brummte er und gab ihr dann eine etwas wirre Beschreibung durch lauter Straßen, die sie nicht kannte und deren Namen sie beinahe sofort vergaß.

»Würden Sie es bitte noch einmal beschreiben, damit ich es mir notieren kann?« Sie zückte einen Bleistift.

»Fräulein, ich muss hier arbeiten.« Der Schaffner zog seine Taschenuhr heraus, dann ging er mit schnellen Schritten davon.

»Na, danke, sehr freundlich.« Wenigstens die ersten drei Straßen hatte sie sich gemerkt. »Also los, Annie«, sagte sie leise und machte sich auf den Weg.

Im Freien wurde sie schier überwältigt von dem hübschen, nahezu unzerstörten mittelalterlichen Städtchen, das von mehreren Kirchen, allen voran dem Dom, sowie einer prächtigen Burg überragt wurde.

Hier führte fast keine Straße geradeaus. Es war ein einziges Durcheinander, und Annie verlor schnell die Orientierung. Schlussendlich fand sie sich dann aber doch vor dem Rathaus wieder, einem hohen, weiß verputzten Bau, der mit Säulen und Erkern aus rotem Sandstein verziert war. Auf dem Dach glänzte grauer Schiefer wie poliert.

Irgendwo hier also war Nathan. Was musste es seiner Seele guttun, an so einen schönen Ort versetzt worden zu sein, besonders nach der Zeit im Lager.

Annie sah an sich hinab. Die abgetragenen, aber geputzten Schuhe. Die helle Strumpfhose, nur an einer unauffälligen Stelle geflickt, darüber ihr langer guter Rock, dunkelgrün. Ihr Mantel war nur an den Ärmeln etwas abgestoßen. Sie trug Muttis Brosche mit den herrlichen, blutroten Granatsteinen, teils, um für Nathan hübsch zu sein, teils, um etwas im Tausch zu haben, für die Rückfahrt oder eine kleine Bestechung, falls es nötig werden sollte.

Es war eines der wenigen wertvollen Geschenke, die Vati sich in den langen Jahren für Mutti abgespart hatte. Aber was bedeutete so ein Schmuckstück schon, wenn sie damit Vati aus dem Gefängnis holen konnten? Annie musste alles versuchen, um ihn zu retten. Alles!

Hätte sie doch Lottes Mut und Charme gehabt! Dann hätte nichts mehr schiefgehen können. Aber sie war nun einmal nicht ihre Schwester.

Tatsächlich fühlte sie sich eher wie eine Maus, die ihr Leben lang im Schatten herumgehuscht war und nun in die

Mitte eines hell erleuchteten Zimmers treten sollte, in dem die Augen aller Anwesenden auf sie gerichtet waren.

Wie erstarrt stand sie vor dem prächtigen Rathaus und wusste plötzlich nicht mehr weiter. Ja, hoffnungslos verloren war sie. Am liebsten wäre sie wieder umgekehrt und in den nächsten Zug nach Hause gestiegen.

Doch sie besaß keine Fahrkarte, und dem Vati war mit ihrem plötzlichen Ausbruch von Feigheit auch nicht geholfen.

Annie gab sich einen Ruck.

Hier ging es schließlich nicht um sie!

⚒

Seitdem er in Limburg war, fühlte sich Nathan besser. Endlich hatte er eine Aufgabe, die wichtig war.

Natürlich waren auch Patrouillenfahrten wichtig, doch Nazis zu jagen und dingfest zu machen, das war doch etwas ganz anderes.

Seitdem er in der Entnazifizierungsstelle tätig war und insbesondere flüchtige ehemalige Funktionäre aufspürte, ging es ihm besser. Die Träume, die ihn seit Buchenwald heimsuchten, hoben nur noch selten ihre hässlichen Köpfe.

Er tat etwas, auch wenn Frieden herrschte. Diese Schweine würden ihm nicht entkommen. Auch heute hatten sie wieder einen erwischt. Einen, der sich mit dem bereichert hatte, das er von Juden stahl. Ein Mann, der sich benahm wie ein freundlicher alter Nachbar. Jemand, dem man schnell vertraute. Und genau das war seine Masche gewesen. Noch ehe er hinter Gittern saß, hatte er angeboten, die Namen seiner Mittäter preiszugeben. Ein Verräter durch und durch.

Nun waren sie auf der Heimfahrt. Tony spielte Mundharmonika, und Ben, der neben ihm auf der Rückbank saß, klopfte mit Händen und Füßen einen Takt dazu.

Sie fuhren soeben am Dörfchen Mühlen vorbei, das monatelang unter Wasser gestanden hatte. Ein trauriger grauer Anblick im Leuchtfeuer herbstlicher Farben, das die hügelige Landschaft überzog.

Die Nazis hatten einen Tag bevor die Amerikaner nach Limburg einrückten die Autobahnbrücke gesprengt. Die Trümmer, die in die Lahn stürzten, stauten das Flüsschen auf und sorgten für Hochwasser. Mehrfach waren amerikanische Pioniere ausgerückt, um Lücken hineinzusprengen, bis das Wasser wieder abfloss und das Dörfchen freigab.

Nathan und seine Kameraden hatten ein piekfeines Hotel bezogen, das auf das Lahntal hinabblickte. Die meisten Hotels und Gasthöfe waren nun zu diesem Zweck beschlagnahmt worden.

Ihre unfreiwilligen Gastgeber hatten sich an die Anwesenheit von fast dreißig amerikanischen Dauergästen gewöhnt. Sie kamen dadurch an gute, ausreichende Lebensmittel, und soweit Nathan wusste, wurde zumindest ein Teil der Angestellten, besonders in der Küche, auch für ihre Arbeit bezahlt.

Nun kurvte der Jeep eine schmale, geschotterte Straße hinauf. Beiderseits grasten Schafe auf den Hängen, die für andere Landwirtschaft nicht taugten. Wo das Gelände etwas flacher war, gab es abgeerntete Felder, in steileren, günstigen Lagen auch etwas Weinbau. Wenn man hier hindurchfuhr, meinte man den Krieg weit fort.

Nathan seufzte. Es ging ihm gut, aber zum Glücklichsein reichte es nicht. Es fehlte etwas, genauer: jemand.

Er hätte nie geglaubt, sich so sehr in ein Mädchen verlieben zu können, das er nur so kurz kannte. Doch er vermisste Annie entsetzlich. An manchen Tagen spielte ihm sein Verstand Streiche, er glaubte dann, sie an jeder Ecke zu sehen, und jedes Fräulein, das ihr auch nur ein wenig ähnlich sah, versetzte ihm einen Stich ins Herz.

Auch heute war es nicht anders. Dort ging wieder so eine Illusion die schmale Straße hinauf.

Er seufzte schicksalsergeben und drückte den Rücken fester in den Sitz. Diesmal trug die junge Frau sogar einen Rock wie Annie, und selbst das Tuch, das sie sich gegen den scharfen Herbstwind um den Kopf gebunden hatte, war genau wie …

In diesem Moment begannen die Kameraden im vorderen Wagen, anzüglich zu pfeifen. Die Fremde zuckte zusammen und zog die Schultern hoch, beinahe wie Annie.

Nathan hatte die Pfeiferei nie gemocht. Die meisten Frauen ignorierten es, die Mutigsten erwiderten es mit einem kessen Spruch.

Sie fuhren vorbei. Nathan versuchte einen besseren Blick zu erhaschen, doch das Fräulein hatte sich weggedreht.

⚒

Bei Einbruch der Dunkelheit konnte Annie endlich den Gasthof sehen. Sie hatte auf dem Weg bereits nach Schuppen Ausschau gehalten, in denen sie notfalls die Nacht verbringen könnte. Doch die schienen in dieser hübschen Gegend rar gesät.

Der Aufstieg zu dem Hotel schien kein Ende nehmen zu wollen.

Zwischen den Weinbergen war es recht einsam, bis die Autos kamen.

Sie hatte anzügliche Rufe und Pfiffe erwartet, irgendwie geahnt, dass die Männer in den Wagen es nicht aushalten würden, eine einsame Frau auf einer Straße einfach in Frieden zu lassen. Sie fragte sich wie so oft, was solche Kerle erwarteten. Dass ein Fräulein sich begeistert umdrehen würde, wenn sie ihr nachpfiffen wie einem Hund?

Sie zog die Schultern hoch und wand sich demonstrativ ab. Den Kopf in Richtung Weinreben gewandt, wartete sie ab, bis die beiden Automobile vorbeigefahren waren. Sie zogen Staubwolken und Dieselqualm hinter sich her, der in der Nase stach.

Sobald nur noch die Umrisse zu erkennen waren, ging sie so zügig, wie sie konnte, weiter. Dieses stetige Bergauf war anstrengend. Das war doch etwas anderes, als aus der Mülheimer Stadtmitte die Gracht hinauf bis in die Siedlung zu laufen.

Endlich konnte sie zwischen hohen Bäumen ein großes Gebäude ausmachen. Das musste das Hotel sein. Gelb und weiß strahlte die Fassade im letzten Abendlicht. Es lag am Ende einer Allee. Auf dem Platz davor standen mehrere Fahrzeuge, Jeeps und Lkw im dunklen Grün der Armee. Als sie näher kam, konnte sie eine amerikanische Flagge an einem Mast flattern sehen.

Ja, hier musste sie richtig sein!

Ihr Herz schlug schlagartig noch ein wenig schneller als ohnehin durch den Aufstieg. Gleich würde sie Nathan wiedersehen. Seit Tagen malte sie sich aus, wie ihre Begegnung ablaufen würde. Von Erschrecken und Ablehnung bis hin zu ausufernder Freude war alles dabei gewesen.

Wie von allein kehrte nun die Kraft in ihren Körper zurück. Sie ging schneller.

Schon huschten die gestutzten Linden der Allee an ihr vorbei. Gelbes Laub raschelte unter ihren Stiefeln, und ein schwacher Wind wirbelte Blätter durch die Luft.

Kurz vor dem Parkplatz trat plötzlich ein Soldat hinter einem der gefurchten Stämme hervor. Das Gewehr hielt er lässig mit einer Hand.

»*Gooood eeeevening,* Fräulein!«, sagte er lang gezogen, den Stummel einer Zigarette noch an der Unterlippe klebend. Er musterte sie einmal von Kopf bis Fuß.

»Guten Abend, ich möchte zu Nathaniel Corbin.« Sie gab ihm Nathans Brief mit der Adresse, auf der auch Rang und Kennnummer standen.

Er nahm den Brief, las kurz und musterte sie dann noch einmal auf anzügliche Weise. Als würde er überlegen, ob er sie zu seinem Kameraden durchlassen konnte und was er überhaupt für ein Mädchen vor sich hatte.

Und wenn Nathan gar nicht hier war? Was dann? Wo sollte sie bleiben?

Annies Mund wurde ganz trocken.

»*Wait here,* halt!«, sagte der Uniformierte. Seine Geste war unmissverständlich. Annie klammerte sich an ihrer kleinen Tasche fest und sah ihm nach. Er betrat das Haus, dann war er fort.

Indes irrten Annies Gedanken auf der Suche nach den richtigen Worten wie durch ein Labyrinth. Sie hatte sich alles zurechtgelegt, wieder und wieder durchgespielt, doch nun war ihr Kopf wie leer gefegt.

Ihm in den Arm zu fallen und ihn zu küssen, als seien nicht Monate vergangen und viele Tränen geflossen …

Sie stellte die Tasche ab, weil ihre Hände plötzlich zitterten. Ihr war heiß, und zugleich wurde sie von einer unheimlichen Kälte erfasst.

Wieso dauerte das so lange? Schon war die Dämmerung fast vorüber, und das Land tauchte in Dunkelheit ab. Der wolkenlose Himmel verlor die letzten Goldtöne und nahm ein tiefes, samtenes Blau an, in dem einzelne Sterne flimmerten wie winzige, ferne Lichter, zu kraftlos, um Helligkeit zu spenden.

Die Tür des Gasthauses schlug auf, Annies Herz tat einen Satz, doch heraus kam nur der Soldat, mit dem sie bereits gesprochen hatten. Er schlenderte auf sie zu, eine neue Zigarette zwischen den Lippen. Bei ihr angekommen, wippte er auf den Absätzen. Sein Blick versprach nichts Gutes.

»*Want to be my* Liebchen, *too,* Fräulein?« Er griff in seine Jackentasche und förderte Schokolade und drei Päckchen Zigaretten hervor. Dann wackelte er mit den Hüften.

Einen Augenblick war Annie starr vor Schreck, dann schüttelte sie heftig den Kopf.

»Nein, nein!« Sie wich zurück.

All ihre Sinne schrillten Alarm, doch der Amerikaner griff sie nicht an. Stattdessen steckte er seine Vorräte zurück in den Mantel. »Schade, Fräulein.« Er tippte sich an den Helm.

»Annie!«

Nathan! Ohne nachzudenken, rannte sie los. Die Tasche ließ sie einfach zurück.

Nathan kam die Treppe des Hotels herunter, sprang die letzten Stufen, dann rannten sie beide.

Annie warf sich in seine Arme, und er hob sie hoch, wirbelte sie im Kreis herum und setzte sie dann, ein wenig außer Atem, wieder ab. »Was tust du hier, du verrücktes Ding?«

Er sah ihr tief in die Augen, berührte dabei ihre Wange. »Du hast mir so gefehlt, Annie. Liebe, liebste Annie. Verzeihst du mir?«

»Aber natürlich.« Sie hatte die Arme um seine Mitte geschlungen. Sein vertrauter Geruch hüllte sie ein. »Ich dachte so lange, ich würde dich nie wiedersehen. Doch hier bin ich nun.«

»Ja, hier bist du«, sagte er weich. Seine Augen wirkten in der Dämmerung beinahe ebenso dunkel wie sein Haar. »Ich werde gehörig Ärger bekommen.«

»Das wollte ich nicht«, erwiderte sie bestürzt.

»Mach dir keine Gedanken, dich zu sehen, ist jede Standpauke wert. Komm.« Er nahm sie bei der Hand, und Annie ging mit ihm. Alles war vergessen. Bei ihm zu sein war ein Gefühl wie Samt und Wärme und … Vollkommenheit.

Er legte einen Arm um ihre Schultern, drückte sie an sich, schmiegte im Gehen die Wange an ihren Kopf. Laub raschelte unter ihren Füßen, während sie den Hotelgarten betraten. Der Weg führte sie an einem Teich mit ausgeblichenem Schilf vorbei, in dem der Wind sang. Rosen reckten ihre letzten Blüten empor, ihr schwerer, süßer Duft war überall.

Schließlich kamen sie zu einer Balustrade aus grob behauenem Feldstein. Ein Geflecht armdicker Weinreben rankte darüber.

Nathan blieb stehen. »Ich würde dich so gern küssen, Annie Neumann.«

»Nur zu«, flüsterte sie. In ihrer Brust flatterte ihre Sehnsucht wie in einem Gefängnis.

In Nathans Blick lag ungläubiges Staunen. »Nach all dem Kummer, den ich dir bereitet habe«, murmelte er und strich mit dem Daumen über ihr Kinn.

Worauf wartete er? Sie ertrug sein Zögern nicht länger, stellte sich auf die Zehenspitzen und küsste ihn. All die Sehnsucht, die Verzweiflung und der Schmerz lagen in diesem Kuss, und es war nichts Zartes daran.

Nathan schien einen Augenblick lang überrumpelt, dann erwiderte er ihn mit gleicher Leidenschaft.

Schließlich setzten sie sich gemeinsam auf die Balustrade, ließen die Füße in die Tiefe baumeln und sahen hinab auf den Fluss Lahn, der träge in seinem Bett schimmerte wie ungeputztes Silber.

Dort, wo sich das Wasser zwischen den Trümmern einer Brücke hindurchzwängen musste, zeichneten sich weiße Gischt und Strudel ab, der Rest war beinahe schwarz. Von hier oben konnte man schnell vergessen, was für ein Unheil die Sprengung über das Land gebracht haben musste.

Nathan erzählte nur knapp, wie die Amerikaner das Rheinwiesenlager geräumt und die Engländer übernommen hatten. Nach einer kurzen Odyssee war er hier in Limburg gelandet.

»Ein Wunder, dass mein Brief überhaupt bis zu dir gefunden hat.«

»Ja, da haben wir Glück gehabt. Ich habe von Anfang an gezweifelt, ob es richtig war, sich zu trennen, aber erst dein Brief hat mich vom Gegenteil überzeugt.« Er lächelte und sah dabei auf ihre Hände. Seine Finger malten Kreise in die Innenfläche.

»Sag, wie geht es euch?«

Annies Herz taumelte aus dem Glücksgefühl, als habe es einen Schlag bekommen. »Nicht gut«, begann sie und erzählte hastig und ein wenig chaotisch von den vergangenen Monaten. »Und nun sitzt Vati im Gefängnis, und sie drohen damit, ihn ganz lange einzusperren. Für etwas, das er nicht getan hat!«

»Ausgerechnet dein Vater? Zugegeben, ich kenne ihn wenig, aber einen solchen Verrat traue ich ihm nicht zu.«

»Du musst ihm helfen, Nathan!« Annie sah ihn beschwörend an. Sie erwartete, dass er ihr eine einfache Lösung anbieten würde. In ihrer Vorstellung würde er einfach zum Präsidium Von-Bock-Straße fahren und Vati dort herausholen. Er gehörte schließlich zu den Besatzern, er hatte Autorität über einfache deutsche Polizisten, oder nicht? Aber warum wurde sein Blick dann so hart, seine Miene so kühl, als sei sie aus Stein gemeißelt?

»Ich fürchte, ich kann nichts ausrichten, Annie.«

»Was sagst du da?« Sie riss die Hände aus seinen.

»Es ist britisches Gebiet, ich bin Amerikaner. Wir haben keine Befugnisse mehr, und selbst wenn …«

»Nein! Nein, das darf nicht sein, Nathan!«

Sein Blick war gequält. Mit einem Satz war er von der Balustrade herunter und wurde von der Dunkelheit verschluckt.

Kapitel 16

Ein wesentlicher Faktor, der die Stimmung aller hebt,
ist die Tatsache, dass wir nun auf deutschem Boden kämpfen;
es ist eine erfreuliche Entwicklung, dass wir nun wissen,
dass die Zerstörung, die wir anrichten, deutsche Besitztümer
trifft und nicht die von befreundeten Völkern.
Jeder Schritt vorwärts ist ein Schritt in Richtung Berlin,
und wir alle fühlen, dass ein Ende in Sicht ist.

Major Motzfeld im Februar 1945,
zitiert nach Alexander Berkel

Acht Monate zuvor

MÜLHEIM, MAUSEGATTSIEDLUNG, FEBRUAR 1945

Es war Nachmittag, als er aus dem Zug stieg und den vierzigminütigen Fußweg antrat. Den Tornister auf dem Rücken und das Gewehr über der Schulter, verfiel er in einen stumpfen Marschschritt. Er hatte keinen Blick für seine Heimatstadt, sah nicht, was sich verändert hatte.

In seinem Kopf marschierte er durch die Wälder in der Eifel, durch Matsch, Frost und Morast, immer an der Seite seiner Kameraden. Mit jedem Schritt wurde ihm mehr bewusst, dass nur noch die Hälfte des HJ-Fähnleins, mit dem er zur Rurfront aufgebrochen war, aufrecht stand. Viele waren gefallen, einige verwundet wie er selbst.

Er sah nun, dass seine Stiefel über Pflasterstein schritten. Sah, dass es Strommasten und keine Bäume waren, die sich in gleichem Abstand reihten, und dass er allein marschierte …

Ganz allein.

Er zuckte zusammen, als eine Horde Zehnjähriger zwischen mehreren Hecken hervorgerannt kamen und laut *Peng, Peng!* rufend mit ihren Stöcken auf ihn schossen. Sie verschwanden genauso schnell, wie sie aufgetaucht waren. Dort ging es zur Halde, wo auch er in glücklicheren Zeiten immer gespielt hatte. Die Seifenkistenrennen auf den ausrangierten Bergbauschienen würde er nie vergessen.

Der vertraute Geruch von Kohlsuppe und Steckrübeneintopf fing sich zwischen den Backsteinfassaden der Siedlung, vermischte sich mit dem Duft frisch gewaschener Wäsche. Es war Freitag, Waschtag, und in den Waschküchen der Bergarbeiterhäuschen ging es hoch her. Helle und dunkle Wäsche flatterte im Winterwind auf den Leinen in den Gärten. Eine Wäschespinne, ungleich behängt, drehte sich quietschend.

Es war so verdammt vertraut, dass es wehtat.

Ernst, der doch gerade noch geglaubt hatte, es nicht zu ertragen, nach Hause zu kommen, beeilte sich nun. Er marschierte schneller, rückte den Ranzen auf seinem Rücken gerade. Nur noch wenige Schritt trennten ihn von der Haustür, von dem Gartentörchen.

Er hörte jemanden summen und stieß das kleine Tor auf.

Er würde nicht ins Haus gehen, sondern direkt an der Seite entlang zur Waschküche, die an Stall und Abort grenzte.

Heiße, feuchte Luft stieß ihm durch die offene Tür entgegen wie eine dichte Nebelwand.

Durch die feinen Wasserperlen, die sich wie Schwärme winziger Wesen bewegten, konnte er Charlotte erkennen. Sie trug eine von Mutters Kittelschürzen, die sie niemals auf der Straße anbehalten hätte, nicht einmal bei Fliegeralarm.

Die Ärmel ihrer Bluse waren weit hochgekrempelt. Mit beiden Händen hielt sie ein Holz umfasst und rührte damit in einem kochend heißen Bottich. Ihre Arme waren kräftig, die Wangen stark gerötet. Die flachsblonden Haare wurden von einem Tuch verdeckt. Und sie summte. Mit jedem Rund im Bottich wurde der Ton mal leiser und mal lauter, als würde sie sich bei der monotonen Arbeit anfeuern oder Schwung holen.

Ernst war stehen geblieben und sah ihr einfach zu. Der Anblick war so vertraut, dass sich etwas in ihm löste wie ein eng geschnürtes Seil, dessen Enden plötzlich auffaserten, bis es ganz langsam entzweiging.

Er atmete zitternd ein, und das Zittern setzte sich durch seinen gesamten Körper fort, bis er Angst bekam, er würde einfach zusammenbrechen. Das Gewehr rutschte ihm aus der Hand und fiel zu Boden.

Charlotte sah erschrocken auf, ein Herzschlag verstrich, dann erkannte sie ihn und kam auf ihn zugestürmt. »Du bist zurück!«

Sie wollte ihn in den Arm nehmen, zögerte aber angesichts der Verbände. Dann drückte sie ihn doch und küsste ihn auf die Wange. »Ein richtig fescher Kerl, mein kleiner

Bruder. Sag, bist du schwer verletzt? Musst du bald zurück?«

»Ich weiß es nicht.« Er zuckte mit den Schultern, was sofortige Schmerzen im linken Arm provozierte. Er verzog den Mund. »Ganz so fesch werd ich nicht mehr sein, das im Gesicht, das gibt eine Narbe.«

»Wie ist das passiert?«

»Hab mich mit ein paar Bäumen angelegt.« Er grinste gegen den Schmerz im Gesicht und den Schmerz der Erinnerung an.

»Mit Bäumen!« Charlotte machte große Kulleraugen.

»Sind unter Artilleriefeuer zersplittert. Aber genug davon.«

»So nah bist du dem Feind also gewesen«, sagte sie ernüchtert.

Erst da wurde Ernst wieder bewusst, welche Lügen er in seine Briefe nach Hause geschrieben hatte.

Charlotte bückte sich nach der Waffe, die ihm aus der Hand gerutscht war. »Und das ist dein Gewehr?«

»Vorsichtig damit.« Er hätte es ihr am liebsten sofort wieder abgenommen, doch seine Schwester hatte zumindest Erfahrung im Kleinkaliberschießen und wusste, dass ihr Finger nichts in der Nähe des Abzugs zu suchen hatte.

Wie sie es hielt, sah es groß und unhandlich aus.

Nervös beobachtete er, wie sie es ganz genau musterte und schließlich die siebzehn Kerben fand, die er auf der Fahrt versucht hatte, mit Asche und Ruß unsichtbar zu machen. Geradezu andächtig strich sie mit dem Zeigefinger darüber. »Bedeutet es, was ich glaube?«

Er nickte. »Kein Wort zu den Eltern. Mutti soll sich keine Sorgen …«

»Das nächste Wasser ist heiß, Kind!«, rief die Mutter in diesem Moment in der Küche.

»Für mich bist du ein Held«, flüsterte Charlotte, drückte ihm das Sturmgewehr in die Hand und eilte an den Waschzuber zurück. »Stell den Topf ab, Mutti.«

»Was? Warum?«

»Sofort!«, kommandierte Charlotte.

Ernst hörte, wie sie ihn auf den Boden stellte, erst dann rief er: »Mutti, ich bin zurück.«

Charlotte hatte den Mund gehalten, und seine Eltern glaubten weiterhin, dass er an der Rurfront nur Hilfsarbeiten geleistet und geschanzt hatte.

Das Gewehr lag gereinigt und geölt unter seinem Bett, eingeschlagen in ein altes, aber sauberes Tuch.

Sein Versprechen an Thomas hatte er nicht vergessen, jeden Morgen wiederholte er seinen Schwur. Es würde eine Zeit kommen, da würde er seinen Freund rächen. Blut sollte fließen. So viel und so lange, bis sich der Schmerz, der wie ein schwarzes Loch in seiner Seele klaffte, nicht mehr so schrecklich anfühlte.

Doch daheim war kein Platz für das wilde Brennen in ihm. Vorerst musste er warten.

Sobald er auf den Beinen war, verdrängte er jede Erinnerung an Thomas. Es musste sein, sonst konnte er nicht funktionieren. Nicht leben, nicht arbeiten und sich verhalten, wie es von ihm erwartet wurde. Erst nachts, wenn er allein im Dunkeln im Bett lag, stürzte alles erneut auf ihn ein.

Seine Tage verbrachte er wie in einem Traum oder vielmehr wie in einer Erinnerung. Als habe es die Zeit im Wald bei Hürtgen nie gegeben. Nur die hässliche Narbe auf seiner Wange erinnerte noch daran und das Stechen, das manchmal tief in seinem linken Arm erwachte.

Noch im Februar, nur zwei Wochen nach seiner Rückkehr, arbeitete er wieder bei Mannesmann auf dem großen Werksgelände direkt an der Ruhr. Er war wieder Lehrling im ersten Jahr. Der Junge, der für einfache Aufgaben mal hierhin, mal dorthin geschickt wurde. Dennoch liebte er die Arbeit in dem großen Walzwerk, wo weiß glühender Stahl in neue Formen gebracht wurde.

Die Hitze, die den Arbeitern entgegenschlug, empfand er als reinigend. Sie brannte derart auf der Haut, als könne sie die Erinnerung an die Rurfront auslöschen, denn die war stets mit Frost, Schlamm und Kälte verbunden.

Es gelang ihm, nicht daran zu denken, solange er im heißen Bauch der Röhrenwerke arbeitete. Selbst dann, wenn es Luftalarm gab und er mit den anderen Arbeitern in den Spitzbunker fliehen musste, der ganz nah an den Hallen stand. Es war ein markanter, kegelförmiger Bau aus grauem Beton, an dem Bomben und Granaten einfach herabglitten, ohne zu explodieren.

Wenn sie nach einigen Stunden ins Freie traten, konnte er manchmal am aufgewühlten Wasser des Ruhrkanals und kleineren Kratern sehen, wie nah die Engländer ihre Geschosse abgeworfen hatten.

Doch bereits Anfang März endete seine Arbeit wieder. Seine Schonzeit war vorbei, der Krieg rief erneut nach ihm.

Schicht im Schacht, zumindest für ihn. Albert hatte seine Püttlampe statt wie sonst bis zur nächsten Schicht auf Dauer in der Lampenstube abgegeben.

Es fühlte sich seltsam an, in dem Wissen vom Schacht nach Hause zu gehen, dass er die nächsten Wochen lang kein Bergmann, sondern Soldat sein würde.

Dreitausend Mann Volkssturm bot Mülheim an der Ruhr auf, um dem heranrückenden Feind etwas entgegenzusetzen. Sie sollten das Ruder noch einmal herumreißen, doch Albert glaubte nicht daran.

Es gab nur noch wenig Militär in der Stadt. Eine Fallschirmeinheit und zwei Grenadierersatzkompanien. Wenn es nach Albert und seinen Kumpeln ging, hätten sie besser heute als morgen die Waffen gestreckt, aber das wagte noch immer keiner von ihnen laut zu sagen.

Gerda empfing ihn an der Tür. Sie öffnete bereits, als er noch einige Meter entfernt war, und ließ die Wärme ins Freie strömen. Ihr ernstes Gesicht war wunderschön, fand er, und versuchte zu erkennen, ob sie sich an diesem Tag anders zurechtgemacht hatte. Doch nein. Heute war nur einer dieser Tage, an denen ihm mit einem Mal wieder auffiel, was für einen Schatz er vor vielen Jahren geheiratet hatte.

Gerda wusste bereits, dass Mann und Sohn zur Waffe gerufen wurden. Statt sich mit Worten zu begrüßen, nahm er sie in den Arm. Gerda zog ihn in den schmalen Flur und drückte hinter ihm die Tür ins Schloss. Inmitten aufgehängter Jacken und einer Reihe von Schuhen, die auf Zeitungspapier trockneten, klammerten sie sich aneinander fest. Er strich ihr durch das Haar, in dem einzelne Strähnen silberdurchwirkt schimmerten. »Ich liebe dich, Gerda Neumann«, sagte er dicht an ihrem Ohr.

»Nicht, Albert, sonst kommen mir noch die Tränen. Ernst soll seine Mutter doch nicht vollkommen derangiert antreffen.«

»Ach, papperlapapp.« Albert sah auf die Wanduhr. »Er kommt frühestens in einer Stunde, Liebes.«

Er löste sich von ihr, hängte Jacke und Mütze an ihren Platz, zog die Schuhe aus und stellte sie kerzengerade ausgerichtet auf einen Bogen Zeitungspapier, so wie sie es gern sah. Dann nahm er ihre Hände, sah ihr tief in die Augen und küsste sie. »Es wird schon, Gerda.«

»Wie soll es werden, wenn diese verdammten Schweine mir die ganze Familie wegnehmen, Albert? Ich werde allein sein! Du und Ernst an der Front, Annie im Lazarett, und sogar mein Lottchen bei der Flak! Ich halte das nicht aus.«

»Doch, das tust du, und das wirst du. Du bist stark, Gerda, du weißt selbst gar nicht, wie sehr. Wir müssen nur noch ein paar Monate durchhalten, hörst du? In ein paar Monaten ist alles vorbei. Die stehen doch schon am Rhein! Wer jetzt noch an den Endsieg glaubt, hat den Verstand verloren.«

Sie strich ihm über die Wange. »Du kannst mir nicht erzählen, dass du keine Angst hast.«

»Nein, das behaupte ich auch gar nicht. Wer sich nicht fürchtet, ist bereits tot.«

»Komm.« Sie nahm ihn an der Hand wie ein kleines Kind und führte ihn die schmale Treppe hinauf ins Obergeschoss. Im Schlafzimmer zog sie die Vorhänge zu, dann setzte sie sich am helllichten Tage aufs Bett. »Eine Stunde, bis unser Sohn von der Arbeit nach Hause kommt.« Sie sah mit wundem und zugleich verlangendem Blick zu ihm auf. »Eine Stunde.«

Sie hatten sich mit einer Wildheit und Verzweiflung geliebt, als sei es das letzte Mal in ihrem Leben.

Als Ernst schließlich heimkehrte, stand Gerda am Herd und kochte, während Albert zusammenpackte, was er für die nächsten Wochen im Feld brauchen würde. Die Ausrüstung, die sie ihm dazu überlassen hatten, war spartanisch. Ein altes belgisches Beutegewehr und ein paar Hundert Schuss Munition. Die kennzeichnenden Armbinden. Zwei davon hatte Gerda an eine warme Lodenjacke genäht.

Er stellte seine Ausrüstung soeben in der Küche ab, als Ernst hereinkam. Sein Sohn war zwar erst sechzehn, fast siebzehn, doch er überragte Albert mittlerweile um einen halben Kopf.

»Guten Abend«, sagte er und klang dabei fast schon gut gelaunt. Mit der kalten Luft von draußen schwang auch ein metallischer Geruch herein, der Ernst begleitete, seit er bei Mannesmann angefangen hatte.

Noch während er die Schuhe von den Füßen stieß, schnupperte er geräuschvoll. »Gibt es etwa Stielmus? Mutti, gibt es Stielmus?«

»Gibt es«, sagte Albert. »Mit extraviel Mettwurst. Deine Mutter verwöhnt uns. Ist gleich fertig.«

»Kommt Lotte noch?«

»Das weiß der Himmel, deine Schwester nutzt derzeit jede Gelegenheit, nicht heimzukommen, fürchte ich.«

Ernst fuhr sich durch das von der Mütze platt gedrückte Haar und rieb hindurch, bis es zu Berge stand. »Sie hat eine wichtige Aufgabe. Wäre ich an der Flak, wüsste ich auch nicht, ob ich heimkommen würde.«

Albert wollte nicht ausgerechnet heute mit seinem Sohn

diskutieren, warum seine Tochter nicht einmal am Tage heimkam, wo doch die Scheinwerferbatterien der Flak nur in der Nacht bedient werden mussten.

»Ich geh mich waschen.« Ernst schob sich an ihm vorbei, begrüßte seine Mutter und ging dann durch eine schmale Tür in die Waschküche mit dem daran angeschlossenen Abort.

Bald platschte Wasser in der Waschschüssel, und Albert setzte sich an den Tisch, den Gerda trotz Charlottes Abwesenheit für vier gedeckt hatte.

»Sie kommt doch eh nicht«, sagte er leise und erntete dafür einen scharfen und zugleich verletzten Blick von Gerda. Es kostete sie schon Überwindung, Annies Teller wegzulassen. Von den Lazaretten nahe der Front ließ man sie garantiert nicht fort … und das würde bis zum Ende des Kriegs so bleiben. Jetzt auch nicht für Lotte zu decken, brachte Gerda nicht über sich.

Albert rieb sich über das Kinn und beobachtete seinen Jüngsten, der mit noch nassem Gesicht und zurückgestreiftem Haar aus der Waschküche kam.

Wann war er nur so groß geworden? Wann hatten sich seine Schultern ausgefüllt? Er war kein Junge mehr, diese Wahrheit stand ihm inzwischen ins Gesicht geschrieben. Wie deutlich, das fiel Albert erst an diesem Abend wirklich auf.

Vielleicht hatte er es vorher nicht sehen wollen, womöglich lag es aber auch an ihrer baldigen Abreise gen Westen. Ihn beschlich die Ahnung, dass sein Junge doch mehr von der Front gesehen hatte, als seine Briefe der Familie weisgemacht hatten.

Angeblich war die Artilleriegranate, die ihn und seinen

besten Freund erwischt hatte, weitab von ihrem eigentlichen Ziel heruntergekommen. Aber stimmte das?

»So, meine Männer, her mit den Tellern!« Gerda versuchte, vergnügt zu klingen, und sie machten ihr Spiel mit.

Ernst grinste so breit, dass sich die Narbe auf seiner Wange spannte. »Ich esse das alles allein. Wer weiß, wann ich das nächste Mal Stielmus bekomme.«

»Es ist genug da, um dich zweimal satt zu bekommen.«

Auch Albert ließ sich den Teller füllen, was ein wenig dauerte, weil Gerda es sich nicht nehmen ließ, die Scheiben der mitgekochten Mettwürste genau zu zählen, damit alles gerecht war.

Sie aßen schweigend, und Albert versuchte, sich den Augenblick einzuprägen wie ein Gemälde. Das schummerige Licht in der Küche, den Duft des Essens und darunter auch den des Kohleofens. Ernst, der über seinen Teller gekauert dasaß wie ein Kater, der sein Futter nicht teilen wollte. Das leichte Vibrieren des Tischs, dessen Beine er schon seit Langem versteifen wollte, aber nie dazu kam. Der Abendgesang der Amsel, die im Sommer in der Hecke nistete. Und dann war da noch seine liebste Gerda, der Albert, aber nur Albert, ansehen konnte, dass sie die gemeinsame Zeit im Schlafzimmer genauso genossen hatte wie er.

Er versuchte, seine Musterung heimlich zu bewerkstelligen. Niemand sollte erfahren, in welch melancholischer Stimmung er war. Sein Herz sagte ihm, dass dies ein Abschied war, doch er wusste beim besten Willen nicht, wovon. Würde es ihn selbst treffen? Ernst? Oder gar Gerda? War es ein in Stein gemeißelter Fakt, unumstößlich, unabänderlich?

Er kaute auf der Mettwurstscheibe herum wie auf zähem Leder und bekam den eigentlich breiigen Bissen nicht herunter. Er war viel zu groß für seine Kehle, die ganz zugeschnürt war vor lauter Angst.

Was hätte er nur darum gegeben, morgen einfach wieder in den Schacht einzufahren und Kohle zu hauen, bis er die Arme nicht mehr heben könnte und ihm der Rücken so wehtat, dass er sich kaum mehr aufrichten konnte? Aber das war nicht möglich. Sein Gang am nächsten Tag war schwerer.

Acht Monate später

SÜDLICH VON KÖLN, OKTOBER 1945

Draußen rauschte wieder das waldige Hügelland vorbei, als hätte es die vergangenen zwei Tage mit Nathan nie gegeben. Die leuchtenden Herbstfarben strahlten so intensiv in der klaren, blauen Luft, als stünden Eichen, Ahorn und Buche in Flammen.

Annie fühlte sich wie im Fegefeuer. Da war dieses irrsinnige Glück darüber, geliebt zu werden, und zugleich ein Gefühl von Ohnmacht. Nichts hatte sie erreicht. Vatis Schicksal hing in der Schwebe, als spiele ein launischer Gott um sein Leben.

Der erste Abend in Limburg hatte beinahe im Streit geendet, nachdem Nathan sie auf der Balustrade zurückgelassen hatte. Doch er war gar nicht fort, das war ihr nach einer Weile klar geworden. Still saß er auf einer Bank nur wenige Schritt von ihr entfernt und sah ihr zu, wie sie mit ihren Dämonen rang. Beinahe hätte sie in ihrer Verzweiflung um sich geschlagen, wie Lotte es manchmal tat, wenn sie nicht wusste, wohin mit ihren Gefühlen.

Sie waren einander doch ähnlicher, als sie es beide wahrhaben wollten. Wenn Nathan nicht gegangen wäre, hätte sie ihn mit Vorwürfen überschüttet. Dabei konnte er nichts dafür, dass Engländer und nicht Amerikaner Mülheim besetzten, genauso wenig, wie er etwas dafürkonnte, dass Vati überhaupt verleumdet worden war.

Annie blieb auf der Mauer sitzen, bis die Kälte der hereinbrechenden Nacht ihre Wut und auch ihre Tränen mit sich genommen hatte.

Als sie schließlich aufstand und sich umsah, saß er dort, die Soldatenmütze auf dem Schoß, sein Gesicht eine kantige Landschaft voller Grate, die Augen geheimnisvoll und endlos. Sein lackschwarzes Haar, obwohl wieder kürzer geschnitten, glänzte im Mondlicht.

Als sie auf ihn zutrat, lächelte er zögerlich, als wisse er nicht, was er zu erwarten hatte.

Annie setzte sich zu ihm. »Es tut mir leid«, murmelte sie schließlich. »Ich weiß, du kannst nichts dafür.«

Er zog sie schweigend auf seinen Schoß, und sie rollte sich in seinen Armen zusammen, genoss das Gefühl der Geborgenheit.

»Ich hab dich sehr lieb, Annie Neumann«, sagte er, die Lippen ganz dicht an ihrer Wange.

So saßen sie eine Weile unter den Sternen, bis Nathans Magen plötzlich ein lautes Knurren von sich gab und sie beide lachen mussten.

»Wir haben das Abendessen verpasst, du und ich und mein Bauch.« Er half ihr auf. »Komm, gehen wir rein. Es wird dir gefallen, es ist ein hübsches Hotel, und für dich finden sie bestimmt noch ein Zimmer.«

»Aber ich kann nichts bezahlen, Nathan.«

»Das ist unwichtig.«

Das Hotel war wirklich außergewöhnlich elegant und schön, eines von denen für reiche Gäste, mit barocken Möbeln, goldenen Spiegeln, Kronleuchtern an der Decke und Gemälden an den Wänden.

Annie lernte Corporal Jamesson kennen, der Nathan eine Standpauke hielt, die aber nicht halb so bös klang, wie sie erwartet hatte. Mehrfach fiel der Name ihres Heimatortes, sonst verstand sie kein einziges Wort.

Nathan hatte sie kurz allein gelassen und war in einer Küche verschwunden. Annie wartete derweil in einer Art Salon, der den Amerikanern zum Aufenthalt diente. Im Kamin prasselte ein munteres Feuer. Soldaten flegelten auf den vornehmen Sesseln und Sofas herum und warfen ihr neugierige Blicke zu. Die Luft hing voller Rauch. Es gab Musik und Kartenspiel.

Sie ahnte bereits das Gerede, das es geben würde, sobald sie nicht mehr anwesend war.

Schließlich kehrte Nathan mit einer älteren Dame in einer weißen Schürze zurück. Das Haar hatte sie straff zurückgebunden, darüber trug sie ein Häubchen.

»Die Dame«, begrüßte sie Annie und machte eine einladende Geste, ihr zu folgen. Durch eine Flügeltür mit facettierten Glasflächen ging es in ein Speisezimmer. Die Decke war stuckverziert und voller Malerei.

Nathan blieb bei einem Tisch für zwei stehen und zog ihr einen Stuhl heraus. Was dann folgte, war das beste, üppigste Essen ihres Lebens. Nicht im Traum hatte sie sich ausgemalt, jemals so zu speisen.

Nachdem Annie sich anfänglich ein wenig genierte, verlor sie ihre Zurückhaltung, als ihr klar wurde, dass sie tatsächlich unter sich waren.

Es gab eine Pilzsuppe, Rinderbraten mit Bohnen und Kartoffeln und zum Nachtisch Karamellpudding. Dazu tranken sie so viel Sekt und Wein, dass es Annie ganz schwindelig wurde.

Bis spät in die Nacht blieben sie sitzen, redeten und redeten. Annie meinte, Nathan in diesen Stunden besser kennenzulernen als in der ganzen Zeit zuvor zusammen.

Weit nach Mitternacht bekam sie dann tatsächlich ein kleines Zimmer im Hotel, das eigentlich für Angestellte gedacht war, die es seit der Beschlagnahmung durch die Amerikaner aber kaum noch gab.

Der nächste Tag hatte allein ihnen beiden gehört. Corporal Jamesson gab Nathan zähneknirschend frei.

Nach einem langen gemeinsamen Frühstück folgte ein ausgiebiger Spaziergang. In der hügeligen Landschaft zwischen den Weinbergen redeten sie sich die Last von der Seele, bis sie sich ganz leicht und ein wenig ausgelaugt fühlten. Am Mittag kehrten sie in einen kleinen Gasthof in der Altstadt Limburgs ein.

Auch hier wurden sie beobachtet, der Amerikaner und die Deutsche. Doch in der Fremde und an Nathans Seite machte es Annie nichts aus. Sollten sie doch starren und sich hinter ihrem Rücken die Mäuler zerreißen.

Am Nachmittag ging es erneut hinauf in die Weinberge, wo sie sich ein stilles Plätzchen suchten, Arm in Arm in der Sonne lagen und wünschten, der Tag würde nie zu Ende gehen. Doch er ging zu Ende, und in der Früh am nächsten Morgen fuhr Nathan sie zum Bahnhof und kaufte ihr eine Rückfahrkarte nach Mülheim.

Und nun saß sie wieder im Zug, und mit jedem zurückgelegten Kilometer trat etwas mehr Ernüchterung ein.

Sie hatte nichts für Vati erreicht. Nichts, bis auf einen Brief. Noch einmal nahm sie ihn aus ihrer Handtasche, faltete ihn vorsichtig auf und strich ihn auf ihren Knien glatt. Er sah wirklich sehr wichtig aus, dieser Brief. Mit allerlei Anschriften, einem Stempel und Nummern. Nathan hatte ihn als Verhöroffizier geschrieben und nicht als ihr Freund. Denn auch er arbeitete nun in einer Entnazifizierungsstelle, die in Limburg neu geschaffen worden waren. Angeblich bereiteten alle Alliierten eine Prozesswelle gegen die Verbrecher und Mörder des alten Regimes vor.

Zu jeder anderen Zeit hätte Annie diese Nachricht mit Begeisterung aufgenommen, doch seitdem Vati verhaftet worden war, war alles anders. So wie sie es verstand, befanden sich Hunderte, eher Tausende Namen auf den Listen. Vatis Namen darunterzumischen, musste ein Leichtes gewesen sein. Die Gerichtsverfahren würden bei der Zahl an Angeklagten schnell vonstattengehen müssen. Ihr Vater würde abgehandelt werden wie eine Nebensache.

Wieder krampfte sich alles in Annie zusammen.

Nathan hatte den Brief auf Deutsch und auf Englisch abgefasst. Albert Neumann sei ein anständiger, integrer Mann, von dessen Unschuld er überzeugt sei. Er wisse von Gegebenheiten, die ihm im Vertrauen berichtet worden seien und genau das Gegenteil von dem bewiesen, was ihm vorgeworfen werde.

Annie wusste, worauf er sich damit bezog. Sie hatte ihm

von den Juden erzählt, die sie wenige Nächte lang im Kohlenkeller versteckt hatten. Verwandte von Yaron Sterner.

»Am besten wäre es, wenn ihr die Leute ausfindig machen könntet und sie darum bittet, für deinen Vater auszusagen«, hatte Nathan gesagt und hinzugefügt: »Ich will dir keine große Hoffnung machen, Annie. Die Nazis waren sehr gründlich. Sie haben die Juden verfolgt wie Bluthunde. Nach jetzigem Stand wurden Millionen ermordet. Erschossen, vergast, erschlagen, die Toten verbrannt oder irgendwo verscharrt. Die Sterners zu finden, selbst wenn sie noch leben, grenzt an ein Ding der Unmöglichkeit. Jeder, der konnte, ist auf verborgenen Wegen aus dem Reich geflohen. Die Überlebenden sind über die ganze Welt verteilt. In einigen Jahren wird das vielleicht möglich sein, aber jetzt, in all dem Durcheinander …« Er schüttelte den Kopf, mied ihren Blick. »Ihr werdet eine andere Lösung finden müssen.«

Annie hatte geschwiegen. Angesichts des Schicksals der Juden kamen ihr die Sorgen um Vati so gering vor, als habe sie als Deutsche überhaupt nicht das Recht auf Hoffnung oder einen glücklichen Ausgang.

Nathan hatte versucht, ihr Mut zu machen, doch es hatte ihm nicht so recht gelingen wollen. Dieser Brief war alles, was sie hatte.

Hoffentlich war er genug.

Kapitel 17

Hauptwache Mülheim, Oktober 1945

Albert hatte sich waschen dürfen, und Gerda hatte ihm frische, wärmere Kleidung gebracht, denn in der Zelle war es kalt.

Lotte war mitgekommen und hatte mit ihrem Charme dafür gesorgt, dass ihre Eltern sich ungestört unterhalten konnten. Es widerte ihn an, dass seine Tochter seinetwegen wie ein Flittchen mit dem jungen Polizisten tändeln musste. Wie lange würde sie ihr Spiel wohl noch treiben können, bis er mehr erwartete? Sie ausführen oder gar küssen wollte?

Er kannte seine Lotte, sie hätte auch das getan, nur damit ihre Eltern einige kostbare Minuten miteinander hatten.

Albert genoss jede einzelne davon, und mit jedem Tag, der verstrich, kam es ihm mehr vor wie ein Abschied auf Raten. Als würde er sich zunehmend aus der Welt verabschieden wie ein Greis, dessen Körper schleichend die Kraft verließ.

Gerda merkte es. Sie kannte ihn besser als er sich selbst. Dass er aufgab, machte sie wütend. Ihre Augen funkelten dann so herrlich wie auf den Parteitreffen, wenn sie leidenschaftlich für ihre Sache stritt. Auch jetzt war sie zum Kampf bereit, doch es gab niemanden, der sich ihr stellte. Kein Gesicht und keinen Namen zu den vorgebrachten Anschuldigungen.

Hilflos waren sie, allesamt hilflos.

Sobald der Besuch fort war, brachten sie ihn wieder in die Zelle. Befragungen fanden keine mehr statt. Wess wusste mittlerweile, dass er standhaft bleiben würde.

Er teilte die Zelle wechselnd mit Trunkenbolden, Dieben und echten Nazis, NSDAP-Parteileuten und anderem Gesocks. Meistens ließen sie einander in Ruhe. Dann streckte sich Albert auf dem Boden aus und schloss die Augen.

Alle möglichen Erinnerungen stürmten auf ihn ein.

Wenn er Glück hatte, waren es schöne, aber meist kamen nur die dunklen. Dann war er wieder gefangen im Stollen und erschlug den SS-Mann, nachdem der begonnen hatte, die polnischen Zwangsarbeiter zu erschießen. Es war ein Mord, für den Albert keine Reue empfinden konnte.

Doch noch viel häufiger war es ohnehin Ernst, der in solchen Stunden zu ihm kam.

An seinen Sohn zu denken, erschien ihm wie ein Zeichen. Ernst rief nach ihm, er vermisste seinen Vater.

Er sollte es Gerda sagen …

Sieben Monate zuvor

RUHRGEBIET, MÄRZ 1945

Er durfte ihn nun Albert nennen, als wären sie gewöhnliche Kameraden und nicht Vater und Sohn. Ernst war erstaunt, wie nüchtern sein Alter es aufgenommen hatte, dass er ihn belogen hatte.

Schon bei der Fahrt ins benachbarte Duisburg, wohin ein Teil des Mülheimer Volkssturms entsandt wurde, stellte der Vater Ernst zur Rede. Als herrsche eine andere Wahrheit zwischen ihnen, seitdem sie die Siedlung hinter sich gelassen hatten und der Förderturm nicht mehr wie ein Scherenschnitt über den Horizont ragte.

Hier, schon halb an der Front, war es ihm leichter gefallen, mit der Sprache herauszurücken. Sein Vater fragte nicht, warum er in den Briefen gelogen und später geschwiegen hatte, nickte nur und sah dann auf die vorbeiziehende Landschaft. Zum ersten Mal fragte Ernst sich, ob sein Vater dem Tod wohl auch schon so nahegekommen war wie er.

Dann fiel ihm das Grubenunglück im März 1941 ein, und er schalt sich in Gedanken selbst einen Idioten. Natürlich war sein Vater mit dem Tod in Berührung gekommen. Und vermutlich weit häufiger als das eine Mal, als ein Bombentreffer den Schacht in Teilen hatte einbrechen lassen, was mehrere Kumpel mit dem Leben bezahlt hatten.

Vater sprach nur nicht darüber. Genau wie er.

Wahrscheinlich waren sie einander viel ähnlicher, als Ernst wahrhaben wollte.

Von den Sammelstellen am Bahnhof brachte man sie zu Verteidigungsstellungen in den Rheinwiesen.

Die Zeit dort flog dahin. Die Tage verschmolzen miteinander, und bald war selbst der Unterschied von Tag und Nacht nur noch eine Frage der Uhrzeit, denn beide Seiten nutzten künstlichen Nebel, um Truppenbewegungen zu verschleiern.

Die Volkssturm-Leute bekamen einfache Aufgaben: Schanzen, Minen legen und nächtelang auf den Rhein starren. Der Amerikaner konnte jederzeit einen Angriff versuchen. Deshalb lagen sie in ihren eisigen Schützenlöchern und Stellungen und suchten mit Ferngläsern das Flussufer auf der anderen Seite ab.

Ständig flogen die Alliierten nun Luftangriffe auf die ausgebauten Stellungen entlang des Stroms und tief in das Herz des Ruhrgebiets hinein. Es war bloßes Glück, dass Vati und er selbst unverletzt blieben. Einige andere, die mit ihnen aus Mülheim hergekommen waren, überlebten die Angriffe nicht.

Am 18. März wurde dann alles anders.

Sie wurden in der Früh geweckt, mussten hastig zusammenpacken und wurden in den Diersfordter Wald bei Wesel verlegt. Dort bezogen sie ein leer stehendes kleines Gehöft, fast schon eine Kate. Halb im Wald verborgen, wo mächtige Eichen ihre Kronen über das flache Dach streckten, das so stark mit Moos, Farn und kleinen Schösslingen bewachsen war, dass es von oben selbst wie ein Teil des Waldbodens aussehen musste.

Sie überblickten weite Felder. Wohl auch deshalb hatte man sie mit einer 20-Millimeter-Flak ausgestattet. Sechshundert Meter entfernt gab es Batteriestellungen parallel zu einem Feldweg, der beidseitig von Hecken flankiert wurde.

So harrten sie aus. Ernst und ein anderer junger Bursche namens Kurt machten sich daran, die natürliche Tarnung des Häuschens noch ein wenig zu verfeinern. Sie brachen die eckigen Strukturen mit angelehnten Zweigen und Brombeerranken auf.

Sie wachten in Schichten. Dann, am 24., geschah etwas. Etwas Großes.

Es begann kurz vor zehn mit einem tiefen Brummen.

»Ernst!« Der Tonfall, in dem der Vater ihn ans Fenster rief, ließ kein Zögern zu.

Seine Hand lag an der Scheibe. Das Glas vibrierte im bröckeligen Kitt. Alle sechs Mann, die im Haus waren, wussten, was sie zu tun hatten. Die Wehrmachtssoldaten besetzten die Flak, während der Volkssturm sich um die abstürzenden Piloten kümmern würde.

Das Dröhnen schwoll zu einem gewaltigen Brüllen an.

»Was ist das für eine Teufelei?«, schrie jemand.

Es waren nicht Dutzende, sondern Hunderte Maschinen, die dort auf sie zukamen, große, plumpe Vögel, die nun schnell an Höhe verloren.

Ernst verstand nicht, was die Engländer, Amerikaner oder wer auch immer da kam, vorhatten. Wollten sie die versprengte Flak rund um Wesel, Diersfordt und Hamminkeln eindecken? Dann öffneten sich plötzlich die Luken, und die Luft war voll. Als sei ein Windstoß in ein Feld voller Löwenzahn gefahren, trudelten und schwebten plötzlich Tausende kleiner Schirmchen aus dem Himmel.

Die Fallschirmspringer verließen die Maschinen so

schnell, dass einem schon beim Zusehen schwindelig wurde.

Was für eine Disziplin, dachte er bei sich und biss sich gleich darauf so fest auf die Lippe, dass er Blut schmeckte. »Eine Übermacht«, rutschte es ihm heraus, dann ratterte die Flak los. Überall spien die Stellungen nun Garben in den Himmel.

Einige Flieger gerieten in Brand, andere rissen entzwei, und aus ihren Bäuchen fielen Soldaten mit ungeöffneten Fallschirmen.

Mit einem ohrenbetäubenden Kreischen jagte eine Maschine dicht über sie hinweg und krachte in den Wald. Die Luft schmeckte nach Ruß. Ernsts Herz begann zu rasen. Jetzt war es so weit! Nun war der Tag gekommen. Er tastete zum wiederholten Mal nach seinen Magazinen. Ja, er hatte genug, vielleicht nicht für alle, aber …

⚒

Ernst ließ sich neben Albert fallen. So hatte er seinen Sohn noch nicht gesehen. Aus den jungen Augen blickte ihm ein Fremder entgegen. Das Gesicht wirkte starr wie das einer Skulptur, und hineingemeißelt stand der Wunsch nach Rache für seinen besten Freund, die Bereitschaft, Blut zu vergießen.

Albert dagegen fühlte sich nicht im Geringsten bereit. Ihm war schlecht.

Der Ruß explodierender Granaten verdunkelte den Himmel abschnittsweise. Als sei alles Teil einer großen Bühne, die mal im Scheinwerferlicht, mal im Dunkeln lag. Die Flugzeuge zogen stoisch ihre Bahn, als kümmere sie das

Feuer der Flak nicht. Und dann die Schirmchen. Nur von dünnen Fäden gehalten, baumelte an jedem einzelnen ein Mensch mit einem Gewehr. Hilflos sahen sie aus, wie sie droben in der Luft schwebten, doch Albert wusste, dass jeder, der lebend auf dem Boden ankäme, versuchen würde, ihn zu töten.

Und doch …

Er überprüfte sein Gewehr, weil er nicht auf den ersten Soldaten anlegen konnte. *Konnte* es einfach nicht. Niemand schien sein Zögern zu bemerken. Die Flak machte Jagd auf die Flugzeuge. In der Batterie links von ihm entlang des Feldweges ratterten die Maschinengewehre.

Ernst schoss mit Pausen dazwischen. Einzelfeuer statt Salven. Ruhig und präzise wählte er sein Ziel, legte an und gab dann einen, maximal zwei Schüsse ab. Dabei bewegte er seine blutig gebissenen Lippen, als würde er etwas vor sich hersagen.

Sein Sohn wirkte so ruhig, als würde er nichts weiter als Tontauben schießen. Er hatte so etwas – oder zumindest Ähnliches – bereits erlebt. Die Kerben auf dem Gewehr stammten tatsächlich von ihm, nun hatte Albert keine Zweifel mehr.

Ernst hustete, veränderte ein wenig seine Position und wechselte das Magazin. Dabei sah er Albert zum ersten Mal an. »Du musst schießen, Vati. Wenn du nicht schießt, erschießen sie dich. Willst du, dass sie dich töten? Oder mich?«

»Nein.« Es stimmte, sie würden auch seinen Sohn töten, das wurde ihm nun erst vollends bewusst. Er musste schießen. *Musste!*

Inzwischen waren die ersten Fallschirmspringer auf

dem Boden angekommen. Noch waren sie leichte Ziele, wirkten orientierungslos und mussten sich zudem ihrer Schirme entledigen. Albert legte auf einen an, der auf dem Boden saß und verzweifelt versuchte, seine Stiefel frei zu bekommen, die sich zwischen den Schnüren verheddert hatten. Er zielt mitten auf die Brust … auf die Brust eines unbewaffneten jungen Mannes.

Neben ihm feuerte Ernst, der mittlerweile längst nachgeladen hatte, einen einzelnen Schuss ab. Der Amerikaner versteifte, dann kippte er langsam vornüber, als wolle er den Kopf auf die Knie legen.

»Vati! Vati, nun schieß doch!«, schrie Ernst und versetzte ihm einen Stoß gegen die Schulter.

Er kam nicht zu einer Antwort, denn in diesem Moment fiel eine Transportmaschine aus dem Himmel. Sie kippte ab, brannte. Aus einem klaffenden Loch in der Flugzeugwand purzelten Menschen und Material, nur wenigen gelang noch der kontrollierte Absprung, und bloß bei zweien öffnete sich der Fallschirm rechtzeitig genug, um den Aufprall zu mildern.

Die Maschine beschrieb einen Bogen und krachte nur dreißig Meter vor den Neumanns ins Feld. Sofort bestrich die nahe Batterie das Wrack mit Maschinengewehrfeuer.

»Verdammt!« Ernst fluchte. »Verdammt, ich sehe nichts mehr!« Der Rauch des Wracks, das mehr und mehr ein Opfer der Flammen wurde, zog sich wie eine Wand parallel zu ihrer Stellung. Die zur Landungszone auserkorenen Felder dahinter wurden schlagartig von schwarzem Rauch verschluckt.

»Sucht euch neue Positionen, Männer!«, rief es aus der

nahen Stellung herüber, die von Wehrmachtssoldaten gehalten wurde.

»Sie haben recht.« Ernst zog ihn am Ärmel. »Komm.«

Er konnte nichts anderes tun, als seinem Sohn zu folgen. Schließlich war er hier, um an dessen Seite zu kämpfen. Er würde nicht zurückbleiben, während der Junge sich in Gefahr begab.

Ihnen folgten noch zwei weitere Volkssturm-Kämpfer, die ebenfalls verstanden hatten, dass ihre Position durch das Feuer nicht mehr von Nutzen war.

Ernst lief geduckt voraus aus der Hütte einen Pfad entlang in den Winkel des Waldes, den sie in den vergangenen Tagen als Toilette benutzt hatten. Zeitungsschnipsel leuchteten zwischen altem Laub. Immer wieder hielt Ernst inne, nahm Deckung hinter Stämmen und spähte. Es musste schnell gehen. Die gegnerischen Soldaten fielen nun in Scharen aus dem Himmel, und noch immer kamen weitere Flugzeuge heran.

Dann rauschte und raschelte es plötzlich, Zweige regneten herab. Ein Fallschirm verhedderte sich in der Krone einer Buche direkt über ihnen, der Soldat blieb stecken und eröffnete sofort das Feuer. Kugeln pfiffen direkt an Alberts Gesicht vorbei und schlugen in den Boden. Hinter ihm begann jemand zu schreien, beide Kameraden stürzten.

Albert riss seine Waffe hoch und feuerte, ohne nachzudenken. Feuerte und feuerte, bis der Mann im Baum leblos in seinem Gurt baumelte. Erst dann hörte er auf.

Ernst zerrte ihn mit sich. Schließlich warfen sie sich in ein Schützenloch, groß genug für zwei.

Später würde er sich an die folgenden Minuten – vielleicht waren es auch Stunden – als eine einzige Kakofonie aus Lärm, Angst und Leid erinnern. Sie schossen auf die Amerikaner und ein paar versprengte Engländer, die schutzlos auf den Feldern landeten.

Einige schafften es dennoch, sich zu sammeln. Sie riefen Namen und Kommandos, und langsam kam Ordnung in ihre Haufen. Geschickt nutzten sie Topografie und Wracks als Deckung.

Eine Bazooka schaltete alsbald einen Teil der Wehrmachtbatterie im Graben aus. Doch der Rest wehrte sich wie tollwütige Tiere. Sie hatten ihre 20-mm-Flak in die Horizontale gerichtet und mähten damit durch Fleisch und Metall, als wäre es nichts. Dabei stießen sie ein geradezu irres Kriegsgeheul aus.

Dann verstummte auch die Flak. Es gab keine Munition mehr. Nun ratterten nur noch die beiden MGs weiter.

Albert war erleichtert, dass die Wehrmachtsstellung alle Aufmerksamkeit und damit auch fast das gesamte feindliche Feuer auf sich zog. Und da kam ihm ein Gedanke. »Machen wir uns davon, Ernst.«

Sein Sohn setzte die Waffe ab und sah ihn an, als spräche er in einer fremden Sprache. »Was?«

»Machen wir uns davon, sage ich, und retten unser Leben. Du bist noch so jung.«

»Nein. Ich habe einen Eid geschworen.«

»In der HJ? Das ist doch nichts wert, Junge, kapier es doch! Du wirst hier krepieren, und für was?«

»Für das Vaterland und … und für Thomas!« In Ernsts Augen loderte ein unheimliches Feuer. »Verschwinde, wenn du zu feige bist.« Er drückte das Gewehr gegen die Schulter und nahm den nächsten amerikanischen Soldaten ins Visier, der geduckt genau auf sie zulief. Offenbar wollte er den Waldrand als Deckung nutzen.

Ernst feuerte. Der Fremde taumelte noch ein Stück, dann schlug er der Länge nach hin. Doch es war noch nicht vorbei, denn nun kroch er. Das blasse, ein wenig verzerrte Gesicht war dem seines eigenen Sohns so ähnlich, dass Albert laut zu schreien begann. Es brach einfach aus ihm heraus.

Dann war der Amerikaner tot.

Es mussten nun weit über zwanzig feindliche Soldaten hinter dem Flugzeugwrack lauern. Wieder und wieder schossen die Deutschen auf sie. Dann plötzlich Sperrfeuer, und der mit der Bazooka, einer Panzerfaust ähnlich, wagte sich aus der Deckung. Einen Augenblick später verstummte auch das letzte MG.

Schlagartig war es in ihrem Abschnitt still geworden.

Aus dem Himmel trudelten nun Lastensegler heran, die ohne eigenen Motor flogen. Sie kreisten wie Kraniche.

Die Amerikaner riefen etwas.

Albert konnte es nicht verstehen, dafür waren sie zu weit weg, doch er sah, was nun geschah. Die Wehrmachtssoldaten warfen ihre Gewehre aus dem Graben und kletterten kurz darauf mit erhobenen Händen heraus. Sie waren nur noch zu fünft.

»Komm, Ernst, jetzt ist es vorbei. Es ist genug.«

Albert stand auf und sah aus dem Augenwinkel, wie sich sein Junge mit ihm erhob.

Er trat aus dem Wald, die Hand mit dem Gewehr über dem Kopf.

»*Another!*«, rief ein amerikanischer Soldat und wies auf ihn. »*Drop it!*«, schrie er.

Albert verstand ihn nicht, aber er ahnte, was er tun sollte, und warf die Waffe fort.

Als er sich kurz umsah, war er allein.

⚒

Ernst konnte es nicht glauben. Sein Vater gab auf, einfach so. Kapierte er denn nicht, dass die Feinde nun das Ruhrgebiet überrennen und womöglich ihre Familie töten würden? Sie konnten nicht aufgeben! Niemals! Sie waren das letzte Bollwerk!

Auch die Wehrmachtssoldaten stiegen nun aus ihrem Graben, die Hände hoch erhoben. Zwei stützten einander, schienen beide verletzt. Dann brach einer zusammen, konnte keinen Schritt mehr gehen. Die Amerikaner schrien etwas und dirigierten ihre Gefangenen zur Seite, dann löste sich einer aus ihrer Reihe und näherte sich dem Verwundeten vorsichtig. Vermutlich würden sie ihn nun erschießen.

Der Deutsche lag genauso da wie damals Thomas. Auch da mussten die Schweine erst diskutieren, bis sie entschieden hatten, wer ihn erschoss.

Ernst hob sein Gewehr und zielte. Das Blut schien in seinen Adern zu kochen, Schweiß trat ihm auf die Stirn und lief kribbelig seine Schläfe hinunter. Vor seinen Augen verschwamm die Szenerie endgültig mit der im Hürtgenwald. Schneematsch trat an die Stelle kahler Felder. Er hörte wieder ihre kehligen, fremden Stimmen. Nur noch wenige Augenblicke, und die Chance war vertan. Wenige Augenblicke, und Thomas wäre tot.

Vor seinen Augen flimmerte es. Gleißende Punkte wie Schneeflocken.

Er sah zu wenig, musste weiter nach vorn! Der vertraute Druck des Gewehrs an seiner Schulter schenkte ihm die nötige Ruhe.

Er trat aus der Deckung des Waldes. Den Mann vor ihm, den mit dem dunklen Anzug und der Volkssturm-Armbinde, ignorierte er. Er war nicht wichtig, hatte in Ernsts Erinnerung nichts verloren. Er war allein, musste seinen besten Freund retten!

Er hasste diese Amerikaner! Hasste sie für alles, was sie kaputtgemacht hatten und im Begriff waren, ihm zu nehmen.

Seine Heimatstadt lag in Trümmern, so viele Menschen tot. Alles, was ihm Freude bereitet hatte, war von ihnen vernichtet worden.

»Ernst, bist du verrückt geworden?« Das war Vaters Stimme, sie klang ungewohnt schrill. Er wusste doch gar nicht um die Flammen, die in Ernsts Herzen loderten und ihn versengten.

Die Amerikaner schrien. Es waren mehr als zwei, doch in seinem Kopf schrumpften sie zusammen, wurden vom Schneewirbel reduziert.

Er wusste, wenn er abdrückte, würde der Schmerz für eine Weile weniger.

»Nein!«, schrie jemand.

Er drückte ab.

Kapitel 18

Sieben Monate später

MÜLHEIM, OKTOBER 1945

Lotte wartete vor dem Wohnhaus der Familie Täuber auf Hajo. Sie wusste nicht, wann er von der Arbeit heimkommen würde, nur dass sie ihn dringend sehen musste.

Annie war seit ihrer Reise nach Limburg wieder jeden Tag in der Schule. Wenn es nach ihr gegangen wäre, hätte sie jede freie Minute damit verbracht, nach einer Lösung zu suchen, doch Vati hatte es ihr verboten und ihr das Versprechen abgenommen zu lernen. Es für ihn zu tun.

Annie hatte geschworen, und seitdem brach sie jeden Morgen brav zur Schule auf.

»Charlotte!« Hajo, der gerade um die Kurve gekommen war, begann zu rennen, sobald er sie sah.

Es folgten eine wilde Umarmung und ein beherzter Kuss.

»Was machst du hier?«, fragte er ein wenig außer Atem.

»Ich musste dich sehen. Bei deiner Zeitung sagten sie, du wärst auf Reportage.«

»Ja, das stimmt.«

»Du darfst jetzt also richtig für die Zeitung schreiben?«

Verlegen legte er den Kopf schief und sah dabei trotz seiner Größe entzückend aus, fand Charlotte.

»Nicht so richtig. Ich recherchiere für die echten Reporter. Heute über die Reparaturen an den Bahngleisen und wie es vorangeht. Da habe ich mit einigen Verantwortlichen gesprochen.« Er klopfte auf seine Tasche, die er sich neu gekauft hatte. Stabil und aus Leder, musste sie ihm die zweite Hand ersetzen. Er stützte sie dafür gegen den Bauch und legte sein Notizbuch darauf, das hatte er in Lottes Gegenwart ausprobiert und geübt, bis es nicht mehr gar so ungelenk aussah. Seine Handschrift mit links konnte bislang zwar nur er lesen, aber auch das würde sich bessern.

Charlotte fand, er war ungeheuer tapfer und schlug sich sehr gut. Den Verlust der Hand hatte er weit selbstverständlicher akzeptiert, als sie es für menschenmöglich gehalten hätte, und das sagte sie ihm auch oft, was ihn jedes Mal verlegen machte.

»Ich bringe eben mein Zeug hoch«, sagte er und war im Nu im Haus verschwunden.

Charlotte fühlte einen winzigen Stich. Sie wusste, dass seine Mutter dort oben stand und sie aus dem Fenster im Schutz der Gardine musterte. Frau Täuber wusste von ihr, und doch hatte Hajo sie noch nicht nach oben gebeten.

Schämte er sich für sie?

Nein, sicher nicht. Aber es stand unausgesprochen zwischen ihnen, dass sich keiner dem anderen erklärt hatte.

Zuletzt hatte sie ihm gestanden, sie trauere noch so sehr um Martin, dass in ihrem Herz kein Platz sei. Doch das war nun schon viele Wochen her, und seitdem schlich Hajo elegant wie eine schlanke Tigerkatze um ihr Herz und hatte längst einen Schlupfweg hinein gefunden.

Ob er es wusste? Konnte er ihr ansehen, dass sie mehr für ihn empfand? Sie hoffte es, denn es zu fühlen und es auszusprechen waren zwei vollkommen unterschiedliche Angelegenheiten. Zu Zweiterem fühlte sie sich noch lange nicht bereit.

Die Tür schwang auf, und da war es wieder, sein verschmitztes Lächeln, das ihr die Knie weich werden ließ. Ja, er wusste, was für eine Wirkung er auf sie hatte, wusste es ganz genau. Und er genoss es, der Schlawiner!

»Gehen wir in den Park?«, fragte er, und sie hakte sich auf seiner linken Seite unter.

»Vielleicht wird es nass.«

Er folgte ihrem Blick. Im Westen türmten sich hohe, tiefgraue Wolken auf, zerklüftet wie Gebirge. Kraniche zogen darunter in Keilformation her, hastig, als würden sie vor der Unbill des Wetters fliehen.

»Kannst du sie hören?«, fragte Hajo.

»Natürlich.« Sie seufzte. »Ich finde, sie klingen immer so wehmütig. Als würden sie dem Sommer nachtrauern und davonziehen, obwohl sie eigentlich noch bleiben wollen.«

»Besser hätte ich es nicht ausdrücken können.«

Sie liefen an einem Villenviertel entlang, das seltsamerweise kaum Kriegsschäden aufwies. »Reiche Säcke haben immer auch noch Glück«, sagte sie.

»Sonst wären sie vielleicht nie so reiche Säcke geworden.«

Sie passierten die Textilfabrik Troost, die länger stillstand, als Charlotte denken konnte, und einhundert Jahre vor dem Siegeszug der Stahlindustrie der größte Arbeitgeber der Stadt gewesen war. Früher war sie mit einigen anderen Kindern nach der Schule einmal dort eingestiegen und hatte die alten Dampfmaschinen und Webgeräte bewundert. Baumwollballen verrotteten in einem feuchten Winkel und beherbergten eine ganze Armee von Ratten. Deren Fiepen und ein wachsender Grusel hatte ihre Bande schließlich in die Flucht getrieben.

Meine Güte, war das lange her. Damals war ihre kleine Kinderwelt noch in Ordnung gewesen und Krieg nur ein Wort aus Schulbüchern und Großvätergeschichten.

Vorbei an der alten Fabrik folgten sie einem Spazierweg direkt an die Ruhr. Vom Leinpfad aus hatten sie einen guten Blick auf die Villa der Familie Thyssen mit ihrem Park, den alten Bäumen und dem hübschen Teich.

Sie setzten sich auf eine kleine Stufe, die wohl dazu diente, leichter auf die Boote steigen zu können, und ließen die Füße baumeln. Hajos Schuhsohlen berührten beinahe das Wasser.

»Nicht!«, sagte Charlotte und kicherte, als er so tat, als wollte er sie hineinschubsen. Sie klammerte sich an ihn. »Das hast du doch nur gewollt«, sagte sie, ließ ihn aber trotzdem nicht los.

Eine ältere Dame, die in diesem Moment an ihnen vorbeiging, schüttelte entrüstet den Kopf und gab dabei missbilligende Laute von sich. »Keinen Anstand mehr …«

»Oje, ich bin unanständig«, kicherte Charlotte und schmiegte ihre Wange an Hajos. In Augenblicken wie diesen fühlte sich alles so leicht und mühelos an.

Eine Weile saßen sie da, ließen die Beine baumeln und sahen aufs Wasser hinaus. Die Ruhr floss rasch dahin, schäumte und kräuselte an der Oberfläche. Der Regen der vergangenen Tage hatte den Pegel steigen lassen und den

Fluss sauber gespült. Das Wasser war ein wenig trüb vom Schlamm und roch nach Herbst.

Gerade dachte sie, wie schön es war, dass sie mit Hajo auch schweigen konnte, als er sich räusperte. »Sag, gibt es Neues von deinem Vater?«

»Nein, leider nicht. Sie halten ihn weiter fest, mehr passiert nicht, weil er auch nichts Neues aussagt. Annie war bei ihrem Amerikaner in Limburg, wie du weißt. Er hat ihr ein Schreiben mitgegeben. Aber als wir es diesem Kommissar Wess gaben, hat er es sich gar nicht genau angesehen.«

»Was für einen Eindruck hat er auf dich gemacht? Kannst du es genau beschreiben?«

»Als er es gelesen hat, meinst du?«

Hajo nickte.

Charlotte versuchte, sich alles genau in Erinnerung zu rufen. »Er hat den Brief nur überflogen. Einzig der Adresse schenkte er einen zweiten Blick. Aber er wirkte nicht beeindruckt davon, dass Annie einen Amerikaner kennt, der ebenfalls bei der Entnazifizierung arbeitet. Eher, als würde es nur etwas bestätigen, was er ohnehin schon wusste.«

»Ich glaube, dieser Wess ist der Schlüssel. Ich würde wetten, dass er irgendetwas mit demjenigen zu tun hat, der deinen Vater beschuldigt.«

»Und wenn?«

»Musst du ihm nachweisen, dass er persönlich etwas damit gewinnt. Und dann heißt es, ihm ordentlich an den Karren zu pissen.«

»Hajo!« Nun musste sie doch ein wenig schmunzeln. »Einem Kommissar in die Quere kommen, kann nur Ärger bedeuten.«

»Aber Ärger, der es wert ist. Was sagst du? Morgen warten wir an der Wache und folgen ihm ein Stückchen. Vielleicht trifft er sich mit Informanten.«

»Du liest zu viele Räuberpistolen, mein Schatz.«

»Schatz! Du hast mich *Schatz* genannt!« Er grinste triumphierend. »Und, was sagst du? Wollen wir es wagen?«

»Ich weiß nicht …«

»Also ja.« Er streckte ihr die Hand hin, als würden sie ein Geschäft besiegeln, und sie schlug ein.

Ein dicker Regentropfen zerplatzte auf seiner Nase, dann war plötzlich ein Rauschen in der Luft, als würde ein Zug auf sie zurasen. Beide hoben ruckartig die Köpfe.

Wie eine graue Wand zog aus dem Westen Regen übers Land. Er kam rasch näher, der Vorhang aus Wasser verschluckte einen Baum nach dem nächsten. Schon war auch das Wasserwerk verschwunden, und die Lederfabrik Lindgens auf der anderen Seite war nicht mehr zu erkennen.

»Verdammt!«, fluchte Hajo, sprang auf die Beine und zog Charlotte mit hoch. Dann erreichte der Schauer die Ruhr. Die Tropfen brachten die Wasseroberfläche zum Kochen. Das Prasseln war ohrenbetäubend.

Charlotte und Hajo rannten bis zu einer Trauerweide, um sich unterzustellen, doch die dicken Tropfen schlugen auch die letzten länglichen Blätter von den Zweigen.

Hajo öffnete seine Jacke, und Charlotte schmiegte sich hinein, als könne sie sich darin verkriechen.

»Heute spioniere ich keinem Kommissar mehr hinterher.«

Hajo lachte. »Nein, heute bestimmt nicht mehr.«

Sieben Monate zuvor

DIERSFORDTER WALD, 24. MÄRZ 1945

Der amerikanische Sanitäter warf sich zu Boden. Im gleichen Moment feuerten seine Kameraden. Kugeln zischten durch die Luft. Albert bekam einen Schlag vor den Kopf, seine Knie gaben nach, als wäre sämtliche Kraft aus seinem Leib gewichen.

Ich sterbe.

Er schlug der Länge nach hin. Ernsts Sturmgewehr fiel in eine Ackerfurche neben ihm. Albert sah seinen Sohn unter dem Einschlag der Kugeln zucken, dann brach auch er zusammen.

Sein Augenlicht verließ ihn, was blieb, war der Geruch von Schlamm und Blut.

Es wurde nicht mehr geschossen, das fiel Albert als Erstes auf. Sein Kopf tat höllisch weh, ein pochender, allumfassender Schmerz, zu dem auch das Blut passte, das ihm im Haar und auf den Wangen klebte. Er spürte es wie eine zweite Schicht auf der Haut, die dort langsam trocknete und riss.

Nur schleichend kehrte seine Erinnerung zurück. Als er wieder Ernst vor sich sah, der mit dem Gewehr im Anschlag aus dem Wald trat, überkam ihn eine ganz andere Art von Schmerz. Ruckartig setzte er sich auf. »Ernst? Ernst!« Er schrie so heftig, dass ihm wieder schwarz vor Augen wurde.

»Leise, Neumann, dein Junge liegt hier«, sagte ein Mann neben ihm. Er trug wie er das Volkssturm-Abzeichen.

»Wo?«

»Gleich dort, sieht nicht gut aus.«

Alberts Blick klärte sich. Ja, dort lag sein Junge auf einem zerrissenen Fallschirm, nur zwei Schritt von ihm entfernt. Ein amerikanischer Sanitäter war bei ihm, und wenn ihn seine Augen nicht täuschten, dann sogar der, auf den Ernst geschossen hatte.

Er musste zu ihm! Albert mühte sich auf die Beine und bekam sofort einen heftigen Stoß gegen die Schulter, der ihn wieder zu Boden sandte. Ein Amerikaner hatte ihn mit dem Gewehrkolben niedergestreckt. »*Sit down! Don't move!*«

Albert kniete sich hin, sah zu dem Soldaten auf und legte in einer bittenden Geste erst die Hände zusammen, dann wies er auf Ernst. »Mein Sohn, bitte, ich muss zu meinem Sohn. Sohn!« Er tippte auf seine Brust, dann deutete er erneut auf den Jungen und wiederholte: »Mein Sohn!«

Der Soldat, ein junger Mann mit kastanienbraunem Haar und grauen Augen, hob fragend die Brauen. »*Son?*«

»Sohn!«

Der Sanitäter wurde auf ihn aufmerksam. Es folgte ein kurzer Wortwechsel, von dem Albert nicht das Geringste verstand, dann winkte ihn der Mann heran, der mit der freien Hand Verbandszeug auf Ernsts Brust drückte.

Albert kroch das kurze Stück auf allen vieren und kauerte sich neben Ernst. Er war schrecklich blass. Die Haut sah wächsern aus. Seine Augen bewegten sich unter den Lidern, doch er öffnete sie nicht. Albert strich ihm durchs Haar. Auch Ernsts Kopf fühlte sich kühl an, dennoch schwitzte er.

»Du dummer, dummer Junge«, murmelte er.

Der Sanitäter drückte Albert einen Tropf in die Hand, damit er ihn hochhielt, dann widmete er sich Ernsts linkem Unterarm, wo eine Kugel Muskel und Knochen durchschlagen hatte. Er sparte nicht an Jod und legte dann einen festen Verband an. Mehr nicht. Für alles andere mussten sie in ein Lazarett, und es war fraglich, ob es rechtzeitig so weit sein würde.

»Gut, dass dich deine Mutter nicht so sehen kann«, murmelte Albert.

Der Sanitäter gestikulierte ihm, den Helm abzunehmen. Er löste mit einer Hand die Schnalle und betrachtete ihn. Der Anblick war einigermaßen erstaunlich. Eine Kugel war an der Stirn ein- und über dem Ohr wieder ausgetreten. Der Sanitäter hob den Helm hoch und zeigte ihn seinen Kameraden, die zur Bewachung der deutschen Gefangenen abgestellt waren. Es folgte allgemeines Gelächter. Ein etwas rundlicher Soldat mit einem pausbäckigen, freundlichen Gesicht trat vor, schlug Albert kameradschaftlich auf die Schulter und bot ihm eine Zigarette an.

Er war irritiert. Wie konnte das sein? Wie konnten sie gemeinsam rauchen, wo sie doch noch vor Kurzem aufeinander geschossen hatten? Er nahm die Zigarette dennoch und ließ sich Feuer geben. Auch andere GIs boten manchen Gefangenen nun etwas zu rauchen an.

Die Zigarette schmeckte gut nach all dem kruden Zeug, das er in den vergangenen Jahren geraucht hatte. Er merkte, wie er sich entspannte.

Der Sanitäter wickelte ihm indes einen Verband um den Kopf und stand dann auf.

»Danke.«

Der Mann tippte sich an den Helm, nahm seine Tasche

und eilte dann zu seinem nächsten Patienten. Albert sah ihm nach und wurde erst jetzt gewahr, wie sehr sich die Szenerie verändert hatte. Die Felder waren nun ganz in der Hand der Amerikaner und einiger Engländer. Die Fallschirmspringer hatten sich gesammelt. Während die einen warteten, rückten andere aus. Statt Männer und Material aus der Luft abzuwerfen, ließen die Flieger nun vermehrt Lastensegler auf dem Feld landen. In gewaltigen Schwärmen trudelten sie abwärts und machten dabei kaum ein Geräusch. Einmal gelandet, öffneten sie die Luken und spien die erstaunlichste Fracht aus, Jeeps, Motorräder, große Kisten, zerlegte Geschütze, Mörser und weitere Soldaten. So viele Soldaten.

Albert schluckte. Es war aus. Spätestens jetzt bestand daran kein Zweifel mehr. Das mussten doch auch Hitler und sein engster Kreis wissen!

Frankreich und Belgien waren schon lange verloren, der Krieg tobte auf deutschem Boden, und nun war der Rhein überschritten.

Warum gaben diese verdammten Irren nicht auf? War das Geschehene nicht auch so schon schlimm genug? Mussten sie das gesamte Volk mit sich in den Tod reißen?

Neben ihm begann ein Wehrmachtssoldat zu weinen. Er schluchzte leise, und niemand vermochte ihn zu trösten. Albert sah aus dem Augenwinkel, wie die Hände des Mannes unkontrolliert zitterten. Sie waren verschmiert mit Schlamm und Blut. Er mochte sich nicht vorstellen, was sich nun in dessen Kopf abspielte.

Weinte er um jemanden oder über das, was er getan hatte?

Albert wandte sich ab und wechselte die Hand, mit der er den Tropf hochhielt.

Ernst sah so friedlich aus, beinahe, als wäre er schon … Nein, so etwas durfte er gar nicht denken. Vorsichtig legte Albert zwei Finger an seinen Hals. Da war es, schwach, aber regelmäßig pulsierte das Leben unter der dünnen Haut.

Er rutschte näher an seinen Sohn.

Die Fliegerseide machte leise, wispernde Geräusche, wo sie gegeneinanderrieb oder über Grashalme wischte. Ganz vorsichtig untersuchte Albert seinen Jungen. Er trug zahlreiche Verbände, die weiß zwischen seiner zerfetzten Kleidung hervorschimmerten. Scheinbar hatte es schnell gehen müssen. Viele Knöpfe fehlten, als sei die Jacke aufgerissen oder -geschnitten worden.

Neben Ernsts Schulter lag noch eine Spritze. Sie hatten ihm etwas gegen die Schmerzen gegeben. Deshalb war er so ruhig.

Wieder wechselte er den Tropf in die andere Hand und starrte dabei auf die geschlossenen, bläulich schimmernden Augenlider seines Sohnes. Er wünschte, Ernst würde aufwachen, und zugleich war es gut, dass er es nicht tat.

Denn aus seinem Bauch lief Blut.

Und das Blut roch sauer.

Eine Weile hatten sie noch dort gesessen, dann waren in der Dämmerung Jeeps aufgetaucht, die nach und nach Verwundete abtransportierten. Für die allermeisten standen nur Bahren zur Verfügung. So auch für Ernst.

Die gefangenen Deutschen wurden nun zum Tragen eingeteilt. Albert wollte ebenfalls mitanfassen, doch sie ließen ihn nicht. So wie er aussah mit all dem Blut auf der Kleidung und dem dick verbundenen Kopf, wiesen sie ihn den

Verwundeten zu. Dennoch behielt er Ernst ganz genau im Auge.

»Vorsichtig mit meinem Jungen«, mahnte er die Träger.

Sie murrten etwas, das er nicht ganz verstand, vielleicht auch nicht verstehen *wollte.* Erst einige Herzschläge später begriff er, dass sie glaubten, die Schlepperei lohne sich nicht, weil der Junge ohnehin sterben würde.

Wie konnten sie nur? Albert setzte an, um etwas zu erwidern, hielt dann aber doch den Mund. Denn die Männer trugen seinen Sohn, das reichte. Wenn er jetzt Streit anfing, wurde nichts besser.

Ihre langsame Prozession folgte einem Feldweg. An vielen Stellen waren die Schlaglöcher von den Bauern geflickt worden, mal mit rötlichem Ziegelbruch, mal mit Hochofenschlacke, von der es im Ruhrgebiet an jeder Ecke zu viel gab.

In den Hecken und Bäumen ringsumher sangen Amseln und Drosseln ihr Abendlied. Holunder und Hasel wurden bereits grün. Es wurde Frühling, und er hatte nichts davon gemerkt.

Albert schlurfte vorwärts und behielt unablässig seinen Jungen im Auge.

Ihre Prozession bewegte sich lange durch Wald und Feld. Die Amerikaner hatten viel Boden gewonnen an diesem Tag. Ihr hoher Blutzoll war nicht umsonst gewesen. Dennoch wurde noch immer gekämpft. Nicht weit von ihnen ratterten Salven von MPs und Maschinengewehren, hin und wieder krachten Explosionen von Mörser oder Granate.

Am bewölkten Himmel zogen Frachtflugzeuge entlang und warfen weiterhin Mensch und Material ab. Die Fallschirme hatten verschiedene Farben. Albert schloss, dass damit unterschiedliche Frachttypen gekennzeichnet waren. Unendlich viel Material kam dort vom Himmel. Dagegen konnte die Wehrmacht nicht ankommen.

Womöglich hätte Albert nun klammheimliche Hoffnung empfinden sollen, doch da war nur eine dumpfe Leere in ihm, die jedes echte Gefühl verschlang wie ein tiefer, bodenloser Brunnen.

Solange sein Junge mit dem Tode rang, gab es nichts zu hoffen. Empfindungen, die über Angst und Sorge hinausgingen, waren ihm im Augenblick unmöglich.

Sie passierten eine beiseitegeschobene Straßensperre. Auf der Böschung lagen tote deutsche Soldaten, verrenkt, dreckig und unbeachtet wie weggeworfene Puppen.

Doch Albert empfand bei ihrem Anblick nichts, schlurfte einfach weiter der Kolonne hinterher. Folgte seinem Jungen.

Schließlich hielten sie an einem Gehöft. Auf dem Boden, als Fußabtreter vor dem Eingang, lag eine Hakenkreuzfahne. Eine amerikanische flatterte an einem Wimpel. Hier hatten die Amerikaner ein Lazarett aufgeschlagen.

An einem Feldküchenwagen herrschte reger Betrieb. Dampf stieg aus einem Kessel. Jemand ging herum und sammelte bei den einzelnen Soldaten Tee und Kaffeepulver ein, die offenbar zu jeder Tagesration zählten.

Albert wurde in die Scheune gescheucht. Es machte ihm nichts aus, auf die Fahne zu treten. Als junger Mann hatte er viele davon zerrissen, bespuckt und sich mit einer kleinen sogar den Hintern abgewischt. Das waren noch Zeiten gewesen! Damals hätten sie es niemals für möglich gehalten, dass die Braunhemden einmal an die Macht kommen und sich so lange dort halten könnten.

Hinter ihm kam es zu einem Handgemenge. Ein besonders strammer Bursche war über den zerrissenen, rot-schwarz-weißen Fetzen gesprungen. Ein Amerikaner hatte ihn am Arm gepackt, ihm in die Kniekehlen getreten und ihn gezwungen, über die Fahne zu kriechen. Nun folgte Gelächter. Die Sieger waren gut gelaunt.

Die Scheune war ein großer, zugiger Bau aus uralten, verbogenen Eichenstämmen mit daran festgenagelten Latten. Der Boden bestand aus staubigem, festgestampftem Erdreich, in den Ecken und dort, wo der Wind es zusammengetrieben hatte, lag klein gebrochenes altes Stroh.

Die Tragen wurden abgestellt. Einfach auf den Boden, wo es gerade passte und sie nicht im Weg waren. Albert wurden Decken gereicht, eine für sich und eine für Ernst. Er deckte den Jungen zu, legte sich selbst die Decke um die Schultern und zog die Beine an.

Die Zeit kroch nur so dahin. Nach einer Weile kamen Amerikaner mit Metalleimern herein, aus denen es dampfte. Sie reichten mehrere Tassen herum. Jeder, der eine bekam, schöpfte warme Flüssigkeit aus einem Eimer, trank schnell und reichte sie zurück.

Dann war Albert an der Reihe. Er bekam eine Tasse, füllte sie und trank. Rinderbrühe, heiß und kräftig gewürzt. Er verbrannte sich beinahe den Mund, kippte das Getränk aber trotzdem herunter, so schnell er konnte, damit der Nächste nicht so lange warten musste.

Ernst regte sich nicht, erwachte weder von dem Klappern noch dem würzigen Duft der Suppe.

»Danke«, sagte Albert und nickte dem Mann mit dem Eimer zu.

Später brachten sie mehr Verwundete. Einige stöhnten

und schrien. Albert war erstaunt, wie gemischt Feind und Freund hereingebracht wurden. Begleitet wurden sie von deutschen Sanitätern und ... Ja, das war tatsächlich ein Arzt! Ein deutscher Arzt!

»Doktor, Doktor, kommen Sie bitte!« Albert rief, winkte, damit man ihn sah. Er war nicht gläubig, aber in diesem Moment schickte er ein Stoßgebet gen Himmel.

Als sei es erhört worden, kam der Arzt tatsächlich zu ihm.

»Wo brennt es, Mann? Sehen Sie nicht, dass wir alle Hände voll zu tun haben? Sie können sitzen, sprechen ... das können viele Kameraden nicht«, fuhr ihn der Mann an.

Sein Gesicht war kantig wie ein alter Hackklotz und genauso hart, seine kleinen Augen verbargen sich hinter runden Brillengläsern. Er blinzelte oft.

»Es geht nicht um mich. Mein Sohn, er wurde angeschossen. Er ist doch noch beinahe ein Kind, so darf es nicht enden ... bitte!«

Der Arzt schmatzte mit den Lippen, dann kniete er sich tatsächlich neben Ernst. Er fühlte den Puls, sah ihm in die Augen und tastete anschließend schnell den Oberkörper ab. »Der muss in den OP, sonst schafft er die Nacht nicht.«

»Bitte helfen Sie ihm.«

Der Arzt stand auf. »Wir operieren in einer Küche, Wunder kann ich nicht versprechen.«

»Bitte!«

»Jaja.« Er schüttelte Alberts Hand ab, als sei sie ihm lästig, dann winkte er einem Sanitäter. »Den hier als Nächstes.«

»Ja, Doktor Helbig.«

Albert rückte näher an Ernst heran, strich ihm über

die Wange, küsste seine schweißnasse, kühle Stirn. »Halt durch, Junge. Du willst doch deine Mutti und die nervigen Schwestern wiedersehen, halte durch!«

In diesem Moment wurde die Bahre angehoben. Sie brachten ihn fort, und Albert blieb nichts weiter zu tun, als zu warten und zu hoffen.

Er streckte sich auf dem Rücken aus und zog die Decke bis zum Kinn. Um ihn herum herrschte eine beredte Stille. Still, weil keine Artillerie donnerte, kein MG ratterte und niemand einem sichtbaren oder unsichtbaren Feind seine Wut und Verzweiflung entgegenschrie. Aber wirklich still war es nicht, natürlich nicht! Denn hier lagen und saßen sie nun quer durcheinander. Männer, die eben noch aufeinander geschossen hatten, teilten sich Tassen voller Tee und Suppe, andere schliefen, manch einer zeigte einem eigentlich Fremden Fotos seiner Lieben daheim. Verständigung mit Händen und Füßen. Kaum jemand sah dem anderen ins Gesicht oder gar in die Augen. Und dann waren da die Schwerverletzten. Manche stöhnten, einer wimmerte schon, seit sie angekommen waren, wie ein verletzter Hundewelpe.

Albert blickte den mächtigen Eichenbalken entlang, der hinter seinem Kopf aufragte und einen der Tragbalken des Obergeschosses stützte. Er war grob behauen, vollständig von Hand in seine vierkantige Form gebracht worden. Um nicht an Ernst denken zu müssen, richtete er seinen Gedanken auf dieses Stück Eiche, das nie ein Sägewerk gesehen hatte.

Wie lange es wohl dauerte, aus einem runden Stamm einen eckigen zu machen?

Im Obergeschoss war Bewegung. Es trippelte und raschelte auf dem dünnen Bretterboden, und wenn der Wind hineinfuhr, rieselte Staub herab. Ein vertrauter Geruch … Federvieh. Hühner vielleicht. Ja, es waren Hühner. Jetzt konnte er sie auch gackern hören.

Jemand betrat den Dachboden über ihm. Die Hühnerstimmen wurden schrill. Mit jedem Schritt, der dort oben gemacht wurde, fiel der Staub in Wellen ins Lazarett. Er brannte in den Augen.

Albert schloss die Lider. Er brauchte nichts zu sehen, um zu wissen, was oben geschah. Die Amerikaner fingen Hühner, um sie zu schlachten, und weil die Hühner die Fremden nicht kannten, bekamen sie Angst und liefen davon.

Daheim war das anders. Daheim wusste kein Huhn, wenn es so weit war. Sie waren es gewöhnt, von den Kindern geschnappt und gestreichelt zu werden. Er hatte Ernst gezeigt, wie es ging, als der Junge elf gewesen war. Da hatte er das erste Huhn schlachten dürfen. Eigentlich war es ein junger Hahn gewesen. Ernst hatte seinem Vater oft zugesehen, ihm immer wieder geholfen, doch dies war das erste Mal, dass er selbst Hand anlegte. Seine Finger waren noch nicht so kräftig wie die des Vaters. Albert riss den Kopf manchmal einfach ab, das ging schnell.

Ernst dagegen hatte den Hahn gefangen, ihn kurz beruhigt und ihm dann mit einer raschen Bewegung den Hals umgedreht. Kein Zögern. Rasch, ohne Grausamkeit. Er hatte keine Freude daran gefunden, sondern etwas erledigt, das getan werden musste.

Mit der gleichen Selbstverständlichkeit war er dem Ruf an die Waffe gefolgt.

Draußen wurden nun die toten Hühner gebrüht. Der weiche, fettige und etwas unangenehme Geruch zog ihn tiefer in die Erinnerung, zu einer besseren Zeit, zu Sonntagsessen mit der ganzen Familie.

Albert wusste, dass er nicht schlafen durfte. Er musste wach sein, wenn sie Ernst von der Operation zurückbrachten.

Nur ein wenig länger die Augen schließen …

Er dachte an Gerda, wie sie in der Küche stand und das Hähnchen mit ihrer besonderen Gewürzmischung einstrich, an die Kinder, die ungeduldig am Tisch saßen und mit ihrem Besteck klopften und dabei lachten … dachte an … Sonntagsgeschichten, an Fußball mit Ernst am Nachmittag … an Glück …

Kapitel 19

Andre Menschen sich erquicken,
an der Sonne gold'ner Pracht,
andre Augen fröhlich blicken,
wenn der schöne Lenz erwacht.
Doch du, Bergmann, musst verzichten,
fern von Sonn und Tageslicht,
tust du deine schweren Pflichten,
verfährst du die lange Schicht.
Arbeiterlied, ca. 1900, Verfasser unbekannt

Sieben Monate später

HAUPTWACHE MÜLHEIM, ENDE OKTOBER 1945

Sie taten es tatsächlich. Charlotte saß bereits seit einer Weile schräg gegenüber der Wache auf den Stufen eines Hauseingangs, der halb von einem Baum verborgen wurde. Sie sah auf ihre schmale Damenuhr, die so wenig hermachte, dass sie nicht einmal dazu taugte, sie auf dem Land beim Hamstern einzutauschen. Dass sie noch tickte, war das einzig Gute an ihr.

Da kam endlich auch Hajo mit gewohnt flottem Schritt, doch heute trug er eine schwarze Schiebermütze auf dem Kopf wie ein Franzose. Zumindest stellte Lotte sich vor, dass Franzosen so herumliefen. Dabei hatten sie doch abgesprochen, sich möglichst unauffällig zu kleiden!

Sie selbst trug sogar ein ödes, verwaschen grünes Tuch auf dem Haar. Die blonde Farbe war wohl ein besonderer Anreiz für den jungen Polizisten Achim gewesen, dessen Avancen auch seinen Kameraden nicht entgangen waren.

Sie erhob sich. Wie immer zog alles in ihr sie zu Hajo hin, als würde ihre Seele ihm entgegenfliegen wollen. Doch sie blieb stehen, neigte sich sogar etwas mehr in den Schatten des Treppeneingangs zurück und tat so, als kümmere sie seine Anwesenheit nicht. »Da bist du ja.«

»Es ging nicht schneller, der Redakteur wollte noch mit mir sprechen. Ist schon was passiert?« Er berührte ihre Hand mit den Fingern. Als sie das Handgelenk streiften, war Charlotte wie elektrisiert und vergaß einen Herzschlag lang, was sie eigentlich sagen wollte.

»Nein, es sind einige gekommen und gegangen, aber dieser Wess nicht. Vati sagte, der macht meist erst gegen sechs Feierabend.«

»Dann muss es ja bald so weit sein.« Hajo stand nun hinter ihr im Hauseingang, dessen Schatten ihn in seinem dunklen Anzug und der dunklen Mütze beinahe vollständig verschluckte. Seine Hand ruhte auf ihrer Schulter.

Wie gern sie sich an ihn geschmiegt hätte! Doch dafür war sie zu nervös. Es war schon nicht leicht, bei dieser kribbeligen Unruhe überhaupt an einem Fleck zu bleiben. Sie trat von einem Fuß auf den anderen. Durch die abgetragenen Schuhsohlen kroch die Herbstkälte.

Erneut schob sie den Mantelärmel hoch und sah auf die Uhr. Noch drei Minuten bis sechs.

»Ist es der dort?«

»Wer?«

Hajo nickte mit dem Kinn in Richtung eines Uniformierten, der soeben den Seitenausgang benutzt hatte und nun die Straße bergab ging. Die kräftige Statur und das ehemals rote, aber größtenteils ergraute Haar ließen keinen Zweifel.

»Ja, der ist es!« Charlotte wollte ihm folgen, doch Hajo hielt sie fest. »Warte noch.«

»Aber wenn wir ihn verlieren!«

»Dann versuchen wir es morgen noch einmal. Aber wir verlieren ihn nicht, glaub mir. Schau nur, wie langsam er geht. Der hat es an der Hüfte, so einer läuft dir nicht davon.«

Lotte meinte, vor Anspannung zu vibrieren wie ein nervöser Jagdhund. Als Hajo endlich das Kommando gab, wäre sie am liebsten losgeschossen, doch ihr Begleiter wusste es besser.

Er wählte die andere Straßenseite und schlenderte mit ihr gemütlich, aber einen Hauch schneller als Wess, hinter dem Polizisten her.

Sie spürte, dass auch Hajo angespannt war, doch sein Äußeres ließ keinen Verdacht aufkommen. Er grüßte andere Passanten freundlich und erzählte von der Druckerpresse, an der er heute gearbeitet hatte. »Sie schmierte am Rand, aber ich habe ein paar Einstellungen geändert, und schon war alles wieder tipptopp. Ich hoffe nur, sie ziehen mich jetzt nicht dauerhaft von der Schreiberei ab.«

»Wie kannst du jetzt über so etwas reden?«, presste Charlotte zwischen den Lippen hervor.

»Ich war bei der Résistance, Liebes. Wir haben teils wochenlang nichts anderes gemacht, als Nazis zu beobachten. Bis es so weit war …«

Sie schluckte. Inzwischen vergaß sie immer häufiger, dass sie einmal auf unterschiedlichen Seiten gestanden hatten. Warum rieb er es ihr ausgerechnet jetzt wieder unter die Nase?

»Halt«, sagte er leise, trat in einen Hauseingang und tat, als würde er nach einem Namen auf dem Klingelschild suchen. – Dazu sah er auf einen klein gefalteten Zettel, auf dem eine Einkaufsliste geschrieben stand.

Wess war in einer Metzgerei verschwunden, die eigentlich schon längst geschlossen hatte.

»Warte hier, mich kennt er nicht. Wenn ich huste, kommst du nach.« Hajo trat auf die Straße hinaus und suchte, nun groß und breit zu sehen, die anderen Klingelschilder ab. Charlotte hatte ihn Momente später schon aus den Augen verloren. Sie ballte die Hände zu Fäusten und zwang sich, stillzustehen und zu tun, was sie vereinbart hatten, auch wenn es ihr nicht recht schmecken wollte.

Der Verdacht drängte sich auf, dass Hajo diese Verfolgung nicht nur ihr zuliebe unternahm. So fokussiert hatte sie ihn noch nie zuvor erlebt. Es war, als lernte sie eine ganz andere Facette von ihm kennen.

Ein Husten. Endlich.

Sie kam aus ihrem Versteck, schloss zu Hajo auf und hakte sich wieder unter. »Das hat gedauert.«

»Ja, dein Kommissar Wess ist nicht ganz sauber. Er hat sich ordentlich die Tasche vollmachen lassen.« Er grinste von einem Ohr zum anderen.

»Gib zu, dass es dir Spaß macht.«

»Klar.«

Charlotte wusste nichts zu sagen, am liebsten hätte sie ihm einen saftigen Tritt vors Schienbein verpasst und ihn gleich darauf geküsst. Erstaunlicherweise ging Wess nun denselben Weg, den auch sie nach Hause genommen hätte, schnurstracks die Gracht hinauf, wobei ihm das Gehen sichtlich Mühe bereitete. Unter den Arm geklemmt trug er ein dickes Päckchen, in dem in Zeitungspapier gewickelt sicher so einige Würste und Fleisch versteckt waren.

Kurz vor dem Heißener Marktplatz, als die grünkupferne Turmspitze der Gnadenkirche bereits gut zu sehen war, betrat er einen Hinterhof.

Hajo zog Charlotte vor ein Bekleidungsgeschäft. In der Spiegelung der Fensterscheibe konnten sie Wess im Blick behalten. Eine weitere Tasche wechselte den Besitzer.

»Ist das nicht die Frau vom Lebensmittelladen?«, zischte sie.

»Der Mann weiß, wie man einkauft. Ich wüsste zu gern, was er gegen die in der Hand hat.«

»Vielleicht sorgt er auch dafür, dass er *nichts* in der Hand hat. Der Ladenbesitzer war NSDAP-Mann der ersten Stunde. Vati hat sich wohl mal mit ihm angelegt.«

»Meinst du, die stecken dahinter?«

Sie schüttelte den Kopf. »Glaube ich nicht. Das ist so viele Jahre her, das war direkt nach der Machtergreifung.«

»Aber die Fährte könnte richtig sein. Wenn er sich Lebensmittel erpresst, indem er Nazis von den Listen der Behörde streicht …«

»… setzt er vielleicht auch Leute drauf.«

Sieben Monate zuvor

LAZARETT DIERSFORDTER WALD, 25. MÄRZ 1945

Ein fürchterlicher Knall riss ihn aus dem Schlaf. Die Erde zitterte, Lattenwände bebten.

Albert lag auf dem Boden des provisorischen Lazaretts und wurde nun gegen die Außenwand gedrückt, als hätte eine gewaltige Hand ihn gepackt und um mehr als einen Schritt weit verschoben. Dann kam der Staub von der Decke.

Hysterisch flatterten die Hühner auf dem Oberboden. Männer stöhnten.

Albert fuhr hoch und drückte sich eine Hand auf die Brust. Seine Lunge fühlte sich an, als sei er von einer gewaltigen Faust geschlagen worden. Er hustete, hustete, bis ihm die Tränen kamen.

»Was ist passiert?«, fragte er seinen Nachbarn mit krächzender Stimme, während ihm vor den Augen alles verschwamm.

»Artillerieeinschlag.«

In der Scheune herrschte großes Durcheinander. Deutsche und Amerikaner riefen nach Freunden und Kameraden, sie mussten raus hier, alle raus!

Wer gehen konnte, strebte allein ins Freie oder half dabei, Verwundete hinauszubringen. Albert schnappte sich den Griff einer Trage und brachte einen Amerikaner heraus, dem beide Beine fehlten. Der Mann warf den Kopf hin und her, wachte aber selbst dann nicht auf, als einer der anderen Träger stolperte.

Draußen empfing sie eine fahle Dämmerung. Grau und

schwer wie Blei lag sie auf dem Land. Die Detonation, die neben der Scheune einen gewaltigen Krater in den Hof gerissen hatte, war der Grund dafür, dass im Wald die Vögel schwiegen.

Die Amerikaner scheuchten den Pulk der Leute auseinander, damit sie bei weiterem Beschuss nicht alle auf einmal draufgingen.

Albert entdeckte den deutschen Arzt und rannte zu ihm, vorbei an Männern, die mal den Alliierten, mal den Deutschen die Schuld am Beschuss gaben.

»Doktor, Doktor! Was ist mit meinem Sohn?«, rief er, als ihm klar wurde, dass er in der Scheune fast zwölf Stunden lang tief und traumlos geschlafen hatte.

Der Arzt fixierte ihn, während er ungerührt seine Brille mit dem scheinbar einzig sauberen Zipfel seines ansonsten blutverschmierten Kittels putzte. »Der mit dem Bauchschuss?«

»Ja.«

»Fort, Mann. Hat man Ihnen das nicht gesagt? Die Amis haben ihn mitgenommen.«

Siedlung Mausegatt, fünf Tage später

Völlig verdreckt, hungrig und durchgeschwitzt schleppte sich Albert die letzten Meter bis zur Haustür.

Dass wieder zwei der Arbeiterhäuschen einen Volltreffer erhalten hatten, nahm er nur aus dem Augenwinkel wahr.

Solange nur ihres stand, und das tat es.

Albert strich sich die Schuhe an der Matte ab und klopfte,

obwohl sie ebenso wenig wie irgendjemand sonst im Viertel je die Tür abschlossen.

Vertraute Schritte von Holzpantinen trieben ihm beinahe das Wasser in die Augen. Wie sollte er der Liebe seines Lebens beibringen, dass er ihren einzigen Sohn verloren hatte?

Er schluckte hart, verschluckte sich beinahe an seinen eigenen Gefühlen.

Gerda öffnete. Sie wurde schlagartig blass und sah ihn an wie einen Geist. Ihr Blick huschte auf beiden Seiten an ihm vorbei, suchte nach dem Sohn, den er ihr nicht bringen konnte.

»Ich bin allein.«

Sie schluchzte auf und musste sich plötzlich an der Tür abstützen. Albert legte einen Arm um ihre Mitte. »Er ist verwundet, aber er lebt, ganz sicher lebt er.«

»O Gott, Albert!«, sagte sie leise, und dennoch kam es ihm vor wie ein gellend lauter Schrei.

Kurz darauf saßen sie in der Küche, während der Herd ordentlich einheizte, damit Albert später baden konnte, darauf hatte Gerda bestanden. Bis es so weit war, würde noch Zeit vergehen. Zeit, in der er erzählen musste, was geschehen war.

Vor ihnen stand je eine Tasse Muckefuck, der durch Milchpulver hellbraun verfärbt war. Er hatte seine Erzählung von vorn begonnen. Wie sie erst in Duisburg stationiert gewesen waren und man sie dann nur Tage vor der Luftlandung in den Diersfordter Wald verlegte.

Nun war er an der Stelle angelangt, an der er von der Granatenexplosion neben dem Lazarett geweckt worden war.

»Ich habe geschlafen wie tot, was vielleicht auch an der Kopfverletzung lag. Zwölf Stunden!« Er berührte den verkrusteten Streifen in seinem Haar, die Nähte, die ein amerikanischer Sanitäter dort gesetzt hatte. Es tat noch immer weh.

Gerda nahm seine Hand. »Und der Junge?«

»Er war fort. Du kannst dir vorstellen, was für eine Angst ich hatte! Ich habe den Arzt gefunden, der ihn operiert hat. Ein kalter Mann, aber solche braucht es wohl für diese Arbeit. Er sagte, dass unser Junge lebe. Die Amerikaner hätten in der Nacht Schwerverwundete abtransportiert. Ernst wurde direkt aus dem Operationsraum mitgenommen.«

Gerdas Augen glänzten fiebrig. »Und das glaubst du ihnen?«

»Zuerst nicht. Dann habe ich gemerkt, dass auch viele ihrer eigenen Schwerverletzten über Nacht verschwunden waren. Nur einer, dem beide Beine fehlten, war noch da, weil er gerade operiert worden war, als der Transport kam.

Weil ich keine Ruhe gab, führte mich der deutsche Arzt zusammen mit einem Amerikaner zu den Toten. Sie lagen im Keller des Bauernhauses. Zwei Amis waren es und ein Deutscher, den ich noch nie gesehen hatte. Erst da habe ich es ihnen geglaubt.«

Gerda nahm seine Hand und drückte weinend ihr Gesicht hinein, küsste seine schwieligen, groben Hände, bis sie nass waren von ihren Tränen. Sie so zu sehen, brach ihm das Herz, und zugleich wallte eine Wärme in ihm auf, die ihn darin bestätigte, dass es richtig gewesen war zurückzukommen.

Er rückte mit seinem Stuhl näher zu ihr. Ein hässliches Quietschen von Holz auf Fliesenboden erklang.

Er strich ihr über den Kopf und das noch eine Spur grauer gewordene Haar.

»Ach, Gute, meine Gute, ich habe so gezweifelt. Ich hätte mich am liebsten entzweigerissen. Natürlich hab ich unseren Ernst gesucht, zu Fuß, weil die Amerikaner Erbarmen mit meinem Elend hatten. Sie zeigten mir den Weg zum nächsten Sammelpunkt, doch auch dort war er nicht. Die Luftlandung stürzte alles in ein großes Durcheinander. Viele der Fallschirmspringer waren nicht da angekommen, wo sie sollten. Engländer waren zwischen die Amerikaner gesprungen und umgekehrt. Da kümmert es niemanden, wo ein deutscher Junge hingebracht wird. Nur dass er versorgt wird, hat mir jeder auf meine Fragen und Bitten hin erklärt, und dass sie einen, der noch so jung ist und kein richtiger Soldat, nicht in Haft schicken. Ein Oberst, oder wie die sich auf Amerikanisch nennen, fragte schließlich, ob ich Soldat sei, denn die Volkssturm-Binde habe ich mir von der Kleidung gerissen. Ich verneinte. Sagte, ich sei ein einfacher Mann, ein Bergmann, und auf der Suche nach meinem Jungen. Und da schickte er mich heim, Gerda.«

»Du bist nicht davongelaufen?«

»Schon, doch, klar bin ich das. Aber vor unseren eigenen. Hab mich durchgemogelt, bis ich wieder auf deutscher Seite war, und dann mit meinem Kopfverband und so wie ich aussehe …«

Sie nickte, presste den Mund zu einem schmalen Strich zusammen und legte ihre Hand an seine Wange. »Er lebt, sagst du?«

»Ja, und wenn er wieder gesund ist, dann kommt er heim … Sie schicken ihn heim, wenn Frieden ist! Nur die Erwachsenen werden in Gefangenschaft gehen.«

»Ich will jeden Tag für ihn beten, vielleicht hilft es ja.«

»Du?«

»Ja, ich. Ich bin doch seine Mutter, Albert! Irgendetwas muss ich tun.«

Er seufzte, hatte er doch selbst gebetet, ohne recht daran zu glauben. »Es war ein guter Arzt, Gerda. Und er sagte, dass Ernst die Operation überstanden hat.«

Plötzlich stieg Wasserdampf auf, dann begannen zwei Topfdeckel fast gleichzeitig zu klappern. Gerda sprang auf. »Hol die Wanne, Albert!«

Er eilte durch die Waschküche hinaus, nahm die Zinkwanne von ihrem Haken an der Schuppenwand und stellte sie in dem kleinen Anbauzimmerchen auf den Boden. Danach half er Gerda, den riesigen, schweren Topf vom Herd zu heben und den Inhalt in die Wanne zu gießen. Zwei Eimer kaltes und noch zwei kleine Töpfe heißes Wasser, dann war die Wanne voll genug, damit ein Kerl wie er so viel verdrängte, dass es beinahe behaglich wurde.

Er entledigte sich seiner Kleidung und merkte erst jetzt, wie schmutzig alles war. Ganz starr und ein wenig schmierig, das weiße Unterhemd gelblich. Es verströmte einen säuerlichen Geruch und schlackerte etwas zu weit um seinen Oberkörper. Die Socken waren nicht zu retten, mehr Loch als Strickgarn. So stand es um ihn.

Er stieg in die Wanne, biss die Zähne zusammen, weil es so heiß war. Gerda jedoch stand mit verschränkten Armen da, den Mund ganz schmal, als versuchte sie, nicht das Entsetzen auszusprechen, das sie befallen hatte. Ihr Blick wanderte langsam über seinen Körper, über den Dreck und die vielen Kratzer und Schrammen, die blauen Flecke und das Blut.

Als er sich vorsichtig setzte, konnte er ein Stöhnen nicht unterdrücken, so herrlich war das beinahe schon schmerzhaft heiße Wasser. Er tauchte unter, bis nur noch seine Nasenspitze hinausschaute, und blieb so. Dabei hingen seine Beine ins Freie, und er spürte den kühlen Luftzug, der immer durch die Waschküche drang, weil die Tür in den Garten nicht sonderlich gut schloss.

Unter Wasser hörte er sein eigenes Herz leise wummern und seine Lunge rasseln. Ansonsten war es still. Kurz wünschte er sich, nie wieder auftauchen zu müssen.

Als er es doch tat, sah er seine wundervolle Frau vor sich. Gerda hatte einen Schemel herangerückt und saß nun ganz dicht neben ihm. Die Sorge stand ihr ins Gesicht geschrieben, dennoch rang sie sich zu einem Lächeln durch. »Ist da unter all dem Dreck etwa mein Mann verborgen?«

»Warte nur«, sagte er, griff nach einem Schwamm und der Seife und fing an, sich abzuschrubben, beginnend bei den Armen. Kurz darauf nahm sie ihm beides aus den Händen. »Sei nicht so grob.«

Er lehnte sich vor, wusste genau, was jetzt kommen würde. Es war ein Ritual, in dem sie ihm Rücken, Schultern und Nacken abrieb. Dann war es Zeit für einen weiteren Topf heißen Wassers, das sie vorsichtig um ihn herum eingoss.

Dampf stieg auf und löste die Konturen der Waschküche auf. Waschbrett, Kübel und die von ihm gefundene und wieder flottgemachte Wringmaschine verschmolzen miteinander. Die an der Wand aufgehängten Waschzangen, Pleuel und Holzlöffel waren gar nicht mehr zu sehen.

»Lass mich deinen Kopf ansehen.« Sie schob ihn an den Schultern etwas vor und begann, mit einem Schöpfbecher

Wasser über sein Haar zu gießen. Durch die viele Seife begann die frische Narbe zu brennen. Wie ein langer Streifen zog sich der schwache Schmerz drei Fingerbreit über seinem Ohr entlang.

Gerda schob sein Haar zur Seite, besah sich die Verletzung genau. »Ein Wunder, dass es nicht entzündet ist. Später wird man nichts davon sehen. Da ist dein Haar noch dicht.«

»Noch? Was soll das denn heißen?«

Sie antwortete nicht, massierte nur seinen Kopf mit noch mehr Seife und spülte sie schließlich, zufrieden mit ihrem Werk, ab. Albert genoss jeden Augenblick ihrer Fürsorge und wünschte doch gleichzeitig, es sei anders gekommen.

»Wenn ich nur tauschen könnte«, sagte er mit belegter Stimme. »Wenn nur Ernst hier wäre statt meiner, wenn …«

»Still!« Gerda schluchzte, dann schloss sie ihre Arme um seinen nassen Oberkörper. »Still, nur still! Ich will das nicht hören.« Sie weinte.

Kapitel 20

Sieben Monate später

MÜLHEIM, ENDE OKTOBER 1945

Seit vier Tagen spionierte Charlotte dem Kommissar nun schon nach. Mutter und Annie wussten nichts von ihren nachmittäglichen Aktivitäten. Annie glaubte, dass sie sich mit Hajo traf, was in den meisten Fällen auch stimmte. Nur heute eben nicht.

Hajo war bei einer Sitzung im Rathaus, auf der einige Engländer und Mülheimer Verwaltungsmitarbeiter verschiedene neue Regelungen besprachen. Sie hatte wieder einmal nicht zugehört. Wenn er von solchen Dingen sprach – Dingen, die mit Politik oder den Besatzern zu tun hatten –, schalteten ihre Ohren fast automatisch auf Durchzug.

Wie üblich wartete sie im Schutz des Hauseingangs auf Wess. Er war so pünktlich, dass man die Uhr danach stellen konnte. Sie hatten ihn noch einmal dabei erwischt, wie er sich etwas ergaunerte, und auch heute schien es wieder so weit zu sein, denn er machte einen Umweg.

Bei einer vornehmen Jugendstilvilla hielt er an, plauschte scheinbar harmlos an der Tür und bekam eine Tasche gereicht. Lotte meinte, etwas Geräuchertes riechen zu können, aber sicher war sie nicht. Genauso gut konnte der Duft aus dem Kamin kommen. Manche Leute verbrannten statt Kohlen gutes Eichenholz, das roch ähnlich.

Von der Villa aus machte sich der Kommissar zügig auf den Weg. Er lief mit gesenktem Kopf und achtete kaum auf das, was um ihn herum geschah. Selbst eine ältere Dame, die ihn freundlich grüßte, bemerkte er nicht.

Charlotte musste achtgeben, dass sie trotzdem vorsichtig blieb. Er konnte sich jederzeit plötzlich umdrehen und sie erkennen.

Hajo hatte es ihr zigmal eingebläut, daher gingen ihr ständig seine Worte im Kopf herum. *Benimm dich so, als würde er erwarten, dass ihm jemand folgt. Als würde er sich alle drei Schritt umdrehen. Lass dich auf keinen Fall erwischen!*

Nein, das würde sie nicht.

Danach schlug er den direkten Heimweg ein. Doch als sie schon dachte, alles bliebe beim Üblichen, bog er ab in Richtung Priesters Hof. Das war nah an der Siedlung.

Sie schluckte, weil ihr Mund plötzlich ganz trocken geworden war. Was wollte er bei ihren Nachbarn, bei Leuten, die sie womöglich kannte? Noch eine Erpressung? Oder hatte er hier Freunde, Verwandte?

Jetzt durfte sie nur keiner bemerken, und das in einer Gegend, wo sich Hinz und Kunz kannte. An einer Hausecke blieb sie stehen und begann, in ihrer Handtasche zu kramen. Das Gesicht gegen die Backsteinfassade gewandt, schaute sie unauffällig zu Wess hinüber.

Er klingelte und schien bereits erwartet zu werden. Die Frau mit dem strengen Gesicht und dem grauen Haar kam Charlotte bekannt vor. Aber woher? Sie begrüßte Wess sehr freundlich, aber nicht wie einen Geliebten. Sie plauschten kurz, dann überreichte er ihr den Beutel mit dem duftenden Inhalt.

Die Frau sah hinein und strahlte. Schinken? War das tatsächlich ein ganzer Schinken? Und warum bekam sie ihn, statt etwas an Wess herauszurücken? Hier waren die Verhältnisse auf jeden Fall anders als bisher, schloss Charlotte. Von dieser Frau, die sogar in ihrem Viertel wohnte, erpresste der Kommissar nichts. Stattdessen schenkte er ihr etwas.

Da musste doch etwas im Busch sein, das spürte sie ganz deutlich! Nun galt es herauszufinden, wer die Fremde war und in was für einer Beziehung sie zu Wess stand. Sie war das Bindeglied zwischen dem Polizisten und der Siedlung. Vielleicht hatte Charlotte gerade den Schlüssel zu dem Verrat an Vati entdeckt!

Wess grüßte zum Abschied und machte sich auf den Weg. Sie folgte ihm nicht. Sie wusste, dass er nun keine Abstecher mehr machen, sondern auf dem schnellsten Weg nach Hause gehen würde.

Ihr Bauch grummelte, als wollte er ihr sagen, dass sie auf der richtigen Spur war. Sie merkte sich Adresse und Hausnummer. Mutti würde die Frau kennen. Mutti kannte jeden in der Siedlung.

⚒

Annie saß mit ihrer Mutter am Küchentisch, gemeinsam starrten sie auf den Briefumschlag vor ihnen. Er war vom Deutschen Roten Kreuz.

Dort hatten sie in der Hoffnung hingeschrieben, mehr

über Ernsts Schicksal zu erfahren. Und nun, Wochen später, war die Antwort gekommen.

»Soll ich?«, sagte Annie. Sie konnte die Warterei kaum mehr ertragen.

»Erst wenn deine Schwester da ist.« Mutti war ganz blass. Ihre sehnigen Hände hatte sie ineinandergefaltet.

»Auf die können wir ewig warten. Der Inhalt ändert sich dadurch auch nicht. Ich schaue jetzt rein.«

»Annie!«

Mutti protestierte, aber sie hielt Annie nicht auf.

Vorsichtig nahm sie den Brief und schlitzte den Umschlag mit dem bereitliegenden Messer auf. Dann nahm sie das Schriftstück heraus, faltete es ganz langsam auseinander und begann zu lesen.

Formalien, gefolgt von einer ebenso formal gehaltenen Antwort auf ihr Gesuch. »Sie können uns nichts zum Verbleib sagen. Er steht weder bei den Franzosen noch den Engländern auf der Gefangenenliste. Allerdings sind die auch unvollständig, steht hier. *Ernst Neumann gilt zum Datum des Briefes als verschollen. Etwaige neue Erkenntnisse werden Ihnen unverzüglich mitgeteilt.*«

»Nichts also, er ist fort.«

»Verschollen, nicht tot, Mutti.«

Ihre Mutter sah auf. »Ich will weiter hoffen, aber mein Herz sagt, dass ich meine Hoffnung bis ins Grab tragen werde.«

»Aber Mutti, so etwas kannst du doch nicht sagen!«

Sie starrten einander an, sahen sich tief in die Augen. Stumme Tränen. Stur rangen beide die Trauer herunter wie einen Feind, den es zu erwürgen galt.

Gerda stand auf, wandte sich ab und fluchte deftig. »Da

soll ein vernünftiger Mensch noch bei Sinnen bleiben! Der Sohn verschollen, der Mann unschuldig hinter Gittern und eine Tochter, die sich weiß Gott wo herumtreibt, statt daheim zu helfen.«

»Lotte meint es nicht so«, sagte Annie, doch auch sie konnte es nicht leiden, dass sich ihre Schwester schon seit Tagen jeden Nachmittag herumtrieb wie eine Streunerin. Vermutlich suchte sie sich irgendein Eckchen mit ihrem Hajo, und dann vergaßen sie die Welt. Kein Wort fiel mehr über Martin, sie dachte weder an die Zukunft noch scherte sie sich um ihre Vergangenheit. Lotte lebte im Jetzt, in dem kleinen Moment zwischen zwei Atemzügen.

Annie stützte den Kopf in die Hände und bedeckte die Augen mit den Fingern. Drückte darauf, bis sie in der Schwärze Sterne sah. Mehr, als sie je daheim am Himmel gesehen hatte.

In Limburg in der Nacht bei Nathan war ein ganzes Meer von ihnen zu sehen gewesen, ein breiter, heller Streifen voller Diamanten. Sie hatten lange Arm in Arm dagesessen und hinaufgesehen.

Doch nun schien dieser Abend eine kleine Ewigkeit zurückzuliegen. Seitdem fand ihr Leben zwischen Schule, Gefängnis und dem Wiederaufbau des Häuschens statt. Ohne Vati hatten sie allerdings bald nicht mehr gewusst, wo sie am besten weitermachen sollten.

»Ich mache uns einen Pfefferminztee, und dann bereiten wir alles für das Sauerkraut vor«, sagte Mutti. Ihre Stimme klang nur noch ein wenig belegt.

Schnell stand der Kessel auf dem Herd, der eine angenehme Wärme verströmte, die leider allzu schnell durch die Plane, die ihr Dach ersetzte, entschwand.

Die Tür schlug auf, und Lotte kam hereingestürmt, als sei der Teufel hinter ihr her.

»Schuhe!«, rief Mutti.

Annie musste grinsen, als ihre Schwester mit derselben eleganten Drehung kehrtmachte, die sie schon als Kind für dieses Manöver verwendet hatte. Im Flur hörte sie Lotte auf einem Bein hüpfen, während sie eilig die Stiefel aus- und die Hausschuhe anzog.

»Ich habe was rausgefunden«, rief sie. »Über Wess, das Schwein!«

»Komm erst mal rein, Kind.« Der Kessel pfiff, und Mutti goss das Wasser in eine Kanne. Die getrockneten Kräuterzweige schob sie ganz vorsichtig hinterher, denn das Sieb hatte die Bombardierung nicht überstanden.

Lotte saß am Tisch, als Annie drei Tassen hinstellte, zwei mit Untertellern und eine ohne, allesamt angeschlagen.

Ihre Schwester war völlig aufgekratzt. Sie zog sich das Tuch vom Kopf und knibbelte erst dann den Knoten auf.

»Jetzt?«

»Ja, heraus mit der Sprache.« Mutti richtete demonstrativ den Blick auf den Brief des Roten Kreuzes, doch Lotte bemerkte es gar nicht.

»Ich bin Wess gefolgt, jeden Tag, seit fast einer Woche. Der Dreckskerl erpresst Leute und nimmt ihnen Essen ab. Ich glaube, das sind alles ehemalige NSDAP-Mitglieder. Vielleicht sogar hohe Tiere.«

»Wundert dich das? Die verdammten Braunhemden finden immer irgendwelche dreckigen Schleichwege. Aber was glaubst du eigentlich, Lotte? Was geht dich das an? Du kannst dich nicht mit einem Kommissar anlegen, ganz gleich, was er angestellt hat. Er ist das Gesetz!«

»Aber das ist noch nicht alles …«

»… aber es ist genug, Kind. Damit reitest du deinen Vater nur tiefer rein. Ich will kein Wort mehr davon hören.«

»Aber …«

»Charlotte Neumann, habe ich mich unklar ausgedrückt?«

Charlotte seufzte resigniert.

Annie musterte ihre Schwester. Was, wenn es doch helfen könnte? Mittlerweile war ihr jedes Mittel recht, denn offenbar interessierte es niemanden, dass Vatis Genossen aus der Partei für ihn aussagen wollten. KPDler waren den Polizisten ohnehin ein Dorn im Auge. Muttis Plan, immer weitere Genossen dazu zu bewegen, sich auf der Wache zu melden, funktionierte ganz offensichtlich nicht.

Später, versuchte Annie ihrer Schwester mit einem Blick zu vermitteln. *Wir reden später.*

Sobald sie ihre Tassen geleert hatten, erhob sich Annie. »Bleib noch sitzen, Mutti, ich kann mit Lotte die Fässer aus dem Keller holen.«

Ihre Schwester wollte schon protestieren, doch dann begriff sie und folgte ihr hastig. Annie nahm eine Lampe vom Haken, der neben dem Kellerabgang in die bloße Wand geschlagen worden war, entzündete sie mit einem Streichholz und stieg die schmale Treppe hinab.

Halb geduckt blieben sie stehen. »Erzähl mir alles.«

Charlotte rasselte ihren Bericht blitzschnell herunter, und Annie blieb nur, über sie zu staunen. Was hatte ihre Schwester mit ihrem neuen Freund da nur ausgeheckt! Und sie schienen tatsächlich einen wunden Punkt bei Wess gefunden zu haben.

»Beschreib mir noch einmal die Frau aus dem Viertel.«

Charlotte tat es, doch es reichte nicht. »Morgen zeige ich sie dir.«

»Das wird am besten sein.« Annies Herz wummerte. Endlich hatten sie die Chance, Vati zu helfen! Sie legte Charlotte den Arm um die Schultern. »Aber ich fürchte, bis dahin kommen wir um das Krautmachen nicht herum.« Am liebsten hätte sie sich gleich mit Charlotte auf die Lauer gelegt, doch das hätte Mutti nicht zugelassen. »Sie wird sonst Verdacht schöpfen. Bei dir vielleicht nicht, aber bei mir.«

Lotte nickte, ergriff einen der beiden großen braunen Gärtöpfe bei den Henkeln und wuchtete ihn hoch.

Annie stellte die Lampe auf den zweiten. Sie würden noch einmal gehen müssen, um die große Reibe und die Schüsseln zu holen. Achtzig Liter Sauerkraut machten sich nicht von allein.

Sieben Monate zuvor

SIEDLUNG MAUSEGATT, 29. MÄRZ 1945

Gerda badete nach Albert, weil es zu schade gewesen wäre, das Wasser fortzuschütten, und nun saß er einfach nur daneben und sah zu.

Der Anblick seiner schönen Frau half Albert dabei, sich darüber bewusst zu werden, dass er es tatsächlich nach Hause geschafft hatte. Dass er nicht mehr an der Front war.

Er holte Gerda noch zwei Töpfe mit heißem Wasser und rieb ihr den Rücken mit dem Schwamm ab, wie sie es bei ihm getan hatte.

Ihre Seife duftete blumig süß nach Jasmin. Die hatte

er ihr zur letzten Weihnacht geschenkt. Nun war beinahe schon Ostern. An Weihnachten war ihm Ernst stark verändert vorgekommen, doch erst in den vergangenen Tagen war ihm bewusst geworden, was sein Junge alles erlebt haben musste. Ernst war hart und hasserfüllt geworden, aber auch unheimlich mutig und geschickt.

Hoffentlich würden ihn die Kriegsverletzungen nicht allzu sehr einschränken, wenn er zurückkam, sodass er die Möglichkeit hatte, seine Ausbildung bei Mannesmann zu beenden und dann irgendwann ein nettes Mädchen zu finden, an dessen Seite er neue, bessere Erinnerungen erschaffen und den Schrecken des Krieges vergessen konnte.

Gerda schöpfte Wasser mit einem Becher und spülte sich die Seife aus dem Haar, dann stand sie auf und ließ sich von ihm in ein großes Handtuch wickeln. Früher hatten sie sich an Badetagen oft geliebt. Heute schien schon der schlichte Kuss, den er ihr auf die Wange drückte, zu viel zu sein.

An diesem Tag, an dem er ihr vom verschollenen Sohn berichtet hatte, war an mehr nicht zu denken. Ihre Welt war brüchig geworden, und jede falsche Berührung konnte sie endgültig zum Einsturz bringen.

Deshalb gingen sie vorsichtig miteinander um, und während sie ihr Haar mit einem zweiten Handtuch trocknete, warf er seine dreckstarre Hose und Oberbekleidung in die Wanne und knetete sie durch.

»Lass sie einfach drin, Albert. Das muss einweichen, ich kümmere mich morgen.« Sie cremte sich ein, und er sah weg, um nicht doch mehr zu empfinden, als er sich gestattete.

Der schrille Ton kam wie aus dem Nichts, schwoll an und waberte wie ein tödliches Omen durch die Straßen und über die Hausdächer hinweg.

Gerda wurde blass. »Nicht jetzt!« Sie war noch nackt.

»Zieh dich an, ich hole die Taschen!« Albert hetzte in die Küche und von dort in den Flur. Auf dem Rückweg löschte er sämtliche Lichter.

Unter der Treppe standen für jeden von ihnen gepackte Taschen bereit. Er zog seine und Gerdas heraus, und weil sie noch immer nicht so weit war und er von ihr nur ihre saftigen Flüche hörte, lief er noch einmal in die Küche zurück und packte Brot, Wurst und ein Päckchen von der billigen Margarine ein.

Draußen liefen die Nachbarn bereits durch die einbrechende Nacht. Geduckt und still.

»Nun komm, Gerda!«

»Ja, sofort!«

Er trat von einem Bein aufs andere. Früher hatte ihm der Alarm nie die Ruhe genommen, doch seit er Tage und Wochen im ständigen Artillerie- und Sperrfeuer der Alliierten verbracht hatte, war es um sein Nervenkostüm nicht mehr so gut bestellt. Angeblich wurde es nach einer Weile besser, der Mensch stumpfte ab, wurde taub für die Gefahr. Doch dafür war er nicht lang genug dort gewesen.

»Gerda, nun mach!«

Endlich kam sie herbeigeeilt, um den Kopf noch das Handtuch geschlungen, wickelte sich einen Schal um den Hals und ließ sich von ihm in den Mantel helfen.

Albert stieß die Tür auf und nahm beide Taschen. Gerda schloss hinter ihm ab.

Die Straße war gespenstisch leer, und in keinem der Häuser schien noch Licht. Dafür tanzten die Suchscheinwerfer über den Himmel und rissen die Wolken aus nächtlicher Schwärze.

Ganz deutlich waren die Reste eines sogenannten Weihnachtsbaums auszumachen, der für die Bomber das Ziel markierte. Genau über dem Fluss, den großen Stahlwerken, dort, wo die Eisenbahnlinie zum Hafen führte.

Das Dröhnen! Dieses verdammte Dröhnen.

»Sie sind über uns!«, schrie Gerda und blieb wie vom Donner gerührt stehen.

»Weiter!«

Sie ging nicht. Die Flak ratterte los. Die Rauchwölkchen Tausender kleiner Explosionen übersäten den Himmel wie ein Meer dreckiger Wattebäusche. Leuchtspurmunition schnitt helle Streifen hinein. Ein fetter Lancaster-Bomber wurde getroffen, kippte kurz ab und drehte dabei auf die Siedlung zu. Dann fing er sich wieder und entlud seine tödliche Fracht, bevor er abdrehte.

Doch er war nicht allein.

Albert nahm Gerda bei der Hand und zog sie mit sich. Nun endlich reagierte sie.

Eine schwarz-weiße Katze flitzte geduckt über das Pflaster. *Keine schwarze,* schoss es ihm durch den Kopf, dabei war er nicht abergläubisch.

Sie hatten die Hälfte der Strecke zum Bunker hinter sich, als sich etwas veränderte. Die Luft wurde anders. Ein Geräusch, das nicht ganz bis an die Ohren drang. Sein Magen verkrampfte sich.

Aus einer Ahnung heraus riss Albert seine Gerda hinter einen Schuppen, dann kam die Explosion. Der helle Blitz, gefolgt von einer Druckwelle und einem gewaltigen Knall, raste über sie hinweg. Sie klammerten sich aneinander, als weitere kleinere Detonationen folgten. Dann kamen die Brandbeschleuniger und Phosphorbomben. Der Plan der

Engländer war so perfide wie simpel. Erst deckten Bomben die Häuser ab, dann folgte das Feuer, das so noch viel schlimmer wüten würde.

Klackernd landete eine Phosphorgranate neben ihnen, sprang ein Stück über den Boden, dann noch eine. Ein ganzer Schwarm war das.

Später konnte Albert selbst nicht mehr sagen, woher er die Kraft nahm, sich von seiner verängstigen Frau zu lösen und die kleinen, achteckigen Zylinder mit dem Ende einer Dachlatte von den brenzligsten Stellen wegzuschubsen.

Er wusste, dass er ungefähr fünf Minuten hatte, bis der Phosphor sich entzündete und alles Brennbare im nahen Umkreis entflammte. Er stieß die kleinen Biester vom Schuppen des Nachbarn fort auf den nassen Rasen, von der Haustür weg auf den Gehweg. Fünf Stück konnte er so unschädlich machen, bevor sich die Erste entzündete und er zu Gerda zurückkehrte, um sich neben sie zu hocken.

Sie strich ihm über die Wange, und in ihrem Blick las er Stolz.

»Ich glaube, es ist vorbei«, sagte sie nach einer Weile und erhob sich langsam. Das Handtuch rutschte ihr vom Haar, als sie den Kopf in den Nacken legte, um den Himmel zu studieren. Nur noch vereinzelt war die Leuchtspurmunition der Flak zu sehen, die Lichtkegel der Scheinwerfer blieben leer.

In der Luft hing der metallische Geruch der Explosionen, und irgendwo brannte es.

»Jetzt brauchen wir auch nicht mehr in den Bunker, Albert.«

»Nein, ich denke, da hast du recht.«

Er bückte sich nach den Taschen. Langsam liefen sie die

Straße entlang zurück zu ihrem Häuschen. Flammen zuckten aus einem Gartenschuppen, doch da keine anderen Gebäude in der Nähe waren, gingen sie weiter, ohne sich zu kümmern.

Dann schmeckte die Luft plötzlich ganz mineralisch nach Kalk und Stein. Auf der Straße lag ein dünner Staubfilm, in dem noch kein Schuh Spuren hinterlassen hatte. Darüber stand eine Art Nebel. Schweigend setzten sie ihren Weg fort, wenn auch langsamer, als würde eine unsichtbare Kraft sie bremsen. Sie liefen wie gegen einen Widerstand an.

Nun knirschten kleinere und größere Bruchstücke von Ziegeln und Dachpfannen unter ihren Schuhen. Ein Stück Dachlatte stak senkrecht aus dem Boden wie ein Speer.

»Albert«, flüsterte Gerda. Nur seinen Namen. Er selbst schwieg, hatte keine Worte für das, was dort vor ihnen aufragte. Viel war es nicht mehr.

Ein Teil der Wände hielt sich noch tapfer aufrecht, der Dachstuhl und die obere Etage waren eingestürzt. Wo einst die Haustür gewesen war, ergoss sich ein Schuttberg durch die Öffnung.

Die Bombe war ein Haus weiter eingeschlagen und hatte es vollständig dem Erdboden gleichgemacht. Ihr eigenes Heim hatte nur die Druckwelle abbekommen, und doch …

Albert holte einmal tief Luft wie ein Ertrinkender, der endlich wieder durch die Wasseroberfläche stieß, dann drückte er seine Frau so fest an sich, als hätte er Angst, sie genauso plötzlich zu verlieren wie sein Häuschen. Gerda hingegen war wie erstarrt.

Andere Frauen hätten vermutlich geweint und laut geklagt. Nicht so seine Gerda. Er merkte, wie sie den Rücken spannte. Einen Augenblick lang erwiderte sie seine Umarmung. Er küsste ihr noch immer nasses Haar. Der Duft von Jasmin.

»Das war wohl vorerst unser letztes Bad«, sagte er.

»Ja.«

Es gab ein Knirschen, dann brach irgendwo ein Stück Holz, und ein Schwall Dachpfannen rauschte hinab. Durch Gerdas Körper ging ein Beben.

In der Ferne jaulten Sirenen auf. Die Feuerwehr rückte aus, um Brände zu löschen, wo es noch etwas zu retten gab.

»Wenigstens brennt es nicht«, murmelte Gerda.

»Ja, und wir haben einander. Niemand ist verschüttet.« Albert hatte den Satz gerade beendet, als plötzlich ein jämmerlicher Laut aus den Resten ihres Hauses drang.

»Die Ziege!«

»Bleib du hier, ich sehe nach!«

»Nein, wir gehen gemeinsam.« Gerda nahm seine Hand. Albert betätigte das Gartentörchen, das in all der Zerstörung tapfer an seinem Platz geblieben war. Im Vorgarten stellte er ihre Taschen ordentlich nebeneinander, dann gingen sie an der Außenwand entlang bis hinter das Haus, wo neben der Waschküche der kleine Stall lag.

Der Anbau stand, doch das flache Dach war eingerissen. Die Ziege war zur Hälfte verschüttet und strampelte mit den gebrochenen Vorderbeinen. Es war eine hornlose weiße, eine gute Milchziege, die er erst vor Kurzem gegen sechs fette Kaninchen und ein halbes Schwein getauscht hatte.

Das Tier starrte aus großen Augen zu ihnen und begann dann erneut zu strampeln. Albert musste nicht lange überlegen. Er griff nach dem nächstbesten Backstein und schlug das bedauernswerte Tier tot.

Kapitel 21

»Lieber Tommy, fliege weiter,
hier wohnen nur die Ruhrarbeiter.
Fliege weiter nach Berlin,
die haben alle Ja geschrien.«

Beliebter Reim unter
linken Arbeitern aus dem Ruhrgebiet

Sieben Monate später

MÜLHEIM, ENDE OKTOBER 1945

Die Zeit war so schleppend vergangen wie noch nie in der Schule. Dabei war der Unterricht eigentlich interessant, hätte Annie sich bloß konzentrieren können.

Statt dem Lehrer zu folgen, versuchte sie, sich einen Plan zurechtzulegen, wie Kommissar Wess am besten beizukommen war, ohne eine Reaktion auszulösen, die alles noch schlimmer machte. Denn Mutti hatte recht damit, dass ein Kleinkrieg mit einem Polizisten nie gewonnen werden konnte.

Endlich schrillte die Schulglocke.

Annie packte in Windeseile zusammen, verabschiedete sich von ihren Mitschülerinnen und lief dann so schnell sie konnte heim. Wie verabredet hatte Lotte Mutti indes beim Krautmachen geholfen, sodass sie ihren Plan schnell in die Tat umsetzen konnten.

Es war kurz vor drei, als ihre Mutter zu einem Besuch im Gefängnis aufbrach. Sobald sie fort war, machten sich auch Annie und Charlotte auf den Weg. »Zieh dich unauffällig an«, hatte Lotte sie angewiesen, was bei ihr nur für Gelächter sorgte.

»Hast du schon vergessen, wie wenig Kleidung ich besitze? Außerdem kennt uns hier jeder! Wenn wir uns komisch benehmen, wissen sie, dass was im Busch ist. Dein Hajo stopft deinen Kopf voll mit wirren Ideen, Schwesterchen.«

»Unsinn!« Charlotte stemmte protestierend die Hände in die Hüften und sah ihr dabei zu, wie sie nach einem Weidenkorb griff. »Was willst du denn damit?«

»Kaninchenfutter sammeln. So können wir an jedem grünen Fleckchen in der Siedlung haltmachen, und keiner denkt sich was dabei.«

»Auf den Kopf gefallen bist du nicht.« Charlotte grinste.

Tatsächlich machte Annie auf dem Weg zweimal halt und rupfte etwas Löwenzahn, damit der Korb nicht ganz so leer war. Erst dann folgte sie Lotte zum Haus der verdächtigen Frau, das ganz am Rande der Siedlung stand. Schräg gegenüber befand sich eine Hausruine, die nach einem Volltreffer ein Jahr zuvor nicht mehr bewohnt war. Der hintere Garten wurde offensichtlich von jemandem zum Gemüseanbau genutzt, doch vorn spross zwischen Schutt allerlei Unkraut.

Annie setzte sich auf ein umgestürztes Mauerstück und begann, Klee und Löwenzahn aus dem Boden zu zupfen. Dabei behielt sie den Bau genau im Blick.

»Das Warten ist am schlimmsten«, murrte Charlotte und rollte mit der Fußspitze ein paar Bruchstückchen umher.

»Dann erzähl mir doch etwas. Wie läuft es mit deinem Schatz?«

Charlottes Augen funkelten, sobald sie an ihn dachte, doch sie enthielt sich einer Antwort. »Ich bin nicht so ein Plappermaul wie die Mädchen bei dir in der Schule. Kannst mir ja von deinem Ami erzählen.«

»Ist etwas zwischen euch vorgefallen?«

Lotte schüttelte den Kopf, dass ihr kinnlanges Haar nur so flog. »Nee.«

Mehr war aus ihr nicht herauszubekommen, doch etwas passte ihr nicht, das merkte Annie ihr genau an. Aber Lotte würde schon reden, wenn ihr danach war. Also erzählte sie selbst: »Vielleicht kommt Nathan im Winter für eine Woche, aber da die Briten nun hier sind, weiß er noch nicht, wie und ob es geht.«

»Dann fahr ihm entgegen. Reich, wie er ist, kann er ein Hotel bezahlen. Wenn er hier auftaucht, sorgt es nur wieder für böse Stimmung. Keiner will ihn in der Siedlung, Annie.«

Sie drückte die Kräuter im Korb platt, damit mehr hineinpasste. »Ein Hotel? Wie soll das gehen? Wir sind doch nicht verheiratet, Lotte!« Pulsierend stieg die Röte in ihre Wangen. Allein die Vorstellung, eine Woche lang mit Nathan allein zu sein … »Vati würde das nie erlauben.«

»Vati sitzt im Gefängnis. Außerdem steht die halbe Welt Kopf. Da schert es niemanden …«

Sie beendete den Satz nicht, denn am Haus tat sich etwas. Die Tür wurde geöffnet, und eine ältere Frau in einer geblümten Kittelschürze begann, den kleinen Vorplatz zu fegen.

»Das ist sie!«, sagte Charlotte triumphierend, während sich in Annies Kopf ein Kaleidoskop böser Erinnerungen entfaltete. Diese Frau hatte sie beleidigt, hatte ihr mitten in der Innenstadt ins Gesicht gespuckt, weil sie einen Amerikaner liebte. Hatte andere gegen sie aufgehetzt und Mutti vorgeworfen, sie habe eine Hure zur Tochter.

Hass brodelte in ihr hoch. »Das ist die Heinrich, die Schneiderin!«

»*Das* ist sie? *Das?*«

Annie zerdrückte das Sträußchen Löwenzahn zwischen ihren Fingern, sodass der Herbsttau heraustropfte. Sie hatte Lotte von den Beleidigungen und Schikanen erzählt. »Du hast sie nie gesehen?«

»Nein, höchstens vielleicht als Kind. Aber jetzt fügt sich eins zum anderen. Offenbar hat es ihr nicht gereicht, zu lästern und ihr Gift selbst zu versprühen. Nun hat sie den Kommissar mit hineingezogen.«

»Wetten, dass sie die anonyme Zeugin ist?«

Sieben Monate zuvor

MÜLHEIM, 30. MÄRZ 1945

Als nach der Nacht der Bombardierung der Morgen dämmerte, waren Albert und Gerda so müde, dass sie beinahe im Stehen eingeschlafen wären. Eine halbe Stunde nach ihrer Entdeckung hatten die Sirenen bereits Entwarnung geheult.

Nachbarn eilten herbei und packten sofort mit an. So waren die Kohlekumpel, man hielt zusammen.

Es war Gerdas Idee, den kleinen Stallanbau zuerst von Schutt zu befreien und dann notdürftig zu decken. Andere Ausgebombte wohnten in ihren Kellern, doch das war ihnen nicht möglich … noch nicht. Denn dort, wo sich der Abgang zum Keller befand, lag der Schutt am höchsten.

Also bildeten sie zwei Menschenketten und leerten den Stall. Bald hatten sie die tote Ziege im Freien, ebenso zwei Enten.

Nachbarinnen halfen Gerda, den Boden zu schrubben, während Albert mit zwei Kumpeln in der Nachbarschaft genug Wellblech auftrieb, dass es für den kleinen Anbau reichte.

Um zehn waren sie wieder allein.

Im ehemaligen Ziegenstall lagen frisches Stroh, eine dicke Matte und darüber eine Wolldecke, die ihnen wohl jemand vorbeigebracht hatte.

Albert stieg auf dem Schuttberg im Haus herum, bis er Bett und Bettzeug fand. Das Gestell war in tausend Teile zersplittert, doch die Decken waren nur von rotem Ziegelstaub verfärbt. Mit dem Gefühl, einen Schatz gefunden zu haben, kletterte er zu Gerda hinab, schlug den Staub heraus und legte alles ordentlich auf ihren neuen Schlafplatz.

Gerda saß auf einem Eimer und rang die Hände. Ihr Gesicht war schmal, als habe sie in den vergangenen Stunden an Gewicht verloren. Ihr Haar war vom Staub ganz grau.

»Wir bauen alles wieder auf«, sagte sie mit leerer Stimme, als müsse sie sich überzeugen, dass ihr Vorhaben wirklich möglich war.

»Ja, das tun wir.« Er setzte sich neben ihr auf den Boden. »Wirst sehen, nicht mehr lang, dann ist Frieden. Dann wird alles besser.«

»Warum wir?«

»Frag das nicht. Wir leben, das ist alles, was ich wissen muss.«

Sie nickte. »Es ist nur …«

»Ja, ich weiß.«

Sie hielten einander an den Händen. Schleichend stellte sich eine Schwere ein, die in die Beine kroch und die Schultern niederdrückte. Albert gähnte.

»Die Müller hat angeboten, dass ich bei ihr Kochwurst machen kann. Sie hat noch Gläser.«

»Das ist nett.« Albert sah zu dem, was von der Ziege geblieben war. Ein paar Gläser Kochwurst würde es wohl geben, doch dafür musste er den Kadaver häuten und zerlegen.

»Leg dich hin, Liebes, ich kümmere mich.«

Gerda setzte sich mit einem Ruck kerzengerade hin. »Ich kann doch jetzt nicht schlafen!«

»Von Schlafen war nicht die Rede. Aber du solltest dich ausruhen, wir brauchen unsere Kräfte. Ich beeile mich, dann kannst du rübergehen.«

Sie gab nach und streckte sich auf der strohgepolsterten Unterlage aus. Albert nahm den Blecheimer und wusch ihn aus, um das klein geschnittene Fleisch hineinzugeben, denn einen Topf hatten sie nicht mehr.

Als er mit dem gespülten Eimer zurückkam, war Gerda eingeschlafen. Er deckte sie zu und begann mit der Arbeit.

Erst jetzt drängten sich andere Sorgen auf. Das Bombardement hatte sicherlich auch der Nachbarstadt Essen gegolten, und seine Mittlere war genau an der Grenze beider Städte stationiert.

Lotte hätte um diese Uhrzeit längst zurück sein sollen. Sie kam sonst immer morgens um neun heim, wenn sie nachts an den Flakscheinwerfern stand. Nun war bereits zehn.

Energisch schnitt er das dunkelrote Fleisch der Hinterkeule in kleine Würfel. Er konnte nicht sauber arbeiten. Einige weiße Haare würden sich nicht vermeiden lassen.

Seine Gedanken kreisten zurück. Nein, der Lotte ging es gut! Mehr Unglück durfte nicht über die Neumanns kommen, kein Fünkchen mehr!

Einen Tag noch, bis zum Morgen des Karfreitags, dauerte es, bis Lotte wiederkam. Das Mädchen reagierte erstaunlich gefasst, fand Albert. Er war insgeheim stolz auf seine Tochter, die so erschreckend schnell erwachsen geworden war.

Gerda war nun auch nicht mehr so voll der Sorge um ihre Mädchen, denn zusätzlich hatte die Post einen Brief von Annie gebracht. Sie schrieb, dass es hart war, ihr Lazarett aber doch weit genug von der Front und von oben so gut markiert, dass die Alliierten sie hoffentlich nicht bombardierten.

Anscheinend fand die Älteste sogar noch genug Zeit zum Lernen, denn dem Brief lag ein Aufsatz bei, den die Eltern an ihre Lehrerin Frau Nierhaus weitergeben sollten.

Allein das gab Albert ein wenig Hoffnung zurück, die er im Augenblick bitter nötig hatte. Seine Annie arbeitete bereits für die Zukunft.

Im Gegensatz zu ihr wirkte Lotte etwas verloren, seitdem sie nicht mehr bei Krupp malochen konnte. Die Rüstung hatte in einem besiegten Deutschen Reich keinen Platz mehr, es brauchte keinen klugen Kopf, um das zu wissen. Ein Blick in die Vergangenheit reichte. Nach dem Ersten Weltkrieg war es genauso gewesen. Die Waffenfabriken waren geschliffen worden wie eroberte Festungen. Alles, was sich abbauen und wiederverwenden ließ, war als Reparationszahlungen an Frankreich gegangen.

Die Kruppwerke, schon damals tief in die Rüstung verstrickt, hatten über lange Zeit nur noch zivile Produkte herstellen dürfen. Loks, Schienen und Dampfmaschinen.

Lotte war mit Gerda losgezogen, um das Ziegenfleisch einzukochen und danach bei hilfsbereiten Nachbarn abzuholen, was die an Kleinigkeiten angeboten hatten. Sie besaßen nicht einmal Töpfe, um etwas zu kochen, geschweige denn Kleidung zum Wechseln.

Albert versuchte sich indes im Bau eines Bollerofens. Am Abend erst hatte er aus einigen dicken und dünnen Rohren und einem Rost etwas Passendes zurechtgehauen. Aber mehr konnte er vorerst nicht tun, denn in der Früh musste er zur Schicht.

»Geh«, hatte Gerda gesagt. »Geh, wir brauchen das Geld, ich komme schon zurecht.«

Sieben Monate später

MÜLHEIM, ANFANG NOVEMBER 1945

Annie drehte sich auf den Rücken und zog sich die Decke bis unters Kinn.

Mittlerweile schliefen sie nicht mehr in dem kleinen Stallanbau, sondern auf dem Boden in der Küche. Das Kohlenfeuer im Herd erlosch nie ganz. Zwar zog es durch die Ritzen des rissigen Mauerwerks, und am Boden war es stets recht kühl, dennoch froren sie nicht.

Annie drückte die Hände auf ihren Unterleib. Es fühlte sich an, als hätte jemand eine Klinge hineingestoßen, die sich nun ganz langsam drehte.

Verdammt. Sie hatte es schon vorgestern geahnt, als sie Rückenschmerzen bekam, es aber dann doch auf den Waschtag geschoben, an dem sie lange gebückt gearbeitet hatte. Ausgerechnet, wenn ein wichtiger Test anstand, bekam sie ihre Mens, da konnte sie die Schmerzen wirklich nicht gebrauchen!

Mit einem Stöhnen drehte sie sich auf die Seite. Nun atmete ihr Charlotte ins Gesicht, und das Bauchweh wurde auch nicht besser.

Sie versuchte es auf dem Bauch, dann wieder auf dem Rücken. Schließlich rutschte auch noch die Zudecke von ihren Füßen, und es wurde frostig. Sie versuchte, sie mit den Zehen zu packen und wieder herunterzuziehen.

»Mensch, Annie«, murmelte Lotte. »Was ist denn?«

»Decke hochgerutscht, und ich bekomme meine Mens.«

»Schon wieder?« Lotte gähnte und zuppelte die Decke, die sie sich teilten, etwas tiefer.

»Du denn nicht? Wir sind doch immer zusammen dran«, wisperte Annie, so leise sie konnte, und starrte dabei zu der dunkelgrünen Plane hinauf, die nun einfach schwarz aussah. Der Nachtwind strich Wellen hinein, ein Ende machte leise schnappende Geräusche.

Charlotte lag so reglos da, als ob sie schliefe, die Augen weit aufgerissen. Obwohl es das spärliche Licht eigentlich nicht zuließ, meinte Annie zu erkennen, dass ihre Schwester blass geworden war wie eine Tote.

Ihre Lippen bewegten sich ohne einen Ton, dabei zählte sie an den Fingern ab, und Annie bekam einen schrecklichen Verdacht. »Du … Du hast doch nicht …«, fragte sie, so leise sie konnte.

»Halt den Mund, ich muss mich konzentrieren!«

»Lotte!«

»Scheiße«, wisperte die mit ganz viel Gefühl.

Annie wurde heiß und kalt zugleich.

»Wie lange?«

»Den zweiten Monat, wenn sie ausbleibt.«

Annie drehte sich zu ihr, sodass sie voreinanderlagen. »Wir schaffen das gemeinsam.«

»Ach, verschon mich mit deiner dummen Zuversicht. In so einer kaputten Welt, Annie.« Tränen schimmerten in Lottes Augen. »Und was die Leute sagen werden, wo sie doch schon nicht ertragen, wenn du dich mit dem Ami triffst.«

»Mach dir um die Leute keine Gedanken. Du bist stark, Schwesterchen.«

Annie rutschte näher, nahm Charlotte in den Arm und strich ihr ganz langsam übers Haar, wie sie es früher immer gemacht hatte, wenn die kleine Schwester Albträume hatte.

Charlotte drückte sich eine Hand auf den Mund, um ihr

Schluchzen zu ersticken. Denn Mutti schlief am anderen Ende des kleinen Zimmers, und sie durfte von dem Unglück nichts erfahren.

So hatte Annie ihre Schwester noch nie erlebt. Eigentlich war die Jüngere ihr immer wie ein Fels vorgekommen, den so schnell nichts erschüttern konnte. Lotte hatte ihre eigene Art, mit Krisen umzugehen. Das mochte nicht jedem gefallen, doch bislang war sie noch aus allem irgendwie herausgekommen. Jetzt würde sie sich neue Strategien überlegen müssen. Denn einer Schwangerschaft war weder mit einem dicken inneren Panzer noch mit Davonlaufen beizukommen.

Charlotte würde sich dem Problem stellen müssen.

Es dauerte lange, bis sie sich beruhigt hatte. Schweigend und lauschend lagen sie eine Weile einfach nur da. Es war still im Haus. Aus der Ferne klang nur ganz leise ein Rattern und Klappern von der Zeche her, das Annie länger begleitete, als sie denken konnte. Es war der Herzschlag des Reviers.

Ungleich näher war Muttis langsamer, tiefer Atem. Sie schlief wirklich tief und fest. »Was willst du nun tun?«

»Es muss weg, eine andere Wahl habe ich nicht«, wisperte Lotte.

Annie biss sich auf die Lippe. Diese Antwort hatte sie erwartet, dennoch machte es sie traurig, dass Charlotte es tatsächlich in Erwägung zog. »Willst du nicht erst einmal mit Hajo reden?«

»Nein.«

»Aber vielleicht …«

»Nein! Was ist an dem Wort Nein so schwer zu verstehen?«

»Leise!«

Lotte zog die Bettdecke so hoch, bis sie beide darunter abtauchten. »Nein. Er müsste mich heiraten.«

»Und? Wäre das so schlimm?«

»Ich weiß es nicht.«

»Hast du ihn denn nicht lieb?«

»Ich weiß es nicht«, flüsterte Lotte, und dem Klang ihrer Stimme nach war sie erneut den Tränen nah. »Ich will ihn nicht zwingen. Wenn ich es ihm sage, hat er keine Wahl.«

Erneutes Schweigen. Annie überlegte fieberhaft. Sie war sicher, dass die beiden einander aufrichtig mochten, das sah sogar ein Blinder. Aber Lotte war ein Sturkopf der besonderen Sorte. Wenn sie beschlossen hatte, dass sie nach Martins Tod niemanden lieben durfte, dann würde sie auf unabsehbare Zeit an ihrem Vorhaben festhalten.

»Ich hab eine Idee«, flüsterte sie schließlich. »Du verschweigst ihm … *das* … und machst ihm einen Antrag. Wenn er Ja sagt, rückst du mit deinem Geheimnis raus, und wenn nicht … dann finden wir einen Weg.«

»Aber wenn ich doch gar nicht weiß …«

»Du *weißt* es aber! Und wenn du mal vernünftig in dich hineinhören würdest, dann wärst du dir da genauso sicher wie ich.«

Als Erwiderung kam nur eine Art *Hmpf!* unter der Decke hervor.

Annie suchte im Stockfinsteren nach Lottes Hand, bis sich ihre Finger berührten. »Abgemacht?«

»Abgemacht.«

Sieben Monate zuvor

MÜLHEIM, 30. MÄRZ 1945

Die Nacht im Stall war kurz, doch zu zweit wurde es zumindest passabel warm.

Gerda lag träumend neben Albert und zuckte dabei so lebhaft, dass er immer wieder davon aufwachte und seine Sorgen wälzte.

Wenn die Alliierten weiter so vorankamen, wäre spätestens im Sommer alles vorbei. Es wurde Frühling, sie hatten also ein halbes Jahr Zeit, um aus der Ruine etwas zu errichten, das sie durch den Winter bringen würde.

Albert erwachte mit dem ersten Hahnenschrei. Er hatte in seiner Kleidung geschlafen. Zum Frühstück nahm er nicht viel mit, nur vier gekochte Kartoffeln, die jemand am Vortag vorbeigebracht hatte. Zum Mittag würde er auffahren und sich an der Suppenausgabe etwas holen, auch wenn in dem Gebräu hin und wieder Maden schwammen, weil die getrockneten Bohnen oder Erbsen voll davon waren. Der Hunger würde es schon reintreiben.

Der Henkelmann, den die gute Gerda ihm sonst mit Vorgekochtem gefüllt hatte, das er unter Tage erwärmte, war wie so vieles andere unter einem Meter Schutt begraben.

»Ich mach mich los«, sagte er leise und küsste seiner Frau die Stirn.

»Ist es schon so weit?«, murmelte sie verschlafen.

»Ja, Liebes. Pass auf dich auf und mach nicht zu viel. Der Wiederaufbau ist nicht an einem Tag getan.«

Sie lächelte und schwieg. Sie wussten beide, dass sie ackern würde bis zum Umfallen. So war sie nun einmal.

Darin waren sie einander ähnlich. Wenn sie anpackten, dann richtig.

Wenig später reihte sich Albert in die Schar müder Männer ein, die durch die Siedlung dem Förderturm entgegenstrebte. Es wurde verhalten gegrüßt. Jeder wusste, dass es beim letzten Mal die Neumanns erwischt hatte.

»Scheiße, Mann«, sagte ein Bergmann, den er nur vom Sehen kannte, und ein anderer, ein Linker wie er, ließ einen leisen Singsang hören. »Lieber Tommy, fliege weiter, hier wohnen nur die Ruhrarbeiter. Fliege weiter nach Berlin, die haben alle Ja geschrien. Fliege weiter nach Berlin …«

»… die haben alle *Ja* geschrien«, fiel Albert mit ein.

Der Mann schlug ihm freundschaftlich auf die Schulter. »Wird schon, wir halten zusammen.«

»Jo, muss«, erwiderte Albert und versuchte, sich nichts anmerken zu lassen. Doch das Herz war ihm schwer, und so würde es noch lange Zeit bleiben.

Da half es nicht einmal, dass er überall nur freundlichen Leuten begegnete. In der Kaue grüßte so manch einer mit *Glück auf*, den er gar nicht recht persönlich kannte.

Er hängte sein Straßenzeug an den Haken und zog zum ersten Mal, seitdem man ihn an den Rhein geschickt hatte, wieder sein Grubenzeug an.

Es fühlte sich gut an und zugleich wie eine Fügung des Schicksals, dem man sich willenlos ergab. Wie ein Grubenpferd, das es hasste, die Loren zu ziehen, und doch brav den Kopf neigte, wenn das Kummet gebracht wurde.

Dicht an dicht lief er mit seinen Kumpeln an der Lampenstube vorbei, um sich sein Licht aushändigen zu lassen. Routiniert überprüfte er die Funktion, dann lag die Seilfahrt vor ihm. Im Aufzug traf er auf Otto, der ihm zur Begrüßung schweigend die Hand gab, was er sonst nie tat. Er kondolierte wie auf einer Beerdigung.

Albert stieg mit ihm aus. »Was steht an?«

»Plackerei, mein Jung. *Alten Mann* verfüllen.«

Albert stöhnte. »Gibt es nichts Wichtigeres?«

»Nicht für die, die jederzeit vom Volkssturm geholt werden können!«

Albert neigte sich noch ein Stück näher und sagte leise: »Es ist doch fast vorbei!«

»Für die Braunhemden noch lange nicht, wirst sehen.«

Sieben Monate später

MÜLHEIM, ANFANG NOVEMBER 1945

Erneut hatte Wess ihn befragt. Erneut hatten sie sich im Kreis gedreht.

Alberts Antworten waren einsilbig ausgefallen. Er war ausgelaugt, mürbe und einfach müde. Das Nichtstun und die Ausweglosigkeit waren auf Dauer anstrengender als eine lange Schicht als Hauer, bei der in einem flachen Flöz im Hocken gearbeitet werden musste.

Gerda war bei ihm gewesen, gemeinsam mit Annie. Das Mädchen hatte ihm eine Hausarbeit mitgebracht, deren Thema ihm nichts sagte. Doch die Eins, die hatte er noch genau vor Augen. Er war unsagbar stolz auf sie, und das hatte er ihr auch gesagt.

Gerdas Essen war wie immer lecker und sehr sättigend gewesen. Im Gegensatz zu den meisten anderen Gefangenen war er hinter Gittern nicht dünner geworden.

Annie hatte erzählt, dass Lotte und sie an einer Sache dran wären, die ihn aus seiner misslichen Lage befreien würde. Er ließ sie in der Illusion, dass es noch Hoffnung gab. Doch er selbst sah keine mehr. Man würde ihn verurteilen und auf viele Jahre wegsperren. Warum? Das würde er wohl nie erfahren.

Und so klammerte er sich an jeden Besuch seiner Familie wie an einen Rettungsanker. Wenn er mit Gerda allein war, sprach er mit ihr über alte Zeiten, mit den Töchtern, seinen wunderbaren Mädchen, über die Zukunft. Für sie würde das Leben besser werden, davon war er überzeugt.

Nach dem fruchtlosen Verhör hatten sie ihn in die Zelle zurückgebracht, in der sich zurzeit einige unangenehme Gesellen befanden, darunter zwei Schläger, deren vernarbte Gesichter Bände sprachen.

»Brauchste die Decke, Alter?«, fragte der Massigere der beiden, der etwas von einem grob aus Lehm erschaffenen Golem hatte.

Albert zögerte. Es war verdammt kalt in den Nächten, jeden Tag etwas mehr. »Eigentlich schon. Sie bringen euch sicher bald auch eine.«

»Und wenn nicht?«, knurrte der Hüne. Sein Kamerad war nur etwas kleiner als er, die Nase eingedrückt, die Unterlippe von einer langen Narbe geteilt. Er öffnete und schloss die Hände zu Fäusten.

Albert fühlte, wie ihm das Blut ein wenig heißer durch die Adern rauschte als zuvor. *Eigentlich passend, dass es so endet,* dachte er. Kurz sah er sich in der kleinen Zelle um. Von den anderen drei war, wie es aussah, keiner bereit, ihn zu unterstützen. Der blassgesichtige Angestellte mit der Halbglatze fiel vermutlich schon bei einem kräftigen Windzug um. Schon jetzt blinzelte er hektisch und drückte sich tiefer in den Winkel neben dem Fäkalieneimer, als könne er sich dadurch unsichtbar machen.

Albert musste an seine Zeit als junger Mann denken. Was hatte er sich mit den Braunhemden geprügelt! Und wieder stieg das alte Gefühl in ihm hoch.

Vielleicht hatte er es noch drauf, vielleicht war es sein Vorteil, dass diese beiden Schläger nicht erwarteten, dass er sich wehrte.

»Ich hab keine Lust zu warten, alter Mann«, sagte der Golem nun. »Gib her, mir ist kalt.«

»Nein.« Albert sah ihm zum ersten Mal in die stechend blauen Augen.

Der Mann blinzelte irritiert, weil er nicht zurückwich, sondern nur die Decke mit dem Fuß zur Seite trat. In diesem Moment hatte Albert seinen ständig schmerzenden Rücken vergessen, und in seiner Brust rasselte es nicht mehr. In diesem Moment war er wieder jung.

Der Angriff des Riesen kam schwerfällig. Mühelos duckte Albert sich darunter hinweg und wich nun doch zurück, was seinen Gegner weiter anstachelte. Rasch folgten ein rechter und ein linker Haken. Albert federte in die Knie, während über ihm zwei Fäuste beinahe ungebremst gegen die Gefängnismauern krachten.

Der Mann brüllte auf. Albert versuchte, wieder hochzukommen, doch so schnell wie früher war er längst nicht mehr. Seine Knie ächzten, während er dem Golem in der Aufwärtsbewegung tief in den Magen schlug, einmal, dann gleich noch einmal, gefolgt von einem Tritt zwischen die Beine.

Der andere klappte zusammen. Darauf hatte Albert gewartet. Er packte den großen Kerl an der Kleidung und riss ihn mit aller Kraft nach vorn gegen die Wand.

Blut.

Blut an der Wand und auf dem Gesicht des Schlägers. Albert ließ die Schultern kreisen und nahm den Kleineren mit der gespaltenen Lippe ins Visier. Der wirkte zwar ein wenig überrascht, aber keinesfalls eingeschüchtert. Er näherte sich Albert vorsichtiger, die Fäuste wie ein Boxer erhoben. Das war nicht gut. Im Gegensatz zu seinem Kumpan schien er kein dumpfer Schläger zu sein, kein Stier, der kopflos auf alles, was ihn reizte, losstürmte. Zudem war er jünger und agiler.

Albert machte einen Schritt auf ihn zu. Das Blut pulste ihm wie im Rausch bis in die Schläfen hinauf. Es brannte in ihm. All die aufgestaute Wut, die Ohnmacht gegenüber seiner Situation kulminierte.

Raus musste es, nur raus! Er täuschte an, schlug mit der Rechten zu, wurde abgefangen und ließ die Linke folgen. Er traf die Kehle, dies war kein fairer Kampf.

Röchelnd schlug der Mann zurück.

Albert war nicht schnell genug. Wie ein Hammerschlag erwischte ihn die Faust an der Schläfe. Schwärze, wie abgehackt. Der Schmerz kam verspätet.

Kurz hielten sie beide inne, der eine sah nichts, der andere bekam keine Luft.

Albert erahnte die Bewegung hinter sich einen Augenblick zu spät. Der Schlag in den Rücken schickte ihn zu Boden. Seine Lungen streikten. Er bekam keine Luft mehr.

Als er sich zur Seite drehte, sah er den Golem über sich aufragen, das teigige Gesicht ganz verschwommen. Blut rann aus einer Platzwunde auf der Stirn, als sei er direkt der Hölle entsprungen.

Er holte mit dem Fuß aus und trat zu.

Albert versuchte, seinen Kopf zu schützen. Die Tritte kamen blitzschnell, trafen seine Unterarme, die Knie. Schmerz wie Blitze. Er rollte sich eng zusammen. Das war es nun.

Der erste Tritt in die Nieren ließen ihn aufschreien. Er krampfte.

Sie hörten nicht auf. Würden es erst, wenn kein Leben mehr in ihm war. Albert dachte an Gerda, die Mädchen und vor allem an Ernst.

Bald würde er seinen Sohn wiedersehen dürfen …

Kapitel 22

Mülheim, zur gleichen Zeit

Hajo wartete vor der Zeitungsredaktion auf Charlotte. Zwei Tage zuvor hatte sie ihn nach einem Spaziergang darum gebeten, sie hier zu treffen. Sie hatte angespannt gewirkt, als seien zu ihrem ohnehin schon großen Päckchen weitere Sorgen hinzugekommen. Sorgen, die mit ihm zu tun hatten.

Den ganzen Tag hatte Hajo mit einem mulmigen Gefühl gekämpft. Er war froh, dass er nur mit der Wartung der Pressen beschäftigt gewesen war und niemand erwartete, dass er einen Text verfasste.

Etwas würde heute geschehen. Er stellte sich innerlich darauf ein, dass Lotte beschlossen hatte, ihre Liebelei, oder wie man es auch bezeichnen wollte, zu beenden. Versuchte, sich zu wappnen.

Sie hatten sich einander nie erklärt. Auch weil sie noch immer trauerte. Denn wenn er den Schatten des Verlusts durch ihr hübsches Gesicht huschen sah, schob er sein Vorhaben stets erneut ein Stückchen auf.

Wenn sie ihm nun den Laufpass gäbe, war seine Entscheidung wohl richtig gewesen. Es tat weh, sich eingestehen zu müssen, dass er sich in ihren Gefühlen geirrt hatte. Er dachte, früher oder später würde sie sich ebenso in ihn verlieben, wie er es längst getan hatte. Doch offenbar war das nichts als Wunschdenken gewesen. Anders war ihr plötzlich so ablehnendes Verhalten nicht zu erklären. Sie hatte nicht mit ihm schlafen wollen und ihm kein einziges Mal in die Augen gesehen.

Und nun das Treffen. Er wäre naiv gewesen zu hoffen, dass sich heute mit einem Fingerschnippen alles zum Guten wenden würde.

Er hätte sich ihr auf der Stelle erklärt, wenn es das war, was sie wollte, aber …

»Hajo!«

Er fuhr herum und war wie erstarrt. Sie trug ein wunderschönes blaues Kleid mit großem Blumenmuster, aufregend kurz und ein wenig gebauscht. Ihr Mantel stand offen, und um den Hals hatte sie einen seidigen Schal. Als sei der Himmel auf ihrer Seite, riss die Wolkendecke genau in diesem Augenblick auf, und ihr flachsblondes Haar schimmerte wie Gold.

Ihre Schritte waren ein wenig zu energisch für so ein schickes Kleid, doch alles andere hätte nicht zu seiner Charlotte gepasst.

Und vielleicht war sie das wirklich noch, die Seine.

Sie hatte sich ein wenig geschminkt. Die Lippen waren leicht gerötet, die Augen so betont, dass sie noch größer wirkten als üblich.

»Du siehst aus wie ein Winterengel!«, stieß er hervor. »So wunderschön.«

Sie sah ihm aufmerksam in die Augen, als ob sie herausfinden wollte, ob er es ernst meinte. »Hallo«, sagte sie schließlich, zufrieden mit ihrer Prüfung, und hakte sich bei ihm unter.

Kein Kuss, nicht einmal auf die Wange. Da war doch etwas faul! Aber sein beklommenes Gefühl war durch ihre Ankunft wie weggezaubert.

»Gehst du nachher mit mir meinen Vater besuchen? Er würde sich bestimmt freuen, den Sohn eines alten Freundes zu sehen.«

Das kam überraschend. Womöglich galt der hübsche Aufzug gar nicht ihm, sondern Albert Neumann. »Wenn du meinst, klar.«

»Aber erst woandershin, komm.« Sie zog ihn von der Schlossstraße fort in Richtung Rathaus.

Hajos Gedanken schlugen sofort einen herrlichen Irrweg ein. In dieser Richtung ging es zu der Ruine, in der sie sich das erste Mal geliebt hatten. Ob die Überreste wohl noch standen?

Lotte schwieg. Auf ihrem Gesicht lag ein Ausdruck wilder Entschlossenheit. Beinahe, als zöge sie in eine Schlacht mit ungewissem Ausgang.

Er hätte ihr gerne versichert, dass sie sich auf ihn verlassen konnte, dass er an ihrer Seite stand. Doch solange er nicht wusste, wer der Gegner war …

Dort war das Café, in dem sie ihren zweiten Geburtstag gefeiert hatten. Lotte zupfte an seinem Arm und schenkte ihm ein strahlendes Lächeln. »Komm, ich lade dich ein. Waffeln und Muckefuck.«

»Aber Charlotte, ich …«

»Nun komm, du störrischer Esel, bitte.« Sie lächelte noch immer, doch nun mischten sich Zweifel in ihr Strahlen.

»Ja, natürlich!«, beeilte er sich zu sagen und hielt ihr die

Tür des Cafés auf. Drinnen war es warm. Der Duft von Vanille, Karamell und Schokolade war zum Schneiden dick. Schon für den Duft hätten sie hier Geld verlangen können.

»Dort vielleicht?« Lotte wies auf ein kleines Tischchen in einem lauschigen Winkel. Auf der blank gewienerten Holzoberfläche stand eine Kerze und daneben eine flache Vase mit Papierblumen, deren Ränder ein wenig verblichen waren.

Er half ihr aus dem Mantel, was nach wie vor ein wenig ungelenk geriet, weil er noch keine Lösung gefunden hatte, wie er den Stumpf zur Unterstützung einsetzen konnte. Lotte schien es nichts auszumachen.

Schließlich saßen sie, und sie nahm seine Hand in ihre. Der Ausdruck in ihren Augen gab ihm das Gefühl, in einen Brunnen zu stürzen, an dessen Ende das Paradies auf ihn wartete. Ihre herbe, kühle Schönheit war wie von einer anderen Welt.

Früher hatten ihm Frauen wie sie nicht gefallen. Aber Charlotte war nicht irgendeine Frau, das wusste er nun.

»Du bist so schön, Charlie. Ich habe keine Worte dafür, außer dass du mich verzauberst.«

»Du hast mich auch verzaubert, Hajo«, murmelte sie und sah auf ihre verflochtenen Hände.

Er rieb ihre Finger. Sein Mund war staubtrocken. Er wollte etwas erwidern, aber in seinem Kopf schien alles zu einem Wust verknotet. Er hatte so fest damit gerechnet, dass sie sich heute von ihm trennte, dass er sich nun fühlte wie in einem Fiebertraum.

Die Bedienung kam. Lotte bestellte blitzschnell eine Waffel und eine Tasse Ersatzkaffee, dann waren sie wieder allein.

»Du fragst dich sicher, was das hier alles soll, nicht wahr?«

Er nickte, die Zunge noch immer bleischwer.

»Hier haben wir unseren zweiten Geburtstag gefeiert, und obwohl ich es lange nicht wahrhaben wollte, begann damit auch ein neuer Abschnitt in meinem Leben.« Sie musterte ihn unsicher. Die nächsten Worte schienen sie Überwindung zu kosten. »Du hast dich in mein Herz gestohlen, Hans Joachim Täuber, und ich konnte nichts dagegen tun.«

Ihm wurde schlagartig ganz warm. Er hob ihre Hand und drückte einzelne Küsse auf ihre Knöchel. »Ach, Charlotte, wie sehr habe ich auf diesen Moment gehofft.«

»Wirklich?«

»Natürlich. Ich bin dir mit Haut und Haar verfallen, ich denke Tag und Nacht an dich. Aber wenn wir uns dann sehen, wage ich kein Wort darüber zu verlieren, weil ich fürchte, dass du mir dann davonläufst.«

Charlotte atmete tief ein, um ihren Mund huschte ein Lächeln. »Ich laufe nicht davon, ich laufe höchstens mit dir gemeinsam fort … wenn … wenn du denn willst?«

Ihr Blick wurde ernst und ein wenig ängstlich. Ihre Worte, die so leicht geklungen hatten, fielen mit Gewicht. Hatte sie es wirklich so gemeint, wie er glaubte? Ihre strahlend blauen Augen ließen keinen Zweifel. Es war ihr Ernst. Und es war nur passend für eine Frau wie Charlotte, dass sie ihm diese Frage stellte, anstatt abzuwarten, bis er es tat.

»Ja, natürlich will ich! Aber bist du dir sicher, dass du auch wirklich einen Krüppel haben willst?«

Charlotte lachte erleichtert auf. »Du bist mehr Manns als die meisten anderen. Mehr ginge über mein Vermögen.«

Er rutschte näher, und sie küssten sich lange. »Ich liebe dich, Charlotte Neumann, von ganzem Herzen, für immer.«

Sie nickte langsam, dann flackerte ihr Blick, und sie legte seine Hand auf ihren Bauch. »Das solltest du auch, Hajo. Denn du wirst Vater.«

Sieben Monate zuvor

MÜLHEIM, ANFANG APRIL 1945

Das Ruhrgebiet war eingekesselt. Am 1. April schon hatten sich die bei Wesel über den Rhein gekommenen Truppen Montgomerys in einer gewaltigen Zangenbewegung mit den vom Brückenkopf bei Remagen einrückenden Amerikanern vereint.

Das Ruhrgebiet war verloren.

Recklinghausen und Hamm waren bereits gefallen und übergeben worden, und es war nur noch eine Frage von Tagen, bis es in Mülheim auch so weit wäre.

Daher verstand Albert den Befehl, die Brücken zu sprengen, umso weniger. Das war doch, als würde sich ein Schwerverletzter zusätzlich noch selbst verstümmeln! Die Stadt lag durch den ständigen Artilleriebeschuss ohnehin bereits in Schutt und Asche, und nun sollten auch noch die Brücken gesprengt werden?

In Albert sträubte sich alles dagegen. Dennoch wagte er nicht aufzumucken, als Teile seines Bataillons abkommandiert wurden, die Mendener Brücke zur Sprengung vorzubereiten. Denn die Vorgesetzten waren nun schnell mit der

Waffe dabei und hielten ständig Ausschau nach Männern, die in ihren Augen Feiglinge und Verräter waren.

Albert schleppte Kisten voller Sprengstoff aus einem Lkw zu den angewiesenen Stellen, während die Anwohner nur zusehen und lamentieren konnten.

In der Nacht auf den 11. April gingen schließlich in großen Explosionen die letzten vorhandenen Brücken Mülheims in die Knie. Einzig die Schlossbrücke stand noch, da sich heftiger Widerstand im Rathaus geregt hatte. Albert war davon ausgegangen, dass die angebrachten Ladungen nach einigen Tagen Hin und Her auch hier gezündet würden. Doch so weit kam es nicht mehr.

Die Amerikaner waren da!

Albert stand zu diesem Zeitpunkt an einer Straßensperre in der Stadtmitte direkt am Dickswall und fühlte sich derart fehl am Platz, dass er kurz davor war, endgültig die Beine in die Hand zu nehmen.

In der Stadt war es gespenstisch ruhig. Die Leute gingen ihren Besorgungen nach, Arbeiter waren auf dem Weg zur Arbeit, Frauen und Alte stellten sich in die Schlangen vor den Lebensmittelläden. Durch die Innenstadt zog der Geruch von frisch gebackenem Brot.

Alberts Kumpel Otto hatte eine Zeitung besorgt. Nicht mehr als zwei Seiten Notausgabe, aber immerhin erschien sie noch.

Sie hatten sie auf der Straßensperre aus Holz und Trümmern ausgebreitet und lasen zu zweit den darin abgedruckten Wehrmachtsbericht vom Vortag.

Kämpfe in Breslau, Göttingen, Hannover und Heilbronn. Die Alliierten rückten von allen Seiten an. Das Ende stand kurz bevor, das musste doch jeder sehen!

Aber nein, hier stand auch, dass US-Präsident Hoover schon von einem Dritten Weltkrieg sprach, weil Amerikaner und Russen so grundverschieden waren. Wenn die sich aufeinander stürzten ... Nein, auch dann gab es keine Hoffnung mehr für das Deutsche Reich. Es war aus.

Ein Junge in HJ-Uniform kam plötzlich die Straße heruntergerannt. Er winkte, rief aber nichts.

»Jetzt ist es so weit«, sagte Otto, faltete ganz langsam die Zeitung zusammen und steckte sie zwischen zwei Backsteinen fest.

Indes ballte sich Alberts Magen klein und fest zusammen. Es fühlte sich an, als hätte er Steine geschluckt. Mit einer energischen Bewegung rückte er sein Gewehr über der Schulter gerade, hatte aber nicht vor, es zu entsichern.

Brummen und Rattern echote zwischen den Gebäudefronten hin und her. Es schwoll an, dann waren die ersten Amerikaner zu sehen. Infanterie zu Fuß, Jeeps, Panzer. Einige Passanten blieben stehen, doch die meisten liefen nur ein wenig schneller, die Köpfe gesenkt, als sei ihnen plötzlich eingefallen, wie sehr sie in Eile waren.

Otto sah Albert in die Augen, bis dieser nickte. Es waren noch einige andere Kumpel aus Kohle und Stahl da, die wohl ähnlich dachten.

»Bereitet euch vor, Jungs!«, rief Kramer, ein unverbesserlicher Anhänger des Führers und NSDAP-Mitglied der ersten Stunde. Stolz stützte er sich auf seine Panzerfaust.

Albert wurde kurz ganz heiß, dann ließ er sein Gewehr von der Schulter rutschen und riss das Volkssturm-Abzeichen von seinem Ärmel. »Ich bin raus hier!«, verkündete er, und seine Stimme bebte dabei nur ganz wenig. Otto ließ nun ebenfalls seine Waffe fallen. Blitzschnell hatten es ihnen zwei Eisenbahner, ein Stahlkocher und alle Kohlekumpel nachgetan.

»Ihr Schweine, Volksverräter!«, brüllte Kramer, während sich einige wenige Getreue um ihn scharrten. »Wer jetzt geht, bekommt eine Kugel in den Rücken!«

Albert ging dennoch, und mit ihm verließen zehn weitere die Barrikade. In einer Nebenstraße blieben sie stehen.

»Was nun?«, fragte einer der Eisenbahner.

»Das will ich mir ansehen, wie Kramer den Amis den Hosenboden stramm zieht.« Sie lachten erleichtert und viel zu laut, aber es war wohl die Anspannung, die sich nun in diesem Ausbruch löste.

Sie liefen von der Kreuzung Kaiserstraße in Richtung Kirchenhügel, wo sie sich hinter Schutt und einem letzten noch stehenden Baum gut sichtbar hinsetzten. Die Amerikaner sollten sehen, dass von ihnen keine Gefahr ausging. Mittlerweile waren mehr Leute stehen geblieben, um die Siegermacht mit ein wenig Furcht, aber vor allem Skepsis und Neugier zu betrachten.

Der Idiot Kramer war inzwischen mitsamt seiner geliebten Panzerfaust und seinen Kumpanen verschwunden.

Keiner aus dem Grüppchen hatte mitbekommen, wohin.

Albert bekam ein ungutes Gefühl.

»Am liebsten würde ich die Amis warnen«, grollte Otto und ballte die Fäuste. »Aber wie?«

»Die werden schon fertig mit dem.«

»Gut, dass wir da raus sind«, meldete sich ein junger Mann zu Wort, den Albert erst an diesem Morgen kennengelernt hatte und der ihn frappierend an Ernst erinnerte. Der bloße Gedanke versetzte ihm einen schmerzhaften Stich. Sein Sohn wäre vermutlich mit diesem Kramer in die letzte Schlacht gezogen, so sehr hatte die Propaganda sein junges Herz vergiftet.

Gut, dass er nicht hier war.

Albert klammerte sich an die Vorstellung, dass sein Junge vielleicht schon in ein paar Wochen zu ihnen zurückkäme, womöglich noch etwas schwach, aber gesund. Dann hätten sie alle Zeit der Welt, ihn von seinem Irrweg abzubringen.

Und wenn nicht?, meldete sich eine Stimme in ihm. *Wenn er tot ist? Tot und verscharrt?*

Er kam nicht dazu, sich gegen seine Zweifel aufzubäumen. Ein gewaltiger Knall ließ die Fensterscheiben in den Rahmen zittern, dann ratterten Gewehrsalven, ein kurzes Hin und Her. Schreie.

Erst dann erklomm schwarzer Qualm den Himmel.

Einmal hatte Kramer seine Panzerfaust wohl noch abgefeuert.

Minuten dehnten sich zu kleinen Ewigkeiten, dann schwiegen die Waffen endlich.

Wieder Rufe, dann das Rattern von Panzerketten auf hartem Boden. Die Amerikaner setzten sich wieder in Marsch.

Nun konnten auch Albert und seine Kameraden sie sehen. An den Fahrzeugen flatterten kleine Wimpel mit Flaggen, und die Soldaten wirkten überaus ordentlich und gut gekleidet. Ansonsten unterschieden sie sich nicht so sehr von den Deutschen.

»So geht es also vorbei«, sagte Otto und konnte sich das Grinsen nur schwer verkneifen.

»Ja, es ist vorbei.« Albert stand auf. »Wenn meine Gerda das erfährt!«

Kapitel 23

Sieben Monate später

MÜLHEIM, NOVEMBER 1945

Er hatte Ja gesagt. Charlotte konnte es noch immer nicht fassen, während sie Arm in Arm in Richtung Hauptwache schlenderten. Hajo drückte sie immer wieder ganz fest an sich, als müsse er sich versichern, dass er nicht träumte.

Sie hätte nie erwartet, dass es so einfach gehen würde. Er liebte sie wirklich. Und sie selbst? Ja, sie hatte ihn auch lieb. Wie sehr, war ihr erst heute richtig bewusst geworden.

Annie hatte recht behalten.

Sie hatte sich etwas vorgemacht. Martin würde zwar für immer in ihrem Herzen sein, aber er war nicht mehr Teil ihres Lebens. Im Gegensatz zu Hajo.

Sie würden schnell heiraten müssen, am besten noch in diesem Jahr, bevor sich ihr Bauch merklich rundete.

»Wo sollen wir wohnen, Hajo?«, fragte sie und schmiegte sich mit der Wange an seine Schulter.

»Erst einmal reden wir mit deinem Papa. Vielleicht reißt er mir ja den Kopf ab, dann wird es eh nichts.«

»Unsinn, Vati mag dich, das weißt du ganz genau.«

»Vielleicht nicht mehr, wenn er erfährt, dass ich seine Tochter geschwängert habe.«

»Meinst du, wir müssen ihm das sagen?« Nun wurde ihr doch ein wenig bang.

»Je nachdem, wie weit du bist.« Er drückte sie wieder. »Das wäre was, wenn ich dich direkt beim ersten Mal …«

»Schht, Hajo!« Charlotte wurde ganz heiß vor Scham, doch gleichzeitig empfand sie ein hinterhältiges Ziehen in ihrer Mitte. Manchmal wollte sie ihn so sehr, dass ihr ganz komisch wurde.

Der Anblick der Hauptwache ernüchterte sie beide.

»Eigentlich wollte ich hier niemals hinein, aber du bist ein guter Grund.«

Sie ließ ihn los und betrat das Gebäude zuerst. Der junge Polizist, der so oft am Empfangstisch stand, begann zu strahlen. »Welch Lichtschein an diesem trüben Tag«, sagte er sofort und deutete eine Verbeugung an, dann bemerkte er Hajo, und seine Stimmung krachte regelrecht in den Keller. Charlotte hätte gerne Hajos Gesicht gesehen. Bei der Feindseligkeit, die plötzlich in der Luft lag, muss seine Miene keinen Zweifel daran gelassen haben, dass sie zu ihm gehörte.

Es war ein erhebendes Gefühl, und zugleich ärgerte sie sich. Sie war doch kein Ding, das sich besitzen ließ! Trotzdem gefiel es ihr in diesem Moment, dem Polizisten die Hoffnung zu nehmen.

»Zu Ihrem Vater?«, erkundigte er sich kühl.

»Ja. Ich möchte ihm meinen Verlobten vorstellen.« Ein weiterer Stich für den Polizisten, doch Lotte merkte gar nicht mehr, was sie anrichtete. Es auszusprechen, zum ersten Mal laut die Worte zu sagen … Das war magisch, wie ein Zauberspruch. Erst jetzt merkte sie, wie glücklich sie wirklich war!

Hajo stand nun neben ihr und ließ sein Gegenüber nicht aus dem Blick. Wie ein Raubtier wirkte er auf sie, den ganzen Körper zum Sprung angespannt.

Der junge Polizist blätterte mit gesenktem Kopf durch einige Akten, sichtlich geschlagen. Mit einem wie Hajo wollte er nicht um ihre Gunst ringen. »Kommen Sie«, meinte er schließlich.

Gemeinsam folgten sie ihm in den Keller und liefen an dem Zimmer vorbei, in dem sie sonst immer mit Vati gesprochen hatte. Das war es also gewesen mit den Privilegien. Nun, das ließ sich nicht ändern.

Dort waren die Zellen. Charlotte nahm Hajos Hand, drückte sie. Auf einmal war sie sogar noch nervöser als bei ihrer Verlobung.

In der Zelle befanden sich fünf Männer, zwei davon riesig und Furcht einflößend. Dennoch hatte es ihnen jemand ordentlich gezeigt. Ihre Gesichter sahen übel aus, und an der Zellenwand prangten Blutspritzer.

Mit solchen Leuten musste ihr Vati es also aushalten. Doch wo war er?

»Vati?«

Zwei Männer ruhten auf den Pritschen, die Gesichter zur Wand gedreht. Aber Charlotte wusste Bescheid, noch ehe sie sich umgedreht hatten. »Er ist nicht da«, sagte sie entgeistert und fuhr zu dem jungen Beamten herum. »Wo ist er? Wo ist mein Vater?«

Er wirkte ehrlich überrascht. »Meine Schicht hat eben erst begonnen. Sie müssen ihn verlegt haben. Ich wusste nicht …«

»Verlegt?«, schrillte es aus ihrem Mund.

Aller Augenmerk richtete sich nun auf den Boden der Zelle, wo ein großer, verschmierter Blutfleck beinahe die Form eines zusammengekrümmten Menschen zeigte. Es war braun und trocken.

»Was ist hier passiert? Was haben Sie mit meinem Vater gemacht?« Sie klammerte sich mit den Händen an das Gitter.

»Fräulein Neumann, ich muss Sie bitten, zurückzutreten«, sagte der Polizist. Er hatte seinen Knüppel gezogen, doch wen wollte er damit bedrohen?

Hajo fasste Charlotte an der Schulter, hielt sie. »Komm.«

Die beiden Schläger tauschten Blicke. Einer fasste sich zwischen die Beine, machte stoßende Bewegungen.

Der junge Polizist schlug mit dem Stock gegen die Gitter. Die Vibration setzte sich durch das Metall fort bis in Charlottes Hände.

Sie ließ los.

Sieben Monate zuvor

MÜLHEIM, 11. APRIL 1945

Die Gerüchte verbreiteten sich wie ein Lauffeuer.

Die Amerikaner waren von Essen her in Mülheim eingerückt und hatten im Rathaus Oberbürgermeister Hasenjäger festgesetzt. Angeblich waren es so viele Amis, dass die Hingbergstraße mit ihren Fahrzeugen verstopft war.

Die Siedlung lag nicht weit von dort entfernt, vielleicht zehn Minuten zu Fuß, wenn man sich nicht beeilte.

Gerda stand in ihrer Kittelschürze vor der Tür und sah die Kreftenscheerstraße in beide Richtungen auf und ab. Kein Amerikaner in Sicht, und es wurde auch nicht geschossen. Ganz im Gegenteil, es war ungewöhnlich still.

Sie war nicht die einzige Frau, die ein wenig ratlos vor das Haus getreten war – oder vielmehr vor das, was die Bomben davon übergelassen hatten. Gleich neben ihr stand Frau Matuschek, deren Familie das Nachbarhaus bewohnte.

»Hast du schon welche gesehen, Gerda?«

»Nein. Aber weit können sie nicht sein, und geschossen wird auch nicht.«

Sie sahen sich an wie zwei Verschwörerinnen. Jede wusste, was die andere dachte, aber ungesagt geblieben war.

»Ich hol nur eben meine Handtasche!« Die Matuschek flitzte zurück ins Haus. In den vergangenen Monaten war die einst korpulente Frau schmaler geworden. Wenig Essen und viele Sorgen hatten ihren Preis gefordert. Die Matuscheks gehörten zu den sogenannten Ruhrpolen. Glück oder Unglück, nun sorgte ihr geächteter Status dafür, dass sie Mann und Sohn sicher in der Grube wusste, während Gerda um beide bangte.

Sie tat es ihrer langjährigen Nachbarin nach, legte drinnen die Schürze zur Seite, zog einen Mantel an und kam wieder heraus. Sie zögerte kurz, dann schloss sie ausnahmsweise die Tür hinter sich ab.

Natascha Matuschek kam nur Augenblicke später. Sie hakte sich bei ihr unter. Es fühlte sich ein wenig so an, als würden sie einander stützen, andererseits war Gerda so aufgeregt, als ginge sie mit einer Freundin zur Kirmes.

Wie sehr sie auf diesen Tag gewartet hatte, konnte sich wohl kaum jemand vorstellen. Endlich hatten die Nazis verloren! Bald müsste sie nichts mehr verstecken, nicht mehr lügen, nicht mehr befürchten, verraten zu werden.

In der Siedlung wurden sie schräg angesehen, einige aber schienen sich von ihrem Verhalten anstecken zu lassen. Schon rannten ein paar Burschen mit ihren kleineren Geschwistern huckepack voran.

Wie gerne wäre Gerda nun mit der ganzen Familie losgezogen, alle fünf Neumanns. Sie hätten sich die Amis angeschaut und wären dann heimgeeilt, um zu feiern.

»Gut, dass es nich die Russen sind«, meinte die Matuschek.

»Von den Amis hab ich nix Schlimmes gehört, du?«

Die andere schüttelte den Kopf.

Kaum am Steigerhaus vorbei und aus der Siedlung heraus, konnten die Frauen sie sehen. Sie kamen vom Ruhrschnellweg und fuhren dann über die Kreuzung den Hingberg hinauf. Lastwagen, Jeeps, gepanzerte Fahrzeuge, leichte Kettenfahrzeuge und Panzer. Vereinzelt überholten Motorräder die langsameren Wagen. Gerda und Natascha blieben stehen. Hier gab es noch einige Handvoll weiterer Schaulustiger, vor allem Frauen und Kinder.

Gerda hoffte, dass ihr Albert sich irgendwo versteckte, bis es sicher war heimzukehren. Sie hatten vorher schon darüber gesprochen. Diese blöden Volkssturm-Binden hatte sie nur mit Sicherheitsnadeln festgesteckt, damit er sie schnell loswurde. Das Gewehr sollte er verstecken oder fortwerfen und dann in Deckung gehen. Er hatte ihr schwören müssen, an keinem irrwitzigen Angriff teilzunehmen.

Einige der amerikanischen Soldaten winkten den Frauen

und grinsten, doch Gerda brachte es nicht über sich, die Geste zu erwidern. Es sahen zu viele zu.

»Die gucken wie ausgehungerte Köter«, bemerkte Natascha zutreffend.

Gerda fühlte sich fast ein wenig albern. »Die haben halt nicht so hübsche Fräuleins daheim.«

Sie liefen ein Stück neben den Fahrzeugen her, am Heißener Markt vorbei bis zu der Stelle, wo die Hingbergstraße, ihrem Namen gerecht werdend, steil abfiel. Vor ihnen breitete sich weit unten eng an den Fluss geschmiegt die Innenstadt aus. Mal standen die Häuser dicht an dicht, dann wieder gab es große Industrieflächen, und davon eine ganze Menge. Die Lederfabriken Lindgens und Rühl, dann Mannesmann und die Friedrich Wilhelms-Hütte, allesamt am Fluss gelegen.

Gerda stellte sich vor, wie dort unten im Rathaus, dessen Turm wider aller Bombardierung noch stand, nun die Amerikaner ein und aus gingen.

Ob sie den Oberbürgermeister wohl wegsperren würden?

»Guck mal, da brennt es«, sagte ihre Begleiterin plötzlich.

Das Feuer war im Westen ausgebrochen und schien nicht sehr großflächig. Es waren keine Sirenen zu hören. Die Feuerwehr war entweder nicht auf dem Weg oder, wie Gerda hoffte, längst da.

Was für ein Unglück war das, am Tag der Befreiung sein Haus an die Flammen zu verlieren!

Sie schlenderten weiter, tauschten mit Wildfremden Neuigkeiten aus. So erfuhren sie, dass sich die Polizei kampflos ergeben hatte, genau wie fast der komplette Volkssturm. Nur eine winzige Gruppe hatte die Amis angegriffen und dafür mit dem Leben bezahlt. Gerda bekam es kurz mit der Angst, dann dachte sie wieder an Alberts Versprechen.

Es ging ihm gut. So musste es sein. Er hatte es doch geschworen …

⚒

Die Amerikaner hatten die Zwangsarbeiter befreit. *Alle* Zwangsarbeiter auf einmal!

Albert und seine Kameraden beobachteten mit Grauen, wie die Männer, die jahrelang unter der Knute der Deutschen gelitten hatten, nun in großen Gruppen umherzogen. Er verstand ja, dass die Arbeiter freigelassen werden mussten, er war ja selbst dafür. Aber doch nicht so!

Schon hatten sich viele der mageren Gestalten mit Knüppeln und von den Volkssturm-Männern an den Posten zurückgelassenen Gewehren bewaffnet, sie grölten und sangen.

Die Amerikaner schien das nicht zu kümmern.

Sie sammelten sich auf dem Rathausmarkt, wo sie ihre großen Feldküchen aufbauten, aus denen schneeweißes Brot und Spiegeleier an die Soldaten ausgegeben wurden.

Währenddessen zogen die ehemaligen Kriegsgefangenen durch die Innenstadt, erste Schaufensterscheiben gingen zu Bruch.

Albert und Otto, die sich nicht von dem Anblick lösen konnten, beobachteten, wie die Männer in Häuser eindrangen und zu plündern begannen. Ein Stuhl flog durch ein Fenster und landete krachend neben ihnen. Das gab den Ausschlag.

»Weg hier!«, sagte Albert. »Ich will nicht den Krieg überleben und dann von einem Stuhl erschlagen werden.«

Otto folgte ihm nur unwillig. Es war wie ein Spießrutenlauf. Denn nun begannen die ehemaligen Kriegsgefangenen, Deutsche zu provozieren. Sie schubsten Passanten, und wer versuchte, sein Hab und Gut zu schützen, bekam eins übergezogen.

»Los, lass uns nach Hause!«, drängte Albert.

»Bei uns wird schon nichts sein. Die wissen, dass bei uns armen Schweinen nichts zu holen ist, glaub mir.«

»Ob unsere Polen auch hier auftauchen?«

Otto zuckte mit den Schultern und starrte dabei geistesabwesend auf einen Mob, der in diesem Moment zeitgleich in ein Bekleidungsgeschäft und eine Fleischerei eindrang. In der Innenstadt wurde es mit jedem Moment lauter und unübersichtlicher. Einzelne Schüsse fielen.

Albert zuckte zusammen. »Mir reicht's! Ich hab meiner Gerda versprochen, heil nach Haus zu kommen, und das habe ich auch vor.«

In diesem Moment tauchte eine weitere Gruppe ehemaliger Kriegsgefangener auf. Sie riefen etwas. Zweifellos waren das Franzosen, die nun mit Knüppeln und Latten bewaffnet auf die anderen Kriegsgefangenen losgingen und sie von den Geschäften vertrieben.

Albert glaubte seinen Augen nicht zu trauen. Da schickten sich die Franzmänner doch tatsächlich an, Deutsche und deutsches Eigentum zu schützen! Von allen Kriegsgefangenen und Zwangsarbeitern waren sie in Mülheim immer am besten behandelt worden, das zahlte sich nun aus. Es kam zu Handgemenge und Wortgefechten, ein lautes, babylonisches Sprachdurcheinander.

»Kneif mich«, sagte Otto ungläubig.

Doch Albert kniff ihn nicht, er nahm seinen Kameraden am Arm und zog ihn aus dem Geschehen fort. Er wollte nur noch heim, unbeschadet bis zur Siedlung gelangen und Gerda in den Arm nehmen. Den Birnenschnaps trinken, den sie für diesen Tag aufbewahrt und sogar in den Trümmern ihres Häuschens wiedergefunden hatten, und dann, in ein paar Tagen, wieder zurück in den Pütt. Einfach arbeiten, Geld verdienen und keine Angst mehr haben müssen.

Fünf Monate später

MÜLHEIM, SEPTEMBER 1945

Schon vor der Morgendämmerung, gleich mit Albert, war Gerda hastig aufgestanden und dann auch gemeinsam mit ihm aufgebrochen.

Wie lange sie sich nun schon vor dem Lebensmittelladen am Heißener Markt die Beine in den Bauch stand, konnte sie nicht genau sagen. Weit über zwei Stunden mussten es bereits sein.

Nur war sie leider nicht die einzige Frau eines Bergarbeiters, die es so früh aus den Federn getrieben hatte. Elf andere waren vor ihr da gewesen, und nun, kurz nach Sonnenaufgang, war die Schlange so lang geworden, dass sie einmal halb um den Platz reichte. Mehr Leute, als in einen Omnibus passten.

Unruhig trat sie von einem Bein auf das andere. Zwar hatte sie zum Frühstück absichtlich kein einziges Schlückchen getrunken, dennoch drückte es mittlerweile ganz gewaltig in ihrer Blase. Der bloße Gedanke an eine Toilette war schiere Folter.

In diesem Moment wurde endlich die Tür aufgeschlossen. Das Glas in der Tür klirrte ein wenig. Die vielen Detonationen der vergangenen Jahre hatten es wohl wenn auch nicht zerbrechen lassen, dann doch im Rahmen gelöst.

»Guten Morgen«, rief die Verkäuferin Frau Wilhelm, der deutlich anzusehen war, dass sie ihre Besorgungen nicht nur auf Lebensmittelmarken stützen musste. Sie war rundlich, aber auf eine angenehme Art mit rosigen Wangen und etwas zu feinem, blonden Haar, das nur an wenigen Stellen unter einem Tuch hervorlugte.

Die wartenden Frauen erwiderten die Begrüßung, und die ersten vier betraten den Laden. Frau Wilhelm beeilte sich. Sie wusste, wie lange ihre Kundinnen bereits draußen ausharrten. Zügig gab sie die Waren aus und entwertete die Marken. Die ein oder andere kaufte für kostbare Münzen noch etwas dazu.

Gerda rückte vor. In der Wärme des Geschäfts konnte sie beinahe vergessen, wie sehr ihre Blase drückte. Sie ließ ihren Blick über die Regale schweifen. Sie waren voller Lücken, doch das, was es gab, war meist in hoher Zahl vorhanden.

In ihrer Tasche hatte sie ein kleines Päckchen amerikanischer Zigaretten, eines der letzten, die von Herrn Corbins üppigem Geschenk geblieben waren.

Sie wollte fragen, was sie dafür Besonderes bekommen könnte. Etwas, um Annie aufzumuntern, damit sie nicht mehr ganz so traurig war.

Aber sie machte sich nichts vor. Selbst die beste Schokolade würde das Herzeleid ihrer Tochter nicht kurieren können, nachdem der junge Amerikaner sie verlassen hatte. Schokolade gab es ohnehin nicht, aber sie entdeckte ein Glas mit goldenen Karamellbonbons. Oder sollte sie selbst Ersatzschokolade aus bitterem Kakaopulver, Fett und Zucker herstellen? Was käme wohl günstiger?

Sie überlegte, bis sie schließlich an der Reihe war. Rasch bekam sie die zugeteilten Rationen. Und wieder gab es nur getrocknete Erbsen als stärkehaltiges Lebensmittel. Nun ja, so war es dann wohl. Bohnen und Kartoffeln hatte ihr Garten zum Glück in größerer Menge abgeworfen.

Ein wenig nervös war sie nun schon, als sie das kleine Zigarettenpäckchen aus der Tasche zog. »Etwas fetten Speck bitte und ein paar von den Bonbons.«

Die Wilhelm behielt ihren stoischen Gesichtsausdruck bei und ließ das Päckchen blitzschnell unter dem Tresen verschwinden. Zuerst die Bonbons aus dem Glas. Sieben Stück verschwanden in einem kleinen Kegel aus zusammengedrehter Zeitung. »Einen Moment.«

Frau Wilhelm verschwand im Hinterzimmer und kehrte erst nach einer kleinen Ewigkeit mit einem Päckchen zurück, das schon jetzt vielversprechend durch das Papier glänzte.

Gerda packte rasch alles in ihre Tasche. Sie wollte nicht noch mehr Neid unter den Wartenden schüren.

Schnell wünschte sie der Verkäuferin noch einen guten Tag und huschte an der Schlange vorbei ins Freie. Draußen war ein heller, freundlicher Tag angebrochen. Wieder sollte es trocken bleiben, da würden sie noch einiges schaffen können.

Gerda wurde mit jedem Schritt schneller, die Blase verlangte nach ihrem Recht. Nachlässig grüßte sie bekannte

Gesichter, aber bemüht so, dass sie zu keinem Schwätzchen anhalten musste. Sie war bestimmt schon an dreißig Frauen vorbei, als plötzlich die Heinrich vor ihr stand. Wie immer hatte die Schneiderin ihr Miesepetergesicht aufgesetzt.

»Frau Neumann«, säuselte sie überraschend zuckersüß. »Wie ich sehe, waren Sie erfolgreich.«

Gerda wollte ihr ausweichen, doch die Heinrich machte den Schlenker mit und versperrte ihr den Weg. »Ja, zum Glück, es ist ja alles so knapp«, erwiderte sie in der Hoffnung, die Schneiderin würde sie schnell und ohne Aufhebens ziehen lassen.

Doch weit gefehlt. Frau Heinrich schien sich regelrecht aufzuplustern, nun, da sie ihre Aufmerksamkeit hatte. Die Stimme etwas zu laut, fuhr sie mit einem Seufzen fort: »Sie sagen es. Ihre Tasche ist ja trotzdem gut genug gefüllt, würde ich meinen.«

»Wir sind zu fünft … viert«, korrigierte sie sich schnell.

»Der Junge noch immer nicht zurück?«

Gerda schluckte und schüttelte den Kopf. »Nein, nichts Neues. Vielleicht in Frankreich, wer weiß. Und Ihre?«

»Zwei tot und einer in Russland.«

»Das tut mir leid«, sagte Gerda, obwohl sie all das bereits wusste und auch die Heinrich wusste, dass sie es wusste. Nur, warum holte sie das alles jetzt hoch?

»Bekommen Sie Marken für den Jungen?«

»Nein, natürlich nicht. Und wenn doch, würde es mir im Traum nicht einfallen …«

Die Heinrich gab ein Geräusch der Missbilligung von sich, das in etwa so klang wie eine Katze, die kurz davor war, sich zu übergeben. »Ihrer Familie ist alles zuzutrauen! Betrug eingeschlossen! Wer sich mit Amerikanern einlässt, pah! Jeder in der Siedlung hat es gesehen, jeder! Verschachern Ihre Tochter an so einen und lassen sich das alles mit Lebensmitteln bezahlen! Kistenweise hat der Kerl das hergeschleppt!« Ihre Stimme war so laut und schrill, dass viele nun ihre eigenen Gespräche unterbrochen hatten und sie interessiert beobachteten.

Gerda wollte zu einer Erwiderung ansetzen, doch sie fand keine Worte. Von denen hatte die Heinrich allerdings mehr als genug. »Den Keller voll mit Vorräten, und da wagen Sie es noch, herzukommen und anständigen Familien die Lebensmittel wegzunehmen.«

Nun reichte es ihr. »Ich nehme niemandem etwas weg! Ich habe das gekauft, was mir zustand, und nun halten Sie Ihr giftiges Mundwerk. Wenn Sie so dringend Essen brauchen, hätten Sie früher aufstehen müssen, statt andere zu beschimpfen!«

»Mit einem vollen Bauch ist es leicht, ein großes Maul zu riskieren«, erwiderte die Heinrich, doch nun ein wenig leiser. Ganz geschlagen geben wollte sie sich allerdings nicht, denn nun sah sie sich nach anderen Frauen um, die ihr vielleicht beispringen könnten.

So lange würde Gerda hier sicherlich nicht ausharren. »Einen guten Tag und viel Glück.«

Sie hetzte weiter, versuchte, die Ohren vor den nun rasch leiser werdenden Lästereien dieses bösartigen Weibs zu verschließen. Doch gegen das Zittern kam sie nicht an.

Zwei Monate später

SIEDLUNG MAUSEGATT, NOVEMBER 1945

Fort? Fort! Was soll das heißen, er ist fort?« Mutti starrte Hajo und Charlotte ungläubig an. Sie hatte noch den heißen Henkelmann in der Hand, in den sie eben erst das Essen für ihren Mann eingefüllt hatte.

Annie hatte weder Schwester noch Mutter je so aufgelöst gesehen. Ohne Hajo an ihrer Seite wäre Charlotte vermutlich zusammengeklappt. »Da war Blut auf dem Boden, schrecklich viel Blut, so viel. O mein Gott, es war so viel!«

»Mutti, setz dich«, sagte Annie aus einem Gefühl der Hilflosigkeit heraus.

»Ich will mich aber nicht setzen!«, schrie sie. Der Henkelmann knallte auf den Küchentisch.

Hajo räusperte sich. »Sie haben uns nicht gesagt, wo sie ihn hingebracht haben. Er lebe, er sei verlegt, das war alles.«

In diesem Moment stellte niemand infrage, warum Hajo hier war. *Er ist hier, das ist gut für Lotte,* dachte Annie und fühlte sich zugleich seltsam entrückt. Als habe sie ihre Gefühle wie eine Hülle abgestreift, um klarer denken zu können. Eine der Neumann-Frauen musste einen kühlen Kopf bewahren. Es war fast wieder wie im Frühjahr im Feldlazarett an der Westfront, als sie selbst im Bombenhagel noch funktioniert hatte. Damals war es zum ersten Mal passiert. Dieses Gefühl, als wäre sie innerlich versteinert. Und heute würde sie ebenso funktionieren wie damals.

Ein Blick zu Hajos ernster Miene bestätigte ihren Verdacht. Vermutlich lebte Vati nicht mehr.

Und noch etwas wurde ihr bewusst.

Charlotte hatte sich ihm offenbart. Er gehörte jetzt zur Familie, bereit, für die Neumanns einzustehen.

»Krankenhaus«, sagte Annie. »Wenn das Blut wirklich von Vati stammte, dann werden sie ihn ins Krankenhaus gebracht haben.«

»Ich breche sofort auf«, sagte Mutti wie aus einem bösen Traum erwacht.

»Lotte und Hajo werden dich begleiten«, sagte Annie.

»Und du?«, fragte Charlotte.

»Jemand muss hier die Stellung halten.«

Minuten später brachen die drei auf, und Annie blieb in einer plötzlich gähnend leeren Küche zurück.

Sie setzte sich an den Tisch und stützte das Gesicht in die Hände. »Denk nach, Annie, denk nach!«

Kapitel 24

Drum dein Sehnen zu begreiflich
nach gerechter, bessrer Zeit,
drum, Bergmann, bedenke reiflich,
kannst du lindern dir dein Leid.
Einigkeit kann dich befreien,
gib die Bruderlieb nicht auf,
dann erst kannst auch du dich freuen
und froh singen dein »Glück auf!«.

Arbeiterlied,
ca. 1900, Verfasser unbekannt

Mülheim, November 1945

Annie fühlte sich ganz ruhig.

Sie nahm sich Zeit, sich zurechtzumachen, wollte einen anständigen Eindruck hinterlassen. Wie sie es auch drehte und wendete, es gab nur einen Weg, wie sie ihren Vati retten konnte.

Vorausgesetzt, er lebte. Doch eine andere Möglichkeit ließ ihr Herz nicht zu. Mutti, Hajo und Lotte glaubten nicht mehr an ein gutes Ende. Sie alle hatten wohl zu viele Verluste erlitten. Hajo, den sie wenig kannte, vermutlich an der Front, Lotte ihren Martin und Mutti so viele ihrer Genossen über die Jahre des Widerstands. Sie hatte Annie in manch stiller Stunde erzählt, dass Vati und sie sich beide von einem glücklichen Stern begleitet fühlten, weil sie unbehelligt geblieben waren. Ihr musste es vorkommen, als hole das Schicksal sie nun ein. Und ihre Schwester? Nachdem Martin am Tag ihrer Verlobung gefallen war, musste es ihr vorkommen, als erlaube sich das Schicksal einen bösen Scherz mit ihr. Eine neue Verlobung, und wieder verlor sie jemanden. Deshalb hatte sie die Fassung verloren. Für sie ging es nicht nur um Vati, sondern auch um sich selbst. Alles, was sie aufbaute, zerbrach. So jedenfalls musste es sich für sie anfühlen.

Deshalb war Annie nun allein. Sie zog Mantel, Hut und Schal an, polierte mit einem zusammengeknüllten Stück Zeitung ihre Stiefel und brach auf.

Es dämmerte, und in der Luft hing ein feiner Nieselregen. Es war ein garstiges Wetter, das perfekt zu diesem Tag passte.

Annie lief zügig, den Kopf gegen den Ansturm winziger, feuchter Tröpfchen gesenkt. Alles triefte und tropfte. Es gluckerte in den Dachrinnen, zwischen den Pflastersteinen sammelten sich Pfützen, und wo Gras wuchs, neigten sich die Halme unter der Nässe.

Annie musste nicht aufsehen, um den Weg zu finden. Sie lief in Richtung Zeche und verließ die Kreftenscheerstraße, um zwischen Gärten hindurch zur Mausegatt zu kreuzen, dort weiter auf den Förderturm zu und am sogenannten Steigerhaus vorbei. Sie hielt sich links. Das Schild mit der Aufschrift *Priesters Hof* quietschte im zunehmenden Wind, der den feinen Niesel vor sich herpeitschte.

Bislang hatte Annie sich nur ein wenig angespannt gefühlt, nun wurde sie immer nervöser. Jeder weitere Schritt brauchte mehr Willenskraft. Ein Teil von ihr wollte einfach mit geducktem Kopf weitergehen, doch Feigheit konnte sie sich in dieser Angelegenheit nun nicht mehr leisten.

Annie blieb stehen, stieg die drei Stufen zur Tür hinauf und betätigte den schweren Klopfer.

Endlose Augenblicke verstrichen, in denen ihr Mund immer trockener wurde. Sie leckte sich über die regenfeuchten Lippen. Auch das half nicht.

Es kam jemand. Annies Gesicht verkrampfte zu einem Lächeln. Jetzt kam es auf jedes Detail an. Dann wurde die Tür geöffnet. »Guten Abend, Frau Heinrich.«

Die Kinnlade der Frau klappte in einem Ausdruck des Unglaubens herunter. »Was wollen Sie denn hier?«

»Ich würde gerne mit Ihnen reden, Frau Heinrich. Ich glaube, wir haben uns einiges zu sagen.«

»Das denke ich nicht.«

»Ich weiß von Ihrem Kontakt zu Kommissar Wess.«

Die Heinrich hielt inne, als würde sie ihren Ohren nicht trauen, und Annie nutzte den Moment, um an ihr vorbei in den Flur zu huschen. »Wir sollten uns wirklich miteinander unterhalten, Frau Heinrich. Das ist doch besser als nur übereinander und hinter dem Rücken anderer.«

»Ich weiß nicht, was Sie damit bezwecken, junges Fräulein, Ihr Benehmen lässt sehr zu wünschen übrig«, erwiderte sie, schloss dann aber doch die Tür, statt Annie hinauszuwerfen.

»Ich weiß, in Ihren Augen ist alles, was ich tue, falsch. Meine Anwesenheit hier ist nur das geringste meiner Vergehen, nicht wahr?«

Annie befand sich in einem schmalen Flur. Es gab eine Garderobe, einen flachen Schuhschrank und Kleiderhaken. Die grün und beige gestreifte Tapete ließ den Durchgang noch schmaler und höher wirken. An den Wänden hingen zahlreiche kleine, gerahmte Fotografien. Manche waren sehr alt und mussten noch aus den Kindertagen von Frau Heinrich stammen.

Annie entdeckte auch ein Hochzeitsbild und daneben Kinderfotos. Die letzten zeigten stolze junge Männer in Uniform, einzeln und gemeinsam mit Kameraden. An einem Porträt war ein schwarzes Band angebracht. »Ihr Jüngster, nicht wahr? Das tut mir leid.«

»So etwas aus Ihrem Mund, pfui! Stünde ich nicht in meinem eigenen Haus, dann würde ich Ihnen vor die Füße spucken.«

Ein Ekelschauer huschte über Annies Rücken. Das Gefühl von warmem Speichel auf ihrer Wange würde sie wohl ihr ganzes Leben lang nicht vergessen.

»Sie haben mich bereits einmal bespuckt, Frau Heinrich.«

Die Augen der Frau funkelten böse, aber darunter mischten sich auch Leid und ein unendliches Maß an Trauer, das sie vorzeitig hatte altern lassen.

Annie lief zum Ende des Flurs und betrat ein kleines, gepflegtes Wohnzimmer. Auch hier hingen überall Bilder. Es fühlte sich an, als beträte sie ein Museum oder eine Art Schrein.

Alles, was Frau Heinrich hatte, waren ihre Erinnerungen. Unweigerlich musste Annie daran denken, wie es ihr selbst wohl gehen würde, wenn ihre gesamte Familie entweder tot oder in Kriegsgefangenschaft wäre. Vielleicht würde sie dann auch einen jeden hassen, der sich mit jenen gemeinmachte, die in ihren Augen daran schuld waren.

Frau Heinrich gab den Alliierten und nicht Hitler die Verantwortung für ihr Schicksal.

»Wollen wir uns nicht setzen?«, fragte sie.

Irgendwie musste sie ihr Gegenüber aus der Verteidigungshaltung locken und in ein echtes Gespräch verwickeln.

»Sie werden ja doch nicht gehen, bevor Sie gesagt haben, weshalb Sie hergekommen sind«, erwiderte Frau Heinrich mit einem Seufzen.

Annie nahm auf einem Ohrensessel Platz.

»Ach, legen Sie ab, ehe Sie alles nass machen.«

Sie zog Mantel und Hut aus und reichte sie der Hausherrin, die beides mit spitzen Fingern zur Garderobe trug. Das gab Annie die Hoffnung, nicht beim nächsten falschen Wort vor die Tür gesetzt zu werden. Sie wartete, bis die Heinrich wieder zurück war und sich abwartend auf das Sofa setzte.

»Sie haben mit Kommissar Wess gesprochen, habe ich recht?«

»Er ist mein Bruder. Natürlich spreche ich mit meinem Bruder.«

Das war neu. Annie versuchte, sich ihr Erstaunen nicht anmerken zu lassen. So war die Verbindung also zustande gekommen.

»Er unterstützt Sie, nicht wahr? Meine Mutter hat niemanden, der sie unterstützt. Sie ist eine starke Frau. Als ich ein Mädchen war, diente sie stets als Vorbild für mich, standhaft wie ein Fels. Doch seit mein Vater verhaftet wurde, hat dieser Fels Risse bekommen. Sie kennen das Gefühl, da bin ich ganz sicher, Frau Heinrich.«

Die Ältere zuckte mit einer Schulter, als ginge sie das alles nichts an, und doch sah Annie, wie es in ihr arbeitete. Der Blick ging zu einer der vielen Fotografien, der von Frau Heinrichs Hochzeit. Es zeigte ein strahlendes junges Paar, sichtlich einander zugetan. Annie hatte also den richtigen Hebel gefunden!

»Heute, als meine Schwester Vati besuchen wollte, war er fort und die ganze Zelle voller Blut. Er ist schwer verletzt, ringt womöglich in diesem Augenblick mit dem … Tod.« Das Wort blieb ihr beinahe im Hals stecken wie ein scharfkantiger Stein. »Niemand will uns sagen, wo er ist. Meine Mutter und meine Schwester sind in diesem Moment im Kommissariat, um noch einmal darum zu bitten, dass man ihnen sagt, was geschehen ist und wo er sich aufhält. Danach werden sie es im Krankenhaus versuchen. Ich habe es in Muttis Augen gesehen, sie erwartet nicht, ihn lebend wiederzusehen. Das können Sie doch nicht gewollt haben, oder?«

»Was, ich?« Die Heinrich wirkte fahrig, gefangen zwischen ihren eigenen Erinnerungen und Annies Worten.

»Geben Sie zu, dass Sie die geheime Zeugin sind, die meinen Vater angezeigt hat. Dabei sind Sie doch selbst nicht davon überzeugt, dass mein Vater ein Verräter ist. Es mag Ihnen ein Dorn im Auge sein, dass er sich nun wieder offen als KPDler gibt, aber er hat Ihnen und Ihrer Familie nichts getan! In Wahrheit ist es der Schmerz, der Sie treibt. Sie sind wütend. Wütend, weil Hitler, der Mann, in den Sie Ihre Hoffnung gesetzt haben, das Land stattdessen zugrunde gerichtet hat. Wütend, weil Ihre Söhne seinetwegen gestorben sind. Sie hassen. Und der Hass muss irgendwohin, denn wenn man ihn in sich hineinfrisst, dann vergiftet er einen. Also haben Sie ihn erst auf mich gerichtet, als Sie gesehen haben, dass ich mich mit einem Amerikaner getroffen habe. Und weil Sie mich zwar beleidigen, mir aber nicht wehtun konnten, haben Sie etwas anderes ersonnen. Etwas Schlimmeres. Vielleicht war es als Denkzettel gedacht, nur eine Mahnung, nicht allzu schlimm. Ein kleiner Verlust auf Zeit. Aber heute ist etwas passiert, Frau Heinrich! Mein Vater liegt vielleicht im Sterben, oder er ist schon tot. Dabei sind schon so viele gute Männer gestorben. Zu viele, denken Sie nicht? Hassen Sie mich, hassen Sie mich und meinen Nathan, so viel Sie wollen, aber nehmen Sie meiner Mutter nicht den Mann!«

Annie hatte sich in Rage geredet. Frau Heinrich starrte sie fassungslos an. In ihren Augen schimmerte es verdächtig.

»Bemühen Sie sich nicht, ich finde den Weg hinaus.«

Sie war an der Garderobe und nahm ihren Mantel, als Frau Heinrich mit dünner Stimme ihren Namen rief. »Fräulein Neumann?«

Annies Beine fühlten sich bleiern an, ihr Herz hämmerte schnell und schwer, als sei sein Gewicht verdoppelt. Frau Heinrich kam ihr durch den Flur entgegen, ihr tränenverschleierter Blick sprang von einer Fotografie zur nächsten. »Das wollte ich nicht«, brachte sie hervor.

»Ich weiß«, erwiderte Annie ruhig. »Sie wollen mich bestrafen. Weil ich mich in all dem Terror und Schmerz verliebt habe. Weil ich einen Mann liebe, den Sie für den Feind halten. Ich darf nicht glücklich sein, weil Sie es nicht sind. Es ist eine seltsame Logik in alledem.

In Ihren Augen hat die Welt ihre Existenzberechtigung in dem Moment verloren, als Ihre Söhne starben. Aber das ist Irrsinn. Mein Nathan hat nichts, aber auch gar nichts mit dem Tod Ihrer Söhne zu tun. Hitler und all seine Schergen sind dafür verantwortlich, und niemand sonst! Nathaniel ist nur ein junger Mann, der dem Ruf seines Vaterlandes gefolgt ist, genauso wie Ihre Söhne, wie Abermillionen junger Männer überall auf der Welt. Deutschland und die Alliierten haben Frieden geschlossen. Tun Sie es auch. Bestrafen Sie meinen Vater nicht für etwas, das seine Tochter verbrochen hat. Ich habe mich verliebt! Und was ist so falsch an der Liebe? Ist sie in Wahrheit nicht das, wovon es viel zu wenig gibt auf der Welt?«

»Fräulein Neumann«, stammelte die Heinrich, doch Annie war bereits an der Tür. Sie brauchte alle Kraft, um loszugehen und sich nicht noch einmal umzudrehen. Die Hände in den Taschen ihres abgetragenen Mantels zu Fäusten geballt marschierte sie davon.

Heim, nur heim. Sie hatte alles getan, was in ihrer Macht stand. Frau Heinrich würde die Anzeige fallen lassen, da war sie sich sicher. Aber was bewirkte das schon, wenn Vati womöglich gar nicht mehr am Leben war?

Acht Monate zuvor

HÜRTGENWALD, 27. MÄRZ 1945

In seinem Bauch war ein Schmerz, so gewaltig und allumfassend, dass er alles andere auslöschte. Ernst fühlte sich wie in einem Mahlstrom, der ihn einfach mit sich riss und keinen klaren Gedanken mehr zuließ. Da war nur das schreckliche Reißen in seinem Bauch, mal dumpf, mal scharf, aber immer unerträglich.

Sein Mund war ganz trocken, die Zunge klebte. Er konnte ein Stöhnen nicht unterdrücken. Wann immer sein Körper durchgerüttelt wurde, schnellte der Schmerz noch weiter in die Höhe.

Bewegung … Er war in Bewegung!

Blinzelnd versuchte er zu erkennen, wo er war. Es war dämmerig, alle Konturen weich. Neben ihm flatterte eine Plane, schlug ein kleines Metallteil gegen Holz. Da war das Geräusch von Reifen, die mal über Asphalt, meist aber über Schotter rollten. Der Motor war laut und vibrierte bis dorthin, wo Ernst lag.

Langsam gelang es ihm, seiner Situation einen Sinn abzugewinnen. Er musste sich auf einem Krankentransport in einem Laster befinden.

Seine Schulter berührte die eines anderen. Drei Bahren lagen dicht an dicht. Zwei Männer mit Verbänden an Arm und Kopf saßen in einem Winkel und schliefen. *Amerikaner* … Plötzlich klopfte ihm das Blut spürbar bis in die Kehle.

Das sind alles Amerikaner!

Was war mit ihm geschehen? Wo brachten sie ihn hin? Panik wusch wie eine heiße Welle durch seinen Körper und unterdrückte kurzzeitig den Schmerz.

Ernst versuchte, sich zu erinnern. Luftlandung. Die feindlichen Soldaten waren zu Tausenden vom Himmel gefallen. Viele von ihnen hatte er erledigt. Die Flak, die anfangs auf die Flugzeuge gerichtet gewesen war, mähte später durch Soldaten und Material.

Dann die Übermacht … Er erinnerte sich an Thomas … doch nein, er war doch nicht dort gefallen … alles geriet durcheinander. Vater hatte sich ergeben, der Feigling. Die anderen Männer auch. Alle, nur er nicht!

Ich bin kein Feigling! Bis zum Letzten würde er kämpfen. Sie würden ihn nicht bekommen, nicht einsperren.

Ernst biss die Zähne aufeinander, zog die Beine an und rollte sich auf die Seite. Der Verwundete neben ihm stöhnte, öffnete aber nicht die Augen. Ganz langsam setzte Ernst sich auf, während in seinem Bauch glühende Kohlen pulsierten. Schwindel kam und ging. Schweiß auf seiner Stirn.

Er kroch zum Ende des Lasters, der sich im Schneckentempo über einen Waldweg kämpfte, der von Kratern gezeichnet war.

Wie lange würde er noch fahren, bis die Amerikaner ihr Ziel erreicht hätten?

Er wollte es nicht herausfinden, musste sich beeilen. Die Klappe des Lasters … unüberwindbar. Es sei denn, er könnte sie öffnen. Ja, das war sein einziger Weg in die Freiheit.

Erst entriegelte er die eine Seite, dann die andere. Das Metall schlug herunter, genau als sie über eine weitere Bodenwelle fuhren, und er ließ sich fallen.

Er prallte mit der Schulter zuerst auf. Schlamm bremste seinen Sturz. Er kämpfte gegen die Schwärze einer Ohnmacht an.

Von dem Waldweg hinunter! Er musste in Deckung!

Auf allen vieren kroch er in ein Gebüsch aus jungen Buchen, kämpfte sich durch ein Gewirr fingerdicker Zweige, kroch weiter, bis es vor ihm plötzlich abwärts ging. Ein kleiner Bombenkrater, angefüllt mit Laub. Deckung. Dort würde er sich eingraben können. Er ließ sich den Rand hinabgleiten, kam ins Rutschen.

Die Blätter waren eisig. Wasser! Der Krater war mit Wasser gefüllt!

Verzweifelt grub Ernst die Finger in den Boden, wollte sich wieder nach oben ziehen, doch es war zu spät, die Masse aus Laub, Schlamm und Wasser schlug über ihm zusammen.

Er versuchte, Halt zu finden. Seine Finger schlossen sich um etwas Hartes. Erst dachte er, es sei bloß ein einfacher Stock, doch nein, es war sein Gewehr. Ja, natürlich, das musste sein Gewehr sein, sein Talisman!

Mit beiden Händen klammerte er sich an den Lauf, dann schwappte die eisige Kälte auch in seine Lungen.

Kapitel 25

Wir graben unsere Gräber,
wir schaufeln selbst uns ein.
Wir müssen Totengräber
und Leich in einem sein.
Arbeiterlied

Acht Monate später

HAUPTWACHE MÜLHEIM, NOVEMBER 1945

Sie waren zuerst im Krankenhaus gewesen, wo allerdings niemand etwas über einen Albert Neumann wusste.

Also waren sie wieder in die Von-Bock-Straße gegangen. Ohne Erfolg. Nichts hatte man ihnen gesagt, gar nichts.

Seit Stunden schon saßen sie nun auf den Wartebänken, in der Hoffnung, dass ihre hartnäckige Anwesenheit die Polizisten zum Einlenken bewegen würde.

Charlotte hatte es noch einmal mit ihrem Charme versuchen wollen, doch der junge Beamte war kein Dummkopf. Ihr Verhalten hatte ihn gekränkt, und das ließ er sie nun spüren. Für ihn war sie Luft, vor allem, da Hajo neben ihr saß.

Mutti starrte vor sich hin. In den weit aufgerissenen Augen meinte Lotte zu erkennen, dass sie tief in der Vergangenheit weilte, in einer lang zurückliegenden, besseren Zeit.

Sie weinte nicht mehr, wütete nicht mehr, sondern saß einfach nur da. »Geben Sie zumindest seine Leiche frei, Sie herzloses, faschistisches Arschloch!«, waren ihre letzten Worte zu Wess gewesen. Charlotte hatte sie noch nie zuvor so reden hören. Und dann auch noch mit einem Beamten, der Vatis Schicksal in seinen Händen hielt! Mit angehaltenem Atem hatte sie abgewartet, wie der Kommissar reagierte. Sie war sicher gewesen, dass er sie vor die Tür setzen und sie Vati niemals wiedersehen würden. Doch Hajo behielt einen klaren Kopf, und irgendwie gelang es ihm, Wess zu beschwichtigen.

Seitdem warteten sie. Mutti, die nach dem Zwischenfall offenbar über sich selbst erschrocken war und danach kein Wort mehr gesagt hatte, auf die Leiche ihres ermordeten Mannes, Charlotte auf einen Funken Hoffnung oder ein Wunder.

Sie verstand noch immer nicht, warum Annie, die sonst so treu zur Familie stand, sie alleingelassen hatte. Ihre Vorstellungskraft reichte für eine passable Begründung nicht aus.

Charlotte hielt die Hand ihrer Mutter und hatte den Kopf gegen Hajos Schulter gelehnt. Als der sich plötzlich räusperte, sah sie auf, ohne die Position zu verändern.

Da kam doch gerade tatsächlich die Heinrich hereingeschneit! Die bösartige Schreckschraube sah aus, als hätte ihr etwas gewaltig den Tag verdorben.

Sie war blass wie der Tod und trug einen altmodischen Trauerhut mit schwarzer Spitze. Lotte hatte sie dennoch erkannt.

Die Heinrich aber schien die Neumanns in ihrer Ecke gar nicht zu bemerken, sondern trat direkt an den Tresen.

Jemand holte Wess.

Charlotte drückte Muttis Hand, um sich selbst davon abzuhalten, aufzuspringen und dieser schrecklichen Frau gehörig die Meinung zu sagen.

Wess kam und zog die Heinrich ein Stück zur Seite. Sein Gesicht sprach Bände. Er war alles andere als froh, sie hier zu sehen. »*Was* willst du machen?«, fragte er ungläubig und senkte seine Stimme dann sofort wieder.

Charlotte setzte sich kerzengerade hin. »Sie hat doch nicht etwa ...«, murmelte sie.

»Hm?« Hajo sah sie fragend an.

Sie beugte sich ganz dicht an sein Ohr. »Ich glaube fast, meine Schwester hat die böse Schrapnelle zur Rede gestellt!«

Der Kommissar diskutierte unterdrückt mit seiner ungebetenen Besucherin, doch schlussendlich machte er eine resignierte Geste, ging zu seinem Schreibtisch und holte ein Schriftstück hervor. Frau Heinrich unterschrieb, dann zerrte sie ihren Hut tiefer ins Gesicht und eilte an den Neumanns vorbei.

Wess rief nun ausgerechnet den jungen Polizisten zu sich, redete kurz mit ihm und wies dann auf die drei Wartenden. Es war dem Beamten sichtlich unangenehm, mit ihnen zu sprechen. Als er zu ihnen kam, stand Lotte ruckartig auf, und auch die anderen beiden erhoben sich. »Ja?«, sagte Mutti hoffnungsvoll.

Der Polizist räusperte sich. »Frau Neumann, gehen Sie endlich heim. Es ist schon spät. Ich verspreche Ihnen, Sie bekommen Ihren Mann zurück, sobald er aus der Krankenstation entlassen wird.«

»Sie versprechen es?«, mischte sich Hajo ein. »Nur Sie oder auch Kommissar Wess?«

»Der Kommissar hat mich gebeten, es Ihnen auszurichten.« Mit Hajo zu reden war ihm noch immer sichtlich unangenehm. »Sämtliche Anklagen wurden fallen gelassen.«

Muttis Augen leuchteten auf, als ihr nach und nach klar wurde, dass ihr Mann lebte und zu ihr zurückkehren würde.

»Er lebt?«

»Ja, Frau Neumann.«

»Ist er sehr schwer verletzt?«

»Sein Leben ist nicht in Gefahr. Aber es gab Streit unter den Häftlingen. Und nun gehen Sie heim!«

»Nein!« In Charlotte brodelte das altbekannte Feuer. »Wie können Sie meiner Mutter so etwas antun? Sie schicken sie … schicken uns jetzt nicht weg, bevor wir ihn gesehen haben!«

»Aber er befindet sich nicht hier, Fräulein. Er ist im Gefängnis, in einer Einzelzelle. Gehen Sie!«

Zur gleichen Zeit

AMTSGERICHT/GEFÄNGNIS MÜLHEIM

Graue Wände. Risse im Putz wie eine frostkalte Winterlandschaft von oben.

Albert driftete von einer Ohnmacht in die nächste. Jedes Mal war es wie ein kleines Sterben. Und immer war es kalt. Er würde vielleicht noch ein- oder zweimal aufwachen, dann wäre es vorbei.

Dazwischen starrte er auf den Putz mit seinen grauen Schattierungen und schwarzen Rissen. Er sah darin Soldaten marschieren wie in Schützengräben. Seinen Jungen, seinen tapferen, tapferen Jungen, den er so vermisste …

Ein weiterer Schlaf. Essen, das neben seiner Pritsche stand und langsam vertrocknete. Mäuse, die sich daran bedienten.

Jede Bewegung tat weh. Die Hose war nass, er merkte es, als er sich drehte. Uringeruch. Er hatte sich selbst angepinkelt … Wie tief konnte ein Mann noch sinken?

Im Licht, das durch ein vergittertes Fenster hereinfiel, konnte er sehen, dass die Flüssigkeit Blut enthielt. Sie hatten ihm die Nieren zerschlagen.

Als er wieder wach wurde, marschierte eine winzige Hauerkolonne durch die Risse an der Wand. Mäuse stritten sich fiepsend. Er vermisste seinen Jungen, Gerda und die Mädchen.

Grelles Licht und ein bärtiger Mann in einem weißen Kittel. Er musterte Albert, als habe er einen dreckigen Lumpen vor sich. »Geben Sie dem Mann frische Kleidung und Wasser«, sagte er und machte dabei sein Stethoskop wieder und wieder sauber. »Sie werden wieder, Kumpel!«

Was wusste ein feiner Piefke wie der schon vom Kumpelsein? Es machte Albert wütend, eins von den Weißhemden so reden zu hören.

Der nächste Morgen. Graubrot und eine kalte Suppe. Er setzte sich auf und aß beides. Sitzen schmerzte mehr als liegen, dennoch blieb er oben. Neben seiner Pritsche eine Schüssel mit Wasser und abgetragene Kleidung, sauber immerhin.

Es dauerte Stunden, bis er sich mit vielen Pausen gewaschen und umgezogen hatte, die Matratze drehte. Auf der Unterseite waren Bettwanzen, die vor dem Licht flohen.

Abends Kartoffeln und Margarine.

»Besuch für Sie, Herr Neumann!«, schallte es in seinen Traum hinein.

Unsinn, niemand besuchte ihn. Niemand …

Amtsgericht Mülheim, kurz zuvor

Hinter Nathan lag eine wahre Odyssee, doch nun war er fast am Ziel. Seit Annies überraschendem Besuch in Limburg hatte er unermüdlich versucht, zu ihr zu gelangen und ihr zu helfen. Doch Corporal Jamesson hatte von alldem nichts wissen wollen. Hatte ihm zuerst weder freie Tage noch Unterstützung gewährt. Ganz im Gegenteil wies er ihn auf das strikte Verbot hin, sich mit Frauen einzulassen, auch wenn sie beide genau wussten, dass es in Wahrheit keinen Bestand hatte. Da hätte es seinen trotzigen Verweis auf Jamessons Liebelei mit einer Französin gar nicht gebraucht.

Nathans Brief an diesen Kommissar Wess war unbeantwortet geblieben, und was Annie über die Angelegenheit schrieb, bot keinerlei Grund zur Annahme, die Angelegenheit würde sich in Wohlgefallen auflösen. Also hatte Nathan seinen Vorgesetzten wieder und wieder bekniet, ihm freizugeben, bis der schließlich nachgegeben hatte.

Die nötigen Formalien zu erledigen und ein Fahrzeug zu bekommen, hatte weitere Tage verstreichen lassen.

Heute Morgen war es dann endlich so weit gewesen. Noch im Dunkeln brach er auf und erreichte Mülheim mit dem ersten Morgenlicht.

Sein Herz zog ihn mit aller Macht zu Annie hin, doch sie hätte es nicht gewollt. Hätte stattdessen gewollt, dass er zuerst versuchte, ihren Vater zu befreien.

Zuerst war er zur Polizeiwache gefahren und dort auf den Kommissar getroffen, von dem er schon so viel gehört hatte. Wess reagierte starrköpfig, blieb aber ruhig. Nathan meinte, dem Mann anzusehen, dass ihm sehr wohl bewusst war, dass die Anschuldigungen den falschen Mann getroffen hatten. Er verwies ihn an das Amtsgericht, wo auch das lokale Gefängnis untergebracht war. Angeblich war Albert Neumann dort in einer Einzelzelle untergebracht, um eine leichte Verletzung auszukurieren.

Hier machte die Ankunft eines Amerikaners doch etwas Eindruck. Die Wärter reagierten schnell, geradezu hastig, und schon wenige Minuten, nachdem er das Gebäude betreten hatte, führte man ihn zu Annies Vater.

»Se können den direkt mitnehmen, wenn Se wolln«,

sagte der Wärter, während er noch entriegelte und die Tür aufstieß.

Vor Nathan entfaltete sich der traurige Ausblick auf eine winzige Zelle mit einer einzelnen Pritsche. Es stank, der Eimer war sicher schon seit Tagen nicht mehr geleert worden.

Er wartete, bis der Wärter fort war.

»Herr Neumann?«

Die Gestalt auf der Matratze rollte sich enger in eine fadenscheinige Decke. So hager, so schmal.

Nathan wurde nervös. Was, wenn es der falsche Mann war? Schnell trat er um das Bettgestell herum und erschrak. Albert Neumanns Gesicht war grün und blau geschlagen, auch die Unterarme wiesen Prellungen auf. Seine Fingerknöchel waren angeschwollen und aufgekratzt. Ja, er hatte auch ausgeteilt. Aber zu welchem Preis?

Nathan stellte sich vor, wie es wäre, seinen eigenen Vater in diesem Zustand vorzufinden.

Er berührte Albert Neumann vorsichtig an der Schulter. Jetzt endlich öffnete der die Augen.

»Der Amerikaner? Ja, träume ich?«

»Nein, ich bin es wirklich. Können Sie sitzen, Herr Neumann?«

Mühsam, das Gesicht vor Schmerz verzerrt, stemmte der sich hoch. Unter dem grau melierten Bart, der wohl schon eine ganze Weile auf seinen Wangen spross, zeichnete sich ein zögerndes Lächeln ab. »Da hol mich der Teufel.«

»Ich wäre eher gekommen, aber mir wurde jeder nur erdenkliche Stein in den Weg gelegt.«

»Waren Sie schon bei meiner Annie?«

Nathan schüttelte den Kopf. »Ich bin auf direktem Weg zur Polizei und dann hierher ins Gefängnis gekommen.«

»… um mich zu besuchen?«, krächzte Neumann. Er schien die Situation nicht ganz zu begreifen.

»Nein, um Sie heimzubringen, wenn Sie sich dazu in der Lage fühlen. Sie sind ein freier Mann.«

Nun erwachten Neumanns Lebensgeister. »Wenn ich mich dazu in der Lage fühle? Und wenn es das Letzte ist, was ich in diesem Leben tue!«

Er stützte die Hände auf die Pritsche und holte Schwung …

»Warten Sie, warten Sie! Sie haben doch gar keine Schuhe an!« Nathan beeilte sich, ihm in die abgetragenen Halbschuhe zu helfen, dann fasste er den Älteren unter den Armen und half ihm hoch.

Albert Neumann stöhnte, schwankte, dann fing er sich. »Ich bin bereit!«

Es dauerte lange, bis Annies Vater schließlich auf dem Beifahrersitz des angeschlagenen Kübelwagens von VW Platz nahm, in dem Nathan die lange Fahrt von Limburg bis hierher unternommen hatte. Das beschlagnahmte Wehrmachtsfahrzeug wurde von den Soldaten abwechselnd benutzt, und es hatte ihn einige Gefallen gekostet, es gleich für eine ganze Woche zu bekommen.

Ratternd erwachte der Motor zum Leben.

Neumann, der nach der anstrengenden Tortur mehr schlecht als recht im Sitz saß, war zwar kreidebleich, aber er strahlte über das ganze Gesicht. »Auf, Mann! Fahren Sie zu!«

Annie stand an dem neu eingesetzten Fenster, das ein Nachbar ihnen vorbeigebracht hatte, und schmierte Kitt zwischen Glas und Holz. Der Eigenbau war zwar ein wenig schief, aber er kam genau zur rechten Zeit, denn der Winter rückte inzwischen mit riesigen Schritten näher. Mit dem Fenster würde etwas mehr Licht in den einen bewohnbaren Raum fallen, und sie konnten an den Kerzen sparen.

Es tat gut, den Händen etwas zu tun zu geben, auch wenn der Kitt die Haut beträchtlich reizte.

Lotte ging Mutti zur Hand, die wieder neuen Mut geschöpft hatte, seitdem sie wusste, dass es vermutlich nur noch wenige Tage dauern würde, bis sie Vati wiederhätten.

Annie mochte noch immer nicht so recht glauben, dass er wirklich käme. Sie wünschte es sich aus tiefstem Herzen, doch nach all den Schlägen, die ihre Familie getroffen hatten, fiel es ihr schwer zu hoffen.

Wieder eine Ecke, die waren kompliziert. Sie nahm etwas Masse heraus und strich sie vorsichtig in den Winkel. Es war der letzte.

Fertig! Sie rieb sich die Finger an einem Lappen sauber, dann überprüfte sie ihr Werk noch einmal, als draußen plötzlich jemand wie wild zu hupen begann.

»Idiot«, murmelte sie, dann breitete sich ein merkwürdiges Gefühl in ihrer Magengrube aus. Den Lappen noch in der Hand, trat sie vor die Tür.

Das Hupen wurde lauter, kam näher.

Als der 82er VW-Kübelwagen schließlich beinahe auf Höhe ihres Hauses war, hatten sich auch Mutti und Lotte zu ihr gesellt, und vor den anderen Häusern reihten sich ebenfalls die Schaulustigen.

»Vielleicht ein Kriegsheimkehrer«, mutmaßte Lotte angesichts des Wehrmachtsfahrzeugs.

»Nein, das ist Nathan!« Annies Herz flatterte wie verrückt in ihrer Brust. »Und Vati! Er hat Vati geholt!«

Sie begann zu winken, dann rannten alle drei Neumann-Frauen durch den kurzen Vorgarten zur Straße. Mutti stürzte zur Beifahrerseite, ehe der Wagen ganz zum Halten gekommen war, und riss die Tür auf. Sie weinte und lachte, berührte Vatis ungewohnt bärtiges Gesicht.

»Ich sag nie wieder ein Wort gegen deinen Ami«, stieß Lotte hervor, dann war auch sie beim Vater.

Annie blieb neben der Fahrertür stehen, während Nathan seinem Passagier beim Aussteigen half. Vati war ungeheuer schwach, doch er würde wieder, zäher Kerl, der er war.

»Ich bin zurück«, verkündete Vati denn auch und winkte, als sei er ein Politiker. Nachbarn riefen ihm ihre guten Wünsche zu, einige kamen herbei, um ihm die Hand zu schütteln. Für viele Bergarbeiter, die sich eher der Linken zugehörig fühlten, war er ein Held. Er sah aus wie einer, der es den anderen so richtig gezeigt hatte. Da spielte es keine Rolle, dass es eine Schlägerei unter Gefangenen gewesen war, die ihn so zugerichtet hatte.

»Du hast mir so gefehlt.« Nathan stand vor Annie, wieder ein wenig ratlos, ob er sie auf offener Straße umarmen durfte.

Doch Annie war das alles egal. Sollten sich die Leute nur das Maul zerreißen. »Du mir auch!« Sie schlang ihre Arme um seine Mitte und hielt ihn ganz fest. Dann küssten sie sich.

»Wie lange bleibst du?«

»Eine Woche.«

»Eine Woche! Oh, Nathan, das ist ja wunderbar!«

»Dafür habe ich auf meinen Heimaturlaub verzichtet«, sagte er, und einen kurzen Moment lang huschte ein Schatten durch sein Gesicht, weil er seine Familie so bald nicht wiedersehen würde. Doch dann sah er Annie an, und ein Lächeln legte sich auf seine Lippen. Eines, das auch die Augen erreichte.

»Kommt rein!«, rief Lotte in diesem Moment.

»Komm, Nathan«, sagte nun auch Annie. »Heute wollen wir glücklich sein!«

⚒

Lotte musste zugeben, dass Annie und ihr Amerikaner wirklich gut zueinanderpassten. Sie schienen sich ohne Worte zu verstehen, und selbst wenn sie einander gerade nicht ansahen, spiegelte einer die Stimmung des anderen.

Vati lag ausgestreckt auf dem Bett, einen Turm Decken hinter sich, um halb aufgerichtet zu sein. Er hatte darauf bestanden, sich zu rasieren, seitdem lag er einfach da und beobachtete seine Familie.

Lotte hatte einen Nachbarsjungen losgeschickt, Hajo zu holen, was sie ein kleines Glas Pflaumenmus kostete. Aber das war es wert. Sie wollte diesen Tag mit ihm feiern. Und dann gab es da ja auch noch eine Frage, die er dem Vater stellen wollte. Die wichtigste Frage ihres gemeinsamen Lebens.

Epilog

GLÜCK AUF!

Acht Monate später

PÄDAGOGISCHE HOCHSCHULE
KETTWIG, JULI 1946

Es war ein herrlicher Sommertag, der perfekt zu Annies Stimmung passte. Am Himmel zogen vereinzelte Wölkchen vorbei. Schwalben zischten durch die Luft, andere schaukelten auf einer dünnen Stromleitung, zwitscherten und jubilierten, als gäbe es auch für sie etwas zu feiern.

Annie stand vor der Einfahrt zur Hochschule und reckte den Hals. Jetzt müsste er doch jeden Moment auftauchen! Nathan hatte in seinen Briefen darauf bestanden, sie an ihrem letzten Unterrichtstag vor den Sommerferien von der Hochschule abzuholen. Sonst lief Annie die acht Kilometer heim. Es machte ihr nichts aus, die Strecke war schön, führte größtenteils durch Wald und Flur.

Unter der Woche teilte sie sich ein Zimmerchen mit fünf weiteren Schülerinnen. Die Enge störte sie nicht, denn sie gehörte zum Erreichen ihres Traumes ebenso dazu wie die viele Büffelei.

Annie schob ihr kleines Köfferchen mit den Füßen ein Stückchen näher zum Bordstein, dann drang das Motorbrummen aus dem Tal herauf, und ihr Herz tat einen Satz. Da war er!

Nathan hielt einfach auf der Straße und sprang aus dem Wagen. Keinen Wimpernschlag später hielten sie einander in den Armen. Annie presste ihn so fest an sich, als müsse sie all die Sehnsucht der vergangenen Wochen und Monate in ihn hineinpressen. Nathan keuchte lachend auf, schob sie von sich und musterte sie mit einer unendlichen Zärtlichkeit im Blick.

»Endlich«, brachte Annie nur heraus, und dann küssten sie sich, bis sie ganz atemlos waren.

Die Fahrt ging viel zu schnell vorbei. Durch die offenen Fenster wirbelte warmer Sommerwind und trug den Duft sonnendurchglühter Leichtigkeit herein. An jeder Ampel beugte sich Nathan hinüber und stibitzte einen Kuss.

»Wie läuft es mit deiner Schule?«, fragte er schließlich, nachdem er ihr von Limburg und seinem Alltag berichtet hatte.

»Gut, es ist anstrengend, aber ich schaffe es ganz bestimmt. Wir besprechen auch viel die reformierten Lehrpläne. Von nun an werden die Kinder nicht mehr mit dem Hass der Vergangenheit aufwachsen. Genau das habe ich mir immer gewünscht, und nun darf ich sogar ein Teil davon sein!«

»Das muss sich wundervoll anfühlen.«

»Das tut es.« Sie seufzte und drückte den Rücken in den

Sitz. »Aber jetzt freue ich mich auch auf die Sommerferien. Du wirst staunen, wenn du das Häuschen siehst. Vati hat so viel geschafft. Seitdem die Kopeks zurück sind, geht es richtig voran.«

»Die Kopeks?« Nathan hob fragend eine Braue und bog dann links ab, um parallel zur Ruhr weiterzufahren. Felder huschten vorbei, von einzelnen Hecken unterbrochen.

»Die Kopeks bewohnen eigentlich die andere Hälfte unseres Hauses, aber sie sind schon vor der Bombardierung aufs Land gezogen. Jetzt können die Männer zusammen am Haus arbeiten. Der alte Kopek, sein Sohn und Vati. Am Wochenende hilft auch Lottes Mann mit.«

»Und jetzt kann ich eine Woche lang mitanfassen.«

»Aber erst einmal haben wir etwas zu feiern!«

Als sie das Elternhaus erreichten, war der Zaun bereits mit kleinen, bunten Blumensträußen geschmückt, und um die Eingangstür rankte sich Efeu, der mit Papierblumen verziert war. Aus dem Garten klang Gelächter. Das Häuschen besaß nun wieder ein richtiges Dach. Die Wände waren frisch aufgemauert, aber auf den Innenseiten noch nicht verputzt. Einige Fenster fehlten, was bei dem herrlichen Wetter aber nicht so viel ausmachte.

Annie und Nathan wurden von allen herzlich begrüßt. Ausnahmsweise hatte auch Vati den Samstag freibekommen. Er wirkte ausgeruht und gut gelaunt. Die Sommerbräune stand ihm ausgezeichnet, fand Annie.

Lotte und Hajo waren auch schon da. Annie umarmte beide und sah sich dann suchend um. »Wo ist denn die Kleine?«

»Sie schläft«, sagte Hajo. »Drüben unter der Hasel.«
Annie folgte ihrem Schwager quer durch den Garten.

⚒

Lotte war allein mit Nathan zurückgeblieben. Schlagartig breitete sich das unangenehme Gefühl aus, das sie in seiner Nähe stets befiel. Wäre sie doch nur mit Annie und Hajo mitgegangen!

»Herzlichen Glückwunsch«, sagte der Amerikaner und riss sie damit aus ihren Gedanken. »Ein neues Leben, das gibt doch wieder Hoffnung.«

»Ja, unsere Hanna ist wirklich wie ein Wunder. Wenn ich sie auf dem Arm halte, hat der Kummer keine Chance. Auch die Eltern …«, sie stockte, wusste selbst nicht, warum sie ihm das alles erzählte. »Wenn Hanna bei ihnen ist, dann … dann sind sie nicht mehr ganz so traurig über Ernst.«

Nathan nickte. »Gibt es Neues?«

Sie schüttelte den Kopf. »Nein, er bleibt verschollen. Ich weiß, was das heißt. Aber die Eltern, besonders Mutti … Sie hoffen noch.«

»Diese Ungewissheit muss fürchterlich sein.«

»Ja. Ich wünschte, er wäre hier, und ich vermisse ihn sehr, aber ich habe es akzeptiert. Das Leben geht weiter.«

Nathan nickte still und sah zu Annie hinüber, die ihre kleine Nichte in den Armen wiegte. »Und morgen ist also der große Tag?«

»Ja, wir wollen sie taufen lassen, besonders nachdem unsere Hochzeit so spärlich war. Aber jetzt ist Sommer, und wir werden die kleine Hanna feiern. Endlich wieder ein Fest bei den Neumanns.«

»Ich freue mich«, sagte er und sah dabei nüchtern und ein wenig nachdenklich aus. Beinahe, als würde er an etwas Bestimmtes denken.

Charlotte wurde mulmig. Sie hatte es schon zu lange vor sich hergeschoben. Sosehr sie sich innerlich dabei auch wand, sie musste mit ihm reden.

Sie sah sich um, niemand war in der Nähe. Die Eltern waren mit Hajo und dessen Mutter im Haus. Es würde dauern, bis sich wieder eine derart günstige Gelegenheit ergab. Sie nahm all ihren Mut zusammen.

»Nathan, ich muss mit dir reden.«

Er schob die Hände in die Taschen, seine dunklen Augen wirkten wie immer ein wenig unheimlich auf sie. »Ja«, sagte er. Nur das.

Doch etwas in seinem Blick verriet ihr, dass er genau wusste, was nun kommen würde. Und dass er alles dafür tun würde, Annie Kummer und Leid zu ersparen.

»Bitte versprich mir, dass du meiner Schwester niemals verraten wirst, dass ich dich zur Trennung gedrängt habe!«

Nathan schüttelte langsam den Kopf. »Niemals, ich verspreche es. Denn das ist dein Geheimnis, und es ist deine Sache, reinen Tisch zu machen.« Er sah zu Annie, die in diesem Moment die kleine Hanna an Hajo zurückreichte.

»Aber nicht heute!«, sagte Charlotte erschrocken.

»Nein, nicht heute. Denn heute feiern wir die kleine Hanna und eine Zukunft, die nur besser werden kann.«

Nachwort

Es war ein ganz besonderes Erlebnis, für diesen historischen Zweiteiler, der in meiner Geburtsstadt angesiedelt ist, zu recherchieren. Ich habe sehr viel Schönes, aber auch Unschönes über Mülheim gelernt. Wenn ich heute durch die Stadt fahre oder spaziere, verbinde ich mit manchen Straßen und Plätzen Geschichten, die ich wohl nie mehr vergessen werde. Im Geiste sehe ich alte Fotografien vor mir, die sich wie Schablonen über die heutige Architektur legen. Mein Blick auf die Stadt hat sich für immer geändert.

Neben sehr vielen wahren Begebenheiten habe ich mir auch in diesem Roman wieder kleinere kreative Freiheiten erlaubt.

Darunter fällt zum Beispiel das komplizierte Zusammenspiel zwischen den einzelnen Besatzungszonen. Hier habe ich Nathan viel Bewegungsfreiheit gewährt und ihm einiges an »Papierkram« erspart.

Wirklich geschehen ist hingegen sowohl der Kampf zwischen den verschiedenen Kriegsgefangenen als auch der irrwitzige Angriff der kleinen Volkssturm-Gruppe mit der Panzerfaust.

Insgesamt bin ich auf so viele kleine Geschichten über

diese dunkle Zeit in Mülheim und dem Ruhrgebiet gestoßen, dass sich damit zehn Romane schreiben ließen.

Vielleicht kehre ich also noch einmal ins Mülheim der 1940er-Jahre zurück. Vorerst aber warten noch andere Abenteuer auf mich.

Quellen

Anmerkung zu den Quellen: *Wir haben uns erlaubt, aus Gründen der besseren Lesbarkeit kleine grammatikalische Fehler wie fehlende Kommata oder falsche Groß- und Kleinschreibung in den Quellen zu beheben.*

Baier, Frank, und Puls, Detlev (Hg.): Arbeiterlieder aus dem Ruhrgebiet, Fischer TB, 1981

Baumann, Hans: *Morgen marschieren wir,* aus: *Liederbuch der deutschen Soldaten,* herausgegeben von Baumann, Hans, 1939

Berkel, Alexander: *Krieg vor der eigenen Haustür,* 2004

Boberach, Heinz: Meldungen aus dem Reich. Die geheimen Lageberichte des Sicherheitsdienstes der SS 1938–1945. Pawlak, 1989

Erk, Ludwig: *Der Bergmann im schwarzen Gewande,* aus: *Volkstümliche Lieder der Deutschen,* 1895

Hemingway, Ernest: *Über den Fluss und in die Wälder,* 1950

Kämpchen, Heinrich: *Glückauf, Kameraden, durch Nacht zum Licht,* Text: Heinrich Kämpchen, vermutl. entstanden zum Bergarbeiterstreik im Ruhrgebiet im Mai 1889

Kollwitz, Käthe: *Tagebücher,* Eintrag aus Dezember 1941. Berlin, 1981